U0522580

残次品

THE DEFECTIVE

Priest 作品

完结篇

上册

江苏凤凰文艺出版社

博集天卷

THE DEFECTIVE

Priest 作品

目录
Contents

卷五 破碎之塔　　001

那是联盟的奠基人啊,如果这样的人都抛弃了自由宣言,与最初的梦想背道而驰,那么陆信、白银十卫,以及所有那些仍在太空中流血的人,又在为谁而战呢?

第一章 独立日　　002

从今以后,第八星系彻底成了一座孤岛。

第二章 地狱客　　031

我会自己撕开这个孤岛通往外界的路,打碎他们粉饰的太平,让那些人都付出应有的代价。

第三章 脱困　　063

他像是被关在暗无天日的笼中的凶兽,一朝打碎牢笼,粉身碎骨也要出来。

第四章　**交会**　　　　　　　　　　　　　　　　　　099

陆必行听见一个……无数次出现在他梦里的声音，在连天的炮火里说："诸位，好久不见，十四年了，都没长多大出息啊。"

第五章　**王者归来**　　　　　　　　　　　　　　　　113

他就像是远古时代从厄尔巴岛脱困的法皇拿破仑，地狱也关不住他，一出声，依然有无数追随者跟着他出生入死。

第六章　**离人**　　　　　　　　　　　　　　　　　　132

林静恒出生入死几十年，但是这一刻，是他一生中最舍得出去的时候。他把心剖了出来，能给的都给了。

第七章　**复活**　　　　　　　　　　　　　　　　　　157

"不可以考验人性啊，将军。"

第八章　**纯白之地**　　　　　　　　　　　　　　　　173

林静姝心不在焉地点点头，目光落到了一片纯白的区域——独立第八星系。

目录
Contents

卷六 玫瑰之心

183

他们一个接一个地被命运穿在一起，终于酿成了一场海啸，轰然淹没了八大星系。

第一章 暗潮　　　　　　　　　　　　　　　184

"我会让他们知道，伍尔夫老了，陆信的石碑就算重建，也只是个石头做的，我会让他们知道这是谁的时代。"

第二章 隐忧　　　　　　　　　　　　　　　202

劳拉说，愤怒、焦虑、痛苦和愚昧，就是自由意志本身。

第三章 爆发　　　　　　　　　　　　　　　226

"我活着就剩这一点意义，不喜欢就能不要吗？"

第四章 夜幕将至 252

"命运只会给他选中的人一次机会,这机会可能只有一分钟——"

第五章 黑郁金香 267

花园里的夜皇后盛开得过了头,在薄薄的灯光下,艳色浓稠,好似有血。

第六章 故地重游 289

"这房子里的每一个人,都曾经像等待节日一样期盼你的出生。"

第七章 沃托陷落 326

你带我回家,让我通过你,触碰到了素未谋面的父亲的手。那么我是不是也能代替这位刚刚认识的父亲,说一句你是我——我们的骄傲?

这个世界上，有没有一个星球、

一个地方让你魂牵梦萦？

让你觉得这一生不管漂泊到哪儿，

都一定要回去，要终老在那儿……

你这一辈子，有重视的东西吗？

有拼尽所有都要守护的东西吗？

卷五
破碎之塔

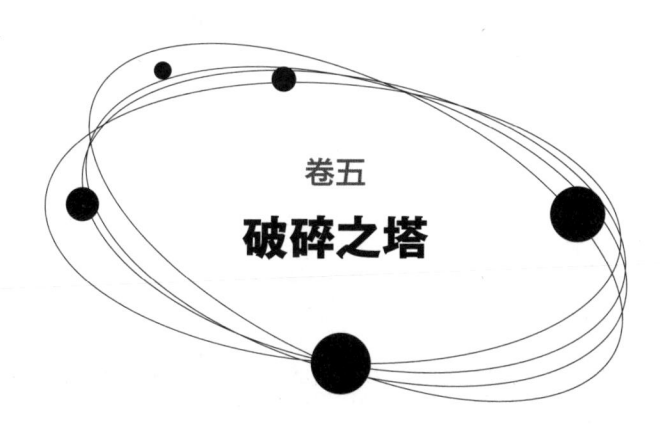

那是联盟的奠基人啊,如果这样的人都抛弃了自由宣言,
与最初的梦想背道而驰,那么陆信、白银十卫,
以及所有那些仍在太空中流血的人,又在为谁而战呢?

第一章 独立日

从今以后,第八星系彻底成了一座孤岛。

(一)

"武装精良,向来是联盟传统,我们当年就是靠着这些,才完成了联盟的大一统……"

林静恒觉得有人在他耳边说话,那声音很熟悉,是一种低沉而缓慢的腔调,透着娓娓道来的味道。

谁?

"可是近年来,我总是在想,大一统的太平盛世真的是好事吗?

"当狮子不再捕猎的时候,爪牙就会退化。军委每年要花大笔的钱,砸在那些用不到的机甲和导弹上,军工厂不停地往上罗列数据,不停地更新产品,然后拉着它们在纪念日的阅兵上展览,再给记者们拿去拍照惊叹,就好像他们真干了点正事一样,各行各业都面临产能过剩,军工也一样。

"但是反导系统他们不搞,军事理论他们也不研究,为什么?因为没有效能,没有漂亮的数据,不能拿出去展览。我们生活在一个太美好的世界，不受外界威胁。你们知道原始人吗？地球时代，那真是个很可怕的时代，近百亿的人口，全都挤在那么一个小小的行星上，行星上有限的几块大陆被无数国家和政权瓜分，一天到晚要为那点有限的资源争啊抢啊，有些人每周要工作一百多个小时，还有些人无法满足起码的生活需要，他们今天结盟，明天又背信，今天共荣友好，明天就又军备竞争，那个时候，我们的祖先每天晚上躺下，都像睡在圆枕头上，担心不怀好意的邻居虎视眈眈，你们去历史博物馆问问他们，敢不敢把所谓的'国防武器'当模型玩？

"可是我们呢，我们没有所谓'国'的概念，所以'国防'的说法似乎也不成立，要我说，联盟坏就坏在你们那位杰出校友陆信师兄手里，他把域外的海盗打得太惨了，逼得他们远离人间，像神话里的妖怪一样，人们会在自己家里修筑陷阱，提防妖怪来袭吗？

"哎，年轻人，我讲的这些有那么无聊吗？怎么困成这样，醒醒，我说最后一排角落里的那位同学呢，静恒……

"林静恒！"

对了，那是乌兰学院的军事理论史，开学第一堂课，院长请来了伍尔夫老元帅做嘉宾，在礼堂开公开课。"理论"就算了，还"史"。林静恒作为一代任性的偏科王，当然是找个旮旯补觉，不料被老元帅重点关照，同学为了叫醒他，用胳膊肘重重地戳了他一下，金属制服袖章正好戳到他太阳穴，一下把他扎醒了。

林静恒的太阳穴传来尖锐的刺痛，额角的血迹已经糊住了他的视线，他隐约感觉到自己正在一个生态舱里，身上的剧痛与麻痹感让他的意识只有微弱的一线——跃迁点爆炸范围太大，来得猝不及防，整个七、八星系联军几乎全被卷了进去，巨大的能量无可抵挡地穿透了防护罩、重甲机身，一切……几乎片甲不留。

湛卢在最后关头，启动了"危机"模式，罔顾主人的一切命令，就地变形为生态舱，将林静恒卷在了里面。

"先生……

"先生……"

林静恒想动一下，可是动不了，他完全感觉不到自己胸口以下的身体，更无法回答，只能在堪堪连着的精神网上给了湛卢一点微弱的回应。他处在半昏迷的特殊状态中，意识游离于身体之外，分不清过去和现实，然而很多事情，却仿佛忽然分明了起来。

他又想起那堂被当众点名叫醒的公开课。

老元帅有意刁难他，让他讲一讲对"大一统"的看法，讲得不好，这门课就不用参加考试了，直接重修。

十四岁的林静恒正在梦游，脑子里空白了半分钟，也不知道人家刚才在讲什么，只好硬着头皮胡说八道。

"大一统……大一统的社会弊端其实很多，"不知天高地厚的少年信口开河，"比如说……比如我们和猩猩是近亲……"

课堂里哄堂大笑。

"……本来就是近亲，这有什么好笑的，一氧化二氮嗑多了吧你们？我们的基因里有毁灭和死亡的冲动，把自己划入某个阵营，跟另一个阵营的人对立，甚至你死我活，这是我们最基本的生理需求之一。原始人说的'爱国''为民族而战'既有经济原因，也是顺应人性。而理论上说，对一个政权，内外矛盾和内部矛盾是此消彼长的，没有外敌的社会像一个只进不出的蓄水池，死气沉沉，也很容易不稳定……"

他当时话音没落，几乎所有参与课堂讨论的同学异口同声地反驳："我们联盟哪里不稳定了？"

少年时的林静恒只是在半睡半醒中，抓住了灵光一闪的东西，本来就是随口扯淡，再深层次的东西，他当然就说不出来了，只好拿出跩得二五八万一样的态度，夯着毛和同学分辨："你们不知道什么叫'理论'吗，理论上乌兰学院还是精英学院呢，不照样招来你们这些废物。"因为他嘴欠，口水仗被抬到了人身攻击的层面，于是大家顺理成章地吵了起来。

只有台上的老元帅什么都没说，不但把他睡觉的事轻轻揭过，还在课堂表现一栏给了他一个"优"。

我们联盟哪里不稳定了?

联盟的稳定是架在两根支柱上的:一根是摇篮一般的"伊甸园",致力于让每个人都像婴儿一样幸福舒适;一根是那通篇梦话的"自由宣言",高高举起,召唤婴儿们跟着它党同伐异,在这个过程中找到归属感和控制力,再心满意足地做一个勇敢自由的梦。

三十多年后的林静恒蓦然回首,穿过半生硝烟,与那个盛夏午后课堂里端坐讲台上的老元帅遥遥对视。

他明白了:"原来是你。"

原来反乌会后面的人是你。

远隔七八个星系,精准控制战场……只有那个人能做到。那个人曾经是陆信的老师,也是他的老师。

为什么?陆信至死没有公布的"禁果"名单里,是不是也有你?

原来这一切,并不是安克鲁人心不足、勾三搭四引发的一场冲突。

"禁果"的存在意外暴露,伍尔夫要让它重新消失,而且要消失得自然而然。而那些反乌会的人,在他看来,大概也从一开始发誓要改变世界的伟大先驱,变成了一帮打算炸飞世界的傻子,对天使城里鞭长莫及的伍尔夫来说,这些疯子的利用价值正在消失,他们有些失控了。

在这个剧本里,反乌会是疯子,林静恒和安克鲁是保护人民的"英雄"。互有龃龉的英雄们将在最后关头联合在一起,悲壮地与"禁果"一同消逝,同时重创反乌会,卷走大批失控的危险分子。

伍尔夫杀了人、灭了口,联盟会沉浸在悲愤之中,看似惨烈的战争形势和伊甸园管委会的血会重新让联盟和中央军统一战线,反乌会这条疯狗被他骗来,倾力围剿七、八星系,会被打断一条腿,更容易被铁链拴住,多么皆大欢喜的结局。

老元帅,这就是你给这个世界写的剧本吗?

到底是你一手建立的联盟负了你,还是你负了联盟?

可那是联盟的奠基人啊,如果这样的人都抛弃了自由宣言,与最初的梦想背道而驰，那么陆信、白银十卫，以及所有那些仍在太空中流血的人，又在为谁而战呢？

有那么一瞬间，林静恒的肉体行将崩溃，而精神已经片甲不留。

生态舱里，湛卢的声音却依然冷静平和，像是什么都没有发生过一样，他静静地说："先生，我的核心处理器受损严重，故障无法排除，正在不断升温，预计会在一分钟之后自我焚毁。我的可变形材料外壳在跃迁点爆炸中破损率接近80%，现已无力支撑防护罩，很快，您将置身于爆炸后的高能粒子流下，抱歉，我无法再保护您了。"

湛……卢……

"在我生命的最后一分钟，请允许我向您表示感谢，感谢您多年来的包容与爱惜，很多时候我无法领会您独特的幽默感，非常遗憾，如果有机会，我希望能给自己的数据库进行一次全面的升级。陆信将军为我设定了最后的告别语，也是他想对您说的话，现在，我如数转告给您，他说，'我爱你，孩子，像爱自己亲生的儿子，我希望联盟太平繁荣，希望你幸福平安，如果两者不能兼得，那么后者对我来说更为重要，你是我的骄傲。'"

湛卢说到这里，略微一顿，不知是不是林静恒的错觉，他觉得湛卢好像发出了一声极轻极浅的叹息："……那么，再见了，先生。希望您会想念我。"

林静恒用尽了全身的力气，蜷缩起手指，可是骨折扭曲的手指不肯听他的摆布，它们只是徒劳地从生态舱内壁上划过……而这枚珍贵的机甲核再也不会像人类一样和他说话了。

可是他还要回去。

林静恒想，他答应过一个人，不管去哪儿，不管走多久，只要那个人还在，他就会回去。

陆必行还在等他，他不能让三十多年前那个医疗舱里的事再发生在陆必行身上。

他挣扎起来，然而破败的皮囊把他困在这里，用尽了力气，他也没能成功地把自己移动一厘米。为什么该死的灵魂总要和丑恶的肉体待在一起，不能像电磁波一样，飘到自己渴望的归宿呢？

湛卢浩瀚的精神网已经烟消云散，残骸上，最后一层薄薄的防护罩渐渐暗淡。

继而，像一团风中微弱的火，消失了。

当他无处着落，厌人厌世、随时能舍命的时候，悬成一线的命运总能堪堪将他吊起。

而当他终于有一个"拼尽所有也要回去的地方，最后一秒也要挂念的人"的时候，那根让他厌倦的命运丝线却突然断了。

原来他的一生，从出生开始，就是一场"不尽如人意"的事故。

联盟开创了人类历史上第一个大一统的新星历纪元，在域外海盗入侵、四分五裂一年半之后，虽苟延残喘，但荣光犹在、精神犹在。依然有人愿意将数星系以外、素不相识之人视作同胞手足，为其奋不顾身。然而……至此，终于随着联盟最后一位上将，最后一个眷恋联盟、妄想它修修补补后仍能回归旧日繁华的人，最后一个不肯放下自由宣言的傻子一起，沉寂在爆炸的余波里。

联盟文明——这场人类集体织就的美梦，碎了。

（二）

这里的埋伏并没有让第八星系同步知悉，因为图兰引爆跃迁点后，林静恒就短暂地和第八星系失去了联系。

图兰留下处理因引爆跃迁点而引起的粒子流，尽可能地将爆炸造成的生态伤害降到最低，也没忘了遥控地下航道处的巡逻队。

"林将军他们预计会在十六个小时之内赶到，暂时待命的部队都过去，接应他们一下，以防有海盗穷追不舍。"她说到这里，短暂地顿了顿，不知为什么，心里忽然无端涌上了一点说不清的滋味。图兰的目光顺着自己机甲的精神网延展出去，她想，也许是因为终于走到了这一步吧。

斩断与联盟的联系，就像挣脱脐带一样，总是有阵痛的。

第八星系自卫军依照她的命令，开始整体往地下航道方向集结。

"我看以后有可能就是这样了，"黄鼠狼在通信频道里对与他们会合的独眼鹰说，"自卫军就分两部分，一部分守着这个入口，另一部分维护星系内秩序，咱们虽然人少废物多，但也够用了，再说，不是还有白银十卫吗？总算是能太平一阵子了。"

独眼鹰嗤笑一声："当年我在凯莱星上当土皇帝的时候，跟你现在想的一样，你猜怎么着？大风大浪说来就来，闻到味的孙子屁都不放一个，什么百年家业千年家业，连首都星都说没就没。"

黄鼠狼讪笑："陆兄，咱们之间的账不是都在臭大姐那儿了结了吗？"

"是啊，了结了，"独眼鹰说，"不然现在咱俩就不是好好聊天，而是我给你一炮了，可是账了结了，没规定我不能翻旧账吧。"

黄鼠狼："……"

独眼鹰叹了口气，放过了他："跃迁网是炸断了，但穿过空间重建，也就是不到一百年的事，咱俩这把年纪肯定是赶不上了，可是年轻人还有开门的那天，要是都像你这么想，到时候开门迎接的就是导弹了……你个能混就混的老滑头，能不能有点忧患意识？还不如周六那个小青年。哎，对了，周六人呢，怎么还没到，刚夸完就偷懒？"

黄鼠狼还没来得及答话，地下航道入口的跃迁点上，突然响起高能提示。

"这么快？"黄鼠狼啧啧感叹，"不得不说，还得是人家联盟精英……"

独眼鹰断喝一声："小心，躲开！"

跃迁点外围有用于身份验证的对接通道，独眼鹰话音没落，警报就响了，可是它只响了一声，下一刻，排山倒海的炮火伴随着不速之客冲过跃迁点，劈头盖脸地落下，距离跃迁点最近的黄鼠狼和独眼鹰首当其冲。

黄鼠狼带的小队几乎一多半被卷进其中，独眼鹰狼狈地闪避。

"敌袭！"

这变故来得太让人措手不及，谁也没想到这条地下航道第一次使用竟然就能暴露，跃迁点附近尚未集结完毕的武装被来势汹汹的海盗撞得七零八落。

怎么会？

林静恒呢？

独眼鹰咆哮道："接指挥部，卫队长！"

图兰狠狠地激灵一下。

第八星系此时几乎是个封闭的羊圈，圈满了惊魂未定的食草动物，一匹狼闯进来会有什么后果？

独眼鹰想都不敢想。

反乌会的海盗抢占先机，利爪将自卫军撕开了一条缝，硝烟乍起，转眼已经在上万公里外，丝毫不把他们这些虾兵蟹将放在眼里。

独眼鹰："愣着干什么，拦住他们！"

"撑二十分钟，我立刻调增援。"指挥部传来图兰的命令，与此同时，所有自卫军都收到了敌袭警报，图兰一把拽过一个通信兵："给我发远程信号，联系林将军！"

"卫队长，远程信号可能会暴露……"

"已经暴露了！"

林静恒他们撤退的航线，图兰这边是知道的，他们经过的几个跃迁点都有精确坐标，按理说远程信号只要发出，那边立刻就能接到。

然而远程信号如石沉大海。

图兰的手哆嗦起来，幕地扭过头去，看向被她亲手放倒的陆必行，胸口一片冰凉，喃喃地问："总长呢？"

"总长在组织难民撤离途中，所乘坐的机甲被粒子炮扫中，震荡中躲闪不及，现正因脑震荡在医疗舱里治疗。"

"卫队长，"一个工程部的技术人员紧急接入，"陆老师家里的'超级电脑'方才突然自动关机了，强行进入了某种未知进程。"

湛卢！

"卫队长，第六次远程信号发送，暂时没有回音。"

第八星系的"自卫军"，来自白银第九卫，但大部分仍是仓促培训就直接上岗的本地征兵，白银九的精锐一半跟着林静恒去了第七星系，如果他们……

图兰脸色惨白，像是被冻在了那里，足足半分钟没吭声。

然后她说："引爆地下航道。"

"卫队长！林将军他们还在……"

图兰咆哮起来："不然你们这些虾兵蟹将挡得住海盗入侵吗？执行命令！"

周六正在等待那个神秘信号回应，双向连接建立之后，对方突然不出声了。接到敌袭警报的时候，他整个人如遭雷击。他转身跳上自己的机甲，迅速集结部下，赶往战场，精神网里尚未看清战场，机甲上已经感觉到了爆炸产生的能量。

怎么回事？

他难以置信地想，心里有一个隐约而不敢直视的念头，他颤抖着接通了联络中心："薄荷，怎么回事？"

"不知道，地下航道坐标不明原因泄露，反乌会的海盗大举入侵，林将军失联。"

周六瞳孔骤缩。

是我吗？

是因为我发的那道信号吗？

周六是最早一批赶到的增援，他眼睁睁地看着反乌会大军长驱而入，而第八星系自卫军的小机甲群螳臂当车一样扑上去。一批扑上去，一批灰飞烟灭，下一批再次扑上去……

周六的大脑像是要炸开一样，整个人像被劈成了八瓣。

就在这时,图兰的引爆跃迁点任务传到。

"卫队长,反乌会有信号干扰,我们无法远程引爆跃迁点!"

图兰:"那就人工引爆!"

周六大叫一声,迎着海盗的炮火冲了上去,他的部下虽不明所以,但依然毫不犹豫地跟上。无数碎片飞起,周六觉得全身的血都在逆行,他几次觉得自己被击中了,回过神来又发现仍在往前冲,刺耳的警报声震耳欲聋,身后的战友垒砌层层人墙。

一层倒塌了,又有新的援军赶到。

周六穿过了第一个跃迁点,他卸载了武器库,启动了自爆程序——

从今以后,第八星系彻底成了一座孤岛。

(三)

陆必行觉得自己做了一场颠倒的大梦,没什么情节,只是在梦里,他好像又回到了年幼时处处不由己的岁月,四肢都被看不见的绳索捆着。他自觉是个不太偏激也不太执着的人,天性中就带着一点能随波逐流的轻快,不管遇到什么事,他总有办法让自己想开一点,不大会钻牛角尖,因此也鲜少会做这种困兽似的梦。

冥冥中,好像有什么在不断地催促着他,要快点醒过来,快点醒过来……

陆必行挣扎着,突然,身后仿佛有什么东西倒了,他自由了,陆必行回头,见方才捆住他的,是一座巨石垒起的丰碑,轰然倒下,落地化作尘埃,他有点惊骇,不知道这意味着什么,然而梦里来不及细想,他就本能地往前跑去——

强光刺进了他的瞳孔,他的双脚落了地。

医疗舱已经修复了他劈开的指甲,也将他未能完全代谢的麻醉药中和掉了,按理说,他的身体是最佳状态,可不知为什么,陆必行就是觉得心跳得很快,胸口那一点地方不够用,心脏东突西撞,让他胸闷得想吐。

"陆老师……陆老师醒了！"

陆必行猛地抬起头，发现自己在银河城的地面指挥部里。

"陆老师。"图兰出现在他面前的通信视频里，她好像正在行进中的机甲里，脸上带着硝烟之色。陆必行一见她，断片的记忆立刻清晰了，对了，是图兰放倒了他！

陆必行额角青筋暴跳，泥人也带三分土性，何况他只是比较有修养，并不是真的一点脾气也没有。但他仍然不习惯对人口吐恶言，因此只是冷冷地瞪着图兰，等着她解释。

图兰不知该从何说起，一开口，她下意识地回避了重点："方才撤离难民的时候，总长所在的机甲出了一点小故障，因脑震荡进了医疗舱，医疗舱正在对他进行全面扫描，发现他大脑里有一个肿瘤……"

陆必行皱了皱眉："严重吗？"

"还好，"图兰声音很轻柔，几乎有点低眉顺目的拘谨，神态不像女将军，倒像个第一天上班的小护士，"小手术就能解决，只是总长身体一直不好，年纪又大了，恐怕会卧床一阵子，希望您能暂代总长职务……"

图兰居然用了敬语，陆必行心里"咯噔"一下，打断她："你把我放倒多久了？总长回来了，那林呢？"

图兰哑然。

陆必行与她对视片刻，蓦地站起来，就在这时，通信视频中，图兰所在机甲发出警报："能量警告，能量警告——"

"卫队长，他们后路被封，要狗急跳墙了，可能想强行突围！"

"突你妈！"方才还柔声细语的图兰脸色蓦地一变，露出了尖锐的血气，"海盗不死，你们自己死！"

"卫队长，四分之一个航行日外，海盗先锋正向我们冲过来。"

图兰正不知道该怎么面对陆必行，突如其来的紧急战事简直像救了她一命，她立刻心无旁骛地投入战斗："收到，火力预备，第四军团——福柯带人守在跃迁点'573'……"

陆必行站起来，一把推开紧跟着他的卫兵，直接用他的权限调出了指挥中心记录在案的所有命令往来。

他一目十行地扫过纷乱的战报——大批第七星系难民入境，林静恒下令引爆跃迁点……从未用过的秘密航道坐标泄露，反乌会海盗从天而降……

反乌会来得太快，闯进秘密航道时，那里只有黄鼠狼和独眼鹰两支小巡逻队，加起来只有二十八架小机甲和两架中型机甲，这两支巡逻小队生生将凶残的入侵者拖了二十分钟，等到增援，目前几乎全部失联……

为了阻断海盗来路，周六带着他负责的巡逻队，总共十四架机甲，闯进海盗阵营，用自己的机甲引爆了秘密航道……

陆必行的阅读速度向来惊人，然而此时，那些字他分明全都认识，意思却怎么也看不懂。

他不得不抠着字眼，逐字逐句地去分析句子的主谓宾——

独眼鹰……失联。

谁失联了？什么叫"失联"？信号又被干扰了吗？这在战场上很严重，要赶紧修复啊。

周六……引爆了秘密航道……

引爆了……

引爆了……

所以，林静恒呢？为什么他们没说林静恒在哪儿？

"陆老师！"卫兵一把扶住他。

陆必行像个死机的人工智能，挣了两下没能挣开卫兵的手，只好下意识地冲着对方礼貌地微笑了一下。

卫兵被他这一笑吓得魂飞魄散："您……您需不需要一支镇静剂？"

陆必行心里茫然地想：我能做什么？我得做点什么。

"不要镇静剂，"他声音很小，好像不知道自己在说什么，只是顺着别人的话音语无伦次地做出回答，"总长……总长不是让我暂时……总长让我暂时干什么来着？"

通信视频那边的图兰不敢看他，只好喝令："开火！"

整个第八星系的怒火仿佛都随着她的命令倾泻而出，这一支试图突围的海盗当头撞上，立刻往反方向闪避，被等在那里的福柯堵了个正着，成了炮火间的夹心饼。

不是说第八星系的精锐已经折得差不多了吗？

不是说这里只有仓促间从民间征来的新兵吗？

不小心陷进第八星系的反乌会海盗们，大概至死也想不通，为什么这些地痞流氓出身、在入伍前甚至连字都不识的人，竟也能像正规军一样令行禁止，竟也能像亡命徒一样，仿佛没有退路似的以命相搏。

"陆老师，你……"

"给我接工程部。"陆必行在千头万绪中，终于艰难地找到了一个头绪，他就像个走夜路还怕鬼的孩子，拿着手电筒，只管照着脚下的路，左右两边，连一眼也不敢多瞟，"工程部请注意，我是陆必行，麻烦帮我确认一下，难民星舰是否已经全部降落，如果没有，联系各基地，让他们立刻就近降落，集中管理，二十个小时内，星系内整体禁空，请工程部将我军内部人员的通信频道密钥作为基准，所有无法通过密钥的不明飞行物，全部标记击落，第八星系既然是封闭环境，一架海盗机甲也不能放跑。"

"再接社保管理部门。"陆必行说完，又冲卫兵打了个手势，社保管理部门也很快接入，"诸位，从第七星系来的难民有多少人，麻烦给我一个大概的数字。"

社保管理部门方面回应："大致估算，恐怕在八亿人口以上。"

"好，"陆必行点点头，"尽快给我一份个人信息采集录入计划，禁空令解除后，马上开始这项工作，同时，我需要你们提供三份以上备选的安置方案以供后续讨论。"

卫兵胆战心惊地说:"陆老师,您真的不需要休……"

"总长让我代理他的职务,我不能掉链子,"陆必行淡淡地说,他抱着这句话,像是抱着他的金科玉律、人生准则,也像是抱着一根救命的稻草,"财政和规划部门的负责人有没有受伤?没有的话,请他们立刻来见我,第八星系紧急封闭,意味着未来我们只能自给自足,我们自己的经济生态都脆弱得不堪一击,又多出来八亿人口……"

他说到这里,像是终于打开了思路,觉得整个第八星系沉甸甸地压在他身上,要考虑、要解决的事太多了,简直坐都坐不下去,陆必行深吸一口气,猛地站了起来:"别跟着我,劳驾,给我一点提神的东西,浓茶、咖啡、舒缓剂……什么都行。"

第八星系的突发事件带来了一连串的连锁反应,陆必行连坐下喝一口水的工夫都没有,他在各部门之间连轴转着,把每个被吓傻的浑浑噩噩的人都调动起来,跟着他,像什么都没有发生过一样,专注于眼前的问题。

二十个小时之后——

周六炸跃迁点炸得很及时,将大部分的海盗主力都拦截在外,工程部和愤怒的自卫军联手,把闯入第八星系的这点海盗清剿得干干净净,在规定禁空时间内完成了任务。

"陆老师。"通信兵叫他。

陆必行略一侧耳,另一只耳朵上还挂着联系隔壁会议室的耳机:"什么?"

"图兰卫队长回信,海盗清剿已经……"

陆必行不等通信兵说完,就惯性似的吩咐:"知道了,清理战场,不要让残骸给星系内航道留下安全隐患,俘虏统一押送到第一监狱,尽快报送我方伤亡名单……"

他说到这里,心里好像突然掉下了一枚小石子,"咯噔"一声。

陆必行隐约意识到了什么,茫然地抬起头,与神色复杂的通信兵对视了一眼。

"报送我方伤亡名单"……总觉得这句话里好像藏着一个怪物。

他想：我是不是忘了什么事？

"陆老师，图兰卫队长想和您说话。"

陆必行下意识地退了一步，不知道为什么，他并不想和图兰通话，然而不等他拒绝，图兰已经出现在了指挥所的通信视频里。她将帽子摘了下来，图兰的头发天生细软，短发被军帽压得有点塌，这是她讨厌短发的原因。以前林将军很是看不惯她把时间浪费在这种无聊的事上，总是抨击她的个人形象，逼她剪短……以后大概不会了。

以后，就算她把头发留到脚后跟，也没人说她像个人妖了。

图兰的眼睛里满是血丝，嘴唇干裂，时隔二十小时，再次与陆必行面对面，两人一坐一站，好一会儿，谁也没出声。

然后图兰把军帽压在小臂上，端平放在身侧："陆老师，我们得到准确消息，最早遭到袭击、拖住海盗的两支巡逻队，还有闯入海盗阵营、人工炸毁跃迁点的小队，都已经全军覆没，我们收集到了残骸。"

陆必行的眼珠神经质地轻轻动了一下。

图兰："陆老师，对不起，我……"

"哦，"陆必行艰难地点点头，像个脖颈生锈的机器人，"知道了，你是说周六、黄鼠狼，还有……"

还有谁来着？他方才看过，但怎么也想不起来。

"还有……还有独眼鹰。"

陆必行一震，听不懂似的睁大了眼睛。

图兰终于在他面前说出了这个名字，干脆一鼓作气："还有一件事，我方才没来得及告诉你，林将军在撤退途中，意外与我们失联，而在域外海盗突然入侵第八星系的时候，我们收到消息，你家里的湛卢死机了。"

指挥所里，所有人都屏住呼吸，紧张地等着陆必行的反应，怕他崩溃，做好了第一时间扑上去把他塞进医疗舱的准备。但等了足有五分钟，陆必行却并没有任何反应，依然是保持着原有的姿势，他甚至十分淡定地对耳机里另一个会议室吩咐了一句："抱歉，你们稍等我一下。"

这四十八小时内，发生的每一件事，对陆必行来说，都是摧毁性的，足以将一个人的精神扎得百孔千疮，然而它们竟全赶在一起发生了，于是织就了一张钉子床，人平躺在上面，反而因为受力均匀，而暂时毫发无伤。

暂时……只要他不乱动，不去深思，不去打破这个微妙的平衡。

图兰怀疑他这个状态根本没听懂自己的话，于是本着"长痛不如短痛"的原则，她干脆挑明："陆老师，秘密航道坐标暴露，我们推断，林将军他们很有可能是在撤退途中，意外遭到了反乌会的埋伏……"

陆必行突然打断她："等等，你刚才说什么？湛卢死机了？"

图兰张了张嘴。

陆必行梦游似的站起来："他怎么能在这个时候死机？很多事需要他处理呢，我得去看看。"

说完，他竟就这样转身就走。

图兰连忙对旁边的通信兵打眼色："还愣着，医疗舱呢？！"

通信兵连滚带爬地跑去调医疗舱，其他人正不知道该不该把代理总长直接打晕，就看见大步往外走的陆必行才到门口，整个人忽地晃了一下，无意识地抓住门框，仍然未能保持平衡，就这么跪了下去，膝盖重重地撞在地板上，一声闷响。

"陆老师！"

"没什么，脚软了一下……"陆必行自言自语似的低声说，"真奇怪，怎么忽然脚软了呢？"

他抓着门框，试着爬起来，但紧接着又摔了回去，他成了个奇怪的肌无力患者，手脚僵硬如木偶，怎么都摆布不好那些关节。

"不好意思，"陆必行声音几不可闻地对跑来扶他的人说，"我也不知道是怎么回事……"

图兰忍无可忍地切断了通信。

从这天开始，第八星系漫长的寒冬开始了。

（四）

第八星系依靠外界物资支援的希望就此落空，难民需要安置，民众越发恐慌。随着星系内经济进一步艰难起来，所有社会矛盾也井喷式地爆发，原住民对难民的抗拒情绪很快达到了顶峰，甚至彼此起了小范围内的武装冲突。

自卫军疲于奔命地四处灭火，而在这个过程中，营养针的库存逼近了警戒线。

第八星系敏锐的走私犯后代们立刻察觉到不对，民间方才流通起来的货币再次遭到抵制，市场重新退化回了以物换物的阶段。而随后，又有大批假冒伪劣的营养针被一些"聪明人"造出来流入市场，市场秩序再一次遭到了毁灭性的打击，粮储告急。

第八星系经历过凯莱亲王时代，是近万年来，唯一体会过饥饿之痛的地方，营养针和营养膏就是政府信用，在这封闭的孤岛上，粮储告急，意味着动荡。

接下来的一段日子，陆必行每天疲于奔命，他必须按时到指挥中心报到，必须保持思维敏捷、情绪稳定、条理分明，他得把爱德华总长留下的担子一肩扛了，在乱局之中，他别无选择，一反先前总是和稀泥式的处世风格，开始软硬兼施，甚至有几次，他放任了武装镇压。

下班以后，他就一个人回家，回家第一件事，是先到隔壁，把那个属于独眼鹰的空屋子打扫一遍，然后回自己家关上门，除了紧急公务传唤，切断一切通信，谁也不理。"林将军和工程师001的家"门口，两个跳舞机器人生锈没人打理，已经成了两坨废铜烂铁，草坪机器人有一天被雨水打湿，程序出错，每天只会在一个地方兜圈子，弄得小院里一边寸草不生，另一边荒草高耸、好像鬼宅。陆必行既不管也不修，每天熟视无睹地进出，杂草长到石子路上，他就自己踩平。

图兰总怕他会一声不吭地一个人死在那屋里，战战兢兢地派卫兵每天在周围巡逻，随时用红外线窥视，看他是不是还活着。

一个月后，卧床的爱德华总长终于出院了，那天，陆必行正好在外星出差，图兰来接老总长出院。

一进门，她心里就一凉，因为迎面碰见几个医生从老总长的病房走出来。医疗自动化的年代，需要人类医生只有一种情况，就是机器和固定程序处理不了了。

"卫队长，"爱德华总长已经换上了便装，把自己收拾整齐，是一副要出院的模样，"这段日子不好过吧，看你都瘦了。"

"没瘦，体脂率下降了一点。"图兰说，"最近给自己加了点训练量。"

老总长意外地看了她一眼。

图兰苦笑了一下："我这人其实挺懒的，以前都把例行训练当工作，很不理解将军，我想，如果我是老大，没人管我，没人规定我的训练量，我肯定每天就在指挥中心跷着二郎腿发号施令，看别人挥汗如雨，那有多爽。"

"现在呢？"

"现在，我每天最大的享受就是到训练场里去，因为训练体能的时候，脑子里才能理所当然地一片空白。"图兰苦笑，随后问，"总长，我方才看见几个医生从这儿出去，你还好吗？"

"坐。"爱德华总长冲她一点头，没回答，反问，"必行怎么样？"

"不怎么样，"图兰叹了口气，从兜里摸出一张便笺纸，"你看。"

爱德华总长接过来，认出那便笺纸上是陆必行的字迹，上面写着："你冰箱里的营养膏过期了，已清理。PS：吃不了就少要一点配给，浪费可耻。"

备注日期是前一天。

"他在独眼鹰家里留的,每天都去打扫卫生,从来没问过独眼鹰的下落。"图兰说,"我让那个小怀特偷偷打探他有空的时候都干什么,怀特说,他在试着修复备份在他家里的湛卢系统,有空就去弄,每天准时到医疗舱里去睡,用药物精确控制自己几点睡几点起,保持身体最佳状态。秘密航道坐标泄露的调查报告传给他十几天了,系统显示他已经看过,但提都不提一句,不追责,也不提周六的事怎么处理,他好像连我那天强行放倒他的事都给忘了,我现在没有非让他拿主意不可的事,都不敢找他说话。"

爱德华总长说:"等他回来,你让他有时间来找我坐一坐吧,我时间可能不多了。"

图兰一愣:"不是……脑瘤而已,手术不是已经……"

爱德华总长平静地说:"我的基因链出现了'波普反应',脑瘤只是个先兆。"

这个时代,好像没有什么是医疗舱无法解决的,就算摔断了脊梁骨,塞进去躺一阵子,也能活蹦乱跳地出来,只要不是当场脑死亡,好像无论怎样都能抢救一下。可是人类还是会衰老,还是会死亡。死亡就好像光、爱情和宇宙洪荒一样,是永恒而不朽的,每一次人们以为自己即将战胜死亡的时候,很快又会发现,前方依然是望山跑死马一般的漫漫长路。

一座山之后,往往是另一座山。

就像"波普反应"。

没有人知道这种反应什么时候出现,刚开始往往是一些小毛病,但很快,基因链就会开始全面且不可修复地崩溃,更换器官也好,移植干细胞也好,基因剪刀疗法也好……全都无济于事,患者的身体好像遭到了某种诅咒。

图兰茫然地说:"怎么可能……您还不到基因链崩溃的年纪啊。"

总长其实就是长得老,两百四十岁,只不过就是卡在中老年之间的年纪，如果是太平盛世，他应该还没退休，有大把的时光可供消磨。可他这一生，是有方向没希望的一生，是被信仰与理想反复磋磨的一生，颠沛流离，又险些丧命于彩虹病毒，实在太苦了，衰老也好像不可避免地提前而至。

总长又勉强朝她笑了一下，说不出话来。

图兰低声说："你们一个个的，都是商量好一起撂挑子吗？不能这样啊总长，他担不住的，你们逼人太甚了。"

总长深陷的眼眶突然湿了："那咱们都尽力吧，卫队长——图兰将军，我尽力多活一阵，多送你们一程，可是你们也要做好准备啊。"

三天后，爱德华总长宣布病愈，重新投入工作，而陆必行出差回来第一件事，就是来和他请长假。

"我把工作都安排交接好了，万一有紧急公务，您也可以随时传唤，我反正就在家里，哪儿都不去，几分钟就能赶过来。"陆必行有条有理地说，"请假主要是我想要一段完整的私人时间，来修复湛卢的系统。您知道，湛卢的数据库里有大量的宝贵资料，都是战前联盟最前沿的技术，我们太需要这些东西了，而且有湛卢在，将来我们重新打通跃迁点之后，可以通过他和本体的联系，第一时间联系到林将军和白银十卫，也是安全保障。"

总长张了张嘴，不知道该怎么接这话。

陆必行从个人终端上把请假单调出来，推进总长的个人终端里，给他签字："我以前老跟林吹牛不打草稿，我说我能再造湛卢机甲，给我一个实验室，我连伊甸园都能复制……实在是不知天高地厚，这回接触到核心的东西，才发现咱们这里毕竟是穷乡僻壤，跟联盟最前沿的技术差太多了……好了，您回来了，那我忙去了。"

"必行，"总长叫住他，艰难地说，"有些……有些事，是人力不可逆转的，我们没有办法，只能接受。"

陆必行的耳朵自动过滤了不想听的话，聋了一样，充耳不闻地往外走去，脚步都没有停一下。

（五）

湛卢的系统非常复杂，哪怕备份在家里的这部分没有他作为机甲核的大部分功能，也远远超出了陆必行对"人工智能"的认知和常识。据说湛卢光是身上的可变形材料，每克就价值六百万第一星际币，这种造价，除了联盟中央，没人造得起，又要有多么高精尖的技术，才配得上他那身"皮囊"呢？

陆必行以前想象过，但现在，他发现自己还是太乐观了。

湛卢就像是一道解不开的题，陆必行查遍了所有他能接触到的材料，但越是钻研，越是觉得无望，他觉得自己好像一脚踩进了一个无边的大沼泽里，举步维艰。整整三个月，全无进展。这不是陆必行第一次经历失败，他也曾经异想天开，打算设计出一种适合空脑症的机甲。也是在无数次尝试后，终于以失败告终。然而那只是他年少轻狂时万千梦想中的一个，像远古地球时代的少年仰望漫漫天河，纵然也带来过痛苦，那痛苦却终究是炽热美丽的。

可是现在，如果他无法修复湛卢，他不知道自己还能做什么。

陆必行把自己关在家里的第一百天，早晨，刺眼的阳光把他从沙发上唤醒，他撑了自己一把，变形沙发这次却没能成功领会主人的意图，又死缠烂打地把他包裹在了里面，陆必行叹了口气，推开糊在下巴上的软布，坐起来，盯着沙发一角醒盹。

忽然，他散乱的目光渐渐聚焦，发现自己手指下面，有一根掉进了沙发缝里的头发。

陆必行猛地坐直了，变形沙发也连忙跟着他绷紧了皮。接着，他近乎虔诚地俯下去，小心翼翼地捏住那根发丝，一只手往外拉，另一只手在下面接着。那根头发不长，圆柱形的发根，很直，是某种特殊的深褐色，在暗处看，接近纯黑。

是这个房子另一位主人留下的。

陆必行就捧着那根头发，发了三个小时的呆，直到客厅里的家用医疗舱对他提出了警告，他才如梦方醒地回过神来，用镊子把头发夹起来，放在了实验用的玻璃片里密封好，过了一会儿，又仿佛觉得不甘心，找了一台打印机，用树脂打印了一颗圆珠，把那根头发包在了里面，乍一看，像一颗剔透的发晶，贴身放好。

然后他一边起来去刷牙，一边顺手翻阅自己头天晚上写的笔记。

隔了一宿，他感觉昨天的自己完全是在胡言乱语，于是果断将个人终端里的笔记删干净，掬了一捧凉水泼在脸上。

这是他第一百次删自己的笔记。

陆必行无意中抬头看了一眼镜子，忽然觉得镜子里的人有点陌生——胡楂遍布，衣衫不整，胸口处有一块刚沾的水渍，皱巴巴的，不知道几天没换过，脸颊凹陷，许久来不及打理的头发几乎快要垂到肩上，自来卷显得越发凌乱，还在没精打采地滴着水。

陆必行是惯于讲究形象的，见了自己这副熊样，他本能地呆了片刻，抬起手摸了一把自己的脸，可是实在提不起兴致收拾，于是眼不见心不烦地在墙上拍了几下，把镜子翻转了过去。

就在这时，有人敲了他的门。

电子管家死机了，智能家居就只剩下原始自带的功能，大门用冷冷的机械声，一个字一个字地往外蹦着说："来访人薄荷，登记身份为您的学生。是否接待？"

陆必行叹了口气："不。"

他实在不想见她，倒不是对小女孩有什么意见，任何人与世隔绝地宅上一百天，都会变得不想见人。

大门安静了，然而片刻后，他的个人终端不安静了，个人终端上亮起了"监护人义务"提示。

对了，薄荷还有十四个月才满二十周岁，虽然在特殊时期，她早已经能独当一面，和大人没有任何区别了，但法律上仍属于未成年人，《联盟未成年人保护法》规定，未成年人的法定监护人不能无缘无故断绝与被监护人的联系。陆必行双手撑在水池上，一低头，啼笑皆非地"哧"了一声："……《联盟未成年人保护法》。"

他打开个人终端，直接进入系统，把联盟相关法令全部删除，那玩意儿终于安静了。

然后陆必行闭上眼，在原地沉默了半分钟，还是去给女孩开了门。

等在门口的不只是薄荷，四个学生全都到齐了。薄荷才开口叫了一声"陆老师"，已经话不成音，站在门口哭了起来。

陆必行的目光从学生中间穿过，落在他的小花园里，看见园艺机器人和跳舞机器人都已经修好了，重新充电上了油，外壳也清理得干干净净，小花园疯长到挡光的杂草都不见了——难怪一大清早他就被阳光晃醒。院里被人栽满了花，郁郁葱葱的一大片，热闹得过了头，显得有点艳俗。

"别哭。"陆必行努力了三次，可实在是逼着自己也笑不出来，他因此有点愧疚，只好将他们让进来，"你们整理的花圃吗？谢谢了。"

"老师，"怀特说，"我们来帮你，行吗？我们来帮你一起修复湛卢的系统。"

陆必行心想，就你们那点一知半解的水平，也就能帮忙修机器人和端茶倒水，还能干什么？但他还没来得及婉拒，斗鸡就眼圈通红地自己先把话说了："可是我什么都不会……陆老师，你让我帮你倒咖啡吧。"

陆必行："……"

这四个小少年，是北京β星仅有的幸存者，跟着他一路流浪、一路拼命地长大，此时围着他委屈成一团，像四只战战兢兢的小流浪动物，唯恐自己被人抛弃，陆必行哭笑不得，不知道该说什么好。他不像林静恒一样，能在每天凌晨雷打不动地起床例行训练，但他又有另一种克己，即使万念俱灰，他也依然是老师、是监护人，宁可委屈自己，也总不想伤了孩子们的心，只好点头答应："行吧，以后端咖啡就交给你了。"

不料他这心软之下的一点头,算是把千里河堤撕开了一条口子——头几天,四个学生每天定时定点地跑来找他,陆必行不方便在学生们面前邋邋遢遢,于是强打精神,好歹把自己收拾出了一个人样。

这些小流氓老实得都不像他们了,安安静静地进出,来了也不多话,先指挥着家用小机器人把家务打理好,偶尔还带一点小装饰,到处给他添些没用的东西。学生们看不懂高深的技术论文,就真的勤勤恳恳地干起端茶倒水的事,不懂也不随便乱问,有问题就自己去隔壁的小房间小声讨论,然后在傍晚离开前,再小心翼翼地把一天的讨论成果说给陆必行参考。

当然,这四位臭皮匠,顶不了半个诸葛亮,学生们提出来的东西都很幼稚,非但没有帮助,还要让陆必行每天额外抽出半个小时的时间,给他们纠正常识性错误……倒是无形中让他多说了好多话。

再后来,工程部的人也开始觍着脸跟着未成年人往他家里混。

刚开始是一两个人,来就来了,陆必行也不好轰他们走。结果后来人越来越多,直到有一天,陆必行家里的咖啡都被喝完了,他才发现整个工程部的核心研发人员几乎全来报到了。

陆必行站在楼梯间的小吧台后面,莫名其妙地举着装咖啡豆的空纸袋,拍开屁颠屁颠围着他转的咖啡机,又低头看着在他家客厅里聚众蹭饭的工程师——他家没那么多桌椅,沙发让几个年纪大的老工程师占了,其他人要么席地而坐,要么拎着电子笔在旁边站着,围着他那死机的电子管家开会。

"哎,"陆必行敲了敲金属的楼梯扶手,楼下安静片刻,工程师们集体抬头看着他,"我说各位,没记错的话,我好像是请了长假,不是把工程部的办公地址改到我家了吧?物资紧缺,大家都吃配给,少爷家也没那么多余粮,半年的咖啡储备都让你们祸害完了,麻烦诸位,赶紧散了吧。"

"没关系陆老师,我们跟总长申请了,特批给你几袋咖啡豆。"一个老工程师站出来说,"总长交代,湛卢的数据库如果不能修复,我们在技术发展方面至少要多走百年的弯路,您不能把我们排除在外啊。"

陆必行抓了抓头发,这托词纯粹是他想请假,用来忽悠总长的——湛卢的数据库里储备的大多是联盟的技术,陆必行以前其实大致看过,尖端归尖端,但很多东西花哨大于实用,再说,战前联盟的财力和生产力是第八星系能比的吗?联盟能实现的东西,不代表现在的第八星系也能实现,技术不能实现,不过就是一纸趣味小论文。论价值,其实还不如霍普留下的农场模型有用,不然林静恒早就拿出来共享了。

陆必行搪塞说:"再前沿的技术,能否应用,也得看有没有生产力做基础,第八星系当务之急是恢复生产和秩序,总长大概理解错了,湛卢……湛卢应该属于一个长期战略,你们该干什么干什么去,别跟着我耽误工夫……"

"陆老师,"另一个年轻的工程师打断他,直白地跳过官腔,说,"你不用解释,其实我们知道,那都是你请假的借口,你觉得修复湛卢数据库是你的私事,不愿意拿自己的私事给大家干。可是不管别人怎么样,我从穷乡僻壤的红霞星出来,从一个人造生态系统维护工人变成工程部的工程师,是因为我愿意跟着你,而你也选择了我。"

"上班没时间,我们可以下班再来。"

"陆老师,是你跟我们说,工程部是一个团队的。"

"陆老师,咱们部门的宗旨不就是'永远挑战更难的'吗?"

"更难的在这里,我们来了。"

陆必行拎着空空如也的咖啡豆纸袋,张嘴又闭上,看着这些人,三寸不烂之舌好像僵住了,一个字也说不出来。

第八星系纵然是穷乡僻壤,也能生长出很多像陆必行一样野路子的民间工程师,他们本来积年累月地蒙尘在那些"灰头土脸"的行星上,仓促被人挖出来,裹挟进乱世,懵懵懂懂。

至此,终于渐渐露出了应有的锋芒。

你没有放弃过的人,也不会放弃你。

"林将军和工程师001的家"不大，就是三四个人的空间，偶尔招待亲朋好友聚个餐没问题，但把整个工程部都装进来就捉襟见肘了。

地下室都被他们这伙人占满了，第八星系的非主流工程师们每天大猴子一样，以各种姿态趴在地下室的体能训练器上——跑步机上坐了三个，失重平衡训练仪被搞成了一个小会议室，四五个人挤在里面还不肯老实，七嘴八舌地争论吵急了眼，一点也没有文化人的风度，充满第八星系特色的污言秽语满天飞，一个工程师被挤了出去，一怒之下把训练仪启动了，那几个朝他出言不逊的同事顿时好似进了滚筒洗衣机，集体脑震荡，进了医疗舱。

闻信赶来的陆必行实在不知说什么好，只好在门口贴了张"家规"，第一条就是醒目加粗的"动口不动手"，并赶紧把"危险物品"都暂时转移到阁楼。

阁楼本来是个阳光房，一些特殊仪器不能见光，陆必行只好把玻璃顶和窗户都遮住了，小机器人尽忠职守地干完了活，"吱吱呀呀"地贴着墙角站好。陆必行转身环视光线晦暗的周遭，这些东西都是林的，无声地立在阴影里，像是那人温柔沉静地凝视着他。

一瞬间，陆必行心里一动，连日来，被他严防死守的记忆封印松动了，他忽然无法控制自己不去想林静恒，不去想那些许久不见、被他刻意忽略的人，不管理智怎么歇斯底里地制止他——不能想，不能怀念，他还有那么多事要做，整个工程部都在他楼下，他不能现在失控。

他就像个毒瘾发作的人，焦躁地在阁楼上来回转了几圈，徒劳地想把心里大开的闸门推回去，他哆哆嗦嗦地给自己点了根烟，吸得狼吞虎咽，可依然无济于事，于是把烧着的烟头拧在了自己胳膊上，皮肉烧焦的味道立刻冒出来。

他像个溺水的人，大口地喘息，企图借由疼痛拿回他的控制力。

情绪稍有平定，他就逃似的锁上了阁楼，仓促地钻进一个小房间，粗糙地处理了伤口，拉下衣袖，像没事人一样投入海量的数据中。

第八星系最核心的科研力量，就是在这样的逼迫下拔地而起的。

转眼，一个沃托年匆匆而过，这是水深火热的一年。从总长到民众，全都节衣缩食到了极致，星系内冲突爆发了十几次，爱德华总长默认了陆必行代理时"恢复死刑"的做法，将制造假营养针的一干走私犯公开处刑。

老总长一反常态地铁血起来，修改宪法，强势推行一系列政令，好像急着为后人肃清什么。

在启明星绕着第八太阳公转一周，再次回到十四个月前，引爆跃迁点那一天的位置时，爱德华总长正式宣布，将这一天定为独立日，从此，第八星系废除新星历，以独立日作为一年中的第一天，启明星的公转轨迹作为年历标准，一年的长度更改为四百二十四天。

陆必行和他不走寻常路的工程师团队终于取得了阶段性的进展——

四百二十四天后，备份在陆必行家里的湛卢第一次重启成功。

那熟悉的声音在客厅与地下室响起："您好，我是人工智能湛卢，很抱歉，由于系统故障，我现在不能为您服务，即将进入自我修复程序，预计耗时约八百小时，请耐心等待，并保证能量供给——"

地下室里横七竖八的工程师们集体号叫起来，有人大声吹口哨，有人拍着墙大笑，有人三天三夜没有合过眼，干脆躺倒在地，陆必行抓紧了胸口——贴着心口的衬衣内袋里，那枚凝着头发的小小标本珠仿佛着了火，灼灼地烧着他的皮肤，冰凉的心血沸腾了起来。

林现在在什么地方？

第八星系跃迁点炸光之前，有没有只言片语留给他……哪怕只是一句没什么用的叮嘱？陆必行觉得光是这样一想，他就被抽干了灵魂似的，整个人都想顺着引力坍塌到启明星地心。

重启的湛卢静静地运行着自己的程序，陆必行把他那八百小时的倒计时打在大门口，这样，工程师们每天经过他家去上班，都能看一眼进程。

他昏天黑地地睡了三天三夜，每一根骨头都睡酥了，起来以后仔细地刮了胡子，让家用机器人剪短了垂到肩胛骨上的头发，换上平整的衬衣与外套，去了指挥中心找总长和图兰，销假报到。

临走时，他叫住图兰："图兰将军，我父亲在什么地方？"

图兰看着他的眼睛，看他用了四百多天，将眼睛里弥漫的噩梦和血痂一点一点地磨去，露出剔透的光泽，仿佛和以前一样，又仿佛全然不同了。她亲自领着陆必行来到了基地旁边的公墓前："我们找到了他机甲的残骸。"

陆必行低头看着那墓碑上的雕像，见旁边的墓志铭上刻着："没关系，小子，反正你是我从垃圾箱里捡的。"

图兰逃似的快步走开，无论他是痛哭还是坚强，她都不敢窥视。

一场漫长的噩梦好像就这样被惊醒了……

好像。

陆必行回归指挥部，总长的担子卸下了很多，湛卢的自我修复倒计时不断减少，一切都像是在往好的方向发展。

耗时八百六十七小时，比预计时间稍长了一些，湛卢完成了自我修复。

工程部所有人、图兰，甚至刚从医疗舱里出来的总长都来到了"林将军和工程师001的家"，等着奇迹降临。

"您好，陆校长，"湛卢的声音在拥挤的房子里响起，"虽然没有实体，但是能再次见到您，我觉得十分欣慰，您憔悴了不少。"

陆必行的眼睛突然红了，说不出话来。

图兰问出了所有人都想知道的问题："湛卢，林将军怎么样了？你的主体跟着他吗？"

湛卢沉默了三秒："卫队长，我们在回归地下航道的途中，意外遭到星际海盗伏击，他们引爆了跃迁点，整个七、八星系联军全军覆没，将军的指挥舰被炸毁……"

图兰腿一软。

"我的主体也已经在爆炸中焚毁了。"

他们翻过高山，翻过地狱，一步一步地爬出来，向着山的那边、路的尽头……

却发现终点一无所有。

霍普曾经说："人们起源于信仰。"

陆必行当时跟他抖机灵，随口接了一句："人们也将毁于信仰。"

一语成谶。

第二章 地狱客

> 我会自己撕开这个孤岛通往外界的路,
> 打碎他们粉饰的太平,让那些人都付出应有的代价。

(一)

一艘星舰开到了七、八星系交界的地方。

很多年前,这里还是很热闹的,那些跨星系的走私犯来来往往,有时在小小的补给站里停下,顺势就能开个小交易场,有时候被心血来潮的第七星系执法人员追得四处乱窜,甚至会扰乱航道的正常秩序,弄得很多商队经过这里,都不得不雇一些不那么合法的私人武装。

当然,现在是没有这个必要了。

连接两个星系间的跃迁点已经消失了,第八星系彻底离开了人们的视野,一些年之内,那边都再不会有机甲或者星舰能穿过来了。

而第七星系的星空一片静悄悄,航道两侧随处可见化作宇宙垃圾的残骸,没人清理,航道间别说是机甲和星舰,就连飘浮在两侧的补给站,都是一片荒凉,没有人烟。

霍普——哈瑞斯,短短不到两年,须发白了一多半,倒是给他平添了几分仙气。

他正通过星际望远镜，望着这死域一样的地方。

"据说第七星系在那一战里，失去了百分之六十的人口，死了一部分，还有一部分逃到第八星系去了，只剩下几个边缘小星球上还有人，安克鲁死后，软塌塌的第七星系政府没有脊梁，现在萧条得跟域外一样。"穿长袍的年轻人给霍普端了一杯热茶，"大先知，我们还是准备回航吧，再往前走也没有意义了，第八星系把跃迁点清理干净了，现在那里除了残骸，什么都没剩下，这些残骸也是安全隐患。"

哈瑞斯一言不发地转过头去，他穿了一件不知道什么材质的外袍，面料柔软极了，质地近乎液体，闪着特殊的光，灯光一扫，就像掠过一排碎钻，华美得不可思议，而裹在其中的男人却是一脸冷淡又厌倦的神色……与当年那个和草根技术员们一起折腾农场、跟陆必行天南海北瞎聊的神棍"霍普"，完全是判若两人。

但是手下很吃这套，认为他这属于"出尘绝俗"。那个端茶倒水的年轻人不敢直视哈瑞斯，后背一直弓着，可能就算是让他跪下顶礼膜拜，他也干得出来。

当年哈瑞斯带着几个人，决定离开第八星系的时候，心里惦记的是还欠他那年轻的朋友几瓶自酿酒，出走时，他尽管有所保留，还是选择相信了伍尔夫，他觉得自己除了信仰之外一无所有，任何人在他身上都无利可图，是个可以"夜不闭户"的穷光蛋。要防备，也应该伍尔夫防备他才对。因为过去几十年，反乌会的曙光在白塔中湮灭的时候，当他们失去了一切、在域外苦苦挣扎的时候，是这位伍尔夫元帅从天而降，救世主一样地帮他们活下来的。伍尔夫多年来，先是为联盟鞠躬尽瘁，随即与联盟离心，但无论怎样，他都未曾追逐过名利，未曾贪图过什么。他是联盟中央里罕见的光棍，连子孙后代都没有，活得像个时刻准备殉道的孤家寡人。

哈瑞斯觉得，如果谁还能理解白塔之殇，那就只有伍尔夫元帅了。

但现在他知道了，像这样什么都不贪图的人，不一定是圣人，也可能是个疯子。

十五个月以前的那场大战轰动了整个联盟，第八星系被隔离，第七星系几乎毁于一旦，两星系联军为了抵抗海盗全军覆没，像一首英雄悲歌，点燃了其他星系的血性，尤以第一星系为最，民间的反抗越来越激烈，战争带来的崩溃期过去，没有自杀的人发现自己终于还是得活，于是渐渐学会了挥别摇篮，与痛苦共处。

第一星系的文明人反抗起来很有第一星系特色，他们一开始并没有选择诉诸暴力，而是秩序井然地上了街，或静坐或游行，客气地要求光荣军团这个"非法政府"滚出第一星系，据说最宽的街道都被抗议的人群挤满了，然而没有喧哗，没有踩踏，示威人群占领街道数十个小时之久，而被光荣军团的军警强行驱散时，地上居然没有垃圾。

他们把一开始占领沃托、对着碑林撒尿的光荣军团衬托得更像垃圾了。

光荣军团逐渐坐不住了，有一天，大总统忍无可忍，破口大骂时不小心被部下误解了命令，当晚，军警朝游行民众开了火。整洁的长街披血，血迹一下戳破了光荣军团的本质，再也没有人相信他们那套"光荣帝国"的狗屁了。各地纷纷声援，联盟理所当然地扛起"大义"，召唤各地中央军，"与联盟一起，救民众于水火"。

而那场大战里，毁的不仅仅是两个星系，由于林静恒这块骨头异乎寻常地难啃，尽管有伍尔夫元帅遥控帮忙、料事如神，反乌会还是在其中损失惨重，随后，组织内部矛盾被严重激化，随着"狂躁派"里的几个重要人物先后被暗杀，反乌会明确地分裂成两派，哈瑞斯则像傀儡一样，被伍尔夫一手推向前台。

哈瑞斯是个坚决的反战分子，非必要绝不动刀兵，反乌会在元气大伤后，被重新上台的"和平派"一手按下，从各个阵地中撤出，偃旗息鼓。重新结盟的联盟和中央军则腾出手来，集中力量收拾搅屎棍：自由军团和光荣团。

一切都在往好的方向发展，和平的曙光似乎已经指日可待——反乌会在伍尔夫的控制下，卖"鸦片"的自由军团被迫暂避锋芒、偃旗息鼓，搞笑的"光荣帝国"则在步步后退，现在正准备狗急跳墙，以整个第一星系做人质，双方还在僵持。但哈瑞斯知道，僵持不会持续太久，大总统内忧外患，斗不过伍尔夫。

谁斗得过伍尔夫呢？

没有人知道，那场伟大而悲壮地扭转了整个联盟战局的战役，从一开始，就只是针对林静恒量身定制的暗杀而已——反乌会畏惧他，因为白银十卫是他们的噩梦，他们一茬一茬地来给林静恒送人头，又被人家一茬一茬地收割，伍尔夫一开始不表态，甚至还有点不想动林静恒的意思。直到"禁果"的秘密被意外捅出来，林静恒成了那个非死不可的人。

一开始，连反乌会的海盗都以为伍尔夫老糊涂了，攻打第七星系能困住林静恒？这听着好像都不沾边。林静恒防安克鲁像防贼一样，压根儿不肯踏入第七星系一步，打安克鲁，除了让他在旁边嗑瓜子看热闹之外，还能有什么用？

可是反乌会从来都是林静恒的手下败将，都快倾家荡产了也杀不动一个林静恒，实在没办法，也只好病急乱投医，听了伍尔夫的。

他们万万没想到，这样居然真的可行。

哈瑞斯也是后来才知道，白银十卫没有及时赶到第八星系，是因为被路上的战火绊住了，他们正在林静恒本人的命令下，四处救火。

伍尔夫看着林静恒出生，看着他长大，一手把他扶上了白银要塞总负责人的位置，看了他五十年，把他每一寸灵魂都看得透透的，恐怕那位联盟上将本人都没有那么了解自己。

星舰缓缓自转，哈瑞斯抿了一口热茶，唇舌被烫得一片麻木，他心里依然是冰冷的。

林静恒非死不可，因为他还记得自己的身份，从他在混战之际，竟不立刻收拢筹码，而允许白银十卫以受蹂躏的联盟为先时，他的结局就是命中注定的。而他哈瑞斯的结局也是注定的。他必须受伍尔夫的摆布、必须替他当这个傀儡，因为白塔在上，不管未来人类往哪个方向发展，他都不能揭穿伍尔夫的秘密、让新星历纪元以流血结束……哪怕他知道伍尔夫的真面目,也知道平静建立在谎言和罪恶上。

哈瑞思让人把几桶自酿酒放进小生态舱里,从星舰舱门里推出去,让它们飘进了茫茫宇宙,继而最后看了一眼第八星系的方向,不知道陆必行怎么样了。

大概不会太好,他想,那些心里相信着什么、总想做点什么的人,就是这样的下场。总有一天,他们会明白,原则和信念这种东西,像脆弱的花,美则美矣,却只有在温柔舒适的环境里才能存活。而当他们进入丛林的时候,就会发现这些曾经以为高尚无比、宝贵无比的东西都是桎梏,都是绳索,如果不能及时放下,那么不管是力大无穷的巨人,还是七窍玲珑的智者,都会被绑在那里,任人宰割。

陆必行那句玩笑话说得对,人类就是毁于信仰。

话说回来,人类社会中所有的一切规则、道德与制度,不也都是人们自行捏造的吗?①

那么信仰也是一样,来自虚无缥缈,最终会时过境迁。

(二)

遥远的星系之外,陆必行刚刚拿到总长的体检报告书。

他透过医疗舱上透明的小玻璃看了总长一眼,总长正睡着,更瘦了,脱了相,正在被自己的身体杀死。

陆必行问:"他还有多长时间?"

医生回答:"经验上看,会在三到五个月之间,但后期病人会很痛苦,所以一般来说不会真的熬到自然死亡的那天,大部分人会选择安乐死。"

陆必行又问:"静养呢?"

医生苦笑着摇摇头:"您知道,波普反应严格来说与生活习惯没有

---

① "人类社会起源于虚构"——想法来自《人类简史》一书。

关系。"

年轻的代理总长听完，默默地发了会儿呆，随即冲医生点了个头，把病历存在个人终端里，走了。

除了病历，总长一起交给他的，还有一份正式的任命书。爱德华总长宣布退休，把这个星海里的孤岛托付到了他手上。

陆必行独自顺着人行道，往中央广场走去。

银河城很多人都认识他，陆必行向来人缘好，路上碰到不少人都和他打招呼，好几辆车停下来，询问他是否需要送，他一一谢绝，一路走到了中央广场上。

暮色四合，晚间活动的人们已经散场了，只有个卖凉茶的小机器人还在来回兜售，店主则在一边睡着了。广场上原本有两个时钟，一个是沃托时间，一个是启明星时间——由于行星自转公转差异，启明星一天与沃托一天的长度有一点差异，生活在自然行星上的人们往往习惯于两套计时系统——好在，现在不用了，沃托时间已经被取了下来，他们再也不用和遥远的联盟中央保持同步了。

陆必行停下来，仰头看着陆信那高大的石像，这里的人们爱他，石像刻得十分精致，连发丝纹理都分毫毕现，此时，石像额前一撮迎风而起伏的头发正好挂住了一个气球，十分有童趣。

丢了气球的熊孩子眼巴巴地看着，撇起嘴，眼泪开始打转，陆信作为第八星系的精神偶像，石像前有卫兵守着，是十分神圣的，没人敢对它不敬，大人只好强行把孩子领走，丢了气球的小孩忍不住一嗓子号了出来。

"哎，等等，别哭。"陆必行抬手拍了拍卫兵的肩膀，在卫兵的目瞪口呆中，挽起袖子爬上了石像，和那石像对视了一眼，他把石像头上的气球摘下来还给了小孩。

卫兵吓坏了："陆……陆……"

陆必行一摊手："你觉得陆信将军会介意吗？"

卫兵无言以对，下午，爱德华总长政府公开发了任命，陆必行从明天开始，就是新一任的总长，既然总长说了不介意，那……那就算不介意吧。

陆必行就顺着石像的石阶走下去，走到最后一层，找了个角落坐了下来，在晚风中点着了一根烟，卖饮料的小店主一觉睡醒，惊讶地看见他，连忙远远地冲他鞠躬，陆必行朝对方点头致意，神色淡淡的，看不出在想什么。

陆必行以前并不是一个喜怒不形于色的人，他觉得人人都有悲喜，又不丢人，没什么不能向别人展示的，可是一夜之间，他心里好像起了万丈的城府，把一切都藏起来了。

没有人知道，他在接到总长突如其来的任命时，刚刚破译了湛卢数据库里"禁果"系统的加密，"禁果"当然早就停止运行了，只剩下一点数据记录，陆必行对照着联盟中央高层官员名单浏览了"禁果"，觉得如果他是白塔负责人，搞不好也得叛变——"禁果"最早的名单里几乎包含了管委会全体，还有那些明显与管委会关系良好、属于管委会一派的议员。立法的人，都千方百计地想凌驾于法律之上，布下监控的人，都想自己逃脱监控。

后半部分名单的成分则更为复杂，从白塔第一任负责人哈登博士开始，"禁果"名单里开始掺入了反对力量——联盟元帅伍尔夫的名字最为显赫，看到了这份名单，在背后勾结域外海盗的人是谁不言而喻。

可是他找了又找，一直翻到"禁果"上的最后一个名字林静恒，却没找到陆信，没有这个传闻中保存了"禁果"十几年的男人。

"禁果"运行在湛卢上，林静恒都不知道这个"屏蔽器"真正的作用，只能是陆信亲自加密的，他不可能没有看到过这份名单。

陆必行转头看向陆信的石像，隔着很多年，石像和一无所有的男人静默地对视，底座上刻着自由宣言，十分刺眼。

"你走的时候，还相信这玩意儿吗？"陆必行漠然地想，石像并不能回答，石像也没有想法，它只是每个人心里的自我投射，陆必行在心里对他说，"我不信了，我将来会铲平它，没有对死者不敬的意思，别见怪啊陆将军。"

但是现在还不行,他还需要这段垃圾维持社会秩序,脆弱多难的第八星系还需要这么一段精神鸦片。

陆必行捻灭烟头,扔进垃圾箱里,转头对卫兵点头微笑:"辛苦了。"

卫兵肃然立正敬礼:"自由宣言万岁。"

陆必行在银河城的机甲车站台上了一辆机甲车,回了家。他家里重新修整了一次,在湛卢的管理下井井有条,连院里的花圃也重新修整过,显得品位高雅多了,地下室改造成了完整的实验室,而他再也没有上过那个上锁的阁楼。

"陆校长,晚上好。"房子说,"我看见了您个人终端上的病历单,真是个坏消息,希望您心情还好。"

"陆校长"这三个字,以后大概除了湛卢,不会再有人叫了,也不会再有人记得那个"异想天开"的星海学院了。

"嗯,还好。"陆必行漫不经心地说,"生老病死嘛。"

湛卢说:"工作文件已经替您规整完毕,是否查阅呢?"

"明天再说,"陆必行换好鞋,走向地下室,"昨天的实验结果出来了吗?"

湛卢:"分析报告已经完成,恕我直言,陆校长,科学家应该适当管束自己危险的好奇心。"

陆必行笑了一下,不和他争辩,径自走进实验室。

湛卢啰啰唆唆地说:"如果威胁到主人的生命健康,我将……"

"拒绝主人的命令?"陆必行语气很温柔地说,"你试过吗?"

湛卢沉默了一会儿:"我无法拒绝您的命令,您在我恢复系统过程中,把我的自主保护功能禁用了,但我强烈推荐您打开。"

"谢谢,不了,"陆必行说,"我现在需要一段安静的时间阅读分析报告。"

湛卢识别出这是一道命令,乖乖地闭了嘴。

陆必行戴上耳机，隔绝掉一切环境噪声，打开了分析报告——手边的培养基里有一枚生物芯片。那是一枚当年从自由军团手里缴获的"鸦片"芯片，陆必行拆解后，对它进行了数次修改，现在，分析报告给出的结论是，芯片已经基本安全，具备了临床实验条件。

"禁果"的数据库里，除了名单，还有一部分生物芯片实验报告，不全，但对有湛卢在手的陆必行来说，已经足够了。

陆必行在实验报告后面做了个标记，将那枚芯片装进注射器，注入了自己的上臂。

同一时间，仿佛是冥冥中有什么感应似的，两个星系之外一个秘密小行星上，一个安静了将近两年的生态舱突然有了微弱的反应。

（三）

小行星的地面面积还没有一个气派点的人造空间站大，上面最显眼的建筑是一座研究所，外观十分朴素，看起来就像哪个穷乡僻壤的天文学家孤独的观测站，不过实验楼、住宅等一干配套设备倒是一应俱全。

当晚值班的研究员本来正在集体打瞌睡，其中一位手肘一倒，把自己晃醒，他睡眼惺忪地打了个哈欠，茫然地扫过生态舱前的屏幕，猛地一顿，又用力揉了揉眼，随后大叫一声跳了起来，连滚带爬地往外跑去："我的天……博士！博士！"

片刻后，整个实验室沸腾了，所有昏昏欲睡的研究员全好似打了鸡血，一群人从外面拥了进来，有扒着仪器记录数据的，还有一帮医生，在旁边飞快地交换意见，开了场短且激烈的讨论会。门口的卫兵队被惊动，小跑到实验室外站成一排，里面的医生看见，立刻对他们喊："闲杂人等不要靠近，尤其'二代'以上，你们没带屏蔽器，会对生态舱的精神网造成干扰的！"

领头的军官会意，一摆手，卫兵队在门口站成两排，背对实验室站起岗来。

这些人的军装款式与联盟军很像，却是一种奇特的天蓝色，看着不怎么像正经军装，肩章上的图案也是联盟军的"自由之剑"，可是仔细看，那剑的方向是反过来的，透着一种诡异感。这是最近一两年突然崛起，流窜在八大星系间，最丧心病狂、最不可捉摸的一支武装力量——自由军团。

自由军团这支卫兵队领头人隔着实验室透明的隔离门，注视着里面忙碌的"白大褂"们，这时，楼道尽头，一个轮椅缓缓地滚过来，上面坐着一个老人——白塔的第一任负责人，哈登博士。

卫兵队军官连忙上前，扶住他的轮椅，毕恭毕敬地打招呼："博士。"

白塔这位死而复生的神秘老人，看起来比两年前又老了许多，岁月在他身上几乎有些残酷了，那弓起的后背将他的脖颈往前压，让他像个脖子抻得老长的乌龟。哈登博士催着自动轮椅上前，摸索着对面墙上的对讲机说："他突然有反应了，到底怎么回事？"

"博士，我们公转靠近恒星最近点时，正好当头撞上粒子风暴，受到了强烈干扰，由于当时预警损坏，设备正在维护，防护罩撑起比预期慢了0.01秒，我猜是因为这个，刺激了生态舱的自主防护功能，导致了精神网波动。目前我们还无法判断他这是主动反应，还是被波动的精神网影响的，也难说是不是好事，请您少安毋躁。"

卫兵队的军官轻轻地叹了口气："他真的还活着？不可能吧？这也……太强悍了。"

生态舱里那人被捡回来的时候，只剩下一口气，他胸椎粉碎，脊柱骨折，内脏严重受损，但很幸运，这一身的伤几乎全是物理性伤害，以当今的医疗条件，数天就能治愈。

最致命的，是他的大脑。医疗舱和随行医学专家看过之后，都给出了相同的判断——由于精神网反噬，生态舱里面的人已经脑死亡。然而这位胆敢直言不讳的医学专家和医疗舱一起，被自由军团那位喜怒无常的主人就地"销毁"了,其他人再也不敢说实话,只好一身冷汗地顶着死亡压力,装模作样地围着他检查,试图检查出一点人还活着的证据。

不料这一检查,他们居然真的捕捉到了一种奇特的现象。这是他们从未见过的情况——那破破烂烂的生态舱上有微弱的精神网残留,虽然几乎已经完全崩溃,但其中人机对接口仍是连着的。

失去意识或者死亡的人,是不可能连着精神网的,如果人机对接口是连着的,那么这个人一定还活着,甚至可以说,他有可能是有意识的。可是那精神网已经"死"了,他偏偏又没有活人应有的反应,谁也说不准他是死是活。

他们治好了他的身体,用医疗手段维系他的各项身体机能,如果不出意外,他可以一直维系这种"睡美人"状态,直到几百年后身体自然衰老,波普崩溃。

但如何唤醒这颗不知死活的大脑呢?自由军团最精锐的医学专家和研究员们通过讨论,提出了一套治疗方案,认为可以通过刺激他连着的精神网,试图激发他的大脑反应。但这是有风险的,因为在这种未知状态下,那人就像薛定谔的猫,卡在生死之间。谁也不知道,一个微弱的刺激下打破现在的平衡,他是会醒过来,还是直接断开精神网死过去。

而治疗方案报上去以后,他们那位仿佛有"史前医闹"血统的主人林静姝,却出乎所有人意料地拒绝了治疗方案,只要求他们保留身体机能,她有时候会来探望,屏蔽所有人,跟他独处五分钟。她留下了一整支尖端的医疗研究团队给他,干的却都是最基础的医疗舱和保姆的工作,她似乎并不是很想让他醒过来,好像对她来说,只要他看起来像是活着,而她相信他还活着,这就够了。

"就像亚瑟王拔出了石中剑,这是命运啊。"哈登叹了口气,缓缓地靠上椅背,抬头看了看旁边的卫兵队军官,"请问你是……"

"您好博士,我是一名'四代',本来奉命在第七星系推广芯片,当年,第七星系那场大战爆发前不久,我曾接到临时命令,前往第八星系,给林静恒将军运送一批机甲物资,送抵后,我又接到主人命令,暂停原本事务,隐藏在七、八星系之间,原地待命,随时向主人汇报林静恒将军的动态。"

哈登"啊"了一声——经过两年的发展,现如今自由军团治下层级分明,每个人的身份和社会地位,都取决于他脖子里那枚芯片的级别,"一代"最低,目前发展的最高等级是"五代",高级别的芯片携带者能通过芯片,不容抗拒地指挥低级别携带者,甚至一个念头就能让低级别者就地自杀,逼迫每个人都忠心耿耿,同时挖空了心思往上爬。

"四代"是很显赫的级别,显然,对这位军官来说,"四代"的身份比他的名字和职务还荣耀。而"四代"在自由军团里,通常都是有头有脸的人,怎么也不该是这么一个小小行星上的保安队长,因此他能爬到这个位置,一定是立过大功。

哈登博士了然地点点头:"原来他是你救回来的。"

"嗯……不,博士,"军官犹豫片刻,在"鸦片"芯片的作用下,到底说了实话,他一低头,"我确实是因为他,这两年才有幸随着芯片升级,一路晋升到了'四代',但其实我不敢说他是我救的——在主人那里,我也是这样汇报的。那时我奉命徘徊在战场附近,观察林将军的动静,但是他们打得太激烈,场面失控了,我们根本不敢靠近,当时本以为他们要撤回随时要封闭的第八星系,我还在犹豫,不知道这样回去复命能不能交代过去,战局就天翻地覆了……我吓坏了,以为自己没有完成任务,万一林将军在我眼皮底下出事,我回去一定会被处决……等那些反乌会的残兵撤走,我才又不甘心,循着剧烈爆炸的能量反应找过去。"

哈登博士说:"我听说了,反乌会在他们穿过跃迁点的时候,把联军和跃迁点一起引爆了。"

"是,根据我们事后推断,当时林将军所在指挥舰应该是一马当先的,也就是说,爆炸发生的那一刻,他其实已经穿过跃迁点了,相比后面那些直接被闷在跃迁点里的,他这身先士卒的习惯反而给了他一线生机,而他的机甲上有一枚超级机甲核,也就是传说中的'湛卢',超级变形材料在爆炸中化作紧急生态舱，替他挡了一下，因此他才没有立刻化为尘埃。"

哈登博士一挑眉："但再厉害的机甲核也是人造产物，人造产物不可能扛住跃迁点爆炸的能量级。"

"对，所以这枚珍贵的机甲核随即彻底报废，里面的人应该会立刻暴露在宇宙射线之下，死亡是不可避免的。"军官说，"但是您敢相信吗？在这种情况下，他竟然仍然是有意识的，而且没有等死——我方才和您解释过，爆炸发生时，他所在位置比较靠近反乌会，在那枚机甲核精神网消失前的片刻，他把超级机甲核广阔的精神网铺到了极致，扫了埋伏的反乌会一个边，入侵了一架小型机甲。"

哈登博士穿过单向玻璃，望着里面安静的生态舱，喃喃地说："……这不可能。"

重甲里是设有机甲收发台的，中小型机甲都能停靠进去，类似能停靠战斗机的地面航母，所以在必要的时候，一架重甲本身可以变成一支小战队。但机甲设计师们考虑到实战因素，安全起见，这些小机甲停靠在重甲中的时候，是受重甲精神网管辖的，也就是说，除非有人入侵了重甲的精神网，释放了小机甲，这些无人驾驶的小机甲的精神网才会独立，才有被入侵控制的可能性。

而一架重甲上，至少有一个加强连的备用驾驶员，即使是林静恒带着完好的湛卢，有横扫千军之能，最多也只能是让这些重甲的人机对接不稳，震荡一会儿，仅靠他一己之力，长时间入侵重甲精神网是不可能的。何况他当时那种惨样，能连着机甲核的精神网没断，已经是奇迹了。

"就算他求生意志强到逆天，反乌会的重甲精神网被入侵，他们自己感觉不到吗？"哈登博士问，"生态舱是很小，在碎片满天飞的混乱中不容易被注意到，但他入侵对方精神网，不是暴露自己的位置吗？一个破破烂烂马上要自己崩溃的生态舱，不用做什么，朝他喷一口尾气就足以要他的命了。"

"我们后来修复了一部分记录仪，发现他不是随机选的入侵对象——跃迁点引爆，整个联军被卷进去，无数机甲里无数武器库自爆，又进一步增强了爆炸能量，反乌会的计算其实很精准，但是任何人都不可能把敌军的武器库和火力真实情况估算得一分不差，所以他们的侧翼被爆炸余波扫了个边，导致几架重甲的防护罩和精神网有不同程度的破损，他选择的那一架重甲的机甲收发台起火脱离机身。他在千钧一发间入侵了机甲收发台上一架小机甲，并远程控制小机甲，向他所在生态舱打了个临时防护罩，但是反乌会很快察觉到这部分脱落的机甲收发站，将其引爆了，否则我猜他甚至能得到一架机甲。而这之后，他的时间也不多了，湛卢机甲核的精神网崩溃，再次让他强行人机分离。您知道，在这种情况下，一次精神网强行崩断，脑死亡都是大概率事件，何况他经历了两次。"卫兵队的军官叹了口气，"我们找到他的时候，那个临时的防护罩也快被粒子流消磨干净了，这个人太可怕，但凡反乌会临场反应慢一点，或是他的机甲核能再多维持几秒，说不定他都自救成功了，可惜……"

可惜运气不好。

林静姝只要世界上还有这么个人，并不管他是不是真正地"活着"，这些被发配到这里的医学精英也只好勤勤恳恳地保护他的身体，他们精心修复了生态舱，甚至用一个外接的精神网，给原本"死无全尸"的精神网缝缝补补，让它看起来能以假乱真，假装生态舱里的植物人沉睡在其中，随时能唤醒。

但他们心里都清楚，里面的人不可能还活着。

"博士，刚才其实只是恒星风暴造成的扰动吧？"军官问。

哈登博士沉吟不语，就在这时，地面传来隐约的震颤——应该是有外星机甲降落。

片刻后，林静姝甩开了她的护卫队，拎着高跟鞋狂奔而至，她从来都妆容精致的脸上没来得及施任何粉黛，显得有些狼狈，嘴唇因为剧烈运动泛起嫣红。卫兵队所有人见了她，大气也不敢出一声，连同方才的

"四代"军官在内,全都屏息凝神地站直了,目不斜视地假装自己只是摆设。

林静姝一缕长发沾到了下巴上,海藻似的,剧烈的喘息让她有些站不稳,表情一片空白地和哈登老人对视片刻,她一个字也说不出来,有那么一瞬间,哈登博士从她的眼睛里看见了一个小女孩,很小很小,不会超过十岁,会拼命地追逐着自己远去的亲人、会摔倒、会号啕大哭的小女孩。

然而仅仅是片刻,她身后传来急促的脚步声,护卫队那帮废物终于追了上来。

林静姝的目光就随着那些脚步声的靠近而平静了下去,她缓缓把乱糟糟的长发捋好,掖回耳后,穿好鞋,不紧不慢地走过来,鞋跟轻轻点地,她冷淡地冲"四代"军官点了下头,接过哈登博士的轮椅,轻声问:"您怎么也在这儿守着?"

哈登博士说:"你们都是劳拉的孩子,在我看来,都是一样的,我来看看他。"

"十分感谢,"林静姝低头一笑,眼角不弯,随即她抬起头,"怎么我听说这次是预警设备故障引起的?"

"四代"军官连忙回答:"是,预警设备故障,又恰好赶上恒星风暴……"

"恰好。"林静姝打断他,"不可能是恰好吧?我不相信世界上有'恰好'两个字。"

军官噤若寒蝉,不敢出声。

林静姝:"彻查,不然……"

她话没说完,实验室里面一个医生突然走出来,林静姝注意到他脸上难掩的兴奋神色,眼神一闪。

"主人,我们有理由判断,这不是因为精神网被粒子流扰动的异常波动,而是精神网被刺激后,病人确实做出了反应。"

林静姝的双眉轻轻地动了一下。

"也就是说，病人醒过来的概率大大提高了，关于下一步的治疗方案，我们希望征询您的意见。"

林静姝想也不想地回答："不，我需要你们维持现状。"

哈登难以置信地抬起头："静姝！"

林静姝轻轻一掩唇角，按住哈登博士的肩，状似有理有据地说："博士，一切都是有风险的，我只有这么一个哥哥，不敢让他冒这种风险。安安静静地住在这里有什么不好？有人照顾他，我们俩还能轮流来看他。"

"你只有这么一个哥哥，不想让他冒险……"哈登博士低声说，"静姝，是谁间接捅出了'禁果'在林静恒手里的事？是谁浑水摸鱼，把白银十卫拦在半路？是……"

"博士，"林静姝冷冷地打断他，"我给了他机甲，我也给了他武装，我给他搅浑了水，八大星系，他什么地方不能去？是他自己疯了，是他自己非要把自己困在第八星系！"

无论是医疗研究员还是自由军团的卫兵队，在林静姝面前全体噤若寒蝉，一声也不敢吭。

哈登博士用一种陌生的目光看着她："静姝，你知道自己在说什么吗？"

林静姝的眼睛里起了血色，很快又隐去，她的语气软下来："没什么，哈登爷爷，对不起，只是气话。活死人也比死人强，对不对？我们并不知道……"

"不，你知道，"哈登博士难得态度强硬了起来，他用力将自己的后背从轮椅上撑起，哑声说，"你知道，你和劳拉一样聪明，你会分不清什么叫'活着'什么叫'死了'吗？除了会喘气的尸体比白骨好看一点，埋在生态舱和埋在坟墓里还有什么区别？你是怕，你怕他醒过来，你怕面对他，你还怕面对你自己，你根本就是想……"

他的轮椅"咔"一声轻响，林静姝打开了防滑，把哈登博士固定在了原位。

轮椅轻轻一震,哈登博士连忙扶住扶手。

"在这里,我说了算,博士。"林静姝嘴角轻轻提起,尖成了一个锋利的锐角,接着,她直起身来,深深地往实验室的隔离门里看了一眼,一字一顿地说,"我说了,维——持——现——状。行了,等他情况稳定一些,立刻来告诉我,哈登博士年纪大了,你们早点送他回去休息,不要让他一直坐在这儿。"

"静姝,那是你的一厢情愿,"哈登博士这天好像打定主意跟她过不去,"他呢?如果他自己不肯维持现状,你打算怎么办?亲手杀了他吗?"

林静姝脚步一顿。

哈登博士说:"这个世界不可能围着某个人的意愿转,没有人是神,没有人能掌控一切,静姝,你到现在这个地步,还不明白吗?"

林静姝不理他,细细的高跟鞋一下一下地叩着地板,走远了。

她自以为林静恒只是因为一时手头紧,才被困在第八星系,只是树大招风,才被那些蛆虫针对,所以只要整潭水都浑了,他理所当然就能趁机脱困。她自以为挑了一个绝好的时机,直接击碎了联盟和各地中央军之间脆弱的脐带,让整个联盟分崩离析,无所依靠的民众得知伊甸园恢复无望,只能投入"鸦片"的怀抱。

可是一切都事与愿违。

林静恒,堂堂一个联盟上将,手里攥着白银十卫这副得天独厚的好牌,只要他想,八大星系,域内域外,没有他打不下来的阵地,没有他杀不了的人,林静姝想不通他到底被下了什么降头,竟然能把一副好牌打成这副德行。而在这两年间,就在自由军团本可以快速扩张、无所顾忌的时候,她最大的阻碍竟不是联盟和中央军,也不是其他海盗,而是该死的白银十卫!

通过她的基地,重新召唤的白银十卫!

林静恒猜出自由军团背后的人是她了吗?林静姝压根儿不愿意去想这个问题——

如果他没有猜到,这一切都只是阴错阳差,那岂不是说明命运在与她为敌吗?命运的阴影已经纠缠了她五十多年,逼着她走了自己能走的所有偏锋,如果还挣脱不了所谓的"命运",那么她活在世界上还有什么意义呢?而如果林静恒猜到了……

林静姝越走越快,好像身后追着一只噩梦里才会出现的怪物,张开血盆大口,随时要把她吞下去。

但是很多事就像一个左摇右晃的天平,总是朝着人们不希望的方向倒过去,"墨菲定律"不仅适用于那些弱小虚伪、对生活怀有不正当期冀的人,也适用于强大的谋杀者和阴谋家。

就像一开始他们不能让林静恒立刻活蹦乱跳起来一样,此时,他们也做不到"维持现状"。

那个意外的信号扰动干扰了精神网,好像惊蛰的雨声,将沉睡的一切都复苏过来,势不可当。

林静恒虽然还没有醒过来,但脑电波的活动越来越频繁。

刚开始,十天半月才能捕捉到他一点细微的反应,随后变成隔两三天就会有一点动静,再后来,他的脑电波开始像潮水一样连续了起来。

"博士您看,"医生对哈登博士说,"今天早上,他的脑电波尤其活跃,我们扫描了他的大脑和精神网,发现当时他和精神网有微弱的人机互动,像是他在通过精神网往外'看'。"

哈登博士沉声说:"他的意识活动在恢复。"

"应该是已经恢复了。"医生说,"今天我们成功地和他交流过一次,我们在精神网上机器端口接上了一个简单的打字器。"

哈登博士倏地抬头。

"只是一些简单的字眼或者词,太长的句子他坚持不下来。我们问他身体感觉怎么样,是否有任何不适,大约四十分钟以后,他回答'没有'。"

"没有?没有不适?"

"那倒不是,以他现在的情况,应该是身体还没有感觉,"医生随即压低了声音,"博士,您相信我,没有主人的指示,我们不敢给他额外的刺激,也绝不敢给他使用多余的药物和生物芯片,生态舱的全部配置与以前一模一样。"

哈登博士:"嗯……怎么?"

"我不想说这种话,"这位医疗专家说,"但如果主人执意想要达到'维持现状'的效果,从我的专业角度来看,只能对他使用一些抑制性药物,抑制他的神经活动。"

哈登博士作为白塔第一任主人,是伊甸园和人机交互专家,一听就明白,医生所说的"抑制神经活动的药物",显然不是普通的安眠药。如果说之前,林静恒的情况尚且算是"不知死活"的话,那么现在再加额外的抑制剂,百分之百会彻底扼杀这个灵魂。

"博士,我们怎么办?"

哈登沉默了一会儿:"你去问林静姝,问问她是不是决定把她亲哥哥做成一具标本。"

林静姝很忙,随着反乌会的蛰伏、联盟与中央军携手,自由军团的大部分活动也随之转向地下,他们要韬光养晦,等待下一个把联盟捅穿的机会——这不难,林静姝相信,因为她知道,联盟军和中央军眼下的团结和正义是建立在谎言上的,联盟已经用一个谎言欺骗了世界近三百年,故技重施,也只不过是秋后蚂蚱的最后挣扎而已。何况数据说明一切,尽管自由军团转入地下,"鸦片"使用者的数量仍在以一个很稳的增长率上升。但她再忙,仍然坚持每三天到小行星上去一次。

医学专家很委婉地向她说明了林静恒的现状与哈登博士的质问,林静姝听完半天没吭声。

医疗专家于是又说:"如果您决定使用抑制性药物,方案和配药都完成了,就在旁边的医疗舱里存着,随时可以做。"

林静姝走到实验室门口,脚步一顿,打断他:"你们都出去,别来打扰我。"

医疗专家训练有素地闭了嘴,把实验室里的人都叫走了,连同门口的卫兵，一起清场到五十米之外。

生态舱环境与外界完全隔绝，将里面的人照顾得很好，透过透明的罩子，甚至能看出他脸上有几分血色，神色安宁，好像只是在午睡……有点陌生了，林静姝想。她印象里的林静恒总是冷冷的，眉头有一些不舒展，目光带着尖锐感。

原来这张脸也有平和得近乎温柔的表情吗？

"他们跟我说，你正试着使用精神网，那你现在能听见我说话吗？"

生态舱里的人没反应，扫描仪和连接着精神网的小屏幕也没反应，林静姝背着手观察了片刻，觉得自己可能是赶上他"休息"的时间了。

她缓缓在旁边坐下，手指搭在旁边的医疗舱上，细细地描摹过一个按钮——只要按下去，医疗舱就能伸出注射器，自动将抑制性药物注入生态舱里，他会回归"沉睡"。

"活着很累的，你不觉得吗？"林静姝将手肘撑在膝盖上，不堪重负似的托着自己的脸，轻轻地说，林静恒当然不能回答，她就歪着头，垂下目光看着他，"他们说，你十四岁进乌兰学院，一入学就是那一届内定的优秀毕业生，毕业以后一直是联盟的暴风眼，这些年，一定不堪重负吧？你肯定没看过小说，我看过不少，因为那些人不喜欢我太努力，我只好如他们的意，尽可能沉浸在无趣的消遣里——你知道吗，我发现了一件很有趣的事，恐怖故事和冒险故事的设定和情节触发点是很像的，两种故事的主角都会遇见可怕的反派，对方都千方百计地想杀了他们，而主角要战斗或者逃跑。但你知道它们有什么区别吗？"

林静姝等了一会儿，假装医疗舱里的人给了她回应，才继续自言自语地说："比如一个人，他有亲人朋友，有工作，有生活，心里有很多大大小小的愿望……然后有一天，他下班回家的时候，发现家门是打开的，门后面躲着一个等着咬断他脖子的杀人犯，你看到这里，会心惊胆战，联想很多，想他的家人是不是都已经死了，想他该怎么才能逃掉，就算能逃掉，以后会不会被追杀？他的工作怎么办？现在的生活会不会因此毁于一旦，他一辈子会不会就这样完了？这就是恐怖故事的套路。可是同一个场景，同一个杀人犯，如果把主角换成另一个变态杀人狂呢？你看到这里，不但不觉得害怕，反而会很兴奋，只想看主角怎么精彩反杀对手，这就成了'冒险故事'——静恒，你喜欢哪种？"

林静恒沉默不语。

林静姝就冲他笑了一下："你知道比较这两种故事，我得出一个什么样的结论吗？假如你是主角，你在乎的东西越多，就会越恐惧，越容易被逼到绝境，而被一步一步逼到绝境的人，会崩溃，会疯狂，甚至能活活把自己吓死——除非你变成跟他们一样的人，放弃那些拖你后腿的渴望，放下了，你就无所畏惧了，你的生活就会变成一场轰轰烈烈的冒险。你知道当年管委会为什么选择我吗？因为劳拉出走的那天，潜入了培育所，提前十几天，强行把我和你从培育箱里提了出来。所以说起来，你一直以哥哥自居，搞不好是没道理的，可能你只是出生的时候比我重一些，看起来比较大而已……管委会那边接到举报，逼迫父亲出兵追捕她。她和伙伴分头带走了我们两个，伙伴被秘密逮捕，连带着你一起落到他们手里，我则一直被她带上机甲……直到她自爆前，才把我放进生态舱抛出去。因为这个，他们就一直怀疑我身上有什么。"

"他们以'早产儿健康检查'为由，把我们带走，发现我的精神阈值高于均值七倍标准差，你相信我是个天才吗？巧了，管委会也不信。他们认为我是劳拉的某个实验品，所以才会有异于常人的数值，所以父亲林蔚死后，他们挖空心思也要把我领走。可是你猜怎么样？我这个'天才'，其实是劳拉用一针半永久性舒缓剂制造的，直到我成年，效果逐渐消退，他们才知道被骗了，她早就把'禁果'给了陆信，为了吸引管委会的视线，不惜以自己的孩子当诱饵。如果不是林蔚死后，陆信自己跳出来和他们抢人作对，'禁果'在他那儿的事可能一直也不会暴露。

"半永久舒缓剂早在联盟成立之初就被禁用了，因为有很大概率会对神经系统造成不可逆转的伤害，我还没体会，也许没到年纪吧，说不定老了会痴呆？那就有意思了。几十年，我的一举一动都有人监视，他们致力于把我训练成一条听话的狗,我用过的非法禁药大概比你这个一直跟海盗打交道的人见过的还多。

"还有那些神通广大的白塔余孽,逃脱了伊甸园监控的哈登博士,一个圣人,曾经被自己的手下出卖,隐姓埋名逃亡多年,连老朋友和最心爱的学生也不肯再相信,可能唯有一个一无所有的小女孩能让他放心吧?"林静姝意味深长地往实验室监控器里看了一眼,殷红的嘴唇上露出一点尖刻的笑意,"他担心这个小女孩在管委会不择手段的洗脑下变成一个傻子,于是不遗余力地暗度陈仓,不断地和她接触,不断地往相反的方向拉扯她的灵魂,美其名曰救她,保存她的'自由天性'。

"自由天性——多么奢侈,她想都不敢想,她觉得只要一点'便宜的'人身自由就很好了,可是为什么没有呢,亲爱的哈登博士?因为你需要一条亲生的毒蛇,咬进管委会的根系里,是不是?那就不要抱怨了,养大毒蛇的人,被毒蛇咬上一口,难道不正常吗?"

也许是错觉,但监控镜头缓缓地偏转了一个角度,仿佛不忍心看她。

"这本来应该是我们两个一起承担的命运,你临阵脱逃了,我有时候想起来,就觉得很嫉妒,也很恨你,我们都是一样的,凭什么?但有时候又很庆幸,因为觉得你是另一个我,看到你过得自由自在,就好像我也得到了一样的幸福似的……但是静恒,你现在……还真的是另一个我吗?"

这时,架在生态舱上面的扫描仪突然有了一点动静,生态舱里的人产生了微弱的脑部活动。林静姝抬头,盯着仪器上的曲线看了片刻,她隔着透明罩子,伸手抚摸过林静恒的脸,脸上还带着冰冷的笑容:"留下来陪我吧,我只剩下你了。"

说完,她转向医疗舱:"启动抑制性药物注射进程。"

医疗舱发出没有感情的警示:"抑制性药物将对病人的神经系统造成无法预知的伤害,是否确认?"

林静姝:"……"

医疗舱再次冲着空荡荡的实验室发问："是否确认？"

林静姝深吸一口气，嘴唇微微掀动，一个"是"字已经浮了起来。就在这时，连着精神网的屏幕上突然出现了一个单字："……谁？"

控制精神网的人非常吃力，这么简单的一个字竟有拼写错误。

林静姝狠狠地一震。

扫描仪上显示，医疗舱里的人正不断试图扩展精神网，通过精神网往外"看"，扫描仪上显示，无形的精神网弥漫过来，渐渐地笼罩过她站着的位置，林静姝微微地颤抖起来，竟有夺路而逃的冲动。

屏幕上沉寂片刻，随即又出现一行字："你是谁？"

这一次，他自动修正了方才的拼写错误，林静姝却没注意到，眼前一片模糊，怎么都擦不干净："你不认识我了吗？"

医疗舱第三次发问："是否确认？"

连着精神网的小屏幕，迟缓地出现一个字："……你？"

林静姝猛地抓住了身后医疗舱抬起的机械手："你还记得自己是谁吗？"

"……不。"

"不"字随即消散，又一行有拼写错误的字迹出现："不要哭。"

这三个字击溃了她，林静姝突然转身，从实验室里逃了出去，她仿佛已经不堪忍受，一秒都无法在这个小行星上待下去，直接乘机甲离开了，并在三个小时之后，下令销毁小行星上的机甲收发站与一切太空交通工具，用太空监狱专用的电磁屏蔽网屏蔽掉它所有对外信号，把这小小的行星变成了一座与世隔绝的牢笼。

牢笼里只有一个囚徒，与一个星球的"狱卒"一起被困在这儿。

（四）

一百天以后，"囚徒"第一次成功主动退出了精神网，睁开了他自己的眼睛。

他躺得太久，已经不习惯自己的身体了，只有眼珠能动，灰色的眼睛显得十分清澈，一副忘却悲欢、无所牵挂的模样。

被留下的哈登博士推着轮椅独自走进来，摆摆手，让所有人都出去，屏蔽了实验室里的监控。林静恒看着他，目光没有一点波澜，似乎根本没认出这位著名的联盟叛逆，似乎还有一点好奇。

两人一躺一坐，沉默地对视良久。

"大脑受损时，无法完全控制精神网，很难维持正常的意识活动，是一个人最诚实的时候。"哈登博士说。

林静恒轻轻地眨了一下眼。

"所以当他执意要说谎的时候，就会产生一些不受控制的错误，例如拼写。"哈登博士说。

清澈无辜的灰眼睛冷了下来。

林静恒不知什么时候连上了生态舱的精神网，那生态舱发出一声不安的震动，"嗡"的一声，不知是不是巧合，实验室角落里一个玻璃瓶因短暂的共振碎了，里面装的液体一直顺着地板流到了哈登博士脚下。

但哈登博士没动，老人用一种十分悲哀的神色注视着他。当人老了，眼角和嘴角一并冲向地心引力的方向，总是看起来十分悲伤，像是岁月为了哀悼自己强行刻上去的。

"联盟到今天这个地步，无论是战乱，还是静姝，我都难辞其咎。我是白塔第一任负责人，"哈登博士轻轻地、像是告解似的自言自语，"我教过很多杰出的学生，包括你的母亲。伊甸园的初衷是好的，为了人类福祉，如果它能好好地运行下去，我们将无限接近自古追求的永恒幸福。可是他们想得太好了……当一种人造产物太强大，强大到即使普通人联合在一起，也没有有效的抵抗机制的时候，不论它初衷是怎样的，任其发展下去，只会有两种结局——要么全人类成为机械文明的奴隶，要么一小部分人通过它掌握了大多数人的命运，把大多数人变成奴隶。当我意识到伊甸园已经跑偏的时候，也是我最早想要给联盟寻找一个出路的时候。这个想法，你应该是认同的。"

林静恒——反正只有眼珠能动——认同不认同也都是一个表情。

"我想让白塔这个伊甸园核心来扮演反制伊甸园的重要角色，并为此做了大量的工作，可是我忘了，人是有私心和立场的。所以我引以为傲的学生中，有人暗中向管委会出卖了我。"

这倒是不难理解，处于社会底层的人，做梦都想为公平正义而战，看那些衣着光鲜者就都不像好人；中层的人，想要往底层身上踏上一万只脚，再给他们盖上贪婪懒惰的大红章，以加固自己的地位，证明自己所有一切都是应当应分，同时又困兽似的想继续往上爬；顶层的人，则将这一帮不安于现状、没事找事的货色都视作暴徒和刁民。白塔是伊甸园核心，和管委会关系密切，无论是在里面当身份清贵的研究员，还是通过管委会走上从政之路，都无疑是未来的权贵，哈登博士年少轻狂的时候动了别人的蛋糕，活该他获罪死遁。

"因为我早年的不谨慎，造成了两个后果——一个是管委会反弹得厉害，利用伊甸园为自己牟取利益越发肆无忌惮；另一个……则是一些真心追随我的学生对联盟中央彻底失望，将希望寄托于域外，与反乌会的疯子们一拍即合，养大了一头怪兽。我不知道该相信谁，特别是我的历史在劳拉身上重演。所以一念之差，我任由静姝留在了管委会，我也……没有能力现身，带着那孩子一起走，一起变成管委会的靶子。"

哈登博士说着，低下头，目光顺着地上的液体看去——洒出来的液体从他脚下开始，正好漫延到生态舱一角、能量阀门附近。

"RT7溶液，具有强导电性，"哈登博士喃喃地说，"我一生优柔寡断，做错了很多事，你想杀我，也是理所当然的。我不会躲。"

林静恒目光微微一动，充满审视地注视着眼前的老人。

哈登博士疲惫地说："我的专业就是脑神经与人机交互，你第一次有意识反应，到能控制精神网与外界交流，只用了两个月，但是从控制精神网到'醒过来',却花了一百多天,这不是正常的节奏,我猜你是在收集周围信息,对吧?我相信,就算你现在一动不能动,你还是有很多种方式杀我。"

林静恒被他揭穿,也看不出有什么反应,眼神很平静,一副理所当然的模样。哈登突然有点能理解,为什么那么多人都想要他的命了,这位实在是个有一口气在,就能搅和出一个翻天覆地的人。

"我会替你保密,"哈登博士说,"静姝封锁了这个星球,我们都被地心引力困在这儿,大家现在同病相怜,能和平共处一阵子吗?"

林静恒眼角弯了一下,看着像个冷笑,也不知道是同意还是不同意。

"我已经这把年纪了,我不怕死。我怕她走到不可挽回的那一步。"哈登博士把轮椅从致命的导电溶液上挪开了,这一次,林静恒任凭他挪开,没再做别的威胁动作,目送着他缓缓转身,往外走去。

"……虽然她已经不可挽回了。"

确定哈登博士离开了,林静恒强打的精神几乎立刻就涣散了,他勉强从精神网上断下来,随即有些神志不清起来。生态舱上的时间流逝让他心惊胆战,然而他并不敢想太多,走到这一步、能重新睁开眼,对林静恒来说,就仿佛已经踏遍了万水千山,那随时可能消散的运气像一根丝线,在悬崖峭壁之间吊着他,吊得摇摇欲坠,逼着他醒过来的每一秒都屏息凝神,片刻不敢松懈。

第八星系有图兰守着,第九卫卫队长关键时刻绝不会优柔寡断,想来已经把两头的跃迁点都炸干净了,那么他……陆必行怎么样了?

(五)

启明星正值清晨,刚下过一场雨,碧空如洗,远方泛着浅浅的霞光。

陆必行站在医院门口的小雕像旁,侧头听一个医生在和他叽叽咕咕地咬耳朵:"……已经无法自主进食了,幸亏有营养针。我看昨天医疗舱记录不太好,只有浅眠,睡了不到二十分钟,应该是疼痛造成的失眠,但止痛药不能再添了。"

陆必行问:"他不肯签字?"

医生摇摇头。

《安乐法》里规定,除非病人完全丧失自主意识,并在清醒的时候曾明确表达过希望安乐死的意愿,直系血亲才能代为申请,老总长清醒得很,又是老光棍一条,只能自己选自己的路。

说话间,一个机器人推着轮椅出来,不知怎么被通道卡住了,几个医生连忙上前帮忙——由于总长已经病入膏肓,他所乘坐的轮椅不是普通的代步工具,是附带医疗舱功能的,宽度足有一米二,非常厚实,有半辆小车那么重。

"慢点慢点,当心别碰到止痛阀。"

"还是不行,人都闪开,去叫几个机器人过来帮忙。"

陆必行叹了口气,把外套脱下来挂在医院门口的雕像上:"我来吧,帮我往那边推一把。"

他说着,一手扣住轮椅一侧,往上一拉,居然徒手把半个轮椅抬了起来。

"我……天,陆总长,你最近锻炼得不错啊。"

陆必行敷衍地笑了一下,没说什么,轻拿轻放地将轮椅从卡住的地方移了出来。

这时,昏昏欲睡的老总长像是感觉到了什么,吃力地睁开眼,看着他。

"好了,"陆必行从机器人手里接过轮椅,"都散了吧,放心,一会儿我派人把他送回来。"

陆必行被正式任命为第八星系行政总长后,爱德华老总长就开始常住医院了,不过尽管老总长一天不如一天,心里依然装着第八星系,每天早晨,他都要在大家开始上班的时候,到政府大楼和基地指挥中心分别转上一圈，看一眼少一眼似的。

陆必行不放心他，只好每天绕路到医院接他一趟，带着他在两个地方各自绕上一圈，巡视完，再把他交给医护人员，送他回医院。

老总长精力不济，靠在轮椅上，一副半睡半醒的样子，陆必行也不吵他，一手搭在轮椅扶手上，让轮椅自动循着轨迹缓缓地驶向启明星基地。陆必行的短靴踩在湿漉漉的地面上，眉目像是被整个第八星系压平的，透着一股波澜不惊。

基地的卫兵们集体朝他们敬礼，不远处，一批新兵正在进行初级机甲地面演练，老总长拍了拍陆必行的手背，示意他停一下，然后眯着眼望过去，见虚拟训练场上打得热火朝天，炮火乱飞，如果是实战，大概他驻足的这片刻光景，就能荡平半个第八星系了。

刚跟着图兰晨练完的几个学生正好碰上他们，连忙迎上来，七手八脚地帮老总长盖毯子扶轮椅。

这时，老总长突然吃力地开口说话："训练场上的数据有几分真实度？"

陆必行淡淡地回答："所有参数是百分之百还原的，初级机甲能把新兵训练时间缩短一倍。"

"我看了你新签署的十年发展计划，"爱德华总长沉默了一会儿，"必行啊……"

"嗯？"

"军备、军工产业，重工业，倾斜得太多了，你想把第八星系变成什么样……一个全民皆兵的超级要塞吗？"

陆必行当着学生们的面，不方便多说，于是很巧妙地避重就轻道："历史数据表明，在机械文明下，一个社会刚稳定的时候，重工业和军工业最适合作为经济的基石，能安置大量受教育水平比较低的人口，这个时期，科学文教也一般是围着这些进行，直到社会进入一个相对平稳和富足的时期，其他人文学科才会复兴。这是历史规律，有什么不对吗？另外，我们不可能永远待在第八星系里，对外跃迁点迟早会重新打通，我已经在重新规划地图，我们不主动出去，敌人就会主动进来，我们需要很多的积累，很精锐的部队，只有保证安全，才能保证未来的一切发展。"

爱德华总长不依不饶地问："什么样的未来？"

"当然是和平美好的未来，"陆必行的目光扫过旁边的几个青少年，滴水不漏地说，"宇宙每一秒都在扩张，域外还有更广阔的世界、更不可思议的新元素，自从大航海时代之后，整个社会太耽于眼前的娱乐和舒适，忘记人类应有的好奇心了，我希望我们能脱离一个假的乌托邦，重新开启新的大航海纪元。这也是我当年建立星海学院的初衷。"

少年们明显被他画的大饼忽悠住了，怀特听得眼睛一亮，在旁边插嘴说："陆总，您在好几个卫星城上都建了军校和机甲设计学院，那什么时候才能重建星海学院啊？我还能再念一百年呢。"

薄荷嫌他话太多，给了他一脚。

陆必行白了他一眼，故意板起脸逗他："我星海学院是随便建的吗？那是要有六百万的穹顶的，钱呢？你说得倒轻松，赶紧去想办法赚钱，给我当赞助校董。"

怀特吐了吐舌头。

"等过一阵吧，"陆必行又笑了，"现在百废待兴，什么都是捉襟见肘，没有条件建一个安静搞学问的场所，我们只能先将有限的资源倾注在基础教学上，星海学院迟早会有……"

怀特欢呼了一声，踮起脚跟斗鸡拍了回手："我们要六百万的礼堂穹顶，还要在穹顶上刻下校训。"

"快滚吧，该干什么干什么去，"陆必行朝他们摆摆手，"太吵了你们几个，老总长精神不好，别在他耳边嚷嚷。"

几个学生一哄而散，他们现在都各自有职责，有人在工程部实习，有人在给图兰做随军机甲师，怀特已经开始在军工厂参与机甲设计了，但他们依然习惯早晚凑在一起，互相交流自己最近在干什么，有什么新想法。经历将他们牢牢地绑在一起，四个学生已经成了没有血缘关系的亲人。

他们走出老远，陆必行和老总长还能听见斗鸡那个大嗓门说："我们哪儿来的校训？"

"我们有校训，什么脑子！"黄静姝说，"从今以后谨记，比金钱更珍贵的是知识，比知识更珍贵的是无休止的好奇心，而比好奇心更珍贵的，是我们头上的星空。"

陆必行忽地一呆。

"你得意或者失意，都取决于时代的大潮把你冲到哪里，在你漫长的一生中，可能会经历无数次飞黄腾达和一无所有……"

"诸位来日身在风口浪尖上，不要得意忘形，想一想学院里的学海无涯，沉入水下暗流时，不要与泥沙俱下，想一想学院为你灵魂筑下的基石。"

多么大言不惭。

恍如隔世。

陆必行回过神来，把毯子往老总长身上拉了拉："走吧，我们去办公楼那边转一圈，您该回医院了。"

爱德华总长一把抓住他的手腕，那年轻人的手看起来没有什么特别，在成年男子里算中等尺寸，不薄，也不算特别厚实，手指修长，手心很温暖，是双漂亮的手。老总长低声说："我这把轮椅净重接近一吨，你徒手能掀起来，我还听说，你每天睡眠时间不足三个小时，但是看不出一点疲惫。"

陆必行随口敷衍："我年轻嘛……"

爱德华总长打断他："你对自己做了什么？"

可能是因为老总长是他目前为止唯一还能说上话的长辈，而且反正已经病入膏肓，管不了他了，陆必行犹豫片刻，并没有隐瞒："一点小实验，还有很多不确定的东西，现在不方便拿出来分享，如果能成功，说不定我能打造一支精神力极高的超级战队。"

老总长尖锐地问:"自由军团那种半人不鬼的超级战队?"

"当然不,"陆必行坦然地说,"如果AI能代替人类,现代战争早就变成机器人之战了,白银要塞的AI战队也不至于那么容易就被攻破,失败的经验在前头呢。"

"你知道我和你说的不是哪种兵好用的问题。"老总长态度强硬起来,"你知不知道这东西的危险性?如果……"

"如果我死了,我的义务也到此为止。"陆必行平静地说,"但只要我活着一天,我就绝不能再陷入任人宰割的境地。"

我会自己撕开这个孤岛通往外界的路,打碎他们粉饰的太平,让那些人都付出应有的代价。

老总长:"你听听你自己的话,不觉得矛盾吗?你就打算用这种想法去打开一个时代?一个大航海时代?"

"不矛盾,"陆必行目光一垂,"什么新时代?刚才那些都是哄孩子玩的。"

老总长半晌没吭声,忽然一阵风吹来,他剧烈地咳嗽了起来,像是把心肺都要翻出来。

陆必行叹了口气,转动轮椅,替他挡住强风。

老总长颤颤巍巍地呼出一口气:"必行啊,以后我要是也走了,你走错路,就没人能拉住你了。"

陆必行的手背绷紧了,轮椅扶手不堪重负似的"嘎嘣"一声。

"总长,"他轻声问,"您为什么不签安乐单,因为不放心我?"

"安乐死能结束痛苦,给人尊严和安宁,"老总长的声音像个破风箱,"我自愿放弃尊严和安宁,留到最后一秒,跟这个星系一起挣扎到最后一秒。我……"

他破了音,浑身抽搐起来,陆必行:"我给您打一针止痛安眠药,送您回去睡一觉好吗?"

总长鸡爪似的手紧紧抓住了他:"我……我……在第八星系政府……七次辞职,第八次又回来……在最艰难的时候接任……接任行政总长……"

陆必行忙说："好了好了，我都知道，爱德华……"

"我……我是个没本事的人……直到……直到等到你们……才看到一点希望……必行，你能不能也给自己七次化为灰烬，再……再死灰复燃的机会？你坚持哄孩子的话……才是……才是……"

四十五天以后，老总长第八次化为灰烬，终于走到了终点。

对陆必行来说，一场长达十年，漫漫无期的反复磋磨开始了。

第三章　脱困

> 他像是被关在暗无天日的笼中的凶兽，
> 一朝打碎牢笼，粉身碎骨也要出来。

（一）

这是元年之后，启明星的第十一个雨季。

第八星系大概永远也不会像沃托一样，唯恐自己的皮鞋上沾一点泥，非得精准地控制阴晴雨雪不可——他们没那个钱，也没有那个精致的生活态度，除了对气候有特殊要求的农业基地外，大部分自然星球上仍是晴雨随天，常常能看见忘了留意天气预报的傻帽儿在大雨中抱头鼠窜。

房子使用了特殊的防潮材料，能把湿度保持在一个比较舒适的范围，可是透过窗看见外面阴沉沉的天，还是让人有种昏昏欲睡的感觉。陆必行在他自己的书房伏案工作，桌面上摊满了个人终端里飞出来的文件和窗口，乱七八糟的，几乎看不清黑胡桃木的底色。

陆必行的目光没有离开文件，伸长了胳膊，把保温杯往旁边一推，桌角上一只机械手就伸出来，给他倒了一杯刚煮好的奶茶。

"陆校长，您已经坐在那儿超过三个小时了，"机械手发出湛卢的声音,"为了健康着想,应该站起来活动活动。"

这只机械手比原来那只小一圈,只有简单的变形功能,并不能变成能以假乱真的人形。理论上说,他们通过解析湛卢数据库里自带的资料,现在技术上差不多可以复原机甲核湛卢了,只是出于成本考虑,一直迟迟没动——工程部给出的预算实在太高,复原一个湛卢机甲,差不多够给图兰装配一支超时空重甲战队了。

绝代的神兵利器,没有绝代的高手,和菜刀也没什么区别,因此计划暂时搁置了。

"不是我不想,"陆必行头也不抬地回答,"是……我说,你能先把这位从我脚上弄走吗?"

他桌子底下有一条一米来长的黄金蟒,正亲昵地缠着他一条腿,布满鳞片的大脑袋很惬意地搭在他的膝盖上,有一下没一下地吐着蛇芯,一点也没发现别人嫌弃它。

"哦,原来跑到这儿来了。"机械手飞快地从桌面上溜下去,稳准狠地一把抓起蟒蛇,把它腾空拎起,扔回缸里,"该给'爆米花'换个大一点的家了。"

"爆米花"这个名字成功地使陆必行露出了一点消化不良的表情。

除了蛇,陆必行的书桌一角还趴着一只变色龙,正试图将自己和桌子融为一体,一脸还以为自己生活在远古地球上的痴呆表情。

一楼客厅里竖着个巨大的鱼缸,接近三米高,活像个小型的水族馆,养了一整缸的水生生物,里面精心摆了鱼缸景观,定期更新,水波随着鱼群往来轻轻荡漾,将湿漉漉的雨季天衬托得越发水汽弥漫。

"行行好吧,湛卢,你要是个人,星际'奇葩'室友榜单里肯定有你的一席之地,咱们就不能养只没有鳞片的哺乳动物吗?"陆必行活动着被蟒蛇压麻的腿,环顾周遭,感觉自己被低等脊椎动物包围了,骨头缝里都在往外冒阴气。

湛卢回答:"养宠物有助于身心健康,我十分赞同您领养一只自己喜欢的小动物。"

言外之意——我养我喜欢的，你养你喜欢的，咱俩互不干涉，但是你自己领来的自己喂。

"我哪天非得把你重置了不可。"陆必行举着热茶杯，伸手在变色龙面前晃了晃，"压住我杯垫了，麻烦您老移个驾。"

古老的活化石用慢动作把头一歪，充耳不闻。陆必行跨物种沟通失败，只好忍着不适，用手指尖把这位仁兄四脚腾空地拎起，请它老人家移驾到了地上，才算解救了饱受压迫的陶瓷杯垫。

而杯垫旁边，胡桃桌面上有七道刻痕，排列得不甚整齐，有些深得像是要把桌子一分为二，有些则不是一刀刻成的，布满了杂乱无章的"小枝叶"，深深浅浅的刻痕组合在一起，像某种意味不明的古怪图腾。

陆必行的目光无意中从那些刻痕上掠过，轻轻地一顿——

已经十个独立年了啊，他想。

十年前，老总长葬礼那天，也是个雨淅淅沥沥下个不停的雨季。

陆必行主持完整场仪式，独自回到"林将军与工程师001的家"，感觉每一步都像是踩在云上，轻，而且不真实，头晕目眩，就快要从这个星球上掉到黑洞洞的宇宙里了。他很想大醉一场，可是当时，第八星系一切生活物资都是配给的，新任的总长家里也没有储备这种非必需品，还不如在臭大姐基地里捡垃圾的时候过得自由。陆必行翻遍了整个家，最后只找到很久以前的一罐啤酒。见到那罐啤酒的瞬间，他眼前突然出现幻觉，依稀看见多年前的那天傍晚，林静恒披着睡衣拉开冰箱，把它拿出来看了一眼，又嫌弃地扔回去，一脸忍耐地去喝他杯子里泡过三水的凉茶。陆必行试图伸手去抓那幻影，那人却陡然消失在他指尖，这成了压倒骆驼的最后一根稻草，崩溃来得像天外的陨石群。

他大吼着让家用医疗舱去给他配致幻剂、禁药……什么都好，只要能撂倒他，给他一场神志不清的醉生梦死，被电子管家湛卢警告了三次，于是单方面地和那人工智能大吵了一架。三次警告过后，湛卢再也无法违抗他的命令，就算主人要就地自杀，他也只能递上准备好的激光枪。

然而这个伟大的人造产物在被迫服从命令的同时，还自作了一次主张——

他从自己的数据库里翻出了一段视频，打在惨白的墙上。

视频内容是十四岁的林静恒参加乌兰学院开学典礼的情景，礼堂中播着联盟成立至今光辉璀璨的英雄史，恢宏而热血。少年坐在角落里，注意力时而被吸引，还要假装自己很酷，每每回过神来，就赶紧装出一副百无聊赖的样子左顾右盼，无意中发现飞在他旁边的小偷拍镜头，顿时露出了恼羞成怒的表情，一巴掌拍下来，把屏幕按黑了。

陆必行呆呆地看着少年那张稚气未脱的脸，忘了歇斯底里的致幻剂，忘了自己在什么地方，也忘了眼前身后暗无天日的岁月。那天晚上，他把这段不到五分钟的视频反反复复看了上百遍，然后在第二天破晓时，他在书桌上刻下了第一刀，并恢复了湛卢被他禁用的自主功能——

爱德华总长说，自己不在了，就再也没有人能拉住他，这话陆必行其实听进去了。

在那个彻夜未眠的清晨，陆必行突然想，林静恒那么一个孤高傲慢、说一不二的人，为什么这么多年任由湛卢在他耳边唠唠叨叨，从未想过要禁用他的自主功能呢？湛卢这货甚至还联合别人坑过主人。直到这时，他才终于明白了，独自拿着利剑走夜路的人，必须带上一根镣铐，哪怕只能锁住他一根小拇指，也能让他在无所顾忌、忘乎所以的时候，轻轻地拉上一把。

他答应过爱德华总长，要化为灰烬七次，再死灰复燃七次。

从那时开始，陆必行每到自己无法忍受的时候，就会在桌角刻上一刀，像是和死者的契约，也像是在给自己倒计时。也许是"倒计时"这种东西，会让人产生"这些都有尽头"的错觉，他刻在桌角的痕迹，真像是能安抚他的灵魂一样……当然，湛卢自主权限太高，也有一点不方便，比如诡异的审美和满屋子的冷血动物。

独立年3年，年底，第八星系因为漫长的萧条，深厚的地下文化不可避免地重新冒头，牵头的人都是早年"自由联盟军"里有一定地方势力的人，最早，是这些人让第八星系紧紧地凝聚在一起，因此陆必行刚开始碍于情面，对他们睁一只眼闭一只眼。但是很快，蔓延的黑市与官方的矛盾越来越深，黑市成员之间的明争暗斗也愈演愈烈，那些曾经在陆信石像下狂饮放歌的人引爆了一场内战。

内战打了三年多，在这期间，陆必行把湛卢里记载的所有关于林静恒的点点滴滴，全都挖了出来，仿佛陪着他从少年时重新活了一次。而书桌上的刻痕也从一道变成了五道。

这五道或深或浅的刻痕就像是"替死鬼"，拿着刻刀的那只手，到底没有铲平陆信石像下的自由宣言。

随后是独立纪元第七年年中——

薄荷成年以后，秉承着星海学院的精神，决定把有限的人生扩展到无限的世界，自愿加入了"星际远征队"，跟一帮疯疯癫癫的妄想症患者去探索未知的、没有跃迁点的域外。陆必行本来不肯批准"星际远征队"项目，他心里的星辰大海凝固成了冰冷的导弹和机甲，是薄荷偷偷在他邮箱里发了一份星海学院穹顶下的开学演讲，才让这个冷门的政府项目成功落地。远征队颇有一些成果，找到了几颗矿产资源丰富的不知名小行星，磕磕绊绊地开辟了一条航道……以及在未知区域发现了一个天然虫洞活跃区。

天然虫洞活跃区内，旋涡一样的虫洞不断出现，不断消失，远征队秉承着开拓者不怕死的精神，留好遗言，试着钻进了一个虫洞，十个月没有再露面，大家都以为他们为好奇心牺牲了，十个月后，破破烂烂的远征队奇迹般地随着一个新"旋涡"的出现回来了，带来了一个震惊第八星系的消息——这个天然虫洞活跃区折叠了时空，钻进"旋涡"里，会抵达另一片星域，那里很危险，地理环境比第八星系内的"死亡沙漠"还要复杂，进去以后简直是九死一生，但他们在那片星域里找到了机甲残骸，那里曾经有过人类活动！

陆必行不顾他整个内阁的反对，一意孤行地要亲自进入那危险的虫洞区，撂下第八星系，循着远征队留下的路标，他发现这里竟然是第一星系禁区"玫瑰之心"深处。这是陆必行有生以来第一次离开第八星系，万万没想到是以这种方式，这疯子鬼迷了心窍一样，在玫瑰之心里东摸西找了数月之久，甚至妄想穿过玫瑰之心抵达第一星系。在他的内心深处，仍然抱有一线希望，期冀着能摸索到有关那个人的只言片语。

功夫不负有心人，他虽然没能在危机重重的玫瑰之心里摸出一条航道，但捕捞到了一架联盟机甲的残骸——修复了数据后，发现这架机甲是联盟围攻光荣团时损毁飘过来的，数据库里有这些年所有大事，信息量足以让闭目塞听的第八星系推断出战局。

当然，也有这一切的开端，七、八星系联军全军覆没的始末。陆必行终于亲眼看见了当时从军用记录仪上流出来的画面，他再也没法自欺欺人了……哪怕一丁点。陆必行浑浑噩噩地回到第八星系，第一件事就是让图兰驻军看紧了那片天然虫洞区，然后一头扎进实验室，失心疯似的将那根封存在珠子里的头发取出来，从毛囊里提取了DNA——他想，那个人没有了，有复制品也能聊作安慰。

湛卢劝阻多次未果，启动自主功能，直接炸毁了培育箱。陆必行把自己关在暗无天日的实验室三天，在他的胡桃木桌上留下了第六道刻痕，然后亲手将那份DNA档案销毁封存。

再后来，是独立年第九年，年初。

陆必行把自己当成实验品，反复将那枚芯片植入、取出、修改，再植入。舍弃了芯片的交互功能，使它不再有干扰电子设备的功能，同时也保证了芯片的安全性，让它不会被外人控制。九年独自摸索，芯片的稳定性和安全性似乎都达到了应用要求，动物实验反应良好，植入了生物芯片的小鼠身体各项机能明显增强，没有异常行为倾向。就在他以为自己成功了，让湛卢准备在工程部专家的小圈子里发布成果简报时，实验鼠突然开始成批地死于波普崩溃，好像那芯片让它们透支了生命一样。

　　只有一个对照组的老鼠寿命长于其他组，活到了一个多月，这个对照组的老鼠感染过一次变种的彩虹病毒，是陆必行利用职权偷偷培育的病毒株样本复制品。

　　陆必行花了九年，终于证明了，反乌会并不是以变态为乐，而是这条"人造超人"的路绕不开彩虹病毒。

　　想要打破人类天生的桎梏，就是要先将其自然属性彻底毁灭。

　　陆必行本身作为一个特例，尚能以"怪胎"的身份融入人群，而如果这种特例能批量"生产"，是否会形成一个新的物种？这人造的物种未来会走向什么地方？他们是不是会像古代传说里的"吸血鬼"一样，脱胎于人类，再与人类对立？千万年之后，一方毁灭另外一方，那么究竟算是人类进化了，还是人类灭绝了？

　　一边是他九年来孜孜以求的，一边是一个诱人又骇人的潘多拉魔盒。

　　这一次，陆总长没有惊动他的内阁，也没有惊动工程部，更没有让图兰亲自上门撬锁，他白天照常办公上班，晚上按时回家休息，没有对外界透露一点——他正站在一个命运的拐点上，牵着魔鬼的手。

　　一个月以后，无声的惊涛骇浪化作他桌上的第七道刻痕，复制的彩虹病毒株、九年多的全套数据与资料付之一炬。

　　七道刻痕，成就了如今第八星系顶天立地的陆总长。

（二）

　　坐了三个多小时的陆必行端着茶杯站起来，一边在书房里散步，一边听湛卢帮他梳理工作日程："财政部报来了新一季度的报表，赤字连续两个季度缩减，我个人觉得十分乐观。"

　　陆必行一点头："嗯，这倒是好消息。"

　　"工程部门请求增加拨款，北京β星上的新型反导系统实验基地已经取得突破性进展。"

陆必行叹了口气:"刚以为手头要松一点了,又来要钱……"

湛卢:"薄荷小姐发来邮件,准备为远征队申请第二次虫洞探索计划,他们已经做了完全的准备。"

陆必行抬起头——

(三)

夜空澄澈如洗。

小行星周围没有大型引力场,远离其他天体,肉眼看不见很大的星星,当人工能源塔的假太阳转到另一边去,天空中就会像撒满了碎钻一样,天晴的时候,那星空如触手可及一般。

这里的温度永远是舒适的二十四摄氏度,夜风永远轻柔,永远接收不到来自外星的只言片语,永远沉默。

这里是一座太空监狱。

古时候,人们把最森严的监狱建在荒岛上,四面环海,防止囚徒越狱;星际时代,人们把最森严的监狱建在远离航道的小行星与空间站上,周围包裹上厚厚的屏蔽网,隔绝内外的一切信号。

蹲在孤岛上的监狱里,如果身体和运气都特别好,跳进大海越狱,尚有一线生机,可是太空监狱里的人要怎么脱离引力、飞进茫茫宇宙呢?

林静恒本以为这是个送分题,按一般的做法,只要把"狱卒"干掉就可以了。这是他的老本行,从他能勉强控制身体、扶着墙站起来走的那天就开始策划了。"鸦片"芯片很厉害,能让人力大无穷,精确控制电子设备,还能给人制造幻觉,后两者是技术问题,他的临时同盟哈登博士可以负责解决——至于力大无穷,对林静恒来说不算障碍,他是想杀人越狱,没打算在掰手腕大赛里胜出。

但是很快,他发现行不通,因为林静姝做事完全不留余地。

这小行星上一切都能自给自足，有十分完整的生态循环系统，住上几千年都行。整个行星上使用的都是低效能源，即使林将军法力无边，能用脑电波组装一架机甲，它也飞不上天。那些"狱卒"居然也和他一样，全没有可以与外界沟通的手段，甚至比他这囚徒还更惨一点，他们每天还得干活，维持这太空监狱干净宜居的环境。

　　林静恒一开始不相信，因为这种现象不合逻辑，也不合人性——把一群各怀鬼胎的人，放进一个密闭空间里，这些人是不可能像蚂蚁一样按部就班地好好干活的，他们一般会像传说中养蛊罐里的毒虫，互相干出什么事都不奇怪。而林静恒醒过来之后，有十几个月的时间，在重新磨合自己的身体、艰难地复健，这些因为他而被囚困在这里的"狱卒"怎么可能会不想要他的命？

　　可奇怪的事情是，这些狱卒真的就像兢兢业业的蚂蚁，卫兵队每天尽忠职守地巡逻执勤，医疗队周到至极地照顾他——反正比第八星系那个能让病人自己滚出医疗舱的破医院强多了。

　　直到这时，林静恒才发现这座太空监狱的可怕之处。

　　这里，除了他和哈登博士，每个人身上都有植入芯片，芯片好像入侵了这些人大脑的"源代码"，像改写程序一样改写了他们，即使他们日常交流起来非常正常、性格各异，有一些人专业水平颇高，甚至堪称博学幽默……但他们脑子里没有"离开这里"的意识。

　　每次说到相关话题的时候，对话就会变得鸡同鸭讲，对方很不自然，无法理解这个概念。

　　林静姝临走的时候，不仅毁掉了这星球上一切可以脱离引力的设备，还把人的脑子也洗干净了。

　　在这个星球上，会做出"仰望星空"这个动作的，只有他和哈登博士两个人。

　　林静恒走上楼顶，猎猎的风吹起他的衬衣下摆。

　　自他清醒过来以后，十二个沃托年以来，林静恒第两千零一次试图破解屏蔽网，失败，发出的信号依然如石沉大海。他情绪还算稳定——

任何一个人经历了两千多次失败，情绪都会很稳定。

林静恒给自己点了根烟，眯着眼，有一口没一口泡在白烟里。烟叶是星球上自己长的，卫兵队摘回来，晒干后卷在纸卷里，也能凑合，就是味道有些呛，烟卷看起来非常朴素，林静恒觉得自己过得越发像个史前的野人。

"想象不出来吧，"他身后有个人忽然说，"我们的地球祖先生活在一颗比这大不了多少的行星上，世世代代都被引力困在地面上，每天晚上，都有无数人抬起头，看着压在头顶的银河，但他们就和那些芯片人一样，从来不觉得地球是个'太空监狱'，只会对着那些星星编故事算命，从来不想怎么逃到外面去。"

林静恒一偏头，哈登博士的轮椅就平稳地滚了过来，他更老了，老成了一团看不清轮廓的肉，林静恒总怕他一口气没上来就直接过去了。

"所以说，什么是自由？"哈登博士继续说，"你把一只朝生暮死的虫子养在几平方米的小屋里，它没来得及把边界爬完一遍就死了，一生都在路上，你说它自由吗？你呢，现在拥有一整颗星球，下面那些人，你让他们种烟草，他们不敢种小麦，可是你依然觉得自己是被囚禁的，你和虫子，到底谁比较可悲？"

林静恒顿了顿，心平气和地回答："我本可以容忍黑暗，如果我不曾见过太阳。"

"'然而阳光已使我的荒凉，成为更新的荒凉……我啜饮过生活的芳醇，付出了什么，告诉你吧，不多不少，整整一生。'①"哈登博士声音低低地接上他的话音，"你祖父很喜欢的古诗。"

林静恒无声地叹了口气，心想：又来了。

哈登博士太老了，虽然大部分时间脑子还算够用，但难免偶尔糊涂，隔三岔五就要把他年轻时的峥嵘往事拉出来嘚啵一遍，总能扯到他

---

① 来自艾米莉·狄金森的两首诗《如果我不曾见过太阳》《我啜饮过生活的芳醇》。

祖父林格尔，并且总不记得自己已经讲过这段了。同一个故事听了一百遍，林静恒已经懒得假装认真听了。

他就地坐下，往楼下弹了弹烟灰，继续琢磨怎么突破屏蔽网，拿哈登博士的絮叨当背景说唱音乐。

"上一个纪元，八大星系遍布硝烟，有的人占一个行星和周围几个卫星就自称一个政权，每天都在打仗，老百姓都像你和我一样，被囚禁在地面上，一生也不得自由，我们这些人最开始聚集在一个小小的空间站里，就是……后来的天使城要塞。那时候林大哥是骨干之一，我和伍尔夫年纪都小，是他的小跟班。我记得林大哥说过，他想要世界上的每一个人，生来有一样的尊严，都能终身探索自己的边界，将生命的广度无限拓展，每个人都能按照自己的意愿活着，可以自由表达，也可以自由来去于宇宙中的任意一个地方。"

早年自由宣言的奠基人，想打碎人们脚下的囚笼，实现天赋人权与自由，不过这个目标太过虚无缥缈了，还是后来伊甸园管委会干的事实在——用伊甸园把大家都洗脑成小屋里的虫子，让他们自以为有人权和自由，愚蠢快乐地活下去。林静恒带听不听地跟着哈登博士重温了一遍自由宣言的中心思想，没什么感觉，他不是一个很容易被触动的人，全神贯注地走着自己的神，他想：一般来说，太空监狱的屏蔽网常见的原理也就两三种，现在他们把每种思路都试了无数种破解方式，快要黔驴技穷了……难道是他在第八星系蹉跎的几年，监狱屏蔽网技术突飞猛进了？但凡有台超级电脑能让他解析一下也行，关键他们现在过着原始人的日子，所有的思路都只能是瞎猫碰死耗子的猜想，每一次实验都靠撞大运。这十几年里，他有可能无数次接近成功，可是因为一切都是摸瞎进行，即便离成功就差一厘米，他们自己也不得而知，说不定之后就功亏一篑地转换了思路。

这么一想，就算林静恒自觉心里已经给磨成了古井，也不由得有点焦躁。

难不成要等意外的天外来客发现这颗小行星吗？

他的思绪已经绕着第六星系跑了一圈,哈登博士仍在絮叨:"……林格尔是我们的大哥,照顾过很多战争孤儿,包括我和伍尔夫。你知道,早年一直有传闻,伍尔夫对他的依恋太浓烈,超出了一般朋友。"

林静恒正皱着眉把烟头往地上摁,突然听见这一句,思绪顿时断了片:"……"

什么玩意儿?

"据说伍尔夫有一次喝醉酒,反复叫过林大哥的名字。"哈登脸上露出了一个有点狡猾的笑容,"不过都是捕风捉影,没证实过,伍尔夫少年老成,不是个没有分寸的人,林格尔和妻子感情很好,有谣言传出来以后,两个人就自觉避嫌,不怎么一起出现了。林大哥他们夫妻两个都没看到联盟诞生,你父亲是很多年后,用冷冻细胞培育出生的,他一出生,伍尔夫就拿到了抚养权,一直把他视如己出。他一辈子孤身一人,教出了一个陆信,带大了一个林蔚,陆信收复第八星系荣升上将时,伍尔夫还不到两百岁,已经有了想放权给下一代人的意思,我去见过他一次,我说他太乐观了,联盟已经走偏了,再这样下去,军委会变成笼子里的虎,他会后悔的,他不相信我……直到伊甸园图穷匕见,联盟积重难返,他一生寄予厚望的两个人相继死于联盟,伊甸园有毒的根已经扎进了八个星系的骨头里,必须要有外力来打碎这个局面。"

林静恒冷笑了一声:"这是他勾结星际海盗进来杀人的理由吗?"

"彻底打破旧的,才有新的希望,我们已经走到了死胡同,必须要将一切归零,从头再来。"哈登说,"他没有太多时间去慢慢地斗争、改革,只能孤注一掷——静恒,跟你说这些,我是想问你,如果你出去以后,发现外面的世界已经有了新的格局,你会为了复仇打破这一切吗?"

林静恒自动忽略了其他,一把抓住他话里的重点:"什么意思,关于怎么打破屏障,您有新的思路了吗?"

"十二年前,这颗小行星公转到恒星附近,粒子流扰动把你从沉睡的精神网里惊醒，"哈登博士说，"说明这个行星的屏蔽网和抗干扰能力不足以抵御恒星粒子风暴，如果我没算错，还有一个月，我们会公转回同一个位置，那是屏蔽网最不稳定的时候，或许有机会。"

（四）

启明星，银河城基地指挥中心，图兰收到陆必行的传讯，有点意外，因为陆必行很少直接找她本人，有公务要么直接下达文件，要么叫一大帮人组织会议。这些年，第八星系平定内乱、囤积军备，走向全民皆兵之路，军政两方合作无间，杀伐决断都有默契。但陆必行和图兰渐行渐远，当年电梯里的麻醉药淹死了这段友谊，他们再也回不去了。两个人偶尔碰面，也是一个叫"总长"，一个叫"图兰将军"，公事公办地点点头，随即擦肩而过。

图兰立刻接通到他个人终端："什么事，总长？"

"薄荷他们做了虫洞区的专题研究，远征队准备再次出发，去验证理论，我希望你能派一支武装护卫队随行。"陆必行说，"我们不知道外面现在是什么情况，上一次捕捞到了机甲残骸，万一这次远征队走得再远一点，也许会遇到其他星际武装，要做好万全准备。"

"好的，总长。"图兰痛快地应下，但心里有点奇怪——这点事，陆必行签一道命令直接下达到指挥中心就行了，没必要特意来找她说，"呃……您还有什么指示？"

陆必行迟疑了片刻："还有一件事，我想问你，当年林在玫瑰之心'遇刺'脱身，到战争突然爆发之前，和你们一直有联系吗？他会到第八星系来，是事先计划好的吗？"

"严格来说，不算一直有联系，我们那时候还在白银要塞，发信号会被拦截的，我们得先从白银要塞脱身，到他指定地点才重新建立远程联系。他会到第八星系去，确实是事先计划好的，第八星系不受伊甸园管制嘛。"图兰说到这里，想起了什么，又补充了一句，"但是他的动作真比我想象的快多了，湛卢就是湛卢啊——怎么？"

陆必行轻轻地一挑眉——他捡到林静恒的时候，湛卢的能源消耗得一干二净，是待机状态，林静恒的生态舱在北京β星外飘了不知有多久，而且由于他手欠误操作，林静恒被迫在生态舱多躺了三个多月……这样还能算是"动作快"？

陆必行突然有些怀疑，林静恒当年不是按计划路线飘回来的，而是穿过了玫瑰之心的虫洞区。

图兰说："具体计划湛卢里都有记录吧，我带着白银九一直在等命令，不如他知道得详细。"

陆必行心不在焉地冲她一点头，切断了通信——这一段里湛卢没有，关于林静恒那个生态舱的一切记录，湛卢上都没有，湛卢自己给出的解释是，因为他当时是断电待机状态。

但……待机待得这么彻底吗？

总觉得这个傻AI是被人为删了文件。

陆必行一开始想到这个问题，是担心还有别人知道玫瑰之心的虫洞区，会给第八星系造成安全隐患，所以才去湛卢里查找当年的记录，没想到意外发现湛卢里一些文件有被删除的痕迹。删得非常零散，而且其中一部分似乎还和独眼鹰有关系。

最明显的一处，陆必行清楚地记得，当时在臭大姐基地，林静恒一个人掀翻了源异人的一整支战队，被他捞回来，回来之后不久，好像就在跟独眼鹰独处的时候吵了一架——他当时通过监控看见了，还特意转了镜头引起这两位的注意。

这一件小事发生在基地里，而基地所有的监控镜头都在湛卢的掌控下，湛卢里却没有记录。谁删的？为什么？林静恒和独眼鹰见面就吵，他俩互相呛两句这种日常鸡毛蒜皮，到底有什么需要保密的？

陆必行溜达到公墓，在独眼鹰墓前站了一会儿："你们俩是不是有什么事瞒着我？"

独眼鹰沉默不语。

（五）

"天然虫洞不是人造的跃迁点，非常不稳定，目前人们关于它的研究还不透彻，你们的报告我看了，理论框架的逻辑大体没问题，但实验不等于理论，任何一个你们在数学公式里忽略不计的变量，都有可能在实验里要人命。按照设想，你们也许能固定住这条通道，也有可能会造成相反的效果，导致空间坍塌，也许会死，也许会陷入未知的生命状态，生不如死，都做好心理准备了吗？"

远征队即将进入虫洞区，陆必行临行时的叮嘱言犹在耳。

星际远征队连同护送他们的卫队，在任何一个地方亮相，都可谓是声势浩大，可是投入这片未知之地，却仿佛一群小小的蚂蚁，卷着瑟瑟发抖的树叶当船，一头扎进漩涡丛生的大海里。

"设备能量反应温度偏高——"

"明白，"薄荷应了一声，"启动预先冷却装置。"

"冷却管进度……6%……45%……99%……准备完毕。"

"诸位，心理感受和上次不太一样啊。"远征队队长的声音在通信频道里响起，"上次什么准备都没有，我们是一头扎进去的，也没觉得怎样，反倒是这回，别看多做了几年理论研究，又升级设备，好像是有完全准备，但是肝还是有点颤啊。"

另一个队员说："正常，无知者无畏。"

"进入虫洞区一百二十秒预警，启动倒计时，"队长顿了顿，"遗书都准备好了吗？"

"道个别就算了，遗产都没有，遗书写什么？原创挽联吗？"

"我一个人吃饱全家不饿，连道别都省了。"

薄荷是个话不多的姑娘，没加入讨论，有条不紊地最后检查着设备状态——她的遗书备份在远征队的实验室里，如果出现意外，十个月以后，电脑会自动把它传给陆必行和她的三个同学，这是她仅剩的亲人。

遗书的内容很简单，就一句话："我回不去了，对不起。"

这句"对不起"，在她心里存了很多年，日夜相伴，随着她走过整个青春期，一直到长大成人。

他们四个人经历了很多事，后来，黄静姝矢志不渝地投入好像一万年也见不到曙光的反导研究，斗鸡去参了军，怀特进了工程部，只有薄荷选择了"星际远征队"这么一个冷门又危险的职业。她想走到更远、更深的宇宙里看看，以期盛大的星光能驱散凡人卑弱的挣扎——出事那天，周六其实是联系过工程部的，这么多年，她总是在想，如果她能对他有耐心一点，观察得再仔细一点，说不定能看出他不对劲。

也许……如果那个人不是周六，她当时可能真的会多问一句。可是被追求的少女有长辈保驾护航，对贱模贱样跟着她跑的追求者总是习惯性骄矜，喜欢丢给他一副不耐烦的样子，喜欢看他抓耳挠腮。如果她能成熟一点，学会不把私人感情带入公事中，及时发现不对，及时警告周六，是不是一切就都不会发生了？

临走之前，陆总特意把她叫到一边，告诉她现在后悔还来得及，见她执迷不悟，又嘱咐了她一堆安全注意事项。薄荷知道，没有人苛责她，陆必行从未怪过她，可是她总是没有办法面对自己。

这时，同事发出一声惊呼，薄荷回过神来，一抬头，看见他们所处的空间开始扭曲，好像在穿过一个变形的放大镜，很快，周围一切都开始变成了慢动作，机甲里的能量剧变警报灯亮了，却听不见声音，声音在此时的星舰里仿佛已经寸步难行。此时，他们的通信频道全线断开，重力场失灵，薄荷发现自己飘了起来，身后事先连在舱门上的安全带绷紧，将她固定在一定区域内，她睁大了眼睛，听见自己放得极慢的心跳——

上一次闯虫洞的时候，由于准备不足，他们基本是一进去就晕过去了，醒过来的时候面对的就是差点变成破铜烂铁的机甲，幸亏当时都穿了宇航服，不然宇宙射线和气压就能让他们有去无回。

这一次的情况和缓很多，起码薄荷的意识是清醒的。

她感觉不到自己的身体，觉得机甲也似乎已经分崩离析了，抬起头，她看见一个生态舱飞快地与她擦肩而过，往他们来路方向而去。紧接着，空间无限拉伸，在远处缩成一个非常细小的点，她的视野能穿透过去，那里似乎飘着无数凸透镜，每一面"镜子"上都有一些似曾相识的画面闪过——被狂轰滥炸的北京β星、自由军团在第八星系第一个可怕的基地……还有她自己年少时的脸。

少女隔着十多年，目光对上了如今的青年探险家，轻描淡写地扫过，随即又转过头去，对通信屏幕上的周六爱搭不理地说了句什么。

"阻止他！"薄荷拼命地朝那个少女喊，"告诉他图兰将军马上要炸跃迁点，不要碰任何东西，不要接任何通信，他会后悔的！会害死很多人的！"

然而，虫洞里的时空乱流并不能撼动物理世界固若金汤的因果论，她通过扭曲的时间看见了过去的自己，两个擦肩而过的时空却并不能产生交集。

"别挂断！求求你！"

交错的时空无情地离她远去，那一面"凸透镜"越走越远，最后化成了一个针尖大的小点。

事实就是事实，时间与空间会弯曲，可是人的一生终归是单行线。

已经发生的事，没有什么能改变。

"轰"一下，刺眼的光爆发出来，薄荷的双脚陡然落在了机甲上，她被安全带狠狠地拽回原位。

薄荷愣了好一会儿，意识到他们活着穿过了虫洞区，她觉得视野不太对，才发现自己不知道什么时候，已经泪流满面。

哭的人不止她一个，每个有幸保持意识的人都是呆呆的。

有那么一瞬间，薄荷突然发现，原来每个活着的人都苦，都有背负，都会在与旧时光擦身而过时痛哭流涕。即使他们承载着全人类的好奇心，走着一条热血而充满大航海精神的路，即使他们每个人看起来都活力四射。

但身在虫洞活跃区里，并没有太长的时间给他们收拾情绪，通信频道里先是杂音一片，随后听见队长哑着嗓子组织抢修，通过精神网望去，他们这支远征队还缩水了不少。

"怎么回事？"薄荷摘下宇航服的头盔，飞快地抹了一把脸，"怎么就剩我们这一点人了？"

"时空乱流，"同事回答，"应该是被卷到其他的地方了，但愿不远——内部通信能修复吗，能不能想办法重新和他们取得联系？"

"够呛，这里没有跃迁点，无法构建远程通信……""哔……"

"信号一直有干扰……"

"队长，"薄荷说，"我们方才穿过的虫洞通道没有立刻消失，场的波动依然稳定，是不是我们实验成功了？那我们现在能否试着传信号给启明星基地？"

队长还没来得及回答。

"等一下等一下，我的机甲好像在预警，"旁边一架机甲的驾驶员突然打断众人的七嘴八舌，"你们看，那是什么？"

远征队小心翼翼地制动，发现在他们不远处飘着一个巨大的星舰残骸，周围是无数小机甲碎片，静静地旋转着，像一片太空坟场。薄荷飞快地用军用记录仪锁定了残骸，搜索有用信息，片刻后，一个图像几经放大，残骸上的一行字跳进她眼里："静……渊……号？"

远征队起程后，启明星的指挥中心也一直跟着他们提心吊胆，而远征队的信号在消失了整整一周后，突然又发来了断断续续的留言，可是完全听不清，里面说话的一会儿是男声，一会儿是女声，还有一段干脆就无法解码。

工程部炸开了锅。

"让湛卢来，"陆必行半夜收到消息，匆匆赶到，一眼扫过乱码，"应该是几条信息混杂在一起了，可能是时空扭曲造成的，也可能是远征队在穿过虫洞时被分开了。"

"收到。"只有机械手形态的湛卢直接占用了指挥中心一圈超级电脑，很快给出了结论，"根据信息解码规律，这里应该是三条信息，基本内容近似，都是汇报自己安全穿过虫洞，但是和一些同伴分开了，乱码中的第三条信息似乎还有一些内容，正在解码，稍候……"

不稳定的信号发出一声尖鸣，继而断开了，湛卢沉默了片刻："解码完毕——薄荷小姐汇报，在落地点附近发现了星舰静渊号残骸遗址。"

陆必行一呆。

"静渊号"是当年林静恒从白银要塞回沃托时乘坐的星舰，经过玫瑰之心附近时被炸毁。

而非武装星舰即便被迫绕行禁区，也不会十分深入。

湛卢冷静的声音在指挥中心响起："如果能排除不明引力影响，这可能意味着，薄荷小姐他们所在的位置已经很接近第一星系。"

（六）

第六星系，太空监狱越来越逼近近日点，环绕在小行星附近自动的人造能源塔早已经进入休眠状态。

"你知道，关注公转的可能不只是我们，还有静姝，对吧？"哈登博士说。

林静恒拿着这太空监狱的设计图，一边看一边标记，头也不抬地说："我怕她不来。"

十二年间，林静姝不敢靠近他半步，一方面大概是不知道怎么面对他，另一方面，林静恒作为一个能在跃迁点爆炸那种情况中活下来的人，干出什么让人想不到的事都不稀奇，万一他"恢复记忆"，给他一个借力点，他就能顺着爬上来，关他的地方必须完全隔绝，必须无懈可击。

"她要是不来，我把信号发给谁？盼着它随机传到哪位爱心路人家的天线里，让人帮我报警吗？"林静恒冷笑一声，"我这个人向来没什么运气。"

哈登博士欲言又止。

林静恒把设计图缩小回手腕上的个人终端:"只要您老的定时程序好用就行。"

太空监狱的核心生态系统,在距离实验基地五百多公里外的山区,维护人员每隔十天,会通过特殊的轨道车往返于两地之间进行日常检修。

这一天,轨道车静静地停靠在站台里,站台旁边的一个检修门被轻轻揭开一条缝,林静恒往外看了一眼,轻轻地捏了一下屏蔽器——哈登博士耗时五年的作品,伪装成一条项链挂在他脖子上,老博士审美成谜,好在东西功能强大。它能在直径二十米范围内,干扰监控和"鸦片"芯片五秒钟,"鸦片"芯片能将人的五感和体能提高很多倍,"三代"以上甚至能感知到红外线,林静恒需要一个能隐藏自己的工具,五秒,对他来说足够了。

监控短暂地瞎了眼,林静恒立刻从检修门里钻出来,利索地撬开后车门进去,他前脚刚进入,一伙维护工人也上了轨道车,说说笑笑,颇有些岁月静好的样子,经过车尾的卫生间,往轨道车里走去。

这时,其中一个人冲同伴挥挥手,掉头回来往卫生间里走去。

卫生间门后,林静恒屏息而立,手腕上个人终端的五秒倒计时提示归零,屏蔽失效——那维护工人推开门的一瞬间就听见了不属于自己的心跳声,他一愣,奇怪地四下寻觅,随后听清了,心跳声来自身后!

维护工人头还没扭回去,后颈就被贴了一个冰凉的东西,他张大嘴想叫,却发不出声音,身体不受控制,特殊的波穿过他的皮肤抵达芯片,与生物芯片发生共振,干扰了微电流,他就像个被剥了皮的青蛙一样,四肢微微抽动着,无声无息地被拖到墙角。

林静恒从他腰间抽出激光枪,抵在他后颈上,连扣了三次扳机,巧妙地避开芯片,把这个被芯片加持后坚硬的脖子烧穿了,继而又在维修工身上翻出一把纳米刀,抵着尸体的脖子打了进去,那皮肤上很快出现了一道四四方方的烧焦痕迹，血肉模糊的生物芯片掉了出来。坚硬的尸体陡然软了下去，被林静恒一手拎进卫生间隔间里关好门。

他用个人终端扫了一下那枚生物芯片——二级，应该是这群维修工人中的小头目。

林静恒偏头看了尸体一眼，将生物芯片放进特殊的消毒器里，接着，他扒下了尸体身上的衣服换上，维修工正好有个帽子，低头把帽檐拉下来，可以挡住脸。芯片处理完毕，被推入了一个注射器，注射器里有一种透明的液体，像胶一样，很快裹在了芯片周围，林静恒拿着注射器在手心掂了掂，下一刻，毫不犹豫地注射进了自己身体。

"'鸦片'芯片有强成瘾性，特别对那些人机匹配度很高的人来说，除非你是空脑症，否则绝不要轻易尝试。"哈登博士曾经警告过他，"如果遇到紧急情况，我给你一管阻断剂。这是实验用品，能干扰芯片对你的影响，相当于在短时间内，人为把你变成一个'空脑症'，但是以你的代谢水平，最多九十分钟后就会把阻断剂吸收代谢干净，在那之前，一定要记得把它取出来。"

轨道车行程大约四十分钟，剩下不到一个小时，足够了。

林静恒转身锁上卫生间的门，走回车厢，找了个角落坐下，将帽子拉下来盖住脸。

即使有阻断剂，他也能感觉到几乎无法控制的力量，五感被大大加强，周围人的心跳声几乎有些吵，林静恒一瞬间有种错觉，觉得注入芯片的那一刻，他简直就像是一个不良于行的瘫痪病人突然痊愈。

另一个维修工向他走来，林静恒听着对方靠近的声音，没抬头，心想："滚开！"

二代"鸦片"芯片对一代芯片有绝对压制权，对方感觉到他的排斥之后，话都没敢说一句，怯怯地走开了，林静恒周围形成了一个真空带。林静恒打开手心，虚虚地一捏，个人终端上却显示这轻轻一捏的握力已经达到了四百公斤以上。异常的力量和控制感像一剂精神毒品，本该让人振奋迷醉，然而也许是阻断剂起了作用，林静恒心里突然涌起轻微的焦躁和不安。

他想起陆必行曾经两次给自己注射过类似的芯片……那时，他感受到的是这个？感受过这种力量的人，能克制住自己不再次朝芯片伸手吗？陆必行注射过的生物芯片虽然被销毁了，但是后来自由军团几次三番企图潜入第八星系，也带来了一些新的生物芯片，他一时想不起来那些芯片是不是都销毁干净了。

林静恒的手心紧了紧，心想：但愿那个老波斯猫还能管点用。

负责设备维护的人员，在这星球上地位很低，大多是一代"鸦片"，林静恒的潜入十分顺利，很快摸到了这个星球核心生态系统——气候、温度和引力控制中心。

他把几个黑色的小包裹安放在引力控制中央处理器的不同位置，最后看了一眼个人终端，小行星仍在不断靠近恒星，粒子风暴警告来了，他嘴角提了一下，和来时一样悄然离开。

三十分钟之后，小行星上的粒子风暴强度达到峰值，固若金汤的屏蔽罩受到干扰，与此同时，核心生态系统中心突然发出一连串惊天动地的爆炸，引力控制陡然失效，地面引力立刻减少为原本的十分之一，星球上的人们根本控制不住自己的脚步，以各种姿态在半空中滑行，而最致命的是，这种引力水平无法维持人工大气！

小行星的生态系统即将崩溃，警告声环绕，生态系统发出歇斯底里的求救信号，正好穿过受损的屏蔽罩，被恒星风暴加持，裹挟着冲向星外宇宙。

星球或者基地生态系统崩溃时发出的特殊求救信号，会被最近的星系捕捉，倘使他们还有类似政府的组织，一定会派人来查看。

而与此同时，距离小行星十六个航行日，一架始终跟在这颗小行星身边的机甲同样被这石破天惊似的求救信号惊动。

"立刻报告主人，行星'宝盒'生态系统严重故障，人工大气层有脱落风险——"

哈登博士被塞进了一个生态舱里，所有人都必须就近领取宇航服，引力遭到破坏后，大气层开始逸散，致命的缺氧和压强变化会接踵而至，可是在这个与世隔绝的"太空监狱"里，不可能会准备那么多宇航服，有一部分人一定会死。宇航服和生态舱最先满足高级别的芯片携带者，唯一一位"四代"和"三代"们首先占据了实验楼里的生态舱。生态舱能让人在宇宙环境中漂流数年不死，甚至能抵挡一定强度的粒子流和攻击。而"二代"们，则有权优先领取宇航服，宇航服能提供约四十八小时的保护，万一遇上救援，他们或许也有机会活下来。

剩下的"一代"们，一部分被勒令四处去寻找神秘失踪的林静恒，另一部分被派去组织于事无补的紧急抢修。假如他们中的某一位能完成任务，证明自己是"有用"的人，而宇航服被"二代"们瓜分完毕后恰好还有剩余，他们也许能获得一个"活下来"的席位。"一代"们极度恐惧，跌跌撞撞地在变化的引力环境中艰难地移动自己，他们一边奔跑，一边崩溃地号啕大哭，可是求生本能也不能反抗生物芯片的等级压制，不管他们心里怎么害怕、怎么怨恨，都只能按照命令做事。

哈登博士躺在生态舱里，听见行星内通信被粒子流干扰得乱响，隐约的人声不断在其中响起。

"还没有消息……林将军……""刺啦……""监控没能……"

生态舱发出机械声："警报，外界环境正在发生剧烈变化，压强持续降低——"

"查最后一个拍到他的……""刺啦……""再找不到就来不及了！"

哈登博士深吸了一口珍贵的氧气，闭上眼。

他想，林静恒这个人，恐怕是一把天生的利刃，锋锐无双，被外界无数次打磨，他始终用有刃的那一侧面对一切，因为习以为常，所以并不觉得那些外界施加给他的是伤害，这种打磨和反抗几乎成了他生命的旋律。

磨一次，他就更锋利一层。

如果有一天断了，那一定会是一场盛大的悲剧。

突然，地面震颤起来，生态舱里的通信信号一瞬间全断，紧接着，杂音传来，一个无须密钥的通信频道笼罩了地面。

在十六个航行日外，一直远远监控着这座太空监狱的机甲在和林静姝汇报后，来不及等待同伴，跃迁后直接来到小行星外，迎着逸散的大气层迫降，这回，通信频道里传出来的声音清楚多了："卫兵队负责人，请立刻确保目标安全，准备登上救援机甲！"

"报告，哈登博士已经进入生态舱，林将军不知所终！"

救援机甲里传来驾驶员冷冷的声音："气压已经临近临界值了，如果不能确认林将军安全，恕我无法推进下一步救援工作。"

"报告，'一代'芯片携带者开始死亡——"

暴露在危险环境中，被迫"抢修""找人"的"一代"芯片携带者已经没有了哭的力气，有的人吃力地迈开腿，突然跪倒在地，随后轻飘飘地在地上滑出了数米，抽搐几下，不动了。

随着大气层逸散加剧，"一代"们的芯片标志一个个地暗淡下去，在无法反抗的绝望中死去，不知道肺泡炸裂的一瞬间，他们有没有后悔过贪图这乱世中稀有的享受与力量，接受了自由军团的枷锁。

那些保护过人们的东西，总有一天会掉过头来，撕碎人们的喉咙。

"这些废物……让所有'二代'不要集合，一起去找人！"

救援机甲里的人说："把哈登博士给我，我会立刻把相关情况上报给主人。"

两个穿着宇航服、大概是医护人员的人闯进来，将哈登博士的生态舱对接到一个临时轨道上，其中一位隔着生态舱敲了两下："博士放心，我们会照顾您的。"

接着，哈登博士觉得自己的生态舱轻轻地动了一下，随后开始自动顺着轨道往外滑，速度越来越快，实验室后门为他打开，两个医护人员在生态舱外，一左一右地抓着生态舱，护送他，轨道不断地在地上自我生长，一直连上救援机甲的捕捞网。

救援机甲上的人焦急地问："哈登博士，林将军到底去了什么地方？"

哈登博士真不知道，眼看外面乱成这样，心里也十分没底。他花了十二年，也没能得到林静恒的信任，他甚至怀疑林静恒身上压根儿就没发育出"信任"这项功能，林静恒表面上一直与他密谋出逃，对他和颜悦色，甚至颇为照顾，其实就会跟他要东西，多余的信息和计划一丝都不肯泄露。

哈登："我……"

就在这时，一支机甲队突然靠近小行星，紧接着，一道通信顶着粒子流的干扰接入，来人十分公事公办地说："我们是第六星系自治巡逻队，方才接到紧急警报，请问小行星上是否出现人工引力报警情况？由于我们发现该小行星未经注册，如果是，请行星上的人出示合法居民身份，我们将……"

糟了——自由军团救援机甲里的人心里一紧。

由于有恒星风暴的干扰，他没能有效地拦截信号，本来心存侥幸，不料居然真被人捕捉到了，这座秘密的"太空监狱"暴露在外人眼皮底下，林静姝如果知道了，非得把他凌迟了不可！

林静姝给过他两条至高无上的命令：第一，无论如何要保证林静恒的安全；第二，无论如何不能让林静恒和外界有接触。

如果这两件事注定无法兼得，那么必要的时候，以后者为先。也就是说，就算林静恒死在这颗小行星上，也不能让他被任何人发现。

这架自由军团救援机甲里的海盗瞥见了自己的通信频道，上面显示了一排正在逼近的小亮点。那是他的援军！

他一咬牙，一枚导弹直接打了出去，贯穿了前来查看情况的巡逻队，巡逻队领头机甲的机身被撞了个正着，悬在大气层外的机甲顷刻在小行星引力下坠落，在还没完全消散干净的大气层里磨出了剧烈的火花，像一颗拖着尾巴的流星，直接撞到了地面。砸断了轨道车的轨道。

刚刚返程停稳的轨道车无人照料，顺着断裂的方向掉了下去。

"这小行星是个海盗窝点！"

"向第六星系驻军求援！"

"能量警报，有一支海盗舰队正向我们逼……"

巡逻队不甘示弱，一边求援第六星系当地驻军，一边发起反击。小行星引力崩溃发出的信号引来的两拨人马就地开起了火。

哈登博士的生态舱猛地震颤了一下，生态舱一头撞在了机甲捕捞网上，救援机甲此时已经顾不上地面等着他救的人，捕捞网一卷，拖着刚刚捕捞到的生态舱直接上天加入战斗。捕捞网卷着生态舱和两个不知死活的医护人员，差点被甩进激烈的炮火里，就像穿越森林大火的几只小蚂蚁，在缝隙中疯狂地逃窜，想寻找一条生路。

"轰"一声，生态舱剧震，哈登博士一口气差点没上来，感觉生态舱好像已经被炸成了碎片，太刺激了，他短暂地晕了过去，怀疑自己已经死了。然而下一刻，生态舱盖却被人打开了，哈登博士猛地睁开眼，发现自己已经被卷进了救援机甲里，生态舱尾部被炸开了，营养液开始泄漏，好在时间很短，他竟没有死。方才护送生态舱的两个医护人员也被一股脑地卷了上来，其中一个蜷在旁边一动不动，应该是已经晕过去了，另一个推开生态舱盖的身上全是血迹——生态舱尾部炸开的碎片贯穿了他的宇航服和小腹。

哈登博士吃了一惊："你……"

只见那一身是血的人隔着宇航服冲他打了个镇定的手势，哈登博士心里突然涌起奇怪的感觉，试图张望他被氧气面罩挡住的脸。

接着，旁边的机械门打开，机甲上一队自由军团的海盗冲进来，查看他们死了没有。后面紧跟着一排医疗舱，哈登博士被他们七手八脚地从生态舱里拔了出来，转头去看那一身是血的人，却只看见了剧烈的白光炸开。

所有人都险些在那白光中失明，有人大叫："我们被导弹击中了！"

"快走！"

"等等，机甲没有预警……"

白光很快散开，险些被灼伤视网膜的海盗们原地爬起来，艰难地恢复着视力，面面相觑——直到一分钟以后，他们才发现，方才那个一身是血的"医护人员"原地失踪了！

离他最近的海盗意识到了什么，低头看向自己的手腕，下一刻，他撕心裂肺地大叫起来——戴着个人终端的那只手，从手腕开始，被齐根切了下去，不知所终！

哈登博士难以置信地睁大了眼睛。

那潜入机甲的神秘"医护人员"——林静恒，指尖夹着一个小小的解码装置，迅速破解了那只手上血淋淋的个人终端加密，利用那个倒霉海盗的身份信息，畅通无阻地穿过了机甲，直接闯进机甲的核心控制区，迎面撞上一个海盗守卫。

守卫惊讶地睁大了眼睛看着他的一身血，上前来拦："等等，你……喂！"

他话没说完，那一身是血的人就好像体力不支似的，踉跄着倒在他身上，守卫下意识地接住，听见那血人含糊不清地说了句话。

"你说什么？"守卫一侧头，将耳朵贴了过去，然而下一刻，他后颈处被一个冰冷的东西贴住，特殊的生物芯片干扰波直接洞穿了他的皮肤，守卫二话没说，"扑通"一下抽搐着跪下了。

林静恒利索地将人拖到一边，故技重施，三下五除二地扒下了自己布满血迹的宇航服，换上守卫的外衣，冷汗顺着他的鬓角鼻梁不停地往下淌，然而清晰的疼痛与血的味道却反而让他兴奋。

他像是被关在暗无天日的笼中的凶兽，一朝打碎牢笼，粉身碎骨也要出来。

林静恒撕了块衣服，堵住不住流血的伤口，将外套一拢，帽檐拉下来，短暂地掩住了血腥味，再一次打开脖子上挂的屏蔽器。

五秒屏蔽周围芯片人的感官。

核心控制区里，驾驶员和备用驾驶员们全神贯注，与第六星系的巡逻队打得不可开交。

五——

林静恒若无其事地行走在他们中间,脚步快而稳地混进了机甲核心控制区,甚至冲一个擦肩而过的海盗点了个头。

四——

他目光扫过全场,时隔十二年,再次感觉到了机甲精神网那让人战栗的控制力。

三——

林静恒靠近精神网,压低声音,朝一个疑惑地看向他的海盗说:"紧急。"

二——

"什……"那海盗大约是个备用驾驶员,被林静恒一把抓住了胳膊。

一——

林静恒声音低低地笑了一声,手指尖弹出了一枚硬币大小的东西,正是哈登博士给他配备的秘密武器,芯片干扰波发射器。

零!

屏蔽功能消失,对芯片人来说浓重的血腥味在机甲核心控制区里炸开,所有人都看了过来,与此同时,芯片干扰波发射器和机甲精神网产生了奇特的反应,驾驶员、备用驾驶员在同一时间感觉到了细微的麻痹,就这么一瞬间,林静恒强势接入精神网的人机对接口。

被干扰波干扰的机甲驾驶员大概想象不到,自己这种有芯片加持的"超级战士"竟然会被瞬间夺走精神网,一时间连有效反击都没来得及组织,直接失去了意识。林静恒第一时间关闭了机甲内仿重力平衡器,将机甲猛提速,除了他自己,把毫无准备的海盗都甩了出去。紧接着,他利用机甲自身的设备将干扰波放到最大,整架机甲上,芯片人们触电似的抽搐起来。

哈登博士眼睁睁地看着海盗们像一群半身不遂患者,四肢并用地企图往外跑,再没有人顾得上他这个老东西了,他们刚刚跑过方才那道机械门,机械门就陡然落下来关上了,接着,机甲广播里传来林静恒的声音:"博士你好,如果你没有受伤,请在生态舱或者医疗舱里先休息片刻,我们准备紧急跃迁。"

哈登博士急道:"静恒,你怎么混进来的?你是不是给自己打了……"

他话音没落,一架医疗舱就自己滑过来,强行把老头抓起来,塞了进去。

这架机甲在空中激战正酣的时候,突然屏蔽了周围"战友"的通信,神不知鬼不觉地脱离了战圈,在所有人都没反应过来时启动紧急跃迁,而第六星系的巡逻队与自由军团的海盗战队打成了一团,竟谁也没来得及阻止!

不知过了多久,在跃迁点中不断颠簸的机甲才平静下来,哈登博士用尽全力推开医疗舱盖,方才关闭的机械门已经重新打开了,他手忙脚乱地控制着医疗舱滑进去,见满地的尸体——整个机甲中的海盗被各种突然落下锁住的门分别封住,集体享受了一场毒气盛宴。

林静恒正靠在一把高脚凳上,敞着上衣,一个医疗舱在他身边制造了一个小范围的无菌膜,机械手正在处理他小腹上狰狞的伤口。

他随手抹了一把额角的冷汗,冲哈登博士一笑:"自由万岁啊,博士。"

哈登博士说不出话来。

事实证明,林静姝的策略没有错,只要给他一条缝,他就能荡平整个太空监狱。

"你说白银十卫还记得十四年前我联系他们用的密钥吗?"林静恒翻看着机甲上核心电脑的数据库,"嗯……这些年,他们跟自由军团打得还真挺热闹,多亏了这帮海盗给我提供他们的大致坐标。"

哈登博士:"你要……"

"重新召唤白银十卫。"

林静恒将远程命令发出,刹那间,宇宙深处荡漾的跃迁网传出了一个能让石破天也惊的声音,铺展到每一个角落——前往第一星系的玫瑰之心。

林静恒微笑起来："你说他们怕不怕？"

哈登博士看着他，嘴唇不住地哆嗦着："你……阻断剂只有九十分钟的时间，你……"

林静恒一挑眉："嗯？芯片啊，不要紧，你应该有芯片升级的技术吧，博士，给我升到最高级，以后遇到自由军团的人，揍起来一定很方便。"

哈登博士脸色陡然变了，他不是瘫，只是年纪大了，身体不好，腿脚无力，才一直用轮椅代步，此时情急之下，竟然挣扎着从医疗舱里爬了出来："林静恒！你知不知道生物芯片是什么概念，你怎么敢……"

林静恒抬起头，打断他："博士，是你没说实话吧？"

哈登博士愣愣地看着他。

"我曾意外缴获过一份录音留言，是劳拉最后传给反乌会的，"林静恒将小机甲调成了自动驾驶——自由军团的机甲中有完备的星际航道图，长期游走在黑暗边缘的海盗们知道哪些地方能避人耳目，"她说，你当年的罪名是'反人类，勾结域外海盗，进行人体实验'，因为你，伊甸园从自愿加入变成了强制注册，从此，人类社会中消除了'失踪'的概念，博士，你这些罪名，全都是伊甸园管委会污蔑的吗？"

哈登博士在听见"录音留言"时，脸上的表情就凝固了。

"你对我说，是你的学生和域外反乌会的疯子们一拍即合，你和他们没什么关系，但是我得到的消息可不是这样，"林静恒又说，"反乌会老巢里还有一份机密文件，记录了一部分组织资金来源，哈登博士，我可在上面见过你的名字，总不会说，在这件事上，反乌会和伊甸园管委会一起构陷了你吧？"

哈登博士哑声说："你早就拿到过反乌会的内部资料，所以……你第一次在小行星上睁开眼时，就知道我对你有所保留。"

林静恒冲他笑了一下，眼角还沾着没擦干净的血迹。

十二年来，他一丝都没泄露出来，只是单纯摆出一副因为受伤太多而对外界充满戒备的样子，跟哈登博士相互利用，大部分时候不好相处、性格十分可恶，但偶尔也流露出些许温情，让人有种错觉，好像绝境里的相依为命，正在一点一点磨去他冰冷的外壳。

原来又是装的。

哈登博士恍然大悟，当时林静姝仓皇封锁太空监狱，逃离小行星，他独自去见刚醒过来的林静恒，林静恒当时因为他的一句试探就变了脸色，并立刻炸了旁边的导电液体，现在看来，原来也是故意的。

他一直在有意给哈登博士加深"自己是只困兽"的印象，无形中消磨掉了哈登的戒心。

现在，整架机甲上只剩下他们两个活物，林静恒掌控着精神网，终于有恃无恐，于是他缓缓地垂下目光，好整以暇地对着哈登博士图穷匕见："对——所以，博士，你现在该告诉我了吧，为什么你死遁后，不再和反乌会联系，反而要另起炉灶呢？"

哈登博士低声说："如果我的回答你不满意，会怎么样？"

"不怎么样，别紧张，博士，"林静恒用那种他们俩都久违的"沃托式"语气，十分轻松地说，"历经反乌会和自由军团两大组织，掌握着'鸦片'芯片的核心技术，我相信您是十分珍贵的，太珍贵了，所以要'妥善保管'。"

"林上将。"哈登博士长叹了口气，感觉自己这个白塔出身的学究，再也不敢叫他"静恒"了，作为高精尖的科研人员，总是容易觉得自己聪明，别人都愚昧，觉得别人当局者迷，自己看得比谁都透彻……却忘了这些"武夫"才是曾经活跃在沃托政治风暴中心的人，林静恒是这样，伍尔夫也是这样，就连陆信也未必真到哪儿去，只是那个人坚守的东西太多，时而顾此失彼而已。

"你先让医疗舱把芯片取出来，"哈登博士萎缩成了很苍老、很疲惫的一团，沉声说，"'鸦片'芯片非常危险，会在一定程度上不可逆转地改变你的生理结构，你真想当个生物芯片的瘾君子吗？"

林静恒无动于衷地撑着头看着他："我以为博士您最早研究生物芯片，不是为了让人上瘾，而是为了'人类进化'。"

哈登博士悚然一惊："你怎么知道？"

"我在第八星系混了很久，了解过所谓女娲计划的历史，近距离接触过变种彩虹病毒，身边也有靠谱的专家，"林静恒说，"怎么，不对吗？"

哈登博士紧紧地闭上了嘴。

"据说，彩虹病毒能让细胞退化，能激活基因潜力，因此如果能通过某种方式，利用彩虹病毒的一些特性，把人体改造成一个可以'进化'的基底，再通过生物芯片引导，人类未来将会有无穷大的潜力，有无数种进化的方向，"林静恒腰间的伤口缝合完毕，他挥开医疗舱的机械手，不让它往自己身上抹黏糊糊的去疤药，扣上扣子，带着几分玩味地说，"第八星系的女娲计划成功地合成出了一个鸟人，我见过他，哈登博士，以你白塔第一任负责人的造诣，总不会还不如第八星系和域外的半吊子们吧？"

哈登博士干巴巴地说："那只是……只是个理论，彩虹病毒完全改造人体不可实现，我们没有培育出理想的进化基底，生物芯片更是……"

"理论基础。"林静恒打断他，目光像毒蛇一样扼住了他的喉咙，"不会吧？博士，太谦虚了，只是理论基础，那这些年你东躲西藏什么？"

一股恐惧的凉意顺着哈登博士的后脊往上爬，林静恒那双他看惯了的、偶尔会因为一点人气而显得格外鲜活的灰眼睛，竟比黑洞还要可怕，哈登博士意识到，他也想要女娲计划的核心技术。

是了，谁不想要女娲技术？在这乱世当中，谁不想掌握一支不可战胜的武装力量？原来双胞胎的兄妹，谁也不比谁省油，比起林静姝那个有点疯狂气质的恐怖分子，林静恒这个曾经的联盟上将心机更可怕。

"博士,在我手上,你还是相当安全的,你的秘密不会泄露出一点,静姝能给你的科研条件,我也能给你,我还认识一大批空脑症患者,他们都会很愿意当你的实验品,"林静恒轻柔地压低声音,附在他耳边说,"还有我,我的精神力长时间稳定在人类极限值处,联盟近百年,没有人能在这方面与我匹敌,我可以帮你探索人类力量的边界——永远追求更强的力量,不是我们应该做的吗?"

哈登博士勃然变色:"你在说什么!你被'鸦片'影响了吗?!"

林静恒看着他,眼睛里带着一点冰冷的笑意。

"女娲的核心技术我不会给任何人!反乌会、林静姝,还有你!你可以立刻杀了我!"

林静恒按住他的肩膀:"别激动,嘘——博士,我们这里没人怕死。"

哈登博士被他一只手活活按进医疗舱,他有最伟大的大脑,脆弱的肉体却没有一点反抗之力,他这一生都在不断逃脱,又不断陷入新的陷阱。

"我逃离白塔的时候,销毁了所有的实验材料,和反乌会断了联系……是因为我发现他们企图利用我,垄断女娲技术,由他们决定谁进化成超人,谁做服务超人的'底层'。那时候我才意识到,为什么'进化'必须是自然的事,人为干涉'进化'会造成灾难,我拒绝了他们……把自己变成众矢之的,到最后,我甚至无法分辨出到底是哪方面的人出卖了我,到底是伊甸园管委会的走狗,还是我那些和反乌会走得很近的学生?我不知道!我没有地方托付静姝,只能让她在管委会长大,我想他们和海盗相比,毕竟有所顾忌!"

他越说情绪越激动,仿佛隔着巨大的泥潭,痛苦地朝着过去的自己发出质问:"可她怎么会变成这样?静恒,你怎么会变成这样?我们为什么会走到这一步?联盟为什么会落到这种下场?"

他那老朋友伍尔夫,是联盟拥趸,他一直杞人忧天,担心伍尔夫太过忠诚，会被伊甸园管委会利用迫害，当年主动在"禁果"上添上了这个名字，结果给这个世界种下了血流成河的祸根。而他牵肠挂肚的孩子林静姝，为了试探他、逼迫他，无数次逼他看她那走偏的"鸦片"实验，看她一点一点营造出来一个病态的地下王国。

后来，他在巨大的绝望中，遇上了传说中为了七、八星系平民而险些粉身碎骨的林上将，他曾以为林静恒会和其他人不一样，可这竟然又是一个处心积虑的谎言。

这个世界上，每个人都只是在追求自己的权力与力量而已。

"你告诉我，我到底应该怎么做？这是当年我触碰了'禁区'的惩罚吗？我是不是应该一辈子稀里糊涂地给管委会打工，维护好伊甸园，醉生梦死地在沃托活下去？你……"

哈登博士的话音陡然断了，睁大了眼睛，他看见林静恒从兜里摸出一块带血的生物芯片，扔在旁边的小托盘上。

"你……你已经……"

"睡一会儿吧，您也累了。"林静恒脸上冰冷而贪婪的神色一瞬间就不见了，比最好的演员还收放自如，他松开了禁锢着哈登博士的手，给了医疗舱一个简单的指令，一针镇静剂打入了哈登博士的血管。

哈登博士愣愣的："你……"

蒙眬中，他隐约在林静恒脸上看见了一点悲悯神色，然而不等他看真切，立竿见影的镇静剂就将他的眼皮合上，拖入了沉沉的睡眠。

林静恒等他呼吸平稳了，调出了医疗舱方才对哈登博士血压、心率和激素情况的全部记录，交给机甲上的电脑，分析他方才每句话的真实度，然后把芯片随手扔进了废品处理管道。

哈登博士通过了他的初步试探——林静恒将医疗舱送回机甲上的医疗室，又召唤机器人，把机甲里的尸体清理干净，找出了一点藏酒——他确实需要把哈登博士带回第八星系，因为陆必行那具彩虹病毒改造的身体是他的一块心病，他总担心独眼鹰他们那群半吊子给他留下什么后遗症，所以他要确认哈登博士没有包藏一点祸心。

机甲穿梭在漫长的旅途中，四下突然安静，林静恒独自一人，终于从枪炮与钩心斗角中歇下来，被压抑的思念就野草一样地疯长起来，仿佛顷刻间就要顶破他的胸口。

他答应过那个人，不管离开多久，就算爬也要爬回去。当年联军遭伏，他机缘巧合之下与第八星系失联十几年，图兰在他的默许下给了那人一捧麻醉剂……

陆必行一觉醒来，会怎么想？

会不会以为他死了？

会不会恨他？

会不会……忘记他？

最后的念头一冒出来，林静恒心里轻轻地"咯噔"了一下，舌尖下压的苦酒一不留神滑进了嗓子，胃部灼烧的感觉让他回过神来，大概是因为失血，他忽然有一点轻微的眩晕。

林静恒强迫自己集中精神，这时，他发出的远程通信突然有了第一个回音——"你是谁？！"

林静恒一把抓起泛滥的心绪，将它们一股脑地塞回胸口封好，转脸，他又是无坚不摧的联盟利刃，他把空酒杯倒扣在一边，回道："你以为我是谁，蠢货。"

正在秘密追捕一支自由军团海盗的托马斯·杨收到这个回复，眼圈突然红了，朝着自己的通信频道大吼："蠢货！他居然又说我是蠢货！我到底哪儿蠢了？让我们为自由宣言而战，他自己十四年没有音信，活不见人死不见尸——哪怕一条留言也好啊！我差点把队伍解散了！什么狗屁将军，什么狗屁老大？！"

白银三的通信频道里沉默一片，鸦雀无声地听他发泄。

泊松·杨叹了口气。

托马斯·杨哑着嗓子吼道："白银三收到！前往玫瑰之心，随时待命！"

"白银一收到。"

"白银十正在前往玫瑰之心。"

"白银六集合完毕，随时为您待命，将军，二十年不见，久违了。"

"白银四折损严重，整个第四卫，目前只剩三人两架机甲，十五年来，我们从未放弃战斗，很高兴再次听见您的声音，我的将军。"

第四章　交会

陆必行听见一个……无数次出现在他梦里的声音，在连天的炮火里说：
"诸位，好久不见，十四年了，都没长多大出息啊。"

（一）

新星历290年8月15日，占据沃托十五年之久的海盗光荣团，在联盟军和中央军携手的步步紧逼下，终于难以为继，海盗内部开始分裂。大总统依然做着他帝国千秋万代的梦，执意不肯投降，被手下暗杀于总统府的后院。

两天后，光荣团宣布投降，无条件撤出第一星系，将饱经战乱的联盟明珠——沃托，双手奉上。

消息传来，整个天使城喜极而泣，人们将"蔚蓝之海"别在领口，互相拥抱。从275年到290年，十五年来，他们被驱逐出伊甸园，远离故土，不敢仰望星空，不敢回忆地平线的样子，至此，才终于看见了和平的曙光。

9月1日，上千架超时空重甲降落在沃托，举行了声势浩大的受降仪式，联盟中央重新接管沃托。然而就在同一天，趁所有人的视线都集中在沃托，第一星系相对内防空虚时，海盗自由军团突然出兵，占领了第一星系边缘的"塞尔维亚"星,将整个行星上的人扣为人质。

欢呼的尾音未散,和平的曙光就蒙了一层阴霾,预示着人类历史上这场浩劫还远远没到终局。

第一星系边缘,自由军团与联盟的兵力在不断聚集,双方已经沉默无声地对峙了数日。

塞尔维亚星自然资源贫瘠,不适合人类居住,但每六年会公转到玫瑰之心附近,联盟把那块区域称为"危险区",命名是这样命名,但"危险区"其实不在玫瑰之心真正的禁区里,是属于人类控制范围内的边缘地带,因此每到这时,塞尔维亚星上就会聚集大批的旅游人士,前来近距离围观玫瑰之心。塞尔维亚星也成了个旅游胜地,上面常驻人口稀少,基本都是游客,因此生活物资主要靠外界供给,海盗们来了也没有大屠杀,只是一登陆就"误炸"了营养针储备仓库,内外不通的情况下,行星上立刻捉襟见肘,出现了大范围食物与饮用水短缺问题,哀鸿遍野。

海盗没有屏蔽人质们的信号,任由绝望的人质们每天声嘶力竭地对外发声求助。

9月10日清晨,沃托的议会大厅里已经坐满了人,鸦雀无声,一如战前。

这是行星绑架事件的第十天。

但仔细看,此时的议会大厅与战前又有不同。战前,正中央的位置是留给伊甸园管委会的,各星系议员派别分明,以管委会为核心,围着一圈在自己的地盘里落座,优雅的政客们长袖善舞,而军委的人在最边缘的后排位置,像一群与当代文明格格不入的傻大个。

然而此时,议会大厅里几乎全是各军种的军装,整齐得有种压迫感。

伍尔夫老元帅姗姗来迟。

"元帅,"一个上将军衔的老将军打破了沉寂,"第一星系各地民众都在组织声援,我们光谴责和僵持不是办法,到底怎么办,您得给个章程。"

第一星系总司令接话说:"塞尔维亚星很快会因为公转,离开玫瑰之心的危险区,我怕海盗们到时候会有动作。"

他话音没落,议会大厅大门就被人推开了,王艾伦快步走进来:"他们已经有动作了。"

他说着,一甩手腕,一段视频新闻从他的个人终端里被甩在了议会大厅中间:"星际海盗刚刚宣布,在被绑架的行星上举行全民公投,为期一周。"

"海盗组织公投?这不是笑话吗!他们投什么?"

王艾伦没回答,视频里已经打出了公投议题——老军阀伍尔夫是否犯下了反人类罪。

议会大厅一片哗然,所有人都看向端坐主席台的伍尔夫元帅。

伍尔夫淡定地打了个手势,压住声浪。

"要么按照他们的意思按下选票,要么死。"王艾伦沉声说,"公投结果不用想也知道是什么,他们这么做,不单是在侮辱老元帅本人,更是在嘲弄联盟的基石自由民主精神,我们必须采取强势行动。十天后,塞尔维亚星将离开玫瑰之心危险区,战略分析部门认为,海盗将会趁机全面占领行星,我们要在那之前拿下它。对方为了胁迫联盟,并未屏蔽通信,原行星驻军一直在用暗号和我们联系——据说现在行星上一些居民试图往玫瑰之心方向突围,有一些成功逃离了塞尔维亚星,说明海盗也对玫瑰之心多有顾忌,不敢深入禁区,我建议绕行玫瑰之心,从后方突袭。"

(二)

"干扰和杂音消失了,已确定其他同伴坐标,咱们的护卫队正在往这边赶,预计半小时内能与我们会合。"薄荷抬起头,"检测到跃迁点能量反应,请求重新定位——诸位,我们是不是已经离开玫瑰之心深处了？"

他们跟遥远八星系的联系仍是时断时续，一句话得重复好几十遍那边才能收到，好在，这是一次前所未有的探索，整个工程部都很有耐心。

"收到通信请求——"

"护卫队吗？"薄荷嘀咕了一声，"我不是刚把定位给他们了……等等，队长，这好像是……"

她话音没落，远征队里其他人也注意到了，一艘十分袖珍的小星舰正在朝他们靠近——袖珍，是因为能掉的地方基本都被炸飞了，星舰不知道是运气好，还是上面有很厉害的技术员，竟然保存下了一个完整的机舱，那机舱像个大号的漂流瓶，也没有动力，横冲直撞地飞过来，是个随时要炸的样子。

"外星系的人？"远征队队长有些激动，这代表时隔十几年，他们再次进入了其他人类活动区域，"接，跟他们打个招呼。"

薄荷通过了通信请求，七嘴八舌的求救和哭喊立刻扎进了她的耳朵，男女老少什么动静都有，有几个孩子的声音格外尖厉刺耳，让习惯了宇宙寂静环境的薄荷蒙了一下："什么情况？"

这时，有个虚弱但冷静的男声穿过那些鬼哭狼嚎，口齿清晰地说："不知名的舰队，你们好，我们来自第一星系边缘行星'塞尔维亚'，这艘星舰上全部是非武装人员，包括六位两百五十岁以上的老人与四名儿童，我们没有武器，星舰动力系统已经损坏脱落，无法抗拒来自玫瑰之心的引力，对面的朋友，无论您属于哪方武装，能否本着人道主义精神，为我们提供援助，再重复一遍，我们没有武器……"

（三）

第八星系，启明星，银河城基地指挥中心。

"总长，刚刚收集到来自虫洞区那边的信息，远征队偶遇一队从第一星系塞尔维亚星逃出来的难民。"

陆必行一抬头："什么情况,光荣团不是挺优待第一星系人民的吗?"

"据说海盗光荣团已经投降了,第一星系停战,光荣团撤出了第一星系,向联盟递交了降书。"

"嗯,"陆必行脸上看不出喜怒,一挑眉,"十几年过去了,和平了啊,挺好的,我们才刚找到出路,联盟就停战了,运气还不错啊。"

"恐怕不是,"湛卢说,"根据薄荷小姐他们收集到的信息,就在刚刚,不明海盗武装趁第一星系交接时,突袭了塞尔维亚星,绑架了整个星球的人,现在正高调向全宇宙直播。"

"那可真热闹了,"陆必行说,"一个星球的人这么容易被绑架,没有驻军吗?"

说话间,远征队的护卫队又断断续续地发来了一些信息。

"总长,惊慌的民众开始往玫瑰之心撤离,护卫队请示您……"

"观望,非武装星舰不用管,"陆必行淡淡地说,"海盗和联盟在外面随便掐,但我希望他们最好不要靠近玫瑰之心,否则,我们还要负责'招待'他们。"

"明白,"湛卢善解人意地说,"我通知图兰将军,往天然虫洞区增兵……"

他话没说完,图兰突然闯了进来。图兰整个人发着抖,手指随着呼吸剧烈地颤抖着,陆必行和湛卢一起看向她。

湛卢:"图兰将军,检测到您的心率……"

"密……密钥!"图兰上气不接下气地打断他,几乎扑到陆必行的办公桌上,双手撑住桌面,"我派去的护卫队,在玫瑰之心附近的跃迁点搜索到了……"

陆必行把一杯水往她面前一推,和颜悦色道:"慢慢说,什么密钥?"

"通……通信密钥,十一年……十四年前……"图兰语无伦次,两套历法年份也说不清了，情急之下，她居然以下犯上，一把抓住了总长的领子，"将军……我……"

图兰好像在门板上撞坏了脑子里的语言区，也不知在叫唤些什么，工程部的几个技术宅见她揪总长领子，还以为这二位不阴不阳地冷战了十多年，终于要大打出手了，鉴于"只骂街，不打架"向来是工程部的最高宗旨，技术宅们集体退后了三尺，预备出门叫保安。

可是陆必行听懂了图兰的话。因为对一些人来说，有些伤口经年累月，摆起的伤疤成了不可触碰的逆鳞，哪怕一个字、一个标点符号、一缕微风，都能刺痛那里。他瞳孔轻轻地收缩了一下，下颌明显绷紧了，然而只是一瞬间。随即，陆必行轻轻地捏住图兰的手腕，将她不尊重的手扯开，面不改色地问："哦，你是说，随行远征队的护卫在玫瑰之心附近，捕捉到了白银十卫的通信密钥？"

图兰张了张嘴，正要说什么，陆必行却一摆手打断她。他一拧手腕，个人终端上就打出了一张第一星系的星际航道图，从指挥部房顶垂下来，一直铺满地面。陆必行站起来，好整以暇地走到航道图下，无视了图兰："我们现在根据有限的信息，先进行一个大致的判断，我记得当年，各地中央军与联盟离心，海盗光荣团、反乌会各自为政，多边战事十分胶着，现在看来，外面的事情有点变化。联盟很可能再次统领了各大星系的中央军，反乌会没动静，先当它蛰伏好了，而光荣团已经投降。光荣团把持第一星系，第一星系是新星历文明的瑰宝，双方不可能像在第八星系一样拿导弹随意狂轰滥炸，大概是互相磨了十几年，终于要磨出个太平盛世，又有人出来捣乱——从芯片控制的手段看，似乎是早年那个不成气候的'自由军团'，图兰将军说，玫瑰之心附近捕捉到了白银十卫的通信密钥，我猜，白银十卫很可能是奔着这拨海盗去的。照这样看来，外面成气候的武装，现在恐怕都聚集在第一星系边缘，恰好让我们赶上了。"

图兰忍不住说："不是，总长，白银十卫之间彼此联系，与统一命令召唤的通信密钥，用的是不同的加密体系，这是规……"

陆必行打断她："在联盟历史上，白银十卫大部分时间和联盟是契约关系，并不服从指挥，据说一般这种时候，你们自己有另外一套决策机制。没想到这么多年过去，召唤集合还在沿用旧的加密方式，很念旧嘛，只是不太安全——怎么，图兰将军，你还想说什么？"

图兰看着他的眼睛，忽然什么都说不出来，她怀疑除了湛卢这种没心没肺的人工智能，没有人敢在这双目光的注视下，再提"林静恒或许还活着"的话茬。

陆必行就端起保温杯，喝了一口早上磨的咖啡，咖啡依然温热，从杯口冒出了氤氲的白汽，湮没了他眼睛里的一切情绪，他顿了顿，若无其事地接上自己的话："据说人类活动区域扩张的时候，稍微一不注意，周围环境中大型动物就很容易灭绝，反而是不起眼的蟑螂、老鼠，能轻易融入任何人类社会——果然，不管是'帝国'还是'主义'，两大海盗组织先后没落，倒是这些贩毒起家的低等货色成了联盟的心头大患，当年及时封闭第八星系是咱们走运。湛卢，从工程部、信息部与战备规划部中抽调些人手，我要一个综合情报分析组。"

"是！"

"远征队使用的虫洞稳定装置能承受什么强度的能量扰动？与没有稳定装置相比，虫洞的稳定性提高多少？也尽快给我一个估算值。"

"总长，相关数据已经在分析中。"

"好的，湛卢，帮我调阅联盟以前针对天然虫洞区的研究水平，知己知彼。"

"好的，陆校长。"

"还有……"

图兰无声无息地呼出口气，有些茫然地站在那儿，听他有条不紊地把一帮人支使得团团转，觉出了陆必行这个总长和爱德华老总长的不同。爱德华老总长看联盟，不管是用向往的目光还是怨恨的目光，始终是仰视的，他心里总觉得第八星系是联盟的一部分，将联盟中央视作高不可攀的"正统"，他同意"独立"，却也是逼不得已，老总长大概至死都没想过，自己有一天会和联盟分庭抗礼。

而十一个"独立年"后的陆必行，经历了无止境的战乱与离索，用血与火重新浇筑起了第八星系的政权，此时他看联盟，是漠然的平视，在他眼里，无论是联盟、陆信旧部的中央军，还是三大海盗势力，都没什么可怕的，也没什么不可战胜。他会谨慎地评估对方的实力，然后盘算好是上前踩一脚，还是戒备森严地按兵不动。

"图兰将军，"陆必行布置完一圈任务，叫了她一声，"请你跟我来。"

图兰回过神来，连忙跟上。

陆必行带着她走到了楼道里，银河城基地的指挥所窗明几净，透过高楼的窗，能将整个银河城基地都尽收眼底，庞大的机甲收发站盘踞在不远处，停靠着一水的重甲——产自第八星系自己的军工厂——形容肃杀，静静地指向天空的某个方向，俨然如同当年联盟中央的军事要塞。

几年内战险些毁了第八星系，然而从某种意义上来说，却也造就磨砺了他们，至少此时的第八星系自卫军里，再也没有刚学会开机甲的菜鸟了，每个人都身经百战，像是在密封罐里最后活下来的蛊王。

陆必行问图兰："你说白银十卫归我所用的可能性有多大？"

图兰一时不知道该怎么回答。

"哦，没什么，"陆必行一笑，"叫你出来，不是要问你这个，而是想托你帮我做件事，我需要军方现在根据我们掌握的虫洞特性，拟定一套特殊的战略方案，重点放在如何将足够的人手运出虫洞，以及万一遇到紧急情况，需要从虫洞那边撤退，怎么操作。"

图兰一愣："你是想……"

"我打算亲自过去一趟，第八星系与其他星系隔绝了十一个独立年，我要去看看大家都走到哪一步了。当然，我对海盗自由军团也很感兴趣，如果有可能，最好能弄到一点他们的东西回来研究，不借鉴，起码预防。十几年了，大家也该互相亮一亮刀刃了，"陆必行顿了顿，微微一笑，不由分说地冲图兰一摆手，"去准备吧。"

没有人再围成一圈，开会批判他这个非武装人员不应该上前线了，现在他想去哪儿就去哪儿，跟谁都只是一句轻描淡写的"去准备"。图兰深深地看了他一眼，但她从陆必行脸上看不出一点端倪，也不知道他是单纯地想去做一根唯恐天下不乱的搅屎棍，还是惦记着去追寻那缥缈的信号。

有那么一瞬间，图兰突然后悔，如果当年她真的任凭陆必行离开第八星系，去跃迁点外跟那个人同生共死，事情会不会有另外一个结果？可是后悔是这样内耗的一种感情，每个反派都得学会控制这种情绪，图兰一低头，迅速将自己的注意力转移到了那庞大的工作量上，快步离开了。

这天，陆必行彻夜未眠，他准备亲自带一支武装和工程部精英到虫洞区那边探一探深浅，图兰和工程部做了万全的准备，但危险性还是有的，因此手头有很多工作需要分门别类地交接。

湛卢很安静，已经习惯他的作息了。

黎明时，陆必行发完了最后一封工作邮件，把凉茶一饮而尽，直接带上湛卢出发。

舰队逼近虫洞区时，陆必行打开了个人终端上的一份报告，是远征队传回来的最早的一份例行工作汇报，描述了他们穿越虫洞区时的见闻，其中，薄荷提到了一个生态舱的型号，恰好是他当年在北京β星外捡到的那个。林静恒当年不管是误入还是有计划，真的是穿过虫洞区来的第八星系。

陆必行盯着那熟悉的生态舱发了会儿呆——他其实远远不像在图兰面前表现的那么无动于衷，几次打断图兰的话，也只是不想给她、给自己任何希望而已。"希望"这东西，伤人太深，他在这漫长的十一年里已经遍尝了它的滋味，实在是连一口都难以下咽了。可是人的思绪不是那么容易控制的，抵达天然虫洞区边缘的陆必行心里野火似的冒出了一个压不下去的念头——白银十卫十几年前的远程通信密钥……原始人都知道密码定期更换是常识，虽说远程通信密钥比普通密码复杂得多，但也并不是没有被破解的风险，白银十卫没有道理把一个联络密钥沿用这么多年。

那么……是谁还在使用旧的密钥？

"陆校长，"湛卢忽然出声，"您似乎有些不舒服，需要医疗舱吗？"

"不。"陆必行回过神来，垂下眼，轻轻地说。

"不，"他尽可能用一种冷眼旁观的态度想，"联盟和海盗都有可能，破解了白银十卫旧的联络密码，把他们引到第一星系边缘，毕竟，这是一支有着可怕战斗力的战队。这里面或许有什么阴谋，得谨慎考量。"

第一次，他满怀幻想地修复了湛卢系统，而湛卢亲口打破了他的幻想。

第二次，他疯疯癫癫地穿过虫洞，去搜寻那个人的蛛丝马迹，蛛丝马迹却告诉他，死了这条心吧，别白日做梦了。

"不能有第三次了。"陆必行想。

在同一个地方摔死三次，那恐怕真是蠢得诈不了尸了。他应该平静地正视现实了，就像接受独眼鹰的墓志铭一样，接受那个人和老陆、爱德华总长一样，已经离开他了。

陆必行收拢思绪，随口和湛卢岔开了话题："对了——你在你的数据库里，找到和我母亲匹配的人了吗？"

这事说来话长，陆必行发现林静恒和独眼鹰有事瞒着他的时候，试图调查过，但没什么线索，而且这属于私事，陆必行没有太多时间放在私事上，因此查起来有一搭没一搭的，只有偶尔湛卢管太宽的时候，拿这个给他找点事干。

林静恒和独眼鹰之间的交集，除了他本人之外，似乎就剩下和陆信的关系了，据湛卢说，两人交恶结仇是因为林将军跑来第八星系索要陆夫人遗物，索要的方式还不太友好。陆必行有一天半梦半醒状态中突发奇想，陆信的夫人出逃到第八星系的时间，和他出生恰好是同一年，他那从未见过面的母亲会不会和她有什么关系？

陆夫人生前是知名学者，资料并不难找，陆必行翻出一张独眼鹰留给他的母亲的照片，让湛卢帮忙调查，意料之中，一无所获。

这倒是让陆必行想起了那个经久的疑问——独眼鹰告诉他，他妈妈是个教书育人的学者，陆必行小时候试图查过，没查出她到底是哪个学校的，猜测她也许来自外星系。恰好湛卢曾经运转过"禁果"系统，虽然已经停了，但数据仍在，能查到曾在伊甸园中注册过的任何人。为了让湛卢没事少看爬虫电影，他给这审美成谜的人工智能找了点事。

"没有，很抱歉，陆校长，"湛卢回答，"我根据这位女士的外貌与身份特征筛选了两千多位疑似人士，对比您脑部的基因，无一人匹配。"

陆必行有点意外："没有这个人？难道是老陆编出来糊弄我的？"

独眼鹰干吗要拿这种事糊弄他？

机甲里开始响起安全提示，告诉所有人他们已经抵达虫洞区，陆必行心不在焉地戴好宇航服的氧气面罩，扣上安全索，心想："为什么要给我编一个不存在的妈？难道我是他亲自生的？"

"湛卢，忽略她的身份条件，筛查我的基因和……"

他一句话没说完，不稳定的虫洞旋涡提前到了，一下把陆必行剩下的话吞了下去，湛卢只来得及保存了他的半个命令——

虫洞里的尺寸光阴，外界已经悄然过了一百六十个小时。

玫瑰之心深处，第八星系的总负责人睁开眼睛，第一次近距离地接触硝烟弥漫的第一星系。

此时，人质星上，"公投"结果倒数一个小时，塞尔维亚星即将公转离开玫瑰之心边缘，联盟向海盗发出第十二次警告未被理睬，于是朝着海盗露出了炮口。

9月17日，沃托时间凌晨四点，星际海盗开了第一炮，在人质行星外围航道上和逼近的联盟军短兵相接。与此同时，驻守在第一星系边缘的联盟中央军冒着生命危险，深入玫瑰之心，准备绕行到海盗身后。

这一场"黄雀在后"的表演，被藏在玫瑰之心深处的眼睛尽收眼底。

远征队的薄荷开着几架"初级机甲"在最前线，初级机甲微弱的能量反应能被玫瑰之心的干扰遮盖，潜行于玫瑰之心的联盟中央军没有丝毫察觉，中央军经过时，他们整支战队都被薄荷用军用记录仪拍下，原原本本地传给了陆必行。

"联盟军比我想象的弱势啊。"陆必行手下，一个工程部的人指着机甲各项参数说，"虽然兵力充足，但军用机甲性能与十一年前相比，看起来没有太大的提高。"

一个情报分析组的人说："海盗方面也未必有什么优势，玫瑰之心方向的防御连非武装的星舰都防不住，我早就说他们会被人埋伏，总长……"

"嘘，"陆必行低声说，"仔细看着。"

远征队悄无声息地用自己的技术替联盟伏兵挡住了虫洞区动荡产生的空间扰动，让联盟中央军有惊无险地穿过了传说中的禁区。

"这是上苍保佑！"无知无觉的中央军发起冲锋，神兵天降似的从海盗后方直接切入，"联盟万岁，自由宣言万岁！"

塞尔维亚星上的内应立刻做出反应，将海盗脆弱的后方防线撕开了一条口子，行星上无数人质像出笼的囚鸟，大大小小的星舰争先恐后地往外逃窜。

"陆总，大批出逃平民星舰往玫瑰之心附近涌来，今天虫洞区能量格外活跃……"

"不要为难非武装人员，让路放他们过去，"陆必行吩咐了一句，随后，他顿了顿，又低声说，"只要他们有运气。"

海盗在人质中间组织的公投，刚好在这个时间点结束，仅仅是巧合？仅仅为了嘲弄联盟？

　　被舍弃的小行星上，两面夹击的联盟军把星际海盗紧紧地缠在中间，非武装星舰有惊无险地拐过一个巨大的弧度，试图绕开战场逃走，联盟第一星系边缘处驻军已经准备好迎接他们。

　　就在这时，异变陡生——

　　"陆总，你看！"

　　塞尔维亚星刚刚脱离玫瑰之心，正好经过联盟一个荒废多年的空间站，空间站突然产生剧烈的能量反应，上面居然埋伏着一支荷枪实弹的海盗舰队，迎面将即将会合的难民和联盟军隔开，随后张开血盆大口，咬向那些手无寸铁的人，联盟军一下陷入混乱。

　　塞尔维亚星上，公投倒计时结束，"伍尔夫有罪"一方获得了95%的选票，海盗们机甲上，每一架机甲的机身上都打出了鲜红的"伍尔夫有罪"字样，狂欢似的狂轰滥炸起来。

　　"陆总！"

　　"这些海盗，是有点让人看不惯，"陆必行站了起来，环顾四周，"怎么样，诸位，既然赶上了，不如我们今天试试刀？"

　　"撤下空间屏蔽——"

　　"远征队闪避。"

　　"校准粒子炮——"

　　陆必行冲湛卢一点头。

　　然而，就在第八星系自卫军的粒子炮尚未出膛的时候，一支破破烂烂的机甲战队突然从第一星系外闯进来，他们像一帮衣衫褴褛的绝代高手，一下将纠缠在一起的联盟军与海盗军团一起捅穿了。

　　陆必行一皱眉："等等。"

　　这时，第八星系自卫军中的白银九旧部蓦地出声："陆总，是白银十卫！"

　　同一时间，在自由军团背后遥控战场的林静姝紧紧地攥住拳头，指甲掐进了掌心："你非要——"

沃托的伍尔夫则猛地站了起来：“你说什么？”

陆必行的胸口不明原因地躁动起来：“湛卢，你能试着和他们……”

他话音没落，湛卢已经接入了白银十卫的通信频道——这全宇宙最嚣张的武装，通信频道竟然没有加密。

陆必行听见一个……无数次出现在他梦里的声音，在连天的炮火里说：“诸位，好久不见，十四年了，都没长多大出息啊。”

第五章　王者归来

> 他就像是远古时代从厄尔巴岛脱困的法皇拿破仑,地狱也关不住他,一出声,依然有无数追随者跟着他出生入死。

（一）

方才箭在弦上的第八星系自卫队,先是目睹了白银十卫横空出世,又听见这个奇迹般的声音,全体蒙了,鸦雀无声地面面相觑,不知是真是假,也不知该做何反应,只好等着总长发话。

可是总长原地变成了一尊蜡像。

那一瞬间,陆必行其实并没有觉出什么"难以置信"或是"欣喜若狂",他甚至连"这是不是别人假冒"的合理怀疑都没来得及想,他的喜怒悲欢与思考能力集体被慢动作了一回,唯有恐惧感一马当先。刺骨的凉意顺着他的后背蹿上去,吹散了体温,冻结了内脏。他惶惶然地移动着目光,想去观察其他人的反应,以期能找到一点参照,可是眼睛一时看不清——他确定自己没有哭,眼睛应该也没出什么问题,但所有的感官就像在虫洞里那样,被严重扭曲,迟钝了。别人的脸就像糊着一层毛玻璃,影影绰绰的,离他很远。

于是一个孤独的念头冒出来,陆必行想:"我终于疯了吗?"

十一个独立年，五千多天，陆必行有过很多敌人，然而他最大的敌人，不是穷困潦倒，也并非内忧外患，而是他自己。他觉得自己就像一个走钢丝的人，每天都要艰难地寻觅一个平衡，扼住自己的灵魂，不让它爆炸，不让它沉沦，不让它激烈沸腾，也不允许它就此死去。

陆必行擅长给别人熬各种口感的鸡汤，而"鸡汤"里最常用的原料，往往来自一些或杜撰或真实的名人传记，因此他在这方面涉猎颇广。世界上没有那么多新鲜事，只要愿意，总能在纸页间找到同病相怜的人，他也曾经试图循着漫长的人类历史，找出几个有共同境遇的人，沿着时间逆流而上，和他们聊一聊。这些已经故去的人，有些给他讲了"在灰烬里重生"的故事，有些给他讲了"灵魂就此湮灭"的故事，陆必行渐渐发现，前者开始无法触动他了，反倒是后者，时而让他心怀戚戚、略有同感。

文字和故事都是死物，万年不变地印在那儿，变的是看客的视角，这道理他明白。从意识到这个问题开始，陆必行就像个行将就木的老人怕死那样，怕自己会疯，怕书桌上的七道刻痕已满，再没有什么魔咒能救他。

然而他又想："可是要疯也不能挑这个时候疯啊！"

他现在身后是莫测的玫瑰之心虫洞区，眼前是几方势力混战成一团的战场，再怎么说，好歹也得撑到把带出来的人都送回去才行。就这样，他乱七八糟的思绪绕着八大星系飞奔了一圈，千头万绪，但现实只过了几秒。

交战的三方并没有听见陆必行心里的核爆，玫瑰之心里那个活跃的虫洞区是天然的掩体，白银十卫不用说，就连穿越玫瑰之心的联盟中央军都没能察觉到他们这路人马的存在。

白银十卫悍然将混战双方冲撞开，像一把钢刀架住了交战双方，打开了一个狭窄的通道，静静地看着方才陷进战场里的非武装星舰趁机夺路而逃。

伍尔夫一把推开卫兵，两条腿互相抢着步子，蹒跚着来到沃托指挥中心的通信屏幕前，几乎破了音："是谁？你是谁！"

那个公共通信频道里沉默了一会儿，随即，方才的人十分心平气和地回答："白银十卫。"

星际战场上，一片哗然。

藏在暗处的第八星系自卫队中，所有来自白银九的旧部忍不住热泪盈眶，陆必行尝出了一点血腥气，茫然地品了品，发现自己无意中咬破了舌头。

那人又补充了一句："白银第二卫、第五卫、第七卫与第九卫今天因故缺席，原第八卫队仅剩一人，并入白银十，多年蹉跎，卖相不佳，大家凑合看吧。"

伍尔夫干瘪的嘴唇剧烈地颤抖着，逼问道："指挥官是谁？"

"稍等，指挥舰是从海盗自由军团里缴获的，长途旅行，通信设备出了点问题，正在尝试修复……嗯，好了。"

伍尔夫倒抽了口气，三百多年来坚如铁石的心狠狠地哽了一下，险些仰面朝天地摔下去——只见漆黑一片的通信屏幕上信号不稳地闪烁几下，随即，一个新的通信请求通过，一个男人出现在屏幕前。

他把自己打理干净了，普通的棉布衬衫与长裤在他身上，也有种说不出的硬朗气质，手上依然有一副一尘不染的白手套，除了头发有欠打理，长得有点长以外，这徘徊在所有人心上十四个沃托年的"幽灵"，与当年别无二致。

林静恒。

他就像是远古时代从厄尔巴岛脱困的法皇拿破仑，地狱也关不住他，一出声，依然有无数追随者跟着他出生入死。

陆必行像是被烫了眼球，狠狠地闭上眼睛，而与此同时，双耳从失聪中渐渐复苏，听见周围七嘴八舌的声音。

"总长，这……这可能吗？是真的吗？"

"是林将军！"

"陆总，你看见了吗？是林将军！"

湛卢问："陆校长，您需要医疗帮助吗？"

陆必行伸出手，用尽全力说："要……舒缓剂，给我舒缓剂六号。"

舒缓剂是重要太空军用物品，这些年在第八星系有了很大发展，减少了副作用的同时，还发展出了很多功能侧重不同的分支。比如舒缓剂六号就带有镇静功能，专门用于缓解因情绪起伏过大造成的人机对接不稳，能有针对性地消灭引起情绪波动的递质，中和掉人体内多余激素，带给人们机械性的稳定，有效时间为二十分钟。

一针下去，药物强行镇压了陆必行飘忽的神志，他的血压急剧变化，造成了眼睛里的毛细血管充血，布满血丝的眼睛破坏了他与生俱来的冷静与温暖气质，眼神竟显得有点可怕起来。同时，他也被从当下抽离了出来，一切私人感情被迫沉睡，隔岸观火似的，恢复了他的条理。

"稍等，"陆必行说，"先锋别动，随时做好开火准备，工程队，麻烦监控虫洞区的情况，确保通道安全，以备撤离。"

"是。"

"陆校长，"这时，湛卢突然说，"您方才给我下达了一个私人命令，已经查找完毕，结果发到了您的个人终端上，我认为这件事的性质已经超出了'私人'范畴，并对眼下局面有所影响，推荐您立刻查看。"

陆必行一时没想起来"私人命令"是什么，但出于对湛卢判断力的信任，他还是低头扫了一眼自己的个人终端——

当时他话说了一半就被虫洞打断，湛卢按照半个命令，将他的脑部基因与数据库里所有基因信息对比，搜索时没有加身份限定……连性别限定也没加。

结果显示，陆信与他的脑部基因亲子关系成立。湛卢的联想功能强大，之后又自动调整了搜索进程，分别对比了陆必行脑部基因与独眼鹰、陆信夫人的基因，三个结果列示分明。怪不得他一直查不到自己所谓的"母亲"，原来那个女人完全是独眼鹰自己捏造的，怪不得他作为第八星系地头蛇的儿子，竟会有那么一个悲惨的童年，怪不得独眼鹰这么一个审美诡异的人，连个正经名字也没有，突然改姓"陆"。怪不得林静恒那么一个孤狼似的人，竟肯透支了两辈子的温柔给他……亏他还以为是自己特别招人喜欢。

怪不得湛卢的数据库被那两个人删得坑坑洼洼的。

继他不敢相信自己的理智之后，他连自己的来龙去脉都说不清了。然而此时，六号舒缓剂发挥了强大的作用，哪怕是天塌地陷，陆必行也没有了惊慌的能力，他只是事不关己地想："哦，原来如此。"

"说得通，"陆必行扣上个人终端，平淡地对湛卢说，"你说得对，这确实是个挺要紧的情报。"

（二）

隔着第一星系与整整二十个沃托年，林静恒与他昔日最尊重的前辈、上司、师长伍尔夫遥遥对视，中间隔了数亿怨魂。

伍尔夫的下巴神经质地抽动了一下。

林静恒朝他一点头，意味深长地说："托您的福，元帅，没想到有生之年还能再见到您。"

这时，来自星际海盗那边的通信信号接入，一个只闻其声，不见其人的声音说："林将军，你有今天，确实要托伍尔夫元帅的福。"

这个声音好像是经过劣质的变声器扭出来的，听着像个电量不足的机器人，男女莫辨，十分刺耳，唯恐别人不知道这是假的。

林静恒一掀眼皮："你又是哪位？打仗就打仗，杀人就杀人，你家里人没教过你，做人不能永远藏头露尾吗？"

林静姝浑身发着抖，通过蹩脚的变声器，她咬着牙一字一顿地说："我确实是个有人生没人养的货色，家教不良，让林将军见笑了。但是我觉得你需要一个忠告，一个人可以没有教养，却不能教不乖，在同一个坑里死两次，未免也太活该了。"

"现在的星际海盗都这么客气了，一见面先免费送我一个忠告。"

林静恒似笑非笑地转向伍尔夫，"怎么样，元帅，您有没有什么给我的见面礼？"

伍尔夫摆摆手，挥开了试图上前搀扶他的王艾伦，他缓缓地挺直了腰，这一会儿工夫，已经将方才的失态一扫而空。伍尔夫沉声说："我的见面礼，就是全人类的和平未来，还有一个新的联盟——静恒，我不问你这些年去了哪儿，去做了什么，但你来得很巧，海盗光荣团刚刚投降，联盟的碑林将重新降落在沃托的土地上。新的联盟会实现关于自由宣言的一切设想，我们会在打破伊甸园后，获得真正的自由。从今以后，各大星系公平平等，再也不会有经济掠夺与剥削。你的理想，我的理想，所有人的理想，都会实现——你觉得还满意吗？"

林静恒不笑了，冷冷地看着他。

270年，林静恒在玫瑰之心金蝉脱壳，打算假死脱离联盟，但因为一贯运气不佳，生态舱没有按照既定航线走，而是被意外卷入玫瑰之心的时空乱流——后来看来，那应该是一个活跃的天然虫洞区，正好连通到第八星系附近。

逃出自由军团的太空监狱后，林静恒回忆了一下十四年前七、八星系联军遭到反乌会伏击的那场战役，当时第八星系的秘密航道一定是暴露了，既然这样，图兰不可能不将最后的入口封死，也就是说，第八星系肯定已经成为绝对孤岛，与周围最近的跃迁点相隔百年航程，想要回去，他只能到禁区里碰碰运气，没想到赶上了这么一出。

他一路从第六星系过来，与白银十卫会合，也从老部下嘴里了解了现在的局势。

各地都比当年平静多了，276年那场大战之后，反乌会基本退出了战局，各大星系的社会秩序也恢复得七七八八，活下来的人们开始适应新的生活——没有伊甸园的生活。如果不是有林静姝的自由军团这个不安定因素，那么随着海盗光荣团的退场，这场漫长的动荡应该已经结束了。

伍尔夫说得没错。

伍尔夫端详着林静恒，他知道林静恒手里有"禁果"。林静恒从七、八星系那场大战中活下来，伍尔夫也不指望他至今仍被蒙在鼓里。一个反乌会、一个林静恒，是场中知道他秘密，且有证据能对他提出合理指控的人。

但那又怎么样呢？

林静恒当然可以昭告天下，当场打碎联盟与陆信旧部的结盟，他伍尔夫会万劫不复，但自由军团会渔翁得利，星际海盗会死灰复燃，八大星系也会重新陷入战乱。一个和平、伟大的时代即将开启，和平从深渊里爬上来，就算他们都心知肚明，它脚下的梯子是谎言和阴谋织就的，那又怎样？

曙光方才亮起，林静恒难道会抽走这个梯子吗？

伍尔夫转头对王艾伦做了个少安毋躁的手势——霍普不会的，林静恒也不会的。

自由军团绑架的只不过是颗没几个人的旅行星，从这个角度说，他伍尔夫绑架的是全人类。

林静姝通过怪腔怪调的变声器冷笑说："林将军，别光顾着展望未来，那七、八星系死去的烈士与民众呢？曾经和你并肩作战的战友呢？他们是不是也应该讨一个公正的说法？"

伍尔夫沉声说："阁下毫无底线地强行推广烈性芯片毒品，暴力绑架、屠杀平民，'公平'二字从阁下嘴里说出来，真是遭到了莫大的侮辱。"

"我侮辱了公平，难道元帅阁下没有侮辱'未来'？你要真把公民的人权放在眼里，怎么一点也不顾及塞尔维亚星？"变声器里的声音尖厉极了，"林将军，你要把联盟的未来交到这种人手里？"

林静恒听她说话就压不住火："不然呢？交到芯片毒品手里？"

伍尔夫微笑起来："欢迎回归联盟，静恒，你一定是上天保佑联盟，给予我们的恩赐。联盟需要白银十卫这支利刃，为我们荡平黎明前最后的黑暗。"

林静恒一转头，也懒得给他面子："我没有这个意思，元帅阁下，也请您别自作多情。"

这片刻工夫，难民们已经逃出了战圈，林静恒一摆手，白银十卫像他默契的手脚一样随之而动，往危险的玫瑰之心方向而去。

林静姝一时没忍住，失声叫住他："慢着，你要去哪儿？"

林静恒没回答，摆明了两不相帮，从两军阵前穿过。

伍尔夫看了王艾伦一眼，随即，联盟军突然开火，无所顾忌地炸向自由军团。

林静姝："谁也不许走！"

自由军团收拢兵力，无眼的炮火同时轰向联盟军和白银十卫。

林静恒脸色一寒："混账，你非来我这儿找死吗！"

伍尔夫朗声说："白银十卫本来就是联盟的荣耀，看来有人不允许你置身事外啊，静恒！"

他话音没落，就在这时，来势汹汹的自由军团骤然自乱阵营，玫瑰之心里好像凭空变出了一片炮火之花，上百发高能粒子炮山呼海啸地冲撞过来，毫无预兆地抄了他们的后路，无数机甲的防护罩尚未来得及反应，就被叠加的粒子炮熔化，余波一直扫荡到两军阵前。

联盟军的机甲里紧跟着响起警报，伍尔夫眼角轻轻一抽："又是什么人？"

只见一支森严的、从未出现在世人面前的机甲战队缓缓从玫瑰之心里驶出。

陌生的通信请求随即连入公共通信频道，第八星系的年轻总长环顾周遭。

林静恒猛地站起来，碰洒了大半瓶酒，险些把本来就凑合用的通信屏幕泡了。

"白银九没有因故缺席，将军。"陆必行用血气未散的目光盯住他，"白银十卫是联盟的？请稍等，这件事我有点异议。"

（三）

　　林静恒本该近乡情怯，但玫瑰之心对他而言，并不能算"近乡"——他不知道二十多年过去，那个神秘的虫洞区会不会发生什么变化，也不知道时空乱流还能不能把他送回原来的地方……反正仅从他的人生经验来看，事情总是要与预期有点出入才正常。他自从醒来至今，十二个沃托年，走过的距离太长了，几乎横跨了生与死，顺带养成了过剩的耐心，还以为前面有漫漫长路，因此也没太着急生这个"怯"。

　　结果就"无远虑，有近忧"了。

　　一时间，林静恒脑子里一片空白，等他回过神来的时候，他发现自己梦游似的脱口问了一句："你……你眼睛怎么了？"

　　"穿越虫洞的时候造成了一点血压不稳，没什么，"舒缓剂六号像牵着木偶的线，指挥着陆必行神态自若地回答，他甚至还冷静克制地微笑了一下，"欢迎回来，我的将军。"

　　就好像对他来说，林静恒只是出差一周归来，拎着行李从后门走进会议室那样不痛不痒。

　　林静恒炸开的心绪没来得及燃烧，就迎面遇上了冷空气，一脚踩空，掉进了冰洞。

　　生离死别后再重逢应该是什么样？

　　他再见伍尔夫，是百感交集、心绪如潮；见林静姝，是惊心动魄、怒火焚心。白银三的托马斯·杨接到意外召唤，对着跃迁点的远程通信密钥号得没个人样，此时，陆必行身后所有白银第九卫旧部也全都红着眼。

　　唯有陆必行一个人镇定自若，带着说不出的陌生感。

　　"抱歉，还没自我介绍，"陆必行的目光很快从他身上移开，把汇聚在第一星系边缘的几方武装尽收眼底，脸上露出了一个标准的外交式微笑，"我是第八星系独立政府负责人陆必行，我星系远征队在探索未知宇宙区域的时候,偶然发现了一片活跃的天然虫洞区,贸然闯入,没想到就此来到了第一星系,本来无意打扰诸位友好交流,可是我们的人恰好经过,又被诸位挡在外面,没办法,只好过来打声招呼。"

这一天的意外实在太多了。

先是好像开了"无限生命"外挂的林静恒携白银十卫从天而降,随后又是禁区玫瑰之心里冒出来一支不明武装,无论是"第八星系",还是"穿越天然虫洞区",都能震掉一干人等的下巴,与之相比,连"恐怖分子绑架了一个星球"都不够耸人听闻了。

要不是此地导弹乱飞,全世界的媒体工作者都得挤过来,挂他们一年的头版头条不在话下。

好一会儿,才有个中央军的将军出了声:"第八星系独立……政府?"

"第八星系自爆星际航道跃迁点,与联盟隔绝,就此成立了独立政府,改换新的独立纪年法,"陆必行说,"这位将军,您怎么称呼?"

"我是第一星系中央军司令威尔·杜克,现在在第一星系边界执行剿匪任务。"

"幸会,杜克将军,"陆必行一点头,"如果有机会和联盟建立正常邦交,希望能邀请您来做客。"

"你……可联盟并没有承认过……"

陆必行彬彬有礼地打断他:"请原谅,杜克将军,'独立政府'的意思是,我们宣布拥有完整主权、完整领土,与联盟是两个平等的政权,我们不是贵地的'自治区',不承认联盟法律体系,也不需要联盟承认。"

所有三百岁以下出生于新星历纪元的人,脑子里都没有"国家"与"主权"的概念,就连域外海盗,也把自己定位为"反政府武装",潜意识里承认联盟是大一统的政府。光荣团做"光荣帝国"的千秋大梦,做梦地点也选在了沃托,还没有人胆敢声称自己是和联盟平起平坐的政权。

杜克将军被这大逆不道的自白镇住了，一时无言以对。

陆必行低头扫了一眼个人终端，他身体里舒缓剂六号最佳效果时间还剩不到十分钟。在这十分钟里，他的理智还是能压倒一切的，陆必行审慎地评估着眼下的情况——此时，场中焦点当然是白银十卫，尽管装备稀烂，但这是一支即便七零八落，躺在生态舱里也能搅动风暴的部队，新星历三百年来传奇不改，几乎带了点神话意味。但主场确实还是联盟军的。联盟军的兵力，大约是在场的海盗自由军团、白银十卫以及第八星系自卫军之和，机甲型号在陆必行看来略显老旧，但他们是掌握整个联盟的人。要不是因为海盗手里绑架了无辜民众做人质，联盟官方不得不做出投鼠忌器的姿态，才不会被这些海盗纠缠不休。

与前两方相比，海盗自由军团的军事实力就显得比较业余了，毕竟他们的专业是搞破坏。这些人的危险之处在于疯狂、不计后果，以及芯片毒品能从内部腐蚀任何一个人群，不解决"鸦片"问题，这种行星安保人员叛变反水，致使一个行星的人被绑架的事情以后少不了……不过那倒是也不关第八星系的事。

而对联盟而言，原属于陆信旧部的各地中央军撑起了他们的半壁江山。

陆必行的目光扫过通信屏幕一角的伍尔夫，这个走上权力巅峰，代表"自由宣言"的老人大概不知道，"禁果"的数据库被他修复了，那份能把伍尔夫从神坛上拉下来的名单就在他手里。也许老元帅会对此事有别的解释，但"禁果"系统中显示，伍尔夫早在白塔两任主人先后出事之前，就上了"禁果"名单，他老人家自己从此不受伊甸园监管，然后眼睁睁地看着他的养子林蔚毁于伊甸园，陆信被伊甸园管委会构陷，林静恒被联盟自毁长城式地强制召回——

陆信的旧部们会怎么看这件事？

他们是倾向于认为伍尔夫早已经是管委会的一条狗呢，还是愿意相信老元帅并没有与管委会同流合污，只不过是跟域外的反乌会勾勾搭搭而已呢？

陆必行和伍尔夫对视了片刻,意味不明地朝对方一笑,心想:"我现在就能卸了你的半壁江山。"

可是……有个人一定不希望他这么做。

陆必行无声地叹了口气,缓缓说:"四十八个沃托年前,有一位女士,本来是位知名学者,因为家里生变,被迫逃往第八星系,这个她丈夫曾经战斗过的地方……"

这话一出口,在场所有人都知道他指的是谁,林静恒心里一哆嗦,陡然有种不祥的预感。

"她的丈夫,据说诸位都很熟悉,我听说他的沉冤似乎也已经洗清了,他死于伊甸园管委会的阴谋陷害。而管委会与他交恶,就是因为他一直心心念念着伊甸园外的第八星系。"陆必行顿了顿,似乎十分无奈地一摊手,"我们这穷乡僻壤,小一半人口都是空脑症,大家都没见过伊甸园长什么样,包括我在内,我们不像诸位一样受过高等教育,我们与文明社会隔绝了上百光年,这是现状。而让第八星系拥有平等的权利,是那位将军生前最大的愿望。对我来说,这是先人遗愿。"

伍尔夫听懂了他的言外之意,怔立当场。

中央军也鸦雀无声,一时间,无数双眼睛紧紧地盯着陆必行的脸,以期从他脸上看出他父母的影子。

中央军的杜克将军结结巴巴地说:"你……你是……"

林静恒:"……"

他知道独眼鹰不靠谱,没想到那老波斯猫这么不靠谱!不是约好了死都不能说,就让陆必行这辈子都被蒙在鼓里、远离纷争吗?还有,爱德华总长在干什么,他们为什么会把陆必行推到前台,当什么见鬼的总长?

陆必行:"湛卢,可以和大家打声招呼了。"

他身后的机甲里响起人工智能的声音:"好久不见,联盟诸位——先生,我本以为关于您的一切都会和陆信将军一样,从此只留在我的数据库里,没想到有生之年还有机会再次见到您。"

这个曾经消散在七、八星系边缘的声音，让林静恒眼眶有些发热，他轻轻地闭了一下眼睛。

湛卢继续说："我分别对比了陆总长与陆将军、陆夫人的基因信息，确认他就是当年那个在危险中降生的孩子……"

湛卢话没说完，中央军的杜克就语无伦次地打断他："你把对比报告给我，你……你真是湛卢？可湛卢不是……"

"我可以发送到您的机甲通信端，"湛卢平静地回答，"杜克将军您好，我记得您当年与几位同事曾经趁陆信将军不在，偷偷打赌，试图对接我的精神网，检验自己的阈值，由于我的设置原因，那一次不慎让您受伤，因脑震荡入医疗舱治疗，我非常过意不去，近百年来，一直欠您一个道歉。"

"是……我还在给陆将军当亲卫……我那时……"杜克这位中央军的司令官一时说不出一句完整的话，嘴唇轻轻地哆嗦着，"他……他还有后代吗？这么多年了啊，我们谁都没尽过责，一不小心都长这么大了……我对不起将军……第八……第八星系这些年怎么样？"

"还可以，但我能力有限，目前大家都是勉强糊口而已，感谢您的挂念，我希望有一天，我能不辱没我父亲的名字。"陆必行说，"虫洞活跃区情况不稳定，为了防止通道生变，我们恐怕要暂时失陪了，等将来跃迁点重建，再邀请您来访问。"

他说着，冲旁边人打了个手势，机甲部队后队变成前队，同时，重甲放出对接轨道，大大喇喇地收拢起白银十卫那堆破破烂烂的小机甲。

这不知道哪儿来的野小子，一露面就直接薅走了白银十卫，简直岂有此理。

王艾伦正要叫住他，却被伍尔夫一抬手按住了肩头。王艾伦一惊，接着，他发现以威尔·杜克为首，这些陆信旧部的中央军竟然集体让开了一条通道，并且若有若无地有替他们挡开海盗的意思。

陆必行紧紧地盯着重甲的对接轨道，直到将最后一架小机甲也收入自己的重甲中，他堵在胸口的一口气才终于吐出来了。个人终端上无声地闪烁起一个小小的提示——告诉他二十分钟已过，舒缓剂六号的效果要开始减退了。

"撤，"陆必行面无表情地宣布，"不在玫瑰之心里停留，让远征队做先导，撑开通道，我们直接返航。"

"是！"

"哦，对了，最后再送诸位一个礼物。"陆必行说着，指挥舰突然打出了一枚导弹，射程超过了联盟军最远射程，直指一架海盗机甲，战场上，导弹并不稀奇，射程略远也只是让人略有忌惮，可怕的是，远程太空核导滑出轨道时，周围所有机甲，不论联盟军还是自由军团，竟然都没得到任何预警！

目标海盗机甲来不及做任何防御，就地炸成了一团火。

陆必行不紧不慢地说："据我观察，这位驾驶员的瞄准技术不佳，方才贵方联盟开火的时候，他却把火力开到了我的人身边，我们虽然穷，但也不好意思占你们一枚导弹的便宜，就地还了，再会。"

陆必行说完，就这么单方面地切断了通信，大摇大摆地带着他的队伍驶向玫瑰之心，在众目睽睽下消失了。

（四）

稀里糊涂跟着林静恒登上第八星系自卫军重甲的白银十卫，一下机甲就被震惊了，托马斯·杨活像个没见过世面的土鳖，一双眼不够用："机甲收发站的气压平衡速度比联盟同等重甲快了三分之一……哇，这备用机甲，这轨道……真的假的？这是第八星系吗？将军，你不是说当年第八星系的重甲还是从海盗那儿捕获的吗，怎……"

泊松·杨忍无可忍，伸长了腿，一脚踹在了他兄弟的后背上，托马斯手舞足蹈地往前跟跄了几步，扶住了机甲收发站的墙，正待回头算账，才发现林静恒脸色不对。

收发站里传来湛卢的声音："小心，杨卫队长。"

"嘿，湛卢，"托马斯蹭了蹭鼻子，讪讪地溜达回队伍，推起哈登博士的轮椅，"你这身'新皮'很酷啊。"

"这不是我的机身，卫队长，"湛卢说，"由于性价比不高，我的机甲核功能尚未修复，现在我只是总长私人使用的人工智能。"

"总长？"林静恒抬起头。

"是的先生，爱德华总长在十个独立年以前因病去世，目前第八星系的行政长官是陆校长——私下里我还是喜欢'校长'这个称呼，您呢？"

林静恒压着性子，问："图兰呢？独眼鹰呢？"

"图兰将军目前作为第八星系防务总指挥官，奉命坐镇第八星系，我想她应该会在虫洞区的另一边等着我们。"湛卢顿了顿，"至于老陆先生，当年第八星系秘密航道暴露，为了抵挡突袭的海盗，他在那场战役中牺牲了，目前葬在……"

林静恒脑子里"嗡"的一声，忘了迈腿。

这时，负责接引他们的一队卫兵来到了收发站，领头的正是当年陆必行的学生斗鸡。

这个喜欢用拳头解决问题的傻大个少年，当年见林静恒如耗子见猫，总是紧张得一句话也说不出来，而今也长开了，脸上最后一点属于少年的弧度也不见了，露出干净利落的下颌骨线条，似乎长高了，眼神坚定，冲林静恒敬了个标准的军礼："将军，请跟我来，穿越虫洞的安全舱在重甲底部，请……"

林静恒打断他："指挥中心在什么地方？"

斗鸡："……"

"先生，"湛卢说，"我们即将抵达玫瑰之心的虫洞区，虽然近些年远征队针对虫洞研究取得了一些成果，但穿行其间仍有很大风险，需要您……"

"让开！"林静恒一把推开挡在面前的卫兵队。

被留在后面的白银十卫面面相觑，从未见过这样失态的自家将军。

托马斯眨了眨眼睛："哦，对，刚才这位陆总长说，他是陆信将军的遗腹子，那不就是将军的……"

泊松用关爱智障的目光看着他。

"……兄弟啊，"托马斯一脸无辜地说，"你又瞪我干什么？"

重甲的构造都差不多，不用人领路，林静恒也找得到指挥中心。

这里秩序井然，工作人员准备穿越虫洞，正进行最后的调试，重甲的太空军士兵大多是新面孔，却明显并不是刚从军训基地拉出来的新丁，脸上带着战争洗练过的硝烟味，这支第八星系自卫队仅仅是浮光掠影地露了个面，也早能看出不再是当年胡乱拼凑的散兵游勇。

故人们，有些老了，有些没了。

十几年，巨大的物是人非猝不及防地砸在毫无准备的林静恒面前，他第一次感觉到了时间的残酷。

他觉得……好像连空气的味道都不一样了。

陆必行冷淡而不可捉摸的面容不断在他眼前闪过。总长没了，独眼鹰也没了，那这么多年，他是怎么过的？他是怎么学会的喜怒不形于色，怎么把第八星系磨成了这副样子？

湛卢追着他喋喋不休着什么，也就只剩下他还没变了，一如既往地废话连篇。有卫兵和工作人员过来，试图告诉他穿越虫洞的危险性。但是，谁又拦得住林静恒呢？

虫洞逼近倒计时在机甲里不断响起，林静恒充耳不闻，直接闯进了指挥中心。

指挥中心里，秘书还是当年爱德华总长用过的那位，又不靠谱又爱听八卦，面容依稀，只是两鬓发了灰。他已经换上了宇航服，正端着头套往身上扣安全索，见了林静恒，一言不发地伸手一指——

二楼，总长办公室的门紧闭着。

六号舒缓剂的药效来如疾风，退如潮水，陆必行这会儿整个人都是木的，身体像个迟钝的机器，隐约还有些神志不清，他把自己关进办公室里，像陷在一个莫名其妙的梦中，一时想不起来自己在什么地方，被医疗舱里伸出的机械手随意摆弄。

办公室的门突然打开，他慢半拍地抬起头，呆呆地看着那个人朝他走来。

就在这时，机甲抵达了时空乱流区，仿重力系统骤然失灵，所有人的双脚都离了地，林静恒踉跄了一下，一时失去平衡，抓着门板飘到了门口。

陆必行瞳孔骤缩，本能地扑上去，一把抓住了他——

舒缓剂六号进化至今，已经不会再让人浑身肌肉抽搐了，陆必行只有手指尖在不受控制地微微颤抖，而此时，医疗舱里的机械手刚替他扣上安全索，安全索如果全部拉开，大约有一米五，恰好是他到门口的距离。

陆必行瞬间就把安全索绷直了，正好钩住了林静恒的衬衫，颤抖的手指当即洞穿了脆弱的布料，把那衬衫撕开了一条口子，他还在迟钝期的大脑将视线逼成很窄的一条，痉挛的手指上暴起了绝望的青筋。

他想：你怎么能再从我眼前消失一次？

这时，一只布满薄茧的手攥住了他的手腕。那手上有一些细碎的伤口，处理过，但处理得十分匆忙，有一点凹凸不平。陆必行的眉梢狠狠地抽动了一下，冻僵的灵魂被带着火星的木棍横扫了一下，鲜活的灼痛感从前胸穿透到了后背，疼得很真实。

近乎撕心裂肺。

接着，整架重甲被吞进了虫洞的旋涡，空间旋即开始扭曲，总长办公室方正的门成了个变换不休的几何图形，林静恒说了句什么，可是他的动作被无限放慢，近在咫尺的声音传不过来。

陆必行将他往自己这边一拉，飘在半空中的林静恒就以一种非常和缓的速度撞在了他身上，很轻，力度就像两片被空气托住的羽毛，在下落的过程中偶然碰到，一触即分，可是陆必行觉得铁打一般坚硬的胸口被他撞出了一条裂缝，并以此为中心，蛛网似的扩散到全身，皮开肉绽，露出不甚体面的底色来。

虫洞将机甲包裹起来，时空乱流里产生了奇异的视错觉，机甲的机身、连同周围墙壁一起消失了，狭小的"总长办公室"从几平方米扩展到了无限大，其中的人们上下不着地悬在半空，无处借力。

间或有几个凸透镜似的平面，闪烁着另一个时空的事情，与他们交错而过——有爆炸的刹那，有机甲成群地灰飞烟灭，有行星地平线上升起血红的太阳，随即又被导弹落下的强光横扫一切，看不见的恶魔是彩虹病毒，游荡在空旷荒凉的第八星系，随意地收割着，人们的尸体像凋零的树叶一样倒伏在泥土中，烂出森森的白骨。这虫洞像个下水道，储藏了第八星系无数惊心动魄的灾难场景，不停地回溯，又不停地走远。

紧接着，由于高能武装机甲的通过，虫洞通道开始不稳定了。

消失的机甲机身重新显露出来，紧接着，断断续续的"沙沙"声响起，机甲本该是匀速的警告灯闪得忽快忽慢。

林静恒一惊，不知道这是不是正常现象，但直觉告诉他有危险，他连忙扣住陆必行没来得及穿好的宇航服，试图把他塞进去，又将目光转向已经滚向天花板的氧气面罩，想伸手去够。陆必行却不让他挣脱，不管不顾地拦腰拽过他，两个人一起被安全索甩到了墙上，正好机甲在往那个方向倾倒，林静恒的后背紧紧地贴在了墙上："你先把氧气面罩戴上！"

声音传不出去，陆必行没听见，他缓缓地抬起手，将颤抖的手放在林静恒的胸口上，时间再次被拉得极长，一切都仿佛静止了，陆必行的视野模糊不清，他想："这还是时空乱流的幻觉吧？"

否则怎么摸不到他的心跳呢？

像是等到了地老天荒那么久，那人的胸口轻轻地颤动了一下。

陆必行恍然大悟，原来所谓"五内俱焚"也好，"欣喜若狂"也好，都能被一针舒缓剂六号严丝合缝地盖住，因此这悲欢是这样浅显，远不如这声姗姗来迟的心跳来得惊心动魄——

它震碎了星辰万年，也震碎了他陆必行。

人的动作在虫洞里，也被拉得像那心跳一样缓慢，缓慢到不过十几厘米的距离，用尽全力，也要好半天才能抵达，林静恒看见眼前的人好像远古时代的默片，卡了带，一帧一帧地往前送，这让他分毫毕现地看清了对方脸上带着癫狂的痛苦。

他们无法交流，谁也听不见谁说话，然而分别十几年，五千多个日夜，全都压缩成微小的丝线，分毫毕现地融入了那痛苦中，林静恒别无选择，只好照单全收，灭顶似的痛苦把他缠了个密不透风，一时间呼吸困难。

下一刻，时间流速加快，继而在数息之内就恢复了正常，机甲上的仿重力系统大喘气似的发了威，毫无防备的两个人立刻顺着墙跌了下去，林静恒本能地伸手拢过陆必行，护住他。

依稀仿佛还是那个黄昏，他被陆必行没轻没重地扑到沙发上，动作与当年如出一辙，那时的陆必行年轻又有活力。

可是，十四年已经过去了。

第八星系自卫队的回程虽然险象环生，但好在还算有惊无险，总算是离开了时空乱流的旋涡，楼下卫兵知道林静恒没有任何安全装备就冲上了楼，当时虫洞近在眼前，来不及阻止，这会儿唯恐他出意外。卫兵连忙慌慌张张地解开安全索，小跑了上去。

办公室的门没来得及关，半掩着，卫兵脚步一顿，从门缝里看见第八星系有史以来最伟大的行政总长半伏在林静恒身上，双手不依不饶地揪着他的衣襟，浑身紧绷，无声无息地泪流满面，眼泪从通红的眼睛里淌出来，就像是淌出了血泪。

卫兵吃了一惊，手足无措地愣了一会儿，慢半拍地回过神来，连忙小心地关上了那小办公室的门，踮着脚跑了。

第六章 离人

林静恒出生入死几十年,但是这一刻,是他一生中最豁得出去的时候。他把心剖了出来,能给的都给了。

（一）

陆必行他们一来一去,对第八星系这边的人来说,时间已经过去了小一个月。

图兰都不知道自己是怎么熬过来的。她通过从虫洞里流出来的只言片语,断断续续地得知了一点外面的情况,但是信息又不全,急得她抓心挠肝。

"图兰将军,虫洞区有能量反应！"

图兰一跃而起,语速快得差点把牙喷出来："第八星系自卫军代理司令官伊丽莎白·图兰,是陆总长返航了吗？"

刚刚对接的信号不稳,对面没有声音。

图兰强行按捺住自己,鞋尖不停地点着地："请总长随行部队确认安全……"

她话没说完,通信频道里的一个声音流了出来。

"啊？伊丽莎白·图兰？"托马斯·杨疑惑地问,"真的假的？图兰说话不是这个调啊,这……这听着跟个人似的,还是我认识的那货吗,不会是重名重姓吧?"

图兰骤然听见这个声音,整个人如遭雷击。

就听托马斯清了清嗓子:"你好,这位跟我朋友同名同姓的战友,我是白银第三卫的卫队长托马斯·杨,不是地球时代的那个'托马斯·杨',我对历史的贡献在于幽默和改装机甲,并非'双缝实验',很荣幸来到奇迹一般的第八星系。"

图兰的表情突然崩了,似哭还笑,红痕从她的眼角一路蔓延到了太阳穴,又飞快占领了鼻头嘴唇,她喘不上来气似的弓下腰,扶住通信台,片刻后,猛地把军帽摘下来往地上一摔:"你爷爷,托马斯·杨!"

托马斯:"我爷爷早没了,就剩个不值钱的弟,你要吗?领走好了。"

泊松:"二位,你俩是已经默认我战死沙场了吗?"

"我们第四卫只剩下三人两架机甲,第八卫只剩下一个人,你们第九卫居然发展到了一个星系那么大?不好意思,我们现在心态有点要崩。"

"伊丽莎白,好久不见。"

"可不是好久了,白银九和白银十,说好的前锋突击与暗杀抄底,双'贱'合璧,谁让你们自己偷偷膨胀发福了?"

"他们迎个宾居然都出超时空重甲战队,有没有良心啊?"

泊松:"暴发户。"

托马斯:"地主家的傻闺女。"

冤家一样的亲兄弟终于在仇富问题上一致对外,异口同声道:"鄙视你!"

图兰哽咽得喘不上来气,满腹骂大街的"经纶"倾吐不出来,急得越发要泪如雨下,满嘴颠来倒去,就剩下一句"王八蛋",她断断续续地说:"你们这些王八蛋都来了……将军呢?"

然后她听见一个嗓音里的温柔还没有散去的人，轻轻地对她说："嗯，我也在。"

第八星系，实在是个残酷的奇迹。

哈登博士被人搀扶着从医疗舱里出来，坐上了轮椅，抻长了脖子张望机甲上的航拍器。他们离开虫洞区，大约走了两个航行日，就来到了第八星系最外围的跃迁点附近。

正好是几条航道交会的地方，这里还能看出一点战争遗留的痕迹，但很有秩序，重甲战队穿过的时候，军用航道与民用航道刚好重合，民用航道临时关闭半小时，几艘商船等在那儿，战队经过的时候，航拍器上能看见商船上打出了"求合影"的光信号。

再往里走，航道上很快出现了大大小小的空间站，偶尔也经过天然行星，天然行星周边岗哨俨然，颇有当年第一星系军事要塞的意思。

"第八星系与外界隔绝之后，又是几年内战，"斗鸡沿途对哈登博士他们介绍说，"当然，现在已经太平了，但一些战时的习惯还是留下来了。"

说话间，机舱墙上闪过一行字迹："北京β星实验基地向总长问好。"

"啊，经过北京β星了，它今天正好在远日点上。这里原来是个很好的地方，就是冬天长了点，我家以前就在这儿。"斗鸡带着点怀念说，"刚开始打仗的时候，凯莱亲王浑水摸鱼，把这里炸了，我们现在也没法完全重塑天然行星的生态，只好把它当成实验基地。"

哈登博士问："军工实验基地吗？"

"嗯，"斗鸡说，"主要方向是反导防御，我一个妹妹在这儿工作，混得还不错，他们这个项目挺有前途，就是烧钱，三天两头问陆总要预算，陆总每到季度末都要把她拉黑一次……可是也没办法，我们不可能永远与世隔绝，毁掉的跃迁点可以重建，也许几十年以后就会再次和外面通上航道，到时候还不知道联盟是什么态度，总得防着。总长能带着我们把第八星系建成这样，实在是太苦了，怎么能再被摧毁一次？"

哈登博士迟疑了一下，问："总长真的是……陆信将军的儿子？"

斗鸡蹭了蹭鼻子，提到总长，他露出了一点当学生时期的憨样："当然是骗他们的。哈哈哈，不然怎么办，难不成打一仗吗？我们陆总反应很快的。"

哈登博士："……"

"陆信将军的石像在银河城广场上，他和他的自由宣言是我们的精神基石，陆总是循着他的路，把我们带出泥潭的人，"斗鸡说，"陆总偶尔会去陆信将军的石像前坐一会儿，因为恰好也姓陆，不明真相的群众里其实早有一些这样的传言……但是对我来说，他以前是我老师，现在是我们总长，是谁的儿子都无所谓。"

白银第一卫的卫队长是个稳妥人，接过哈登博士的轮椅，他问："我们什么时候去拜访总长合适？"

"哦，稍等，我问问。"斗鸡在个人终端上戳了一会儿，请示上峰。

片刻后，他收到了"暂时休整"的指令——总长本人被放倒了。

和一心想回第八星系的林静恒不同，陆必行一直不知道他还活着，情绪本来就大起大落，中间又被应急的舒缓剂六号强行压制，搅扰了正常生理进程，因此湛卢建议他用镇静剂睡上一天，冷一冷他过热的大脑。

陆必行："走开，我不需……"

然而他拒绝的话还没说完，机械手就迅雷不及掩耳地从背后偷袭了他，大剂量的镇静剂顷刻覆盖了他强弩之末似的精神，陆必行一声没吭，一头栽进了林静恒怀里。

林静恒手忙脚乱地接住陆必行，轻轻将他放进医疗舱里，谁知陆必行人虽晕过去了，抓着他的手却仿佛镣铐一样，一个齿都不肯松。

林静恒无声地叹了口气，只好在医疗舱旁边坐下陪着他，低声对湛卢说:"你跟着我的时候可没这么放肆。"

"是的先生,我现在的自主权限等级比跟着您的时候高很多,"湛卢回答,"作为电子管家,还是要比作为机甲核自由很多的,陆校长还特许我在他不理智的情况下便宜从事。"

林静恒一扬眉:"所以你就欺负他脾气好吗?"

湛卢一点也没听出他前任主人话里话外的不满,用轻松愉快的语气说:"不是这样的,先生,我的系统是陆校长一手修复的,他可以随时禁用我的任何功能,是他自己认为自己时而不理智,才选择我作为监督人,这是一个很长的故事——距离我们抵达银河城基地还有几个小时,您想听吗?"

林静恒一点头:"你说。"

被镇静剂放倒的陆必行眉头依然是紧紧凝着的,不知在做一个怎样颠倒恍惚的梦……假如他还有一点理智,就应该记得提前清洗一下湛卢的记忆,提防他嘴欠告黑状,可惜已经来不及了。

银河城的陆信石像仰望天空,成片的重甲像一片行色匆匆的乌云,从他头顶掠过,落向远处的银河城基地,石像已经在这里十多年了,首都星启明的人们已经看惯了他,只有外星游客们还在大惊小怪地合影。年轻的卫兵无聊地打了个哈欠,守在银河城基地附近蹲点的媒体机器人一窝蜂地飞起来,准备到基地排队,报道重甲成功穿过天然虫洞的创举。

石像嘴角凝固着万年不变的微笑,朝着遥远的未来。

(二)

林静恒近年来尤其命犯话痨,在太空监狱被囚禁了十四年,身边只有哈登博士这么一位老絮叨,日常还得虚与委蛇地听他聊些虚无缥缈的星际社会,自觉脾气已经得到了极大改善,但是他听湛卢说到"注射生物芯片"那一段的时候,还是厌人压不住火了。

"你说什么？"林静恒猛地把自己的手腕往外一抽，没抽出来，手腕反而被箍得更紧，陆必行的手指就像一截镣铐，还是严重违反了"囚犯人权法"的那种，坚硬冰冷，紧得让人骨头疼，这样根本不合常理的手劲简直就是他非法注射芯片的"呈堂证供"，林静恒越发火冒三丈，"浑蛋！"

这时，仿佛是察觉到他要挣脱的动作，陆必行的呼吸明显急促起来，整个人痛苦地想要蜷缩成一团，额头就撞在了医疗舱上。

林静恒吓了一跳，满腔怒火顿时被紧张扑灭了："他这又是怎么了？"

"没关系，舒缓剂六号的后遗症，"湛卢回答，"舒缓剂六号会在一定时间内造成脑电波紊乱，是很正常的现象，患者表现为睡眠质量低、易惊醒，熟睡时与外界交互能力强，偶尔还会发生梦游情况。"

林静恒不可理喻地挑刺："你们这舒缓剂都进化到六号了，怎么副作用比原版还大？"

"首先，舒缓剂六号是其他药剂的副产品，并不是一个产品的升级版，实际应用的情况也不多；其次，它确实解决了即时性强烈肌肉抽搐问题，在紧急情况下，大大增加了机甲驾驶员的安全系数，以及……"

林静恒不耐烦听他背诵药物说明，打断湛卢："告诉我应该怎么办。"

"不用采取措施，"湛卢说，"您保持安静克制，尽量不要刺激他就行。"

原来……自己往外抽手的动作就是"刺激他"吗？林静恒愣了愣，在医疗舱边缘轻轻地坐了下来，放缓了自己的呼吸，然后带着几分心烦意乱，他疲惫地叹了口气："你有什么用，为什么不阻止他？"

"那个时候，我的自主权限被禁用了，等自主权限恢复后，由于缺乏相关资料，我无法准确判断取出芯片的风险，不推荐强制取出。"湛卢不紧不慢地替自己辩解说，"但在我的自主权限恢复后，我针对陆校长的不理智行为进行了一系列进程阻止，成功率接近百分之百。"

林静恒掀起眼皮，瞟了一眼小机械手，这个机械手纯属模仿，不知道是哪部分比例不大对劲，看着有点别扭，丧眉耷眼，怪落魄的，于是给了他一点面子："比如？"

湛卢："比如他曾经试图用您的一根头发克隆您。"

林静恒："……"

湛卢提醒他说："我们方才讨论过了，您需要保持安静克制。"

可是人工智能并不那么懂人情，出乎意料，听了这话，林静恒的反应并不激烈，他甚至有些茫然地发了会儿呆，然后低头看向医疗舱里的陆必行。陆必行的外表几乎没什么变化，百岁以内的人，年轻的身体只要在医疗舱里稍微调理一下，保持形象并不难，而作为第八星系总长，他也是需要时刻展现一种良好状态的。

林静恒看着这张毫无变化的面孔，几乎有种错觉，好像此时与十四年前，他告别陆必行，前往七、八星系交界处是同一天——

那天，银河城风和日丽，他一只手里拎着外套，叼着白手套往手上套，含糊不清地对陆必行说："我走了。"

陆必行就蹭过来，像条爱捣乱撒娇的狗，碍手碍脚地往他跟前凑："我们来打个赌，我赌你肯定不会快去快回。"

"不赌，"林静恒说，"我的看法跟你一样……我刚穿好，别闹！"

陆必行叹了口气："情商啊将军，要不是你长这么帅，肯定是注定孤独终老。我来教你正确的做法，在这种语境下，你应该跟我说，'宝贝，我打赌明天第八太阳会从启明星的东边升起。'"

林静恒不配合："谢谢，不用，我没病。你把舌头伸直了再说话。"

"我立刻就会回答你'好啊，我来跟你赌，我赌西边'，"陆必行熟练地忽略他的不解风情，迎着林静恒"你吃饱了撑的"似的鄙视目光，面不改色地说，"这样我就可以把我自己输给你了。"

林静恒："……"

"我赌你不会快去快回,要是我赢了,你几天不回家,就得输给我几天,我让你干什么你就得干什么,比如……嗯。"

林静恒被他纠缠得哭笑不得,只好一把将他拽过来揉了一通,带着眉梢上一点笑意扬长而去。

记忆炸成碎片,拼成了眼前人的脸,林静恒鬼使神差地伸出手,在陆必行脸上轻柔地擦了擦,好像想要擦掉上面的阴霾。

"以前没有这个的。"他想。

忽然,林静恒在路上产生的那些患得患失的想法都烟消云散,心里甚至升起了一点说不清的薄怒,他想,第八星系这鬼地方这么多人,这么多年,难道就没有一个人来陪陪他吗?哪怕他拒绝、他不愿意,就没有谁有耐心一点,多追求几年吗?十四年,总有人能焐热一条冻僵的小蛇吧?

林静恒声音几不可闻地对湛卢说:"你炸了他的培养箱干什么?"

湛卢永远理智地说:"用技术手段复制人类,在任何法律体系中都是被禁止的,这已经触碰了道德底线,而且我认为,一个复制人并不能代替真正的您,克隆人更是单独的个体,除此以外,这样做还会产生很多伦理问题,历史上有足够多的案例,统计数据表明,这样非但无助于安慰他,反而会造成更多、更难解的心理问题,是饮鸩止渴。"

这道理谁还不明白呢?

可是人走在举步维艰的炼狱里,光是要继续生存,就已经得拼尽全力,偶尔看见一点光,往往下意识地跟过去,怀揣着凶险的希望,哪里还有余力判断那到底是星光还是鬼火?

路总是越走越黑,沼泽总是越陷越深。直到毁灭。

"湛卢,"林静恒问,"能不能从你的历史数据里给我做个分析,告诉我,等他醒过来,我该怎么面对他?"

湛卢并没有听出他这句话只是迷茫的自言自语,非常实在地去帮他搜索案例了,在人工智能这里,工作才是真的不分贵贱,不管让他当联盟第一机甲核,还是生活咨询顾问,他都干得十分认真:"先生,研究表明,人的长期记忆会受到感情影响,往往不真实,而您记忆里的人本身也一直在变化，这两种偏差，会使得人们彼此渐行渐远，因此在漫长的分别后，总是会发现陌生的亲友变得难以相处，不论分开原因是感情破裂，还是意外离别。因此我想您需要耐心一点，去认识现在的人，尽量不要参考太多过去的东西。"

造型古怪的小机械手一本正经地说着，好像里面装着一个睿智的人类灵魂。

"但是我想，以陆校长的状态，恐怕很难理智又有条理地做到这一点，"湛卢说，"您知道，不管是正面刺激还是负面刺激，一旦过强，都是有害的。"

林静恒"嗯"了一声，仰头靠在医疗舱上，良久没再吭声。

他的肩上曾经压过八大星系的安危，山一样沉重，在无数次皮开肉绽之后，压出了他一副铁铸的臂膀，而今，他要用这副臂膀担起一个轻飘飘的人，却好像比哪一次都艰难，比哪一次都心惊胆战。

直到他们成功降落在启明星上，陆必行也一直没醒过来，跟湛卢说的"睡眠质量不好"似乎不大相符，但医疗舱并没有什么提示，好像他只是太累了，睡过了头。

好在，图兰那边早就预料到了总长会掉链子，自作主张地出面，把大大小小的一干后续事宜都安排好了。

林静恒走了特殊通道，直接连着医疗舱一起把陆必行带回了家——林将军和工程师001的家。

荒腔走板的跳舞机器人不见了，门口是几个中规中矩的园艺机器人，正在精修草坪，植物修剪得整齐而精致，好像是从《经典私家花园设计大全》上搬下来的，透着一种标准而僵硬的审美。

房子重新粉刷过一次，外观灰白相间，十分沉稳，和周围邻居们保持了一致——当年这个给银河城基地配套的住宅区，已经成为第八星系的权力核心地带，独眼鹰设计的那些过于活泼闹腾的建筑物不合时宜了。

反正设计师人也不在了，大概没机会发表意见了。

唯有门牌依旧。

木牌旁边的永生花虽然不会枯萎，但是已经褪了色，雨季让木牌十分潮湿，起了一些苔藓，变得斑斑驳驳。屋里的陈设也有很大改动，唯有那个可以变形的沙发还在，阁楼上了锁，一条黄金蟒探头探脑地露出头来，感觉到了陌生人的气息，又吓得自己钻回了培养箱。

林静恒记得，陆必行是个生活上有点大大咧咧、很能犯懒的人，从来不叠被子，永远奔波在找不着自己东西的半路上，可是出乎意料，他独居多年，家里居然并不乱，除了湛卢弄来的几只宠物有点出格以外，家里甚至说得上是相当整洁。

定时打扫的小机器人把家具擦得一尘不染，也许是陆必行在虫洞里走了月余，一开门，一股冷淡的气息扑面而来，感觉不到人气。

机械手湛卢融入了墙体中，声音在整个房子里响起："陆校长一般睡在书房，所以其他几间卧室都上了锁。"

林静恒伸手一推，门锁自动验证通过了他的身份，木门朝里面打开——简直就像打开了一间密室一样，温度与湿度都很久没有调过，阴冷的气息扑面而来，阳光也驱不散，一个"人"背对着他，撑着头，坐在床头的摇椅上，林静恒愣了一下，才发现那是个3D打印的等身人偶⋯⋯是他本人，一脸刚睡醒的样子，目光不聚焦地低垂着，他想不起来这是陆必行什么时候偷拍的了。

电子管家湛卢高效地驱散了房间里的阴冷气息，对房间进行了自动清扫，不到五分钟，就温暖宜居了起来，林静恒小心地把陆必行抱出医疗舱，放在床上，忽然觉得腿一软，差点跟着昏睡的人一起栽进柔软的枕被间。

他像是那个倒在雅典的菲迪皮茨[①]，终于到了终点，精疲力竭，甚

[①] 菲迪皮茨：公元前490年，希腊人在马拉松平原同波斯军队作战获胜，有士兵菲迪皮茨从马拉松不停顿地跑到雅典（全程40千米）报捷后即死亡。为纪念这一历史事迹，1896年第一届奥运会上举行了从马拉松到雅典的赛跑，定名为"马拉松赛跑"。

至提不起一丝心力来好奇一下第八星系现在是什么样的。

第八星系以后将走向何方？取得了虚伪和平的联盟该何去何从？林静姝那个疯子到底想干什么？白银十卫怎么安排……这些关乎国计民生的大事，全都被清出了他的大脑，他脑子里是一片空荡荡的苍白，很快失去了意识。

陆必行是在一个小时后突然惊醒的，那正是他平时准备上班的时间。

他好像被什么吓着了一样，眼没睁开就猛地坐了起来，目光惶惶地四下寻找，忽然落在床角，林静恒坐在地上，靠在床边，支着一条腿，似乎是睡着了。陆必行屏住呼吸，张嘴似乎叫了一声"林"，可是只有口型，没发出声音。他僵硬地坐了片刻，继而试探着凑过去，把手放在林静恒脖颈上，不同于3D打印材料的冰冷，这是真正温热的皮肤，他摸到了颈动脉脉搏。

陆必行一闭眼，肩膀瞬间垮塌下去。林静恒被他靠近自己咽喉的动作惊动，下意识地一把扣住他的手腕，一睁眼对上陆必行血丝没有完全消净的眼睛。

启明星的清晨，两人无声地对视片刻，陆必行一把将他拽了起来，狠狠地搂住他。林静恒狠狠一巴掌掴在了陆必行后背上，"啪"一声脆响，而他犹不解气，想把这人按在腿上臭揍一通。

陆必行的身体蓦地一绷，终于叫出了他的名字，细细的，尾音颤抖得不成样子："林……"

"……混账东西。"

（三）

"图兰将军，有传言说，这次远征队穿过天然虫洞区，意外接触到了联盟军，请问现在外面的情况是怎么样的？我们未来还会和联盟有进一步接触吗？第八星系是否会回归联盟？我们是否还会面临来自外界的武装冲突？"

"您的消息十分准确，看来远征队的一部分科学家要加强保密意识培训了，"图兰气定神闲地冲着镜头微微一笑，"外界情况，我们正在进行进一步评估，请大家相信，无论未来我们走向何方，第八星系的自由与安全永远是我们的第一要务。另外，目前看来，外星系机甲能大规模穿越虫洞，并对我们造成威胁的可能性非常小，请大家不要恐慌。"

"图兰将军，听说总长在联盟面前宣布了一个非常出人意料的消息，现在民间流言蜚语很多，请问政府是否会给出官方消息？"

"总长和远征队都在休整，毕竟是天然虫洞区，这次旅行的难度与危险性相信大家能知道，所以请大家耐心一点，第八星系政府从来以公开透明为第一准则，有任何重要信息，我们会在整理完毕之后，第一时间向民众公布。"

"图兰将军，听说林将军……"

泊松看着图兰在媒体中间左右逢源，太极打了半个小时都没露出不耐烦的神色，于是用胳膊肘戳了旁边的第一卫卫队长一下："哎，你记得吗？有一次她轮休的时候出去乱搞，被人告到军委，白银要塞来了一大帮记者，那货在大庭广众之下说……"

第一卫卫队长李弗兰递给他一根第八星系特有的烟："尝尝——她说，'这事我无可奉告，将军现在不让我胡说八道，不如我给你们跳段脱衣舞看看。'"

泊松接过来，摇摇头，脸上笑意一闪而过："物是人非了，那时候的日子，现在想起来，都是好日子——将军可能是想留在第八星系，你怎么想？"

李弗兰沉默片刻，回答："第一卫既然响应了召唤，就跟他跟到底。"

"第八星系独立于联盟之外，要是照过去的说法，应该叫'海盗'了，"泊松深深地看了他一眼，"这事怎么算？将军是打算彻底背弃联盟了吗？万一有一天兵戈相向，那就是两个国家之间的对抗，我们难道要对昔日保护过的人下手？"

"我们这一代人还不至于，以前都是联盟的人，谁也不想转头和联盟动手，联盟那边数十年动乱，应该也不想再树敌，第八星系跃迁通道已经断开，大家井水不犯河水，何况如果那一位真的是陆信将军的儿子，联盟中央也要顾及各地中央军的感情。最好的结果是，以后大家和平共处，但互有界限，大面上能互通有无、友好邻邦，对抗共同的敌人，私下里不在一个锅里吃饭，各过各的。"李弗兰说，"要真能这样，我更喜欢留在这边。"

泊松·杨抬头看了他一眼。

"联盟这么多年，给我一种暮气沉沉的感觉，跟那些人一起待着，我觉得很累。"李弗兰说，"第八星系不一样……我觉得一个被战火、灾难反复蹂躏过，乃至最后不得不自断航道，把自己封闭成一个孤岛的地方，居然没有变成一个森严的军事帝国，没有变成真正的'海盗窝点'，他们还肯砸很多钱在行星反导系统和星际远征上，说明这里是有生命力的，传说中'幸存者'那种生命力。"

大航海时代末，一位悲观派的宇宙社会学家提出了"幸存者"理论。

他说：从今往前，人类从草原、丛林中走出来，征服环境、征服陆地、征服地球，继而征服宇宙，到如今，已经走到了历史的顶点；从今往后，要么下坡，要么在群山之巅，行走在钢丝之上，每一个微小的发明，每一点变革，都会翻天覆地地改变人类生活，改变的维度会越来越深，影响的范围会越来越广阔，而人性中固有的懦弱与卑鄙永存，我们都是手持致命武器的半疯，毁灭世界、文明和我们自己将变得轻而易举。在黑暗中摸索，没有人知道下一步是天堂还是地狱。但我们这个种族中，又始终有一种不可思议的生命力，能在倾覆的一片死灰里重新发芽，当世界沉沦的时候，少数"幸存者"将会被这种生命力选中，他们会背负着无尽痛苦，踩着荆棘前行，把人类的生命延续下去。

"是啊，"泊松低声说，"这里甚至还保留了陆将军的自由宣言——你那边收到将军什么消息了吗？"

这是林静恒的习惯，如果白银十卫都集合在一起，他一般喜欢选择稳重一点的人帮他传达命令，不是三卫的泊松，就是一卫的李弗兰，林静恒不大爱搭理那些性格跳脱的"跳蚤"。

"哦，对，刚收到通知，将军让我们原地休整三天，"李弗兰说，"他推荐我们在第八星系里到处转转，叫图兰安排了。不过我看你哥在这方面真是跟他心有灵犀，将军还没说就地解散，他就自己进入旅游模式了。"

"托马斯那个现眼的傻……"泊松往嘴里塞了口烟，堵住了自己差点脱口而出的脏话，突然想起了什么，"哎，话说回来，你觉不觉得将军和那位陆总长的关系也太好了？"

被他们议论的林静恒正神色严肃地站在厨房里，从机器人手里拉出一个长的纺锤状物体，那玩意儿底下有个棒，上面是几根钢丝缠的圈，他拿到眼前端详片刻，没看出这是干什么用的，但是仅就器形判断，他觉得它应该具有某种搅拌功能，于是把它伸进了煮着茶叶的小锅里。

机械手慢悠悠地从墙上伸出来，电子管家很慢性子地围观了一会儿，开口问："先生，您在对茶水做什么？"

"加速萃取。"林静恒头也不抬地用个人终端扫了一下锅下面的火苗，个人终端自动将火苗强度与标准食谱对照后，亮出一行红色的小字，飘到空中，告诉他"火势过猛"。

林静恒"哦"了一声，把火调低了一挡，个人终端再次自动扫描，又飘起一行蓝色的小字，写着"火势太小"。

林静恒："……"

这是什么破玩意儿？

湛卢说："您个人终端里这份食谱是最近出版的《老饕专用指南》，需要配套专用厨具，咱们家里的厨具使用率很低，十几年没有更新换代过，没有那么多功能，需要我帮您修改厨具程序吗？"

林静恒想了想，认为原理都是加热让食物变熟，有火就行，厨具不重要，于是朝湛卢摆摆手。

湛卢又说："以及先生，您手里的那个东西名叫'打蛋器'。"

林静恒手一僵，随后面不改色地说："废话，我不知道吗？搅拌均匀才能受热均匀，才能加速萃取，有什么问题？"

湛卢："没有问题，您的创意非常富有幽默感，哈哈哈。"

林静恒深沉地关上火，看他脸色，仿佛正在思考人类生死存亡的问题。然后把已经变成深红色的茶汤凑近过滤器，直接往里倒。

湛卢又忍不住多嘴道："先生，过滤网型号应该调小，这个挡位是不能过滤液体的。"

林静恒心说："一个破过滤器，比导弹瞄准器的挡位还多，真是有病。"然而在湛卢面前，还是要装作游刃有余的样子，若无其事地说："知道，我要过滤两遍。"

湛卢仍在没眼色地跟他较真："可是增加无效的过滤次数并不能……"

"你有完没完，"林静恒打断他，"怎么那么多指导意见？我不能禁你言了是吧？"

陆必行急匆匆地下楼时，刚洗过的头发还在滴水，他顾不上擦，一路狂奔到了楼梯口，直到看见林静恒的背影，才松了口气。

林静恒听见动静，回头看了他一眼，然后把多嘴多舌的湛卢从墙上揪出来，扔在了门口探头探脑的"爆米花"身上，爆米花可能是投错了胎，胆小如鼠，受到惊吓，屁滚尿流地载着湛卢跑了。

陆必行的嘴角轻轻地提了一下，然后他伸手撑了一下楼梯扶手，虚脱似的在台阶上坐了下来，透过栏杆看着林静恒，他觉得自己脚下好像踩了两团棉花，飘飘悠悠的，随时能脱离启明星的引力飞走。

舒缓剂六号那点药劲过去以后，陆必行很快收拾了外露的情绪。"心里天崩地裂，脸上不动声色"——这不是一朝一夕能培养出来的本事，也不是一朝一夕能改的习惯。

久别重逢，本该有一条河那么多的心绪想要倾吐，但可供倾吐的出口太小，海浪涛天的大潮都被禁锢在小小的堤坝里，他一时反而什么都说不出来，只能任由那些激荡的心绪来回反复地撞着自己的胸口。

而且不知道为什么，他发现自己不敢问林静恒这些年去了哪儿、怎么样。陆必行缓缓地搓着自己的双手，想尽量让手温暖柔软起来，心里纳闷地想："我为什么不敢问？"

他是惯于扪心自问的，因为他不问，别人也不敢问。小少年会被讨人嫌的师长追着询问心事，可是没有人敢追着总长问他在想什么。而根据陆必行的经验，自己的话，再疼、再撕心裂肺，也得听。一个人假如能感觉到自己心里有话说，却假装没听见而忽略它，它往往会对此做出报复，譬如让他鬼迷心窍一样，干出一些拿头发复制人的事。

可是他此时本能地有些犹豫，兜兜转转地躲着十四年这个话题。

这些年，陆必行练就了一项做梦的本领，因为知道梦里那些人醒来就要消失，所以他能像世界末日一样，单纯而无所顾忌地享受午夜时分短暂的陪伴，喜怒哀乐都像以前一样，不加掩饰地在睡梦里释放。然而一朝"梦想成真"，欣喜若狂之后，他发现自己的这项"特异功能"也消失了，他有很多话说不出来，很多感情无法表达，满腹的贪嗔痴与爱憎交加的恐惧按下葫芦浮起瓢，弄得自己左支右绌，十分狼狈，甚至升起了一丝控制不住的毁灭欲。

就在他独自犹豫的时候，一个杯子递到他面前，陆必行有些迟钝地抬起头。

"刚煮的奶茶，"林静恒一伸手，五指穿入他湿淋淋的头发里，将他额前垂下来的一缕头发拂了上去，手指上的薄茧擦过头皮，让陆必行轻轻地战栗了一下，"尝尝味道。"

打蛋器打出来的茶能有什么味？反正喝惯了浓茶的人尝起来，感觉这基本就是一杯掺了水的假冒伪劣牛奶。可是陆必行没过脑子，舌尖还没碰到奶茶，就已经自动做出"味道好极了"的惊喜表情，他一边小心翼翼地收拢起心里蔓延的黑暗情绪，一边故作轻松地说："你一个以营养膏为生的人，居然会做这个？"

林静恒没笑，盯着他的脸看。

陆必行的笑容有点挂不住："怎么了？"

林静恒就着他的手，把杯子拉过来，自己喝了一口，眉头就皱了起来："我让湛卢再去给你煮一壶。"

陆必行钩着瓷杯的手指连忙一紧："哎，不用，这个挺好。"

他顿了顿，很不熟练地回想起久远的过去，试图找回那种能随便油腔滑调的感觉："你就算给我一杯凉水，在我这儿也会自动变成蜂蜜。我……"

陆必行对着他，一时有些词穷，话音断了片刻，让人如坐针毡的尴尬弥漫开。林静恒的目光一直一动不动地落在他眼睛里，像他无数次在太空战场上，拆解纷繁复杂的局面一样耐心而专注。

陆必行有点难以承受这样的目光，下意识地错开视线。

林静恒收走他手里的茶杯，敲了敲楼梯扶手，无处不在的电子管家就从楼梯上伸出了一只机械手，乖巧地收走了餐具。林静恒想了想，走到他身边坐下，拉过陆必行的手腕，打开了两个人的个人终端，设置了一个特殊的关联程序。

"干什……"陆必行没问完，就听见个人终端上一声轻响，上面浮起一个提示："单向位置共享设置成功"。

随后，他手腕上弹起一地图，上面一个代表林静恒的小红点在他身边闪烁着，触碰那个小红点，陆必行能通过林静恒的个人终端看见他周围有什么、在和什么人说话。

陆必行吃了一惊："等等！"

只有监护人与六岁以下的幼儿之间才会建立个人终端位置共享，每时每刻都能知道对方的动向，但那都是双向的，能彼此定位，使用单向定位的，则一般是在监狱。这是无形的镣铐，只有狱卒才需要每时每刻知道他的囚徒在干什么。

林静恒按住他："你不想看我的时候，可以关掉。"

占有欲，就像陆必行心里的妖兽，焦躁地在铁笼子里咆哮，狰狞欲嗜人，可是人以自己身体为因牢，是不能任由这些东西出去伤害别人的，哪怕它闹得再凶。陆必行觉得自己就像死死拽着锁链的伏妖人，双手已经被不断挣扎的怪物磨得鲜血淋漓，然后一只手伸进来，在那畜生头顶轻轻地弹了一下，喂了它一块肉。

他呆呆地看着那畜生低下头，温驯地伏在地上，渐渐安静了。

"我知道玫瑰之心附近有一个天然虫洞区，我想你也猜到了，我第一次去第八星系，就是从那儿通过的。"林静恒说，"但是时隔十四年，我才有机会回到那儿去碰碰运气，你想知道七、八星系联军被伏击之后的事吗？"

陆必行的眼神闪烁了一下。

"想听你就明确问，"林静恒逼他，"你不问，我就不说。"

（四）

陆必行轻轻扣住了自己的个人终端，沉默了片刻，从短暂的愣怔中回过神来，他目光定在一个点上，微微抿了抿嘴唇。

这是个深思的神色。

林静恒分明是那个咄咄逼人的角色，可是觑着对方的表情，有那么一瞬间，他觉出了提心吊胆。

林静恒天性冷淡而狡猾，必要的时候，能扮演很多角色，也很会对症下药，可以把老哈登骗得十多年回不过神来。他曾经穿上过一千层伪装，但是多年来，没有扒下过一件。因为自从陆信死后，他就不再能从任何人身上汲取安全感了——战友不行，他们都仰仗他，拿他当主心骨，主心骨得永远笔直地戳在那儿；长辈不行，要是他们行，陆信也不会死得不明不白；唯一的亲人与他隔了十万光年那么远，乃至现在几乎兵戈相向；甚至陆必行也不行，当年陆必行太年轻，而且在他眼里太过美好，是他捧在手心的珍宝。

太过贵重的珍宝是不能带来安全感的，只能增加不安。

所以他出于自我保护的本能，多年来，永远在怀疑一切，永远在故步自封，他从不袒露自己的感受，从不和别人商量自己的想法。

林静恒出生入死几十年，但是这一刻，是他一生中最豁得出去的时候。

他把心剖了出来，能给的都给了。

"不要这样，"陆必行沉默了好一会儿，展开个人终端，把进程关了，他用一种轻而和缓的声音说，"我不会用这个的……那把你当什么了？"

话是好话，温柔熨帖得让人心软，可是林静恒提起的心忽然掉下去半截。

"我是有一些事想问——我记得刚刚修复好湛卢的时候，他告诉我说，当时由于秘密航道泄密，伏兵炸毁了跃迁点，指挥舰被炸毁，湛卢的主体也在爆炸中焚毁。我猜，指挥舰爆炸时，他应该会变形成紧急生态舱，"陆必行说这话的时候，语气平稳，吐字从容，没有一般人说话时无意识的磕绊和含糊，听得出来，他一定非常精通即兴演讲，但整个人依然显得很紧绷，因为他在不断揉搓着自己的手，好像总是对这双手的温度不满意，"生态舱的防护能力有限，在剧烈的能量冲击波里，变形材料应该很快会失活，主机也会因为过热而焚毁……对吧？那时候，你有没有受伤？重不重？"

林静恒深深地看着他。

陆必行继续问："你有没有找靠得住的医生检查过，会不会留下健康隐患？"

林静恒心想：没你往自己身上植入芯片的隐患大。

他脸上的怒色一闪而过，随即又强行压下去了："我觉得你想问的不是这个。"

"我就是想知道这个，我也只关心这个，"陆必行轻轻往后一仰，刻意放松了紧绷的后背，对他一笑，"当然，联盟局势也重要，但这不属于私人问题,我们可以留到会议室里说。"

林静恒另外半截心也开始往下沉——为什么陆必行不质问他,既然知道玫瑰之心有天然虫洞区,为什么十四年没有试着回来,哪怕给第八星系发个信息?为什么他不想知道自己带着白银十卫去了哪里,曾经与谁为敌、与谁为友,心里是否还记挂着联盟,将来是否还会再次离开第八星系?为什么连自己删掉湛卢里的数据、瞒住他的真实身世都不提一句?

陆必行甚至不想和他说说这些年受过的委屈。

忽然,林静恒有了种熟悉感,因为他发现,以前他对陆必行似乎也是这个态度——我什么都不要求你,只是竭尽所能地用我的方式爱你、照顾你,不要任何回报与对等的回应。虽然表面上的表达方式不一样,但内里如出一辙,林静恒此时看着他,觉得自己就像在照镜子。

道理很简单,很少有人会因为"付出"而受伤,伤心往往都是来自愿望的落空。一个人如果不对别人抱有任何期望,就能刀枪不入。

陆必行以前不怕受伤,他就像个上蹿下跳的皮猴子,摸爬滚打浑不在意,偶尔磕磕碰碰一下,那些小伤口总是很快愈合,非但不伤筋动骨,还把他锻炼得更皮实、更胆大包天,什么都敢尝试。可是这十四年几乎把他劈成了两半,吊着一口气挣扎到现在,他终于疼得狠了,也知道怕了。

这些命运就像一个轮回。

林静恒突然站起来,他快要维持不住表情了。

陆必行慌张地一把拽住他:"林,等等!等一下,你让我重新说……"

这些年,陆必行见人说人话,见鬼说鬼话,恩威并施,把内战的第八星系强行压平,那些心思诡秘的政客一个眼神扫过来,他就得立刻判断出对方想要什么,才不至于落于下风,他分明比当年那个只会跳上高台灌鸡汤的年轻人圆滑多了,也游刃有余多了。

可他不知道自己是怎么回事,居然在林静恒面前一而再,再而三地发挥失常。他很努力地想装作什么都没发生过的样子，用昔日的方式和对方相处，可是怎么都不对劲，自己都感觉得出，他像个拙劣的仿品，邯郸学步，模仿曾经的自己，继而又把自己学成了一个摇摇晃晃的瘸腿人。

"我……"陆必行哑口无言好一会儿，情急之下，竟艰难地憋出一句，"这么多年，你想我吗？"

林静恒低头看着他，陆必行像是被烫了一样，倏地松开了手，震惊地看着他——林静恒的眼眶红了。

那是万箭穿心，也流血不流泪的林上将。

"我……我晚上没事干的时候，偶尔会爬到一个楼顶上看星星。"林静恒并不是个演说家，简短和冷淡是他一贯的风格，因此，这话他说出来显得格外吃力，还显得没什么条理，"第八星系周围的跃迁点虽然炸了，但光还是能穿过来，我在第六星系的一个无名小行星上，小行星公转周期不是一个标准沃托年，我在那上面待了十四年，平均算下来，一年里大概有十个月，可以在楼顶上看见第八太阳……虽然肉眼看见的，只是很久以前的第八星系。我想你在干什么，想象第八太阳的星光落到我眼睛里的时候，是不是也曾经从你身边穿过，算起来，如果真有那么一束光，当它穿过你身边的时候，我还不认识你。而它来到了我这里时，我们已经分别了经年之久。"

一旦开了头，后面的话似乎比想象中容易，林静恒顿了顿，话顺畅了一些："我想你一开始可能会伤心，可能会不接受，但独眼鹰和总长总会照顾你，独眼鹰别的不行，这件事干得一直有板有眼。我想……可能三年、五年，也就差不多忘了我这个过客了。这样一想起来，有时候就后悔对你不够好，有时候又觉得不够好是对的，怕你太往心里去。"

陆必行喃喃地问："你为什么会在第六星系的无名行星上？"

林静恒沉默了一会儿："今天不告诉你。我每天回答你两个问题，因为你今天说了几句无聊的废话，罚掉你一次机会。"

陆必行："……"

"明天想好了再来问我。"林静恒说完，居然真就硬下心肠，站起来走了，"我出去见个人，找图兰他们聊聊，你知道怎么找我。"

要有耐心，林静恒心里对自己说："慢慢来，总会好的。"

陆必行下意识地跟着他走了几步，回过神来，怕太黏人招人烦，又犹犹豫豫地站住。

"对了，"就在机械手湛卢已经在门边戳好，准备替他拉开门的时候，林静恒转过头来，"把湛卢的权限给我，等级高一点，能在任何情况下都让他闭嘴的那种。"

湛卢被凑过来的变色龙戳了一下"手背"，干巴巴地说："听到您这么说真是遗憾，先生，我是这么爱您，就像蜜糖一样。"

林静恒听了这番表白，冷酷无情地对"蜜糖"说："滚蛋。"

陆必行尴尬地干咳一声："……我马上就禁止他随意捕获不明读物。"

林将军因为回来时穷困潦倒，身上只有一件衬衫，还让陆总长挠破了，只好随便顺走了陆必行一身挂在干洗机外面的正装，正儿八经的黑色正装让他穿得像个杀手，睥睨无双地出门去了。

陆必行手指颤了颤，当林静恒离开他的视野时，他升起强烈的欲望，想立刻翻出个人终端里的单向定位，死死地盯住林静恒。

可是不能这样。

陆必行用舌尖抵住上牙，在原地冷静了五秒，刻意转移自己的注意力，问湛卢："你从哪儿看的什么东西？"

湛卢回答："陆校长，我引用的是您个人终端里的藏书。"

陆必行："……"

自主权限高就能随便诽谤主人吗？

机械手形态的湛卢食指一指，陆必行的个人终端自动弹开，片刻后，一个主人自己早已经淡忘的文集跳了出来，名叫《你懂的故事》，就是一套小黄文荟萃。

陆必行想起学生们至今依然有到他这里来借书的习惯，顿时一身冷汗,手忙脚乱地打算把这罪证删掉:"这都能被你翻出来……不对,你翻这个干什么?中病毒了吗?"

"我没有翻看,"湛卢回答,"这是当年您在北京β星外捕捞生态舱时,对着先生念过的,当时我在沉睡,生态舱系统自动把您的朗读记录了下来。"

陆必行一愣。

模糊的、久远的记忆浮现出来,他想起来了。他念到一半还流了鼻血,并且被林静恒睁眼逮了个正着。这么丢人现眼的时刻,想忘也不太容易。

这一晃,有二十多年了。

第八太阳的光可能方才抵达遥远的外星系,而世界已经在动荡中颠倒过好几次。

变色龙和机械手一起歪过头,看着总长绷紧的嘴角轻轻一动,露出了一点又赧然又怀念的笑意,很浅,而且一纵即逝。

但那是真实的。

他追溯着游历到星系外的光,终于回头看了一眼。

陆必行把险些被粉碎的文件拽回来,加密存好,又伸出一根手指,点了点湛卢,警告它说:"删掉你的记录,你想被禁言一辈子吗?"

这个世界,对人工智能实在不太公平。

(五)

林静恒去了一趟银河城基地,看了他的老部下,然后让图兰带他去了公墓。

图兰保持了短发,但是又重新留起了她那两条"触须",看起来似乎比十六年前笔挺了一点,也稳重多了。

"将军,外面都在议论,陆总在两军阵前说自己是陆信将军的儿子,究竟是他编出来骗那些人的,还是真的。"

"真的。"林静恒一点头。

"……所以你早就知道？"

"早就知道，"林静恒说，"我让湛卢删了相关的资料，没想到还是被他扒拉出来了。"

图兰想了想，语气有点一言难尽地说："说好的高冷男神呢，将军？你怎么连窝边草都吃，还删了人家基因对比资料偷偷吃？"

林静恒："……你一分钟不蹧跶能死？"

图兰很努力地冲他做出一副很猥琐的表情，可是猥琐了一半就崩了，突然扭过头去，抹了一把眼泪。

"第九卫卫队长，越来越出息了，"林静恒无奈地说，"耍流氓把自己耍得哭哭啼啼的……好啦。"

图兰哽咽得说不出话来，林静恒只好静静地站在一边等她，抬眼看周围的坟冢。

当年林静恒走的时候，公墓的地刚圈出来不久，只有零星几个孤零零的墓碑。现在，坟冢一眼望不到头，整整齐齐地陈列在前，都是三年内战的痕迹。

"当时第八星系的经济生态濒临崩溃，老总长才在万般无奈之下，接受了来自邻居的借贷条款，"林静恒轻声问，"后来怎么样了？"

"后来就真的崩溃了，"图兰抹着眼泪说，"跃迁点爆破，第八星系动荡，大量第七星系难民拥入，更是雪上加霜，先是从难民与本地人的冲突开始，随后营养针告急，货币系统失效，大量电子币一文不值，走私犯们死灰复燃。老总长活着的时候就拆东墙补西墙，他一死，陆总又年轻，除了他亲手带出来的工程部，根本压不住任何人，一个一个的星球和空间站宣布独立，最惨的时候，我们只有银河城基地，基地成了光杆司令，连启明星都危机四伏，我们靠基地里反乌会留下来的那点家底过了大半年——每架重甲的隔离带里都种满了食用农作物，据说还是你留下来的光荣传统。"

林静恒点了根烟，沿着墓地间的小路缓缓地往前走。

"那大半年,我们手里其实有武装,但是陆总压着,没往外打,武装主要用于防御。他说他没有能力在短时间内重建整个星系的秩序,所以我们先在小范围间摸索,再向外扩张。湛卢详细解析了反乌会当年在域外扩张的资料——域外天然行星不适合人类生存,他们发展出了一套机甲里自给自足的系统。我们借鉴改进了一点,后来几乎是和平地拿下了启明星和几个卫星,才在爱玛三上建了第一个军工厂。"图兰说着,委屈成了一只天牛,"我只是个先锋突击队的,可是后勤也让我管,统筹也让我管,什么都来让我管,我都快被架在火上烧化了,我早不想干了将军,哪怕让我当打家劫舍的海盗也比现在强。"

快意恩仇突击先锋军白银第九卫成了一方守军,被迫背负起沉重的负担。

而当年有一个……自称天性懦弱,总想避免争斗和冲突、假装一切都好的人,被卷进第八星系自相残杀的内战中。没有人再像林静恒一样,对他轻易让步,帮他两全其美,他必须做出无数选择,将刀兵对准无数人,走不完的坟冢之间,淬炼出了一个敢和联盟分庭抗礼的独立星系总长。

忽然,林静恒脚步一顿,他看见了一个熟悉的人。

独眼鹰鹰钩鼻,薄嘴唇,下巴有点尖,眉眼距离很近,再加上一对非主流的鸳鸯眼,虽然侧脸非常英俊,但正脸从一些角度看,就总有点"老子看你不爽"的挑衅意味。这时,老波斯猫很挑衅地从石碑上往外看,仿佛依然跃跃欲试地想挠他一爪子。

墓碑上写着他的尊姓大名:独眼鹰,姓陆(随便姓的,我不叫陆独眼鹰)。

据说在他个人终端的公民登记信息上,写的就是这么一长串。

墓碑上的墓志铭非常别出心裁,而那墓志铭下面,又有人刻了字作为回答,这两位隔着生死,在墓碑上传"小字条",内容如下——

"你是我从垃圾箱里捡的。"

"扯淡。"

第七章 复活

"不可以考验人性啊，将军。"

（一）

陆必行回到第八星系后，让舒缓剂六号背了一口黑锅，借此请了一天病假。可是大家勉强让他休息了一晚，很快就按捺不住，各种信息开始对总长展开狂轰滥炸。等着他的事实在是太多了——当务之急，他得安排白银十卫，这属于军事防御系统的重大调整，绝对不是总长随便签个任命状就能完事的。同时，他还得立刻召集人来评估外界局势，并且紧接着对星系内各种战略、未来发展规划做出调整。玫瑰之心处和联盟军意外接触，把预想中第八星系同外界重新联系提前了至少五十年，大量的工作要推翻重新来。

跟这些相比，像什么"星际远征队在天然虫洞技术上取得重大进展""陆总长居然是陆信将军遗腹子"，平时也值得整个星系一起大惊小怪一下的消息，都被挤到八卦娱乐板块了。

至于林静恒，他被关在太空监狱十四年，就连身边的白银十卫也是仓促集结，沧海桑田，很多事要补课，很多人需要重新熟悉。但是不管他去哪儿，傍晚都会按时回来。

第一天，林静恒出门见图兰，天色才刚刚有些发暗，陆必行就开始看不下去任何文字了，这种不适很快反应到了生理上，他胃里好像吞了一块铅，坚硬地堵在那儿，不断挤压着周围的五脏六腑，陆必行实在忍不住，避开敏感的家用医疗舱，偷偷跑到卫生间去吐了一场，并严令喜欢告状的湛卢不许再多嘴多舌，一直到林静恒回来才稍有缓解。

晚上他一直在辗转反侧，像个守财奴，把林静恒和他说过的话来回想了成百上千遍，同时将想要问的话斟酌了成百上千遍，不料还是低估了某个人的狡猾程度，林静恒给他的答案类似这种——

"你为什么会在第六星系的一个无名行星上？"

"有人在爆炸现场捞走了我的生态舱。"

"谁？"

"海盗自由军团的人。"

"海盗自由军团的人当时为什么会在那儿？为什么要把你带走？为什么……"

林静恒竖起一根手指："嘘，这是明天的故事。"

他好像打定了主意，要把十几年里所有的事情都深埋在地下，每天只吝啬地让他铲走一点土，窥见一丁点真相。很快，那些陆必行刻意回避、刻意不想去看的东西，变成了他每天得斗智斗勇、旁敲侧击才能多弄到只言片语的东西。

陆必行还发现，林静恒每天回家的时间是固定的，不管他去哪儿、去干什么，哪怕离开启明星去外星，宁可多紧急跃迁几次，也要准时准点回家。

太空战场瞬息万变，指挥官对时间的把握会影响战局走向，林静恒更是个把精确发挥到极致的人，因此林将军的"守时"是精确到秒的，无论陆必行在不在家，每一天，他刷开门锁的瞬间，客厅里装饰用的古董钟三根指针都在同一个位置，如果不是，那一般是钟的问题——林静恒和个人终端上的第八星系时间是同步的，他比座钟里整点报时的弹琴小人还准。

不到一周，陆必行就觉得自己成了巴甫洛夫的狗，快被他训练出来了，每天临近那个神秘时间的时候，提前半分钟，那秒针的"咔嗒"声就会变得格外明显，他的心跳会不由自主地加速，有时还会有点呼吸困难，这个时候跟他说别的，他是听不见的，然后倒数秒数结束，门口就会传来湛卢定时闹铃一样的声音："欢迎回来，先生。"

一开始，陆必行夜里常常睡不安稳，睡眠时间本来就短，一宿还往往要被无端惊醒两三回。梦游一样慌张地去查看林静恒还在不在，有一次被林静恒发现了，就开始陪着他睡。生物芯片会加强人的五感，即使在漆黑一片的夜里，陆必行也能看清身边的人，看着那个人安静的侧脸，他有时会屏住呼吸，盯很久，心里什么也不想。

半夜惊醒，也忽然成了一件不怎么痛苦的事。

不过林静恒也不会一直在床上陪他，有时他伸出手摸了个空，但余温犹在，这时他往往会听见窗外传来鸟叫，说明天快亮了，但也还早，能再闭目养神一会儿……如果被子也凉了，那一般就是他快迟到了。

林静恒用异常强势的节奏感，利用时间，在十几年来一直昏天黑地的陆必行身上钉了个楔子。

对人、候鸟，还有那些会在固定时间进行大迁徙的动物来说，生物钟都有一种隐蔽又奇异的力量。好比四处漫延的流水遇到河道，就会自然顺流而下一样。假如一个人的节奏感足够坚定强势，他在地上画出的横竖，就会不由自主地影响其他人。

这样过了一阵子，有一天清晨，天还没亮，银河城指挥部突然因为一份紧急文件呼叫总长，陆必行头天晚上开电话会开到后半夜，睡得就很晚，强打精神爬起来，迷迷糊糊地把自己收拾干净，拉开衣柜，顺手拿出了两套衬衫长裤。他在没有什么意识的状态下，把其中一套叠好放在床头。

领带打了一半，陆必行才清醒过来，忽然扭过头，用一种意味不明的眼神看着整整齐齐放在空床头的衬衫，愣了半天。这时，晨练回来的林静恒正好推门进来，见他呆呆地坐在床边，就伸手在他脑门上重重地按了一下，揉乱了他的头发，然后拎起床头的衣服进了浴室。

两个人一个没睡醒，一个一身汗，匆匆擦肩而过，并没有交谈，可是忽然，让陆必行觉出了真实。他听见水声，然后伸手在方才自己放衣服的床头摸了摸，好像确认放在那儿的东西被拿走了一样，继而他俯下身，深深地嗅过枕头上的气息，想："他真的回来了。"

他终于一脚踩到了实地，如梦方醒。

林静恒洗完澡出来，还没来得及擦干头发，就被陆必行的目光钉在了墙上。这么长时间以来，林静恒第一次从那双充满压抑和痛苦的眼睛里看见更激烈的情绪，就像黑夜里突然跳起来的火花。

陆必行问："你那天去玫瑰之心，其实不是因为联盟和海盗的冲突，对不对？你是想回来，对不对……你为了什么回来？"

他昨天才刚刚追溯到自由军团到底是些什么人，通过蛛丝马迹，他感觉出了这个自由军团的主人很可能和林静恒关系匪浅，今天本该就着这个话题继续问，却按捺不住，自己打乱了顺序。

"对，我撞破联盟和自由军团的冲突是个巧合，塞尔维亚星的事被第一星系压住了，我们赶到了第一星系边界才知道那里出事了——第二个问题，"林静恒顿了顿，然后他说，"为了你。"

陆必行忽然弓起了后背，像一张拉满的弓，五官扭曲了一下，像是想哭，可又仿佛是忘了该怎么哭，痛苦地憋住了，额角的青筋都跳了出来，林静恒轻轻地拍着他僵硬而绷紧的后背，体会到了他那无声的、说不出也哭不出来的十四年。

（二）

整个银河城忙得昏天黑地。

就托马斯·杨没心没肺，到处玩得乐不思蜀。由于正式安排任命还没下来，涉密的军工和技术当然不能随意围观，但银河城附近的公共博物馆已经够让他流连忘返了。博物馆不是科普基地，它是为纪念内战而建的。但对一个资深的机甲工程师来说，单是坐着第八星系的机甲走一圈，就已经能大致估计出他们的深浅了，何况是真实的战争影像资料。

工程部派了个年轻人当他的导游，导游叫"怀特"，瘦瘦小小的一个年轻人，思路非常跳脱活跃，跟托马斯颇有些相见恨晚的意思。

托马斯夸他："要是在第一星系，你的水平够在乌兰学院拿个优秀毕业生。"

怀特浑不在意地说："不是说乌兰学院的优秀毕业生得拼爹吗？我爸不行，不过我念的学校，在第八星系也是最好的。"

托马斯好奇地问："第八星系最好的学校是什么学校？"

"星海学院，"怀特一挺胸，"校长是陆总长，第一个实验室系是湛卢，第一个校董是林将军。"

托马斯一开始连连点头，听到最后一位，不由得大吃一惊："这……贵校的财政情况……听着是不太宽裕。"

怀特一摆手："第八星系穷的又不只是我们，这几年才刚刚好一点——三卫卫队长，前面的东西你应该感兴趣，是内战里一些新技术展示，当然，只展览了民用的。"

托马斯·杨一样一样地看过去，叹为观止："别人打仗，文明都会倒退，你们这儿居然还有成果？"

"形势逼的，"怀特说，"陆总说了，第八星系最得天独厚的资源，就是自然行星多，那么多年，那么困难的时候，大家都在辛辛苦苦地维护行星生态，要真毁在我们手里，我们死后十万年都是罪人。当时工程部是陆总的嫡系，这些人被挑进来之前，本来就是各大人造基地和自然行星上负责维护的，都明白他的意思，'行星防御机制'都是他们那时候没日没夜赶出来的。"

托马斯说："才十几年啊。"

十几年前，外面的人嘲讽谁比较没水平、像文盲的时候，第八星系总要被拉出来遛一圈，十几年后，白银第三卫最好的机甲工程师，在第八星系脚下仰望成堆的光辉历史。

"从古地球时代公元纪年19世纪开始,很多伟大的变革甚至用不了十年。"怀特淡定地说,"我们也只是在自己的一亩三分地上挣扎着活而已。"

博物馆不大,很快走到了头,怀特说:"杨卫队长,跟你聊天非常愉快,你是我认识的第二个白银十卫卫队长,比图兰将军还投缘。"

"跟图兰有什么好投缘的,小心贞操不保,"托马斯一本正经地抹黑同僚,"改天给你介绍其他人……唉,其实没什么好认识的,白银一是假正经,无趣,白银四是将军的脑残粉,一天到晚就会拍马屁,白银六仿佛不存在,存在感约等于零,每次开会点人头,第一轮都得把他们错过去,白银十,那就是一帮贱人。至于白银九,跟他们老大一样,都不是什么好东西,军委扫黄打非的时候他们是重点关注对象。"

怀特一时不知道该怎么回答。

托马斯问怀特:"对了,你想不想见一见联盟白塔的第一任主人哈登博士?我们将军不知道从哪儿捡回来的,是个挺爱跟人聊天的老头。"

怀特眼睛一亮:"行吗?我们在学校的第一课,陆总讲的就是伊甸园。"

托马斯:"他今天出院,走!"

(三)

哈登博士因为年纪太大了,漫长的星际旅行后,他在医院住了半个多月,这天,林静恒亲自接他出院。林静恒态度一好,哈登博士就有种他"黄鼠狼给鸡拜年"的错觉,总觉得他不是又有事相求就是又心怀不轨。

及至听完了林静恒对陆必行情况的转述,哈登博士沉默片刻:"女娲计划在第八星系成功过,你确定吗?"

哈登博士脸上皱纹多得能遮挡表情了，身上任何一个部件都很迟缓，因此大部分时间看着都挺淡定，不过林静恒还是从他脸上捕捉到了恐惧。哈登博士这一辈子，简直就是见证人性多变的一辈子——所有的理想都腐烂变质，所有的朋友都背道而驰，所有的温情都别有用心，哪怕战后复苏的第八星系看起来再生机勃勃，他也再不敢信任这些机心万千的职业骗子。

林静恒假装没看见，用十分客观的语气说："凯莱亲王回到第八星系的时候，带来了一帮激进派反乌会，在启明星卫星爱玛三上做人体实验，其中被绑架的实验品包括第八星系前任总长和他的一干政府要员，这些人出逃到银河城基地，正好被我们碰见，我们都不知道他们感染的彩虹病毒是一个致病性更强的变种，在没有防护的情况下，曾经跟病人进行过肢体接触，也近距离对过话。之后我被变种彩虹病毒感染，但他没有。"

哈登博士吃了一惊，犹豫了一下，他问："这件事，你们当时有记录吗？病毒采样、病例之类……"

"有，除此以外，变种彩虹病毒的抗体是我们一起到反乌会老巢拿出来的，机甲上的军用记录仪记录的全部流程也可以给你看。"

哈登沉吟不语。空脑症对彩虹病毒的抵抗力比一般人更强，这个说法应该是基于激进派反乌会的实验数据，但数据还说了，只是强一点——就像青年实验品也比中老年实验品强一点一样，并不是完全免疫。

林静恒他们这些白银要塞的职业军人，各种抗体不知道用过多少，免疫力和一般人相比，几乎不像一个物种，同等条件下，他感染病毒而另一个人没有，这几乎是不可能的。不过话说回来，没准这也是林静恒编出来骗他的，反正第八星系是他的地盘，他怎么编都有人接着圆谎。

哈登博士提心吊胆，用眼角扫了林静恒一眼，十分保守地说："年代太久远了，关于女娲计划和人类进化，我是取得过一定成果，但那么庞大的资料已经销毁，我又不习惯使用辅助记忆的工具，不可能都装在脑子里。"

林静恒："如果是真的，芯片对他的伤害会不会比一般人小很多？"

"那取决于芯片是什么芯片，"哈登博士谨慎地回答，"理论上，如果彩虹病毒把他的身体改造得很完美，他就能在芯片刺激下安全进化，甚至没什么伤害。"

林静恒绷紧的嘴角略微放松了一些。湛卢说过，陆必行早年拿自己实验生物芯片的时候，取出来放回去，放回去又取出来，来回折腾过很多次，他对生物芯片应该是了解的。可是这口气还没来得及松下来，哈登博士又小心翼翼地问："你说你见过一个合成的'鸟人'，这是真的，还是也是骗我的？"

林静恒："真的。"

哈登博士问："那这个鸟人过得好吗，后来他怎么样了？"

林静恒的眼睛里有阴云闪过。

这个鸟人过得不好，一生都在颠沛流离中挣扎，他有一个品相颇佳的人类灵魂，但是从未得到过为人应有的尊严……一天都没有。后来他死了，而直到死，他也没有一个除"鸟人"之外的正经名字。

"那么我想你明白我的意思了，"哈登博士说，"不管他身上的芯片安全不安全，如果你不想让他的命运变成我和那鸟人的合集，这个秘密就应该被埋进黑洞里。"

林静恒的手指倏地一紧。

两人一坐一站，相互沉默良久。

不知过了多久，公寓的智能门自动提示，这一层上来了两位客人，从监控里能看见托马斯·杨和怀特。

哈登博士声音几不可闻地说："不可以考验人性啊，将军。"

林静恒深深地看了他一眼："那么您有没有意识到，说出这句话的您，以后即便在第八星系，也不会有任何自由？"

哈登博士笑了一下："自由的灵魂比天然宜居行星还要稀缺，人人都在画地为牢，只是有人牢房大一点，有人牢房小一点，有人坐牢也坐得没心没肺，有人清醒过来，就痛苦一些……除此以外，本质上都没什么分别，反正我这一辈子，也从来没有自由过。你林将军再怎么样，也不至于虐待我一个黄土快没顶的老东西吧？"

林静恒没接话，过了一会儿，他近乎彬彬有礼地说："我让他们在我家附近给您安排一个住处，生活上有什么不方便的，可以随时让湛卢过去照顾。"

哈登博士看着他，林家兄妹在沃托长大，都很会说话，然而都是在有事相求的时候才肯放低姿态、好好说人话，不过相比林静姝那种让人毛骨悚然的阴冷和喜怒无常，林静恒浑蛋得好像还更坦荡一点。老博士半带挖苦地对他说："我还有这种荣幸吗？那真是劳将军费心了。"

林静恒不跟他一般见识："您今天有空吗？晚上可以去我家做客，先见他一次熟悉熟悉。"

托马斯·杨带着怀特找到老哈登的住处，正好听见这一句。

"我们家将军也在，"托马斯一边兴高采烈地伸手敲门，一边回头对怀特嘀咕，"去他家能见谁，湛卢吗？"

怀特脸上带着尴尬又不失礼貌的微笑，回答："可能是……是那个'工程师001'吧？"

托马斯感觉这称呼听起来像个人工智能的编号，不过意外符合他们家老大的孤僻气质，于是说："我认识他这么多年，将军都没带我们去过他家，一点也不平易近人，不过沃托那个权贵集中营我兴趣也不大，这回可要好好参观。"

（四）

被托马斯念叨的"工程师001"陆必行在近地机甲车上打了个喷嚏。

天还没亮，他就被薅到银河城指挥中心开会，连轴转了一天，傍晚才把这些人应付得差不多了。银河城指挥中心有一帮没家没业的工作狂，没日没夜起来，跟陆总长十分臭味相投。然而今天陆总长不想跟他们同流合污了，处理完紧急事务，他几次借着出门倒咖啡的机会想溜走，都被门口排队找他的人堵了回去。

陆必行感觉自己像游戏里的热门副本"boss"，被人组着团地来回刷。

终于，在天完全黑了以后，陆必行找到个机会从后门溜了，打卡锁门一气呵成，不料到私人机甲车停车场一看，统筹规划部的负责人已经在那儿守株待兔了，陆必行掉头就走，做贼似的摸上了通往银河城区的公共高速机甲车。

高速机甲车在真空轨道里穿行，窗外看不见风景，只有仪器里光怪陆离的光来回闪烁，周围的乘客都是加班晚归的指挥中心工作人员，一个个带着疲惫，各自发呆，居然谁也没注意到他。

整个车厢安静极了，只有陆必行仿佛吃多了兴奋剂，像个期待春游的小学生。

他有很多年没期待过"回家"了，每次从这条轨道里穿过，都是他已经把别人熬得熬不住了，大发慈悲放他们回去休息，自己一个人拖延到实在没事可做，才百无聊赖地回去听湛卢唠叨，也是一路闭着眼的，直到这天，他才发现，原来轨道里的信号灯光有八种不同的颜色，万花筒似的，两侧轨道上一个投影画面和机甲车保持相同的速度，放的是机甲车上安全注意事项的宣传片，非常有幽默感，陆必行每次都熟视无睹，还是头一回盯着完完整整地看完，竟颇有新鲜感。

不到两分钟的宣传片放完，机甲车长叹一口气，正好到了站。

陆必行跟着人群走下站台，看了一眼时间，知道林静恒应该已经回家了。这念头一起，某种说不出的期待感从他脚下升起，在居民区的小路上，随着他的脚步缓缓上升、不断膨胀，及至他看见自己家的灯光时，觉得自己已经被那吊在头顶的期待感拉着双脚离了地。

他也不是想干什么、有什么计划，单是无目的的、纯粹的期待。

然后期待的气球在开门的一瞬间,"啪叽"一下破了……他家里好像正在举行派对。

怀特抱着湛卢的爆米花,第一个站起来朝他打招呼:"老师,我又来了,管饭吗?"

陆必行:"……"

(五)

在陆必行印象里,除了工程部那帮人跑来帮他修复湛卢的那一回,他们家就没这么拥挤过。

不大的客厅中间因为有一把轮椅,空间显得局促了起来,沙发上倒是可以多坐几个人,但因为林将军待客之道别具一格,他自己大马金刀地在中间坐了,其他人,除了站不起来的哈登博士,谁也不敢靠近沙发。

白银十卫几个卫队长在他身后站成一排,都很高,一个比一个站得直,一照面,压迫力十足的气场扑面而来,陆必行感觉他们可能下一秒就要出门砍人。怀特拽着快要吓厥过去的爆米花不让它跑,远远地吊着脚,坐在吧台旁边,跟白银十卫中站在最边上的那位窃窃私语。

陆必行一推门,林静恒身后这几位天兵天将似的白银十卫骨干就都站直了,探照灯一样的目光齐刷刷地落到他身上,接着,整齐划一地冲他敬了个礼:"陆总长!"

陆总长别无选择,只好用尽涵养,挤出了一个温文尔雅的微笑,听见自己的声音穿过牙缝,磨下了足足二两重的牙釉质:"欢迎。"

林静恒本打算叫哈登博士来认个人,以便以后拴在身边研究芯片,谁知道托马斯·杨那根不会看人脸色的搅屎棍就这么直接闯了进来,死皮赖脸地跟着来不说,还呼朋引伴,眨眼就给他这位并不打算请客的主人攒了个局。

"都坐啊,怎么都跟罚站一样?"陆必行走进来,先是从怀特手里解救了爆米花，目光又扫过白银十卫，落到图兰身上时，两人意外对视了一眼，又同时默契而别扭地移开视线。

然而林静恒不发话，白银十卫没人敢坐。

陆必行一低头，看着他们家那位大爷，一时不知道该说他什么好。

林静恒这才大发慈悲："对啊，都坐吧。"

"稍息，"李弗兰说，"坐！"

几个卫队长于是围着沙发一圈，以同一个姿势席地而坐，一起抬头仰视陆必行，让他一瞬间觉得自己好像该发表个什么即兴讲话。

白银十卫跟过陆信，虽然不像陆信带出来的旧部那么亲近，也多少有一点香火情，对这位在玫瑰之心绵里藏针、一人扛了两方势力的总长印象很好。托马斯指着身边的人，笑嘻嘻地给他介绍说："总长，我是白银第三卫的负责人托马斯·杨，那边抄袭我脸的是我弟弟泊松，我们俩虽然长得像，但很好区分，长得丑又爱臭着脸的就是弟弟。"

陆必行客气地给了他一个"久仰"的表情，心想："哦，就是天天死缠烂打被画叉的那位，裁军下岗的第一候选人。"

"旁边这位是第一卫卫队长李弗兰，白银一主要负责情报工作，您以后要小心提防他。联盟以前有个叫叶芙根妮娅的女神经病，抱管委会大腿，还老来骚扰将军，后来被爆出了好几个丑闻才消停——据说这件事就是李卫队长的丰功伟绩。"

林静恒闻言有点意外，偏头问第一卫卫队长："你干的？"

"不是，"李弗兰面不改色地否认，"总长，请问第八星系对诽谤的界定是怎样的？"

托马斯"啧"了一声，这时，李弗兰右边的一位站了起来，这人的脸，从尺寸上来看，是个"小户型"，五官却很大，摆布不开似的支棱着，一笑一口森森的白牙，看着让人有点瘆得慌："我自己介绍，我是白银十卫卫队长，罗伯特·拜耳，突击、断后、偷袭、暗杀，都是我队业务范围。"

托马斯："是啊，反正正面战场从来找不着你。"

陆必行："……"

他现在有点理解，为什么图兰以前三天两头要撺掇林静恒裁掉白银三，这位卫队长实在是太欠了。

"我是白银第四卫的阿纳·金，您可以叫我'金'，"说话的男人不知祖上有什么血统，发色很深，肤色也深，一身小麦色，在一帮面色苍白的太空军中显得格外扎眼，他长着一双自然弯的桃花眼，眼角和声音里都像是压着一股笑意似的，说话像一阵柔和的风扫过，"我只是个代理卫队长，白银第四卫的卫队长在一次被海盗围困时阵亡，我们以前是主力军之一，很遗憾，现在剩下的人太少，恐怕要被并入其他卫队了。"

阿纳·金一段话把众人都说沉默了。

林静恒温声说："没关系，白银四可以重组。"

阿纳·金看向林静恒的时候，眼角弯曲的弧度更明显了，简直像是要把林静恒装进去。

陆必行："……"

这男的刚才还一本正经，原来也不是什么正经人！

"白银第六卫柳元中，如果下次您忘了我叫什么，尽管随意再问，反正我们都习惯了。"托马斯正要说什么，第六卫卫队长眼明嘴快地堵了回去，"白银第六卫也是主力军之一，不是将军捡来的，也不是路过打酱油的。但是将军，第八星系的军工产业这么发达，我们有必要专门养一帮假装自己懂技术的修理工吗？"

托马斯习以为常地一耸肩："反正针对我们白银三，在一些扎堆抱团的小团体那里是政治正确。"

众人几乎异口同声："我们只是针对你。"

托马斯："……"

然而三卫卫队长心理素质颇佳，也就是没皮没脸，被人当众孤立也一点都不尴尬，十分愉快地对陆必行说："庸人和俗人都这样，遇见比他们有才华的就受不了，习惯就好，对吧陆总长，这一点您肯定特别有感触——我们还是刚来的时候匆忙见了陆总长一面，听说您一直很忙，怎么，今天将军把您也请来了吗？"

陆必行："……"

所有人诡异地沉默了，集体扭头去看泊松，泊松的坐姿不动如山，一脸四大皆空，就想知道第八星系哪个废品站能低价收走这个亲哥。

林静恒一低头，掩去嘴角一点笑意。

白银十卫，几乎就是林静恒在白银要塞三十年的符号，是他的手足与利器、亲人与家人，陆必行在这些人的围观下，仿佛忽然回到了北京β星的星光穹顶下，他一肚子奇谈怪论没来得及和学生们倾吐，就被突然进来的"四哥"惊得彻底忘了词，后脊生出一层热气腾腾的薄汗，还得佯作镇定，假装自己游刃有余。真是奇怪，不知道是不是因为和林静恒有关系，那些本以为忘了的记忆，就像是藏在水底的珠子，有一根看不见的细线拴着，只要摸索到线头，一提能提起一串，连尴尬都圆润美丽。

湛卢指挥着移动餐车自己开过来，机械手熟练地干起端茶倒水的事，托马斯对湛卢抖机灵："哎，湛卢，所以你以前做机甲核的时候就叫'湛卢'，现在当电子管家，于是就改名叫'工程师001'了吗？你还怪讲究的！"

湛卢递给他一杯水果茶："我没有。"

陆必行干咳了一声："……'工程师001'是我。"

托马斯一口茶水全贡献给了自己的前襟。

李弗兰唯恐智障传染，连忙不动声色地和他拉开了一点距离。

陆必行："爱德华老总长刚成立新政府的时候，手里可用的人不多，第八星系的工程部是我组建的，所以当时我用了'001'的编号……"

陆必行说到这里，接不下去了，他从众人的眼神里看出来，这帮人在跟他说，"没有人关心你在工程部的排号，我们正秉承着星际八卦精神，津津有味地等着听你解释，为什么这房子叫'林将军和工程师001

的家'。"

"我……"陆必行卡了一下壳,对上林静恒的目光,林静恒冲他挑了一下眉,事不关己似的,坐等看他怎么说,好似隐约带着点促狭的意思,陆必行一直看进他眼睛里,忽然好像被什么蛊惑了一样,脱口说:"……我等了这个人十四年。"

林静恒一愣,脸上那点促狭消失了。

陆必行听见自己动脉不断跳动的声音,跳得太急切,几乎有些聒噪。他缓缓地呼出口气,好像刚刚叫破了一个噩梦,一直在旁边寡言少语的图兰眼圈红了。

林静恒叹了口气,冲他伸出双手:"必行,过来。"

陆必行不理会他,伸手揪住了林静恒的领口,在众人或惊恐或震惊的目光下,一把搂住他。

除了图兰,一帮白银十卫谁也没见过这种世面,集体将脖子抻成了狐獴。

阿纳·金喃喃地说:"是不是来个人帮我压一下我们前卫队长的棺材?"

拜耳隔着李弗兰,伸长胳膊戳了如遭雷劈的托马斯一下,手指间很贱地藏了一根针,托马斯·杨猝不及防,"嗷"一嗓子原地起跳,拜耳点点头,感慨万千地对李弗兰说:"看来咱们不是在做梦啊李兄。"

怀特小心翼翼地拉出一张纸巾给图兰,一直没吭声的哈登博士冷眼旁观,下意识地笑了一下,继而目光忽然变得悠远起来。

三百多年的一生,记忆一路走、一路丢,和无数人生离死别、分道扬镳,建过功业,犯过罪,临到老时,想起的都是那刹那的光景,一个画面或是几幅剪影。哈登想起自己年少的时候,沉迷于书本,是个两耳不闻窗外事的书呆子,找个没人的角落一缩,就能消磨掉一整天的时光,同龄人都和他没什么话说,只有伍尔夫总来找他。少年哈登看自己的书,少年伍尔夫就把他当成个树洞,有一搭没一搭地倾诉少年情怀,谁也不干扰谁。

偶尔，哈登从自己的世界里暂时退出来，晃一晃耳朵，发现左耳倒出来一打"林格尔"，右耳又倒出来一打。林格尔公开求婚的那天，哈登罕见地没有低头看自己的书，陪伍尔夫喝了一夜的劣质啤酒，听他颠三倒四地来回说"我很为他高兴"。

旧星历时代，严酷的阶级就像经久的化石，强权者用无处不在的人工智能监视着所有人。他们这些叛逆者的后代，在凶险的夹缝里学着开机甲，疯狂地迎风成长，不要命似的探索那些未经开发的不知名行星，很多人走了再也没有回来，而每一次重新见到彼此，都会像失散多年的亲人那样热泪盈眶。那些方寸间能透进肺腑的喜怒哀乐，都曾经真挚得像钻石，在漫长的黑暗里流出火花一样的光，虽然很快杳无痕迹，但在那一秒，是隽永的。

回过神来的白银十卫唯恐天下不乱地闹腾起来，托马斯撺掇怀特去看看工程部和他那几个同学都谁在启明星上，一起叫过来开个私人派对。陆总长的情绪平息下来，真的很想把这些不速之客都轰出去，可是林静恒就跟故意的一样，偏不发话，总长和爆米花一样委屈，还得强颜欢笑地招待他们。

哈登看着这些对他来说有些陌生的年轻人，摸了摸湛卢的机械手。

他想：可是那些人都去哪儿了呢？

第八章 纯白之地

林静姝心不在焉地点点头,目光落到了一片纯白的区域——独立第八星系。

(一)

沃托。

暮色四合,保存完整的森林中,仙境似的灯光开始成片地亮起来。

医生们匆匆忙忙地进出元帅府,不时彼此小声交谈着,王艾伦迎面走过来,礼貌地朝他们打招呼:"晚上好。"

"晚上好,秘书长。"

王艾伦:"老元帅今天怎么样?"

从五年前开始,伍尔夫就不再使用机械的医疗舱了,他有一支专业的医疗保健团队,只服务于他一个人,每天也只有一个目标——让他在所有人面前神采奕奕,不露出疲态和老态来。

"还不错,山区的气候很适合老年人。"一个医生说,"但他毕竟已经快三百二十岁了,现在有几个迹象,我们怀疑他出现了波普的先兆,秘书长,您看,需不需要和老元帅沟通一下,请他以后尽量少参与星际旅行,少乘坐机甲车之类的交通工具?"

波普崩溃，倘若只是先兆，或许还有点希望，但崩溃一旦开始，就是已经上了死神的黑名单。

王艾伦有些心事重重地一点头，送走了医生们，匆匆朝后山走去。

这是山区，离众人扎堆住的地方很远，翻过一座山，背后就是乌兰学院。因为府邸建得早，半山腰上有块地方也是伍尔夫家的，没有受后来沃托的限高政策影响，是沃托稀有的可以登高望远的地方。沃托沦陷前，这里就是伍尔夫的府邸，重回故地后又修整了一遍，植被修剪得很有艺术感，呈现出一种温和整洁感。

王艾伦从登山电梯上下来，果然在半山的小亭里找到了伍尔夫。

"那里以前是陆信家。"伍尔夫听见脚步声，没回头，伸手一指——十几公里外的地方，是遥远的山谷，山谷风景很好，地势优美，联盟议会大楼就建在那儿，也是个扎堆的权贵住宅区，从半山上，能看见影影绰绰的建筑物，老元帅对王艾伦说，"我记得他们家的花园老弄得里出外进，跟狗啃的一样……小蔚家更远一点，不在那个山谷里，看着就规整多了，不过那里空了很多年，后来他们把那地方分成了两半，给了那两个孩子。可是林家的这两个，一个在管委会，一个在白银要塞，谁也不回家。"

王艾伦顺着伍尔夫的目光看了一眼："元帅，您记错了，林蔚将军比较稳重，做事中规中矩，所以他们家在中央区山谷里，离议会大楼不远，陆将军才是那个搬得远远的人。"

伍尔夫一愣，脸上露出一点困惑："是吗？我老糊涂了？"

"元帅，"王艾伦把一块芯片放在伍尔夫手边的石桌上，"这是当时陆信将军死后，陆夫人出逃第八星系的全部资料，包括追兵军用记录仪上的影像。"

伍尔夫"嗯"了一声，目光没离开远处："眼花了，看得慢，你跟我说说。"

"是，首先，这件事我们当年就论证过，陆夫人存活的可能性非常低，但也并不是没有，"王艾伦一弯腰，在他耳边说，"她，或者她的尸体，后来被一个神秘人物劫走，能在追兵眼皮底下劫人的，一定是第八星系的地头蛇，这个人得消息灵通、胆大包天，手里还得有一定的非法武装，而且是陆信拥趸，我们曾经评估过，嫌疑人不多，这个'独眼鹰'就是一个，军用记录仪上拍到了他使用的机甲，虽然经过伪装，但速度、偏转角之类的信息很全，一查就知道。"

伍尔夫问："后来没查吗？为什么？"

王艾伦顿了顿，把腰弯得更低："是您当时对管委会大发雷霆，质问他们说人都死了，湛卢也拿回来了，他们还要赶尽杀绝，是不是还要株连九族……元帅，您不记得了？"

伍尔夫眉梢一动，沉默了好一会儿："是啊……太久远了，跟上辈子的事一样，还有吗？"

"另外，林静恒早年曾以追杀星际海盗的名义去过第八星系，我查过他的行程表，回程经过凯莱星附近时，有一段时间是空缺的，指挥官在非紧急情况下脱队很正常，会客和娱乐都有可能，但您知道，在静恒身上，这两种情况实在都不常见。"

"你是说他可能去见了这个军火贩子。"

"也许，我认为他有可能早就知道这个孩子的存在，他在玫瑰之心脱逃后，曾在第八星系逗留过五年之久，第八星系有什么值得留恋的？而且我还注意到，这位陆总长当时发给杜克将军的那份基因检测报告，检测的是脑部基因，这不常见啊，元帅，倒不是技术问题，但……DNA技术还是古地球时代的产物，地球人被当时的科技水平限制，用的都是一些可以轻易脱离人体的体表细胞，这个传统一直沿用至今，为什么他会用大脑细胞？"

伍尔夫缓缓地回过头来。

王艾伦说："反乌会内部资料记载，他们曾经在第八星系重启过一次女娲计划，时间刚好是那时候。最后，元帅，我还记得，当年我们从霍普的个人终端上提取第八星系的情报，除了那个周六以外，还有一个很有意思的信息，这个陆总长——陆必行，曾经暴露在高致病性的变种彩虹病毒下几个小时，没有一点感染迹象，您想到什么了？"

伍尔夫听完王艾伦的长篇大论，先是定定地看了他片刻，随后把脸转向了山谷的方向，半天没吭声，他一双眼皮老出了四道褶，没力气睁开似的半垂着，似乎是已经睡着了。

王艾伦在旁边安静地等待。秘书长本来就是个有耐心的人，这几年来，更是越发深沉不急躁了，听命执行，适时搭话，伍尔夫让他说，他就有理有据地说，想听什么，他就说什么，伍尔夫有任何一个神态或者动作让他闭嘴，他就坚决闭嘴——非但闭嘴，连眼也一起闭上，就像他从来没有好奇心，也没有表达欲，只是个和人长得很像的人工智能。

假如伍尔夫真就这样中途睡着了，王艾伦也可以若无其事地替他拉下半山小亭里的保护罩、盖好被子、调好温度湿度，把元帅府里的一切安排得妥妥帖帖后走开，就好像他只是来打壶酱油报个到，温良恭俭、谨小慎微，丝毫也不在意自己的"真知灼见"被怠慢。

很多自以为聪明的庸人，想要克制自己的表现欲尚且不易，何况是王艾伦这样一个充满野心的人呢？然而他滴水不漏地做到了。

伍尔夫大概"断片"了有五分钟，才忽然开口，他说："别再打第八星系的主意。"

王艾伦的眼神轻轻地闪动了一下，轻声解释道："元帅，联盟大一统、人类无国界，已经三百年，他们突然自称独立，恐怕……"

"我知道你想说什么，"伍尔夫打断他，"你想说，第八星系的这帮叛军，现在有可能已经得到了完整的女娲技术，他们能自由穿梭虫洞，但我们这方面的理论还是空白，等于是他们单方面地打通了往来通道，所以有恃无恐，敢公然叛出联盟，变成了玫瑰之心的不安定因素。"

王艾伦一抿嘴："我是有这方面的担心。"

"艾伦，我们好不容易才铲除掉这层有毒的土壤，拨乱反正，重新栽下树苗，那就要好好养大它，而不是整天惦记着要砍邻居的树，第八星系不独立的时候，也没见你们拿他们当过自己人啊。"伍尔夫低声说，"人类无国界，人类社会就很容易失去层次感，发展停滞，陷入某种社会性的'幽闭恐惧症'，不见得是好事。这是林静恒十四五岁的时候就明白的道理，你现在还要我教吗？一个虎视眈眈的邻居，对战后刚复苏的联盟未必是坏事，我们现阶段最大的敌人，是自由军团的这个新型星际恐怖主义。"

王艾伦听他又提起林静恒，心里就不太舒服，也觉得伍尔夫可怜，再怎么杀伐决断的厉害人，原来一旦老了，也得受生理因素影响，身体的气血不足，这人就容易变得黏黏糊糊，这会儿准是又念起那堆陈芝麻烂谷子的旧情了。

这些人的"旧情"，就跟蟑螂一样，好不容易狠心除他个干干净净，过一阵子又死灰复燃、卷土重来。

王艾伦想："没完了。"

但他并不跟伍尔夫顶嘴，觑着伍尔夫的神色，他以退为进，感慨说："是啊，静恒……静恒确实是百年难遇的天才，我再没有见过第二个人和他一样，能永远创造奇迹，时隔十四年，他居然还能重新收拢白银十卫，假如他是战友，简直让人听见这个名字就能松口气。而且他居然在玫瑰之心就这么走了，有情有义，我这一阵子也一直在反思，元帅，当年第七星系撤退的时候，是不是做得太绝了，如果他还在联盟，还能为我们所用……"

伍尔夫轻轻地呵出了口气："他那不叫'有情有义'，艾伦，他或许有情义，但最多就一盎司、一口而已，怎么会被你看见？他只不过是向局势低头而已。"

"十四年前那个局势，如果林静恒不是被困第八星系、消息不够灵通，如果白银十卫不是太恪守他们的自由宣言、被堵在路上，如果林静恒早看见了禁果的名单，那他当时一定会出手，让我们这些人身败名裂，让联盟死个彻底。民众仰慕一个强有力的军事首领，中央军于情于理会追随他，反乌会内部本来就是分裂的，哈瑞斯也未必愿意做他的敌人，光荣团虽说占领了第一星系，也是被困在了第一星系，解决他们不是难事——就连林静姝，也很可能会因为顾忌他，而转入地下活动，避免与他正面冲突。那个瞬间，人类未来的命运，是拴在林静恒手指尖上的，我们在和天争命，不想全盘皆输，就必须忍痛除掉他。"

"现在不一样了，现在联盟与中央军携手固若金汤，战争也结束了，林静姝只是个丧心病狂的反社会犯罪分子，他能挽狂澜的机会过去了，只能默认这个结果。"王艾伦把头低得更谦卑，"还是元帅看得清楚。"

"我再告诉你，林静恒既然在玫瑰之心保持沉默，他就会在他有生之年也保持沉默，至少一代人、两百年之内，第八星系与联盟还是打断骨头连着筋的友邻。大航海时代预言说，五年一个小变革，十年一个翻天覆地的大变革，第八星系可以变革，那么只要土壤合适，联盟为什么不可以？大家相安无事，互为威胁，也互为退路，这样不好吗？"伍尔夫说这话的时候，眼睛里再次流露出慑人的光，一点也不像三百二十多岁高龄的模样，而且思路非常清晰，完全听不出方才什么都想不起来的糊涂劲，"艾伦，人可以有野心，但不能太膨胀，要知道克制啊！"

王艾伦诚恳地称是，但背在身后的手指缓缓收紧，攥紧了拳头。

伍尔夫按着拐杖站起来，王艾伦连忙上前来扶。

这时，伍尔夫鼻翼一动，喃喃地说："黑郁金香的味道……我的'夜皇后'开了？"

王艾伦的眼轮匝肌轻轻地收缩了一下，很快恢复原状，面不改色地说："啊，有吗？"

"是夜皇后开了，夜皇后开花，就该到他的忌日了。"伍尔夫说，"碑林修好了吗？我要去看看他，明天就去。"

"林帅？"王艾伦故作莫名其妙地问，"元帅，林帅的忌日是4月份的事啊？还很远呢，您忘了吗？"

伍尔夫眼睛里慑人的光重新混浊暗淡，茫然地看了王艾伦一眼，好一会儿，才似乎吃力地回忆起来："嗯……对……奇怪，我怎么说着说着又糊涂了呢？"

王艾伦好像毫无心计地笑了起来："您啊，日理万机，每天考虑的事太多，想问题都是从整个星际社会出发的，这些小事都是我的本职工作，您都记得清，我不是要失业了吗？来，注意脚底下，慢点。"

　　元帅府里的灯光缓缓调暗，只有路灯和外围装饰性的灯光还亮着，王艾伦孝子贤孙一样，照顾着伍尔夫睡下，自行离开，此时已经接近午夜了。

　　王艾伦以前住在伍尔夫家里，以便随叫随到。但联盟中央重新夺回沃托之后，王艾伦就不再是伍尔夫的私人秘书了，他升职为联盟议会的秘书长，以前这个位置一直由伊甸园管委会把持，上一任秘书长还是格登家的人，娶了沃托第一美人林静姝，就算军委那些眼高于顶的上将见了，也都得礼让三分。

　　然而王艾伦这个秘书长却做得很谦卑，在繁忙的公务之余，依然没忘了老元帅，隔三岔五往元帅府跑，偶尔军委有些没眼色的蠢货还把他当那个小秘书，他也浑不在意，得了志也不忘本，很拉好感。

　　王艾伦定下行车路线，车子自动开到空中车道上，匀速平稳地往回走，一个声音在他个人终端上响起，带着不自然的机械沙哑声，又是个变声器："'老狮王'怎么说？"

　　"'老狮王'的獠牙摇摇欲坠，我看他都撕不动生肉了，还能怎么说？"王艾伦冷冷地一笑，"他想姑息枕边的这条蛇，假装他们不存在。又要玩'友好邻邦'游戏，就好像当年下令斩草除根的不是他一样。"

　　"一点都不意外，"那个变声器里的声音说，"不过这也没什么，毕竟是土埋到头顶的人了，别急，艾伦——友好邻邦就友好邻邦，友好邻邦迟早有正常邦交，如果没有，我们就制造一个给他，独立星系不可能永远是个无缝的蛋。"

　　王艾伦脸上阴霾一闪而过。

　　这时，变声器里的人又问："怎么样，我的'夜皇后'，他还喜欢吗？"

王艾伦脸色一缓："啊,那确实是个小奇迹……你怎么搞出来的?"

变声器里的人笑了一下,声音很刺耳,沙哑而机械,根本听不出男女,可这人一笑,又有种掩盖不住的缱绻尾音,卷卷曲曲的,撩人耳朵:"术业有专攻,你们大人物啊,每天脑子里想的都是导弹、机甲之类冷冰冰的东西,从来不关心里面的人,好像太空战争中个人素质无足轻重似的。我呢,没有本事和你们军委直属的军工产业竞争,想要点武器防身,也只能靠买,我只是比较喜欢搞一点毒药啊,致幻剂之类的小玩意儿。不过话说回来,在你们实现战争自动化之前,机甲什么的,不也是要由人来指挥吗?那我们就合作愉快了,王秘书长。"

王艾伦的嘴角轻轻一动,"秘书长"三个字打动了他,在只有自己的车里,他终于不加掩饰地露出了自己狰狞的贪婪。

（二）

塞尔维亚星之所以能轻易被自由军团挟持,主要是星球驻军里有注射过"鸦片"的内应。然而绑架事件后,它和周围几个小行星、附近的人造空间站里,秘密鸦片芯片的使用人数却居然开始缓缓上升。以前,鸦片被认为是伊甸园的非法代替品,加上联盟的宣传,大部分人都知道这是毒品,不敢碰。可是小行星被绑架的时候,他们发现,自己身边居然就有自由军团的海盗,而且这些注射过芯片的人,往往是平时看起来精力最旺盛、最自律、情绪最稳定的"精英"。这和通常印象里的"吸毒人员"完全不一样。

当时,塞尔维亚星上生活物资储备告急,得到了内部消息的精英人士们恐慌奔逃,乘坐的星舰在大气层外被打下来不少,但更多的地面民众没有逃亡意识,甚至都不知道行星上物资紧缺。对这些浑浑噩噩的民众来说,"绑架"他们的海盗当时只是控制了小行星上的行政和军事机构,还挨家挨户上门致歉,留下了点小礼物,很多人都是稀里糊涂地得知自己被绑架，然后稀里糊涂地跟着跑上星舰，又稀里糊涂地因为白银十卫搅局而被放走。

一个说法悄然以塞尔维亚星为中心，扩散开，说自由军团被打成"海盗"，实际是联盟的阴谋，"鸦片"也并不是毒品，而是一种伊甸园的升级版，能促进人类进化，是政府不允许无法控制的进化人产生，才这样蒙蔽民众。

"主人您看。"一个研究员模样的"白大褂"打开一张巨大的星际缩略图给林静姝看，上面所有人类活动区都被标上了颜色，由白到粉红、正红、深红、红棕等等，逐渐加深，最后靠近黑色，颜色越深，代表鸦片普及率越高，"少量白色区域是一代芯片的普及率3%以下的地方，暂时需要蛰伏和期冀，玫红色区域则是普及率超过8%，会在当地形成一定氛围，8%是个很神奇的数字，我们发现，一旦超过这个阈值，芯片的普及速度会有一个飞跃式的提升。红棕色是普及率超过30%的地方，超过30%，往往意味着我们已经实际控制了这块地方，而黑色区域，则是该地区有二代或以上的芯片人，这片区域里的人们自愿加入我们自由理想国的秩序中，能更换永久芯片，是我们的公民。这是理想状态，目前这种进入理想状态的区域都在比较边缘的地带，我认为我们未来一段时间的重点，可以不用急着扩展黑色区域，将重点集中在玫红色及以上区域中，让尽可能多的地方染上红棕色，这样一方面更安全，另一方面，也能带来更多的经济效益。"

林静姝心不在焉地点点头，目光落到了一片纯白的区域——独立第八星系。

"你家里人没教过你，做人不能永远藏头露尾吗？"

"混账，你非来我这儿找死吗！"

那人的声音在她耳边不断回响，林静姝垂在身侧的手陡然收紧，指甲嵌进了肉里。

纯白的第八星系，启明星上星光如瀑。

林静恒在石像前驻足片刻，看着陆信那张熟悉的脸，眼神很平静，广场对面的小酒馆生意依然兴隆，十几年前，他和那个鸳鸯眼的臭脾气波斯猫一起喝过一杯酒。

当他看过去的时候，仿佛又看见独眼鹰那双时刻在挑刺的眼睛，在陆信身边，穿过十几年的光阴，把他从头挑到了尾，好像在跟旁边的石像告状："你看看，你养的什么破玩意儿，勾搭跑了你那没见过面的宝贝儿子。"

十五岁的林静恒得知陆夫人怀孕的消息，心情十分复杂——他这么大一个人，乌兰学院都念了一年，自然不好意思承认怕一个没出生的小孩子分走陆信的宠爱和注意力。

可是大孩子也是孩子，再不好意思承认，他有这种心理也是事实。

少年林静恒满心孩子式的忧虑，没能从陆夫人执意要自体怀孕的决定里，读出大人们对这来得不是时候的孩子的隐忧，只是别别扭扭地对陆信说："可别生个跟你一样烦人的。"

如今已经变成石像的陆信笑而不语，一脸揶揄。

我就生了个跟我一样烦人的，你能怎么样？

还不是一样得喜欢他？

气死你。

卷五　破碎之塔　完

卷六
玫瑰之心

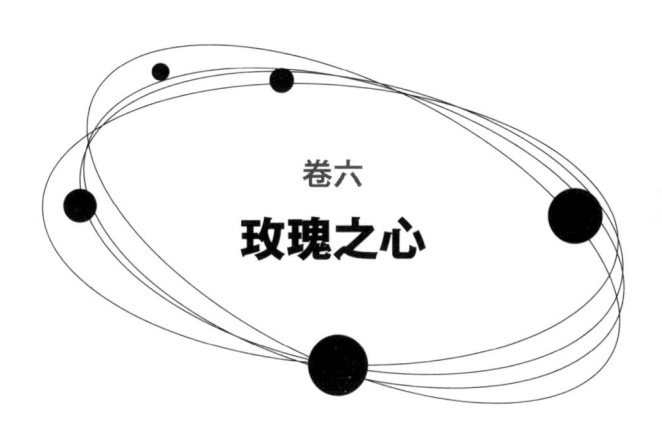

他们一个接一个地被命运穿在一起，
终于酿成了一场海啸，轰然淹没了八大星系。

第一章　暗潮

"我会让他们知道，伍尔夫老了，陆信的石碑就算重建，也只是个石头做的，我会让他们知道这是谁的时代。"

（一）

启明星，半个独立年，够做些什么呢？

湛卢的变色龙还没能绕着房子爬完一圈，爆米花的蛇胆直径没有增长一毫米，家里那位新"室友"脸色一沉，它还是得瑟瑟发抖。而启明星两个季节方才轮回过一次。

林静恒正式出任第八星系最高统帅，这么一听，仿佛他是要升官发财、走上人生巅峰了，不过要以地盘面积算，林上将以前在白银要塞统率的是联盟八大星系的所有驻军，随便说句话能被解读出一千种"言外之意"，这会儿"八大星系"变成了"第八星系"，他差不多是从中央总司令降级到了老少边穷地区当保安队长，下班坐银河城基地的公共班车回家也不会引人围观。

半年时间毕竟有限，紧赶慢赶、人事调动，工作交接还没完全理顺，一切才刚刚走上正轨。

重组的白银第四卫还是没能通过林将军严苛的标准，年中演习"比武",又被昔日同僚欺负得落花流水,阿纳·金让林静恒单独拎走收拾了一顿,之后喜获同僚们幸灾乐祸的围观,一度成为人群焦点,让第六卫卫队长看得十分向往——统帅每周一例行训人的时候,往往会因为想不起来而漏骂白银六,六卫的柳将军总觉得自己不受宠。由于总长和陆信将军是父子的传言,第八星系重新掀起了"陆信热",杜撰陆信将军的电视剧半年内上映了三部,至今还没有要过气的意思。而陆必行半夜惊醒的毛病也还没好利索,每每惊慌失措地乱找一通,回过神来,再假装若无其事地给林静恒压一压被子,不过刚开始,他是一宿惊醒两三次,现在差不多两三天才会有一次,时间像落下的水珠,杳无痕迹,但成百上千次后也能穿石,也许再过半年,总长就要靠林将军的叫醒服务才能保证上班不迟到了。

人事变迁的节奏舒缓而平和,技术发展却好像迎风见长的苔藓和杂草。

第八星系第一次偶然发现天然虫洞区,半支星际远征队进去后用了十个月才回来,到他们可以险象环生地定向通过,用了好几年,大量理论积累奠定了坚实的基础,这个领域开始一日千里。

陆必行亲自接回白银十卫时,等在这边的图兰还因为接收不到完整信息而抓耳挠腮,到他们仿照跃迁点的原理,在天然虫洞区里搭建稳定空间场和通信通道,却只用了不到两百天——独立13年中,机械实验已经完成,以薄荷为首,三个星际远征队队员作为志愿者,精神网彼此勾连,准备驾驶一支标准星舰舰队穿越天然虫洞。整支舰队里有标准星舰二十四艘,每一艘星舰里都装满了动植物实验品,满负重,每艘星舰的重量超过超时空重甲的十六倍。

星际跃迁点的限重,一般有"16""18"和"24"的标准值,代表同一时间,可以通过多少艘满负荷的标准星舰——当然,真打起仗来,紧急跃迁和导弹一起乱飞的时候通常就不管了。

不过"公路"不是为战争设计的,二十四艘满负荷标准星舰,已经是迄今为止人造跃迁点的最高负载,一旦载人实验成功,意味着玫瑰之心这片禁区将彻底被人类征服。

"薄荷，快来！"

正在做最后准备的薄荷一扭头，看见门口的人"呼啦啦"站起来一帮，立刻就知道是谁来了。她翻了个白眼，做了个受不了的表情，木着脸穿过人群："陆总。"

远征队自从第一次成功穿越天然虫洞后，转眼就从无人问津的边缘冷门项目，变成了一个时髦的热门，招来了好多不知所谓的实习生，时常干一些很没见过世面的事，这会儿都像围观珍奇动物似的跑来围观总长。

陆必行应付完一帮跑来握手合影的，才有机会转头问薄荷："距离你们出发，还有两个小时，给我十分钟？"

薄荷冲远征队队长打了个手势，示意他把围观群众"拴好牵走"，带着陆必行来到了休息间。

薄荷抱怨说："陆爹，你老这么跑过来，别人会以为我是关系户的，下次再有实验他们该不让我去了。"

"他们本来也不该让你去，以前联盟各大研究所都有规定，有一定危险的人体实验员需要由四十岁以上、具有一定工作经验的人士担任。"陆必行叹了口气，"我以前一直觉得静姝性格比较冲动，想得又多，怀特呢，好奇心太重，容易闯祸，倒是你的理想一直都挺正常，就是想一夜暴富，是个很让人放心的孩子，没想到最后反而是你做了最危险的事。"

"谁跟我比资历？我人小辈分大，我是星际远征队的奠基人之一，亲自穿过两次虫洞。"薄荷把眉高高地吊起来，"年纪轻轻的，老爸气质那么明显，你就不怕林将军嫌弃你吗？"

陆必行听她提起自己家里那位说一不二的"爸爸"，下意识地摸了摸兜，兜里空空如也——因为多嘴的湛卢前两天诬陷他，说他以前在自己身上拧过烟头，对此，已经不记得这件事的陆必行予以了坚决否认，但是林静恒明显比较相信人工智能的谗言，气得一天没跟他说话，还没收了他的烟。

陆必行干巴巴地说："……我觉得至少在这方面，他实在没资格嫌弃我。"

然后他顿了一下，忽然又说："上一次这么说我的人还是周六。"

薄荷脸色一白。

在第八星系，周六是个鲜少有人提起的名字，作为一个走私犯的儿子，他是最早睁开浑浑噩噩的眼睛，试图挣脱所谓"第八星系命运"的人，是最早被接纳进白银第九卫，证明"垃圾"也能有价值的人，他当过无数次英雄，又以英雄的方式结束了自己的一生，本该载入史册，却也是因为他的一念之差，要了无数人的命，险些把第八星系推进万劫不复之地。

薄荷曾经为了他，壮着胆子顶撞过林静恒，也曾经因为他，十几年没能走出那一次匆匆切断的通话。

"陆总……"

"嗯？"

"你恨他吗？你恨周六吗？"

"我不太想故作宽容。"陆必行想了想，缓缓地说，薄荷的目光倏地黯淡了下去，然而陆必行又接着说，"但……一念之差的事，是无法苛责的，因为那些都不是他计划好的，你也不知道如果易地而处，你处在他的位置上，能不能理智地考虑那么周全……至少我自己可能不行。"

他以前听周六说过，小时候在生态舱里，眼睁睁地看着身边的女孩飘到太空里的那一幕，当时听完觉得周六很惨，但同情一会儿也就淡了，比这更惨的故事也不是没有——直到他亲自失去过一次。

"对了，陆总，"薄荷说，"咱们第一次穿过虫洞，找到的那个机甲残骸的军用记录仪里，有当时七、八星系联军遇袭的实况，你上次不是让我帮你找出来估算现场各项参数吗？"

陆必行："嗯？"

"很奇怪，"薄荷说，"湛卢记载，他主机损毁的时间点上，反乌会的人还没有撤走，军用记录仪上记载，附近没有其他武装活动的迹象，我想自由军团的人也不可能这么明目张胆地出现在反乌会面前吧？从湛卢损毁，到反乌会撤退干净，至少在半小时以上，但是爆炸时，有一部分反乌会的机甲也被波及，不仔细看差点发现不了，你说林将军平安活下来，会不会和这个有关？"

反乌会伏击跃迁点之后，具体发生了什么，林静恒只是简单地告诉他自己的生态舱被自由军团捕捞了，但是怎么捕捞的、多久才捞上来，他就不描述了，只说"我在生态舱里，我怎么知道"。

对此，哈登博士也三缄其口。

陆必行从一开始不敢想、不敢问，到越来越好奇，最后简直是抓心挠肝，耿耿于怀，并且发挥了科学家的解密模式，开始试着假设各种理论，建模还原当时的场景，失败了就去纠缠林静恒。

林静恒一开始只是习惯性地说话概括，懒得描述细节，并不是故意隐瞒，结果发现他会自己琢磨，并且在反复琢磨和计算中，渐渐能把痛苦放平正视，就干脆保持神秘了。

"嗯，这倒是个新发现，"陆必行蹭了蹭下巴，眨眼想出了一套新词，准备去诓哈登博士，"一路平安。"

（二）

实验星舰起程开始穿越玫瑰之心时，沃托也在第一时间捕捉到了禁区的异常能量。

伍尔夫元帅签署了针对第八星系的"第三百零六号"令。

"秘书长阁下——"

"秘书长早。"

王艾伦穿着一件过分修身的黑色长风衣，飞快地穿过联盟议会大楼的走廊，他没开口，但目光扫过那些朝他打招呼的人，每个人都觉得自已被问候到了。这位军委出身的秘书长,保留了联盟军"任何时候都仪表堂堂"的传统,尽管今年已经两百一十八岁,整个人状态却非常好,身材挺拔,步履轻快,没有一点中年人的颓疲,每一根头发丝都在诠释什么叫"人生赢家"。王艾伦为人低调谦逊,话不多,但意外地八面玲珑,在以前管委会那几位贵族少爷似的秘书长的对比下,显得越发难能可贵。

王艾伦刚到新闻发布会组织现场,还没来得及走进会厅,一大群麻雀大的采访机就一窝蜂地飞了起来:"王秘书长!"

"秘书长阁下,请问伍尔夫元帅昨夜入院紧急治疗的事情是真的吗?"

"王先生,有消息称,老帅已经'波普'了,是真的吗?"

"元帅昨天签发了联盟军委三百零六号令,请问他签署这份法令的时候意识清醒吗?"

"秘书长,有人说老元帅早在半年前就已经神志不清了,一直有人拿他当傀儡,代替他发号施令,您怎么看?"

"秘书长……"

几个卫兵上前,替王艾伦挡开那些逼得太近的采访机器人,以防它们激动过头,撞在秘书长阁下的脸上,王艾伦面不改色地从采访机器人中穿过去,彬彬有礼地朝着拦路的记者们说"借过"。径直走上中央讲台,他冲所有人一笑。他的眉毛修长,线条干净柔和,眉目有点"女相"的意思,是他脸上的点睛之笔,平时看着貌不惊人,一旦笑起来,却会给人一种特别的亲切感,好像这个人天性温柔、不会说谎似的。

菜市场一样的发布会大厅里渐渐安静下来。

"老元帅一生戎马倥偬,树敌很多,有很多躲在暗处的人,这些人一直希望我们联盟这位保护神倒下,但——"王艾伦顿了顿,目光四下一扫,"很遗憾,还没有。"

"您的意思是,老元帅身体很健康?为什么伍尔夫元帅本人不向公众发声?"

"《沃托日报》的朋友您好，我不知道您的'很健康'是什么标准，老元帅神志清醒，基因也没有波普崩溃，但他毕竟已经快三百二十岁了，空中橄榄球是打不了了，"王艾伦不慌不忙地说，"另外，老元帅签署三百零六号令，涉及七大星系中央军部署，按照联盟宪法，签署这份法令时，需要联盟中央、议会、立法会与各星系中央军共同派代表在场见证，见证名单已经放在了联盟政府官网上，诸位可以随意查阅。有些阴谋论者，可能认为这些人可以同时被某种神秘力量控制，如果真是这样，那说明我们整个联盟的军政骨干都已经沦陷，那么早就该有人出来宣布改朝换代了，咱们还凑在一起讨论什么呢？"

上下翻飞的采访机渐渐安静下来，会议厅里坐着的人们也跟着发出捧场的笑声。整个发布会以伍尔夫元帅一段现场连线的通信视频作为结束，老元帅依然是熟悉的神态和语气，思路清晰，说话简洁有力，看起来能突破人类极限，再活个一百年。

《沃托日报》的代表是个中年女人，会后收走了自己的采访机，随着人群往外走去，谢绝了一个同行的邀请，她上了一辆私家车，径直把车开到了一个偏僻的地方，熟练地连上了防止被追踪的地下网络，她开始给人发消息。

"三百零六号令签署时的见证人名单出来了，我看过，王艾伦不可能控制这里面的所有人，中央军代表们也不可能认错最高军事统帅，方才提问环节里伍尔夫也露面了，我们问了好多三百零六号令的问题，他的回答看不出有问题。"

个人终端里露出了反乌会哈瑞斯的身影："三百零六号令更改了整个联盟驻军结构，调整了十六个军事要塞的航线，在玫瑰之心附近设下重兵，反而削弱了几处毗邻域外的边境，什么意思？认为第八星系比域外可能躲藏的反政府武装还危险？这个决定实在不像伍尔夫做的。"

"我不知道，"女记者说，"但据说第八星系在天然虫洞研究方面取得了重大突破，已经可以通过虫洞传递稳定信号了，是不是和这个也有关系？"

哈瑞斯摇摇头："伍尔夫做了两百多年联盟统帅，联盟成立至今，最伟大的军事专家都是他培养出来的，即使他真这么想，也不可能做得这么明显，现在中央军已经有所不满了。而且我已经半年联系不上他了，你能想办法去见他一面吗？"

（三）

"星舰即将离开虫洞区，能量反应在正常范围内。"

"检测通信信号。"

"通信信号正常，正在解码信息——"

第八星系，星际远征队的实验室接收到了音量稳定的噪声，此时，距离实验舰出发，已经过了九天，按计划，他们很快会抵达玫瑰之心，天然虫洞区的另一头。整个第八星系同步直播载人实验过程，同一时间，在线人数达到了四个亿，而数字还在不断上升，四亿人一起竖着耳朵，听来自扭曲时空里的噪声。

"真让人难以置信，"托马斯感慨道，"第八星系的同胞们也太一心向学了，无聊的科普直播都有这么多人在线看，前途不可限量！"

泊松冷冷地说："你是不是傻？"

"弟弟，"托马斯咬着腮帮子强行微笑，压着声音说，"你的出生虽然是一个买一送一的悲剧，我也理解你先天发育不良，语言功能障碍，但你不觉得自己这句话使用的频率太高了吗？"

泊松用眼角扫了他一下："当年第七星系被反乌会袭击的时候，林将军放了八亿难民入境，之后跃迁点被炸毁，在第八星系和联盟之间开了一条天河，好多人以为自己有生之年再也回不去了，你懂了吗？在线只有四亿人，那是因为今天是工作日，很多人不方便看直播。"

托马斯一愣。

这时，远征队地面技术支援解码了星舰传回来的信息，方才的噪声被放慢了一千五百倍速才能听清内容，原来星舰发回的信息是第八星系的《自由联盟军之歌》，浑厚的大合唱已经播放到了结尾，最终停在一个高亢的音符上，透过扭曲的时空，被多次折叠解码，听起来有些失真，像从另一个世界传回来的，而后一曲终了，停顿了几秒，又播起下一首歌，是一首来自联盟的抒情小调，讲初恋的故事，记不清是第几个星系先火起来的，反正人人都听过，与《自由联盟军之歌》无缝衔接。

一时间，没心没肺如托马斯，也感觉到了第八星系与联盟那种难以分割的联系。

"玫瑰之心外是第一星系，之前他们没有深入过玫瑰之心，不知道也就算了，但上次总长和你们直接跑到玫瑰之心聚齐，把联盟吓了一跳，这么长时间了，他们那边不可能一点准备也没有，"图兰和林静恒姗姗来迟，一起走进星际远征队的实验室，图兰一边走，一边小声对林静恒说，"我还是觉得实验星舰里应该带几架机甲……"

"一个科研团队，混进几架武装机甲，你是要干什么？以前说不知道虫洞那边有什么还交代得过去，现在明知道芳邻是谁，还这么干，"林静恒说，"担心别人没有把柄吗？"

图兰问："可万一他们要是翻脸呢？"

"保持通信畅通，"林静恒看了她一眼，挥手要来了远征队实验星舰的双向通信工具，"远征队，听得见我说话吗？"

双方的交流有一点时间差，那边好一会儿才回答："林将军。"

"到了玫瑰之心，如果碰到联盟军或者中央军，先代我向他们的伍尔夫元帅问好，就说我在虫洞这头遥祝他老人家身体健康。"林静恒说完，伸手挥开悬浮在空中的小话筒，站定了，转头对图兰说，"他们没理由翻脸，就算有，也不敢，放心吧。"

图兰："……"

统帅实在是一位有条件的时候要日天日地，没有条件创造条件也要日天日地的奇男子。

陆必行早早等在远征队实验室，正站在二层跟负责人交代什么，突然听见这么一句，一低头，就看见这位旁若无人地溜达进来放话。林静恒撩起眼皮扫了他一眼，很轻地对他点了一下头。

远征队负责人听话听了一半，发现总长没了下文，只好奇怪地问："总长？"

陆必行被林静恒一打岔，忘了刚才说到哪儿了，只好松了松领口，高深莫测地微笑起来。

"按照目前的公转周期推算，玫瑰之心到沃托最多布置四个军事要塞，除了第一星系边境守军杜克以外，没什么特别值得注意的人，限重'24'的跃迁通道能过一支超时空重甲战队，我要是想过去，从玫瑰之心开到沃托，六个小时足够了。除非他们把联盟中央的第一星系也炸成孤岛，或者把全境兵力都调到玫瑰之心。"林静恒带着几分漫不经心对图兰说，"兴师动众，就为了一支只有小猫两三只的科考队吗？伍尔夫是统帅，不是疯子，没那么草木皆兵，再说，各地中央军现在自主权相当高，也不一定会听他的。"

图兰沉默了一会儿，突然说："你到现在还相信，伍尔夫不是疯子吗？"

林静恒没回答。

他记得自己小时候，他的父亲——林蔚中将还在世的时候，老元帅经常会来看他们，那时候他还是"伍尔夫爷爷"。在林静恒印象里，这位伍尔夫爷爷从来都不是那种慈眉善目的长相，特别是上了年纪以后，他骨骼分明，皮肉很薄，如刀刻的皱纹是一辈子不苟言笑的证明，在年幼的孩子面前话不多，有时候实在不知道该和他们交流什么，只会拿一些很智障的小礼物，拘谨地问他们喜不喜欢。

但是他的手掌是那么厚实有力，抚过孩子柔软的头顶时，总是拧紧的眉头会打开一点，流露出沉默而温和的气息。

林蔚是怎么死的，林静恒不是很清楚，官方的说法是因病去世，他那时太小，也无力追查真相，只好姑且这么信。他记得那天阴沉沉的，因为林蔚将军的葬礼很隆重，联盟中央里有头有脸的人都来了，他们刻意调整了沃托的天气，让它看起来应景一些。家里到处都很嘈杂，莫名其妙的人三五成群，还有嗡嗡乱飞的采访机。他牵着妹妹躲开他们，凑在一起做伴，无意中听见一群不认识的人小声议论。

"……其实我这里有个内幕消息，你们没听说过吧，林蔚将军很可能是自杀的。"

"我是猜到了一点，"另一个人说，"沃托平均寿命三百多岁，从来没出现过两百岁以前波普崩溃的先例，以他的身份和医疗条件，怎么可能？"

伊甸园里出生的孩子，没听说过什么叫"自杀"，也没有概念，不满十岁的小男孩听得半懂不懂，却下意识地觉出了那些话里的残忍，于是紧紧捂住了妹妹的耳朵。

"劳拉·格登是白塔的人，白塔深入伊甸园的核心，要我说，这些人一旦叛变，可不就跟家宅闹鬼一样吗？说不定林蔚将军和伊甸园之间就是被她做了什么手脚，才让人精神崩溃走向绝路的。"

"但是我倒是听说他们俩感情还不错……"

"政治联姻能有什么感情？现在自由婚姻都长不过三五年——这些大人物，对外还不都那么说吗。"

"劳拉·格登的事不明不白，不过我倒是听说，他们俩之间是有感情的，但那点感情不见得是真的，据说是当年劳拉·格登利用伊甸园违规操作的结果……你知道，多巴胺什么的，只要量足，你能爱上一条狗。"

"你才爱上一条狗！"

他们高高低低的惊叹声，像一群围着腐肉七嘴八舌的乌鸦，听得人杀意沸腾，林静恒手劲太大，静妹难受地挣扎起来。

突然，那伙人一起哑巴了，声音低了下去，尴尬地站成一排——伍尔夫元帅大步闯了进来，他的头发好像一夜间白了一多半，双颊也凹陷下去，然而还是很挺拔，像一棵树。鹰隼似的目光狠狠地刮了一圈，他一个字也没说，身后的秘书朝角落里躲的两个孩子招招手。

两个孩子连忙跟上去，王秘书的只言片语落到林静恒耳朵里，他对老元帅咬耳朵说："……恐怕拒绝不了管委会的要求，咱们只能留下一个。"

伍尔夫没有回头看两个孩子，好像看多了会伤眼一样："那就交给陆信吧，我跟他打过招呼了。"

林静恒小心翼翼地抬起头，听见王秘书压低声音说："我以为您会想亲自照顾。"

伍尔夫脚步一顿，有那么一瞬间，林静恒觉得他的脖子动了动，仿佛是想回头看他们一眼，然而终于还是没有。好一会儿，老元帅才哑声说："……照顾不了了，我老了，受不了这种……这种……都领走吧，看了伤心。"

看了伤心，于是不看，所以若干年后，才能毫不犹豫地冲他下手吧？

那时静姝敏锐地感觉到了什么，不安地在他手里挣动了一下，掌心不知道是谁的汗，互相蹭在一起，那时候还有相依为命的温度。

林静恒紧紧地拉着她，心想："还有我呢，我会保护你的。"

可是……

他没做到。

他连她的婚礼都没有参加，二十多年没回过沃托，二十多年没亲眼见过她。最亲近的距离，是在小行星上隔着一个生态舱，可是他身不由己，把她当成平生最危险的敌人对付，心弦紧绷，不敢泄露一点真心，也塞不下一点真情了。

陆必行替湛卢仿造的那只机械手怎么看怎么不对，因为他没见过当年那个穿着校服的少女。

这些纷繁的旧念在他心头只一闪，林静恒就面不改色地对图兰说："相比联盟，海盗自由军团会更麻烦一点，他们前一阵刚在玫瑰之心附近闹过事，按理说联盟应该会戒备，但是鸦片无处不在，还是得小心，请远征队事先确认干扰器是否能正常运行。"

实验星舰队中,人类实验员只控制一小部分,为了观察虫洞对人类精神网的影响,大部分驾驶任务由星舰上的人工智能完成,可以防止精神网被入侵,万一遭到袭击,无人星舰可以挡在外围,而且将自动放出干扰——干扰器由哈登博士协助完成,能对一代"鸦片"芯片佩戴人造成一定程度的精神干扰——给星舰里的人留出足够的逃生时间。

"实验星舰注意不要离开玫瑰之心区域,"林静恒说,"在那边架设好通信装置,立刻回来。"

"实验星舰即将离开虫洞——"

整个远征队实验室突然鸦雀无声,因为时间差,这个消息传回启明星的时候,星舰已经抵达玫瑰之心了,所有人都在等着那边传回来的消息,屏住了呼吸。

下一刻,杂音响起,人工智能立刻开始自动解码,接着,一段小提琴曲有些走调地流了出来,落针可闻的实验室顿时沸腾了。

成功了!

一个对接到第一星系边缘的平稳通道!

第八星系孤岛似的与世隔绝了将近十五个年头,终于再次架起了一座桥,所有在外面依然有牵挂的人都有了回去看看的希望。而同样的技术还能探访更远的域外,开疆拓土,把人类文明的版图继续扩大下去,他们也许能开创一个更快捷、发展更快的"新航海时代"!

林静恒抬起头,发现二楼的陆必行一直在看他。终于逮到他的目光,陆必行于是像做贼似的左右看看,见没人注意到他,就很不"总长"地冲林静恒比了个拇指向上的手势,点了点自己的胸口,每一根手指好像都在得意扬扬地显摆"我厉害不厉害"。这时旁边的远征队负责人脸红脖子粗地把他转过头来,陆必行的神色和手势就立刻一变,喜怒不形于色地整了整自己的衣襟,矜持地一点头,又成了稳重的总长。

林静恒:"……"

就在这时,方才平稳的信号陡然尖锐了起来,舒缓的小提琴声停下了,图兰猛地站了起来——

（四）

薄荷正在检查所有实验星舰的数据，还没报送完毕，就听见舰队的通信频道里一声巨响，她手一哆嗦。

有同伴大声喊："舰队遇袭了！"

薄荷很快冷静下来，迅速排查出了遇袭星舰，很快在镜头里看见了敌袭方向——低倍望远镜就能看清，那是一支鬼魅一样的小机甲战队，机甲上没有标志，仿佛是埋伏已久，一照面就直接放了导弹！然而，玫瑰之心里充满了诡异的引力，导弹被卷偏了方向，只扫到了一艘外围星舰的舰尾，紧接着，星舰按照预设程序放出了干扰，效果立竿见影，那小机甲战队中的几架顿时偏转了航线，顺着引力场加速滑了出去。

"不要紧。"薄荷立刻将受损星舰的受损部分脱落，自动驾驶的实验星舰聚拢成铜墙铁壁似的盔甲，把他们护在中间，"是海盗，零星几架机甲而已，我们立刻返程。"

"等等，薄荷，注意三号舰'017'机位方向！"

话音没落，星舰里已经响起了能量警报，一支武装机甲战队飞快地向他们靠近，薄荷的瞳孔倏地一缩，紧接着，对方开了火。

实验星舰队同一时间将所有星舰的防护罩功率调到了最大，下一刻，一排高能粒子炮与他们擦肩而过，撞向了那几只偷袭的海盗船，随后，机甲战队大幅度偏转，朝着海盗机甲追了过去。

海盗小机甲的机动性本来很强，但是方才袭击星舰的时候被干扰器干扰，好不容易稳住，重新连上精神网回归航道，还没来得及加速，被人家堵了个正着，眨眼工夫，海盗机甲被击落了七七八八，剩下几架企图仓皇逃窜，被大规模的高能粒子炮熔化了防护罩，打下了武器库，直接强行捕捞俘虏。

直到这时，薄荷一口气才松下来，主动在星舰上打出了非武装标志，代表自己只是一支科考队。

对面机甲的通信请求接了进来，一位联盟军官打扮的青年男子出现在屏幕上，就薄荷贫瘠的常识来判断，他的肩章好像是个上校，上校很有礼貌地朝她敬了个礼："我是联盟中央军委驻第一星系边境守军代表，我姓洛德。几周以前，第一星系捕捉到了玫瑰之心的异常能量波动，知道也许会有那一边的朋友过来，担心海盗捣乱，特意加强了巡逻，没想到还是有漏网之鱼，希望您没有受惊。杜克将军派我来问问，从第八星系远道而来的朋友是否需要什么帮助，我们期待那边的声音很久了。"

薄荷一直在星际远征队搞科研探险，不大会应付外交场面，一时不知道该不该把林静恒那句半带威胁的"问候"传达出来。

就听那位上校又说："我也希望林将军一切都好，不知道我有没有荣幸能让他有一点印象——我在白银要塞的时候，曾经担任过他的亲卫。"

（五）

《沃托日报》的女记者打量着眼前的老人，虽然笃信先知，但此时也不由得有些动摇。伍尔夫非但没像外界传说中那样，变成个不由自主的人形傀儡，他看起来气色还很好，干瘪的脸上难得有一点血色，眼睛很亮，像是有什么好事发生了一样，热情地招呼她坐。

会客室内缭绕着一股特别的花香，女记者随口奉承："您的室内熏香真特别，是什么？"

"黑郁金香，也叫夜皇后。"伍尔夫笑了起来，"我那里还有很多种子，喜欢的话可以带走一点。"

女记者注意到他的笑容，不由得微微一愣，那不是社交性的礼貌微笑，他一双眼睛都舒展开了，眼珠里映出的光像一把碎金，竟然在微微跳跃，就像很多年的夙愿达成，忽然喜由心生一样，不知道为什么，让人看了，也会忍不住跟着他高兴起来。

女记者忍不住脱口问了个计划外的问题:"元帅,最近有什么好消息吗?您看起来心情很好。"

伍尔夫笑而不语,不动声色地把话题带了出去,两人不痛不痒地聊了一会儿,女记者低头扫了一眼自己的手腕,她手腕内侧闪过一道绿光,个人终端里装了个最新的基因检测仪,可以躲过元帅府的安检,这东西从两个人接触开始,就在分析眼前人的基因——现在,分析结果出来了,眼前这位确实是伍尔夫本人。

不是假货,也没有致命的基因病。

"元帅,言归正传,让我们谈谈三百零六号令吧,听说最近很多人对您这个决定很不理解。尤其有不少中央军,用拖延的方式来抵制三百零六号令,还有人讽刺说,您是个'过日子的人',知道乡下穷亲戚比强盗还可怕,所以放着海盗不管,玫瑰之心有点风吹草动就要严防死守。"

伍尔夫面不改色地回答:"如果你注意到的话,玫瑰之心兵力在增多,并不是无节制的,我们的依据是'边境守军'标准,因为玫瑰之心的意外通道,它此时就是个无可争议的边境之地,这点要承认吧?玫瑰之心和域外方向都是边境,我们只是同等对待。"

"您的意思是,相当于承认了第八星系独立。"

"议会还有争论,"伍尔夫谨慎地回答,"但第八星系从地理上说,与联盟有时空天堑,联盟中央难以节制,他们和联盟十四年没有联系,已经构成了独立实质;从内政上说,他们有完备的政府和军队、自己的法律体系,不是以强抢和掠夺为生的星际海盗,甚至接受过大批其他星系难民,他们的存在是正义的,连静恒也愿意承认他们。那么根据自由宣言,只要是民意所向,第八星系有权退出星际联盟。我们在实际布防中,将玫瑰之心处理作'边境'并无不妥……"

王艾伦从监控里看着这场采访,一边听着伍尔夫的长篇大论,一边对他个人终端里的联络人说:"夜皇后真是了不起,先是让人记忆混乱，继而神志不清，一步一步地跟着你的引导沉浸在一个美梦里，做你让他想做的事，关键是这个过程中，他还能自发补全里面的逻辑，自己给自己的反常做出解释，比容易被仪器检测出来的生物芯片还不动声色。感谢伟大的新星历时代，连傀儡都是全自动的。"

个人终端里的神秘联络人终于摘下罩住了整个上半身的大兜帽，露出了林静姝的脸。

"那也要有一个在他身边待了将近一百七十年、了解他一切的人才行。"她这么说着，目光一转，带着几分古怪地笑了起来，"可是话说回来，夜皇后能让一些人膨胀成君主，让一些人富比星系，让一些人大仇得报……可是想起年幼时仰慕过的人？这算什么事，听起来也太愚蠢了吧，我怎么都不能把这种事和元帅联系到一起，这真是个够我笑半年的黑色幽默。"

"女士，"王艾伦故作正色说，"您说为权力、金钱而流血是理所当然，只有为真爱是个愚蠢的笑话，这话可太不政治正确了。"

两个人隔着个人终端对视了片刻，同时大笑起来。

林静姝揩掉笑出来的眼泪："小心那个《沃托日报》的女人，她可不单是个笔杆子。"

"我知道，反乌会哈瑞斯手下的小杂碎。"王艾伦不甚在意地说，"哈瑞斯流亡第八星系，到在反乌会重新上台，整个过程都是我在做联系人，他在我眼里是个透明人，翻不出什么花来。"

"秘书长这么说，我就姑且相信了。"林静姝轻轻地说，"可是……合作伙伴靠不住的话，可是会被抛弃的。"

王艾伦仿佛被毒蛇舔了一下，脸上还没来得及消散的笑容顿时有些挂不住。

"只是个提醒，没别的意思。"林静姝又是一展颜，"异常反应了半个月的虫洞里爬出了几条小虫子，现在应该和杜克的人相谈甚欢，这位老资历的将军还没向军委报备吧？"

王艾伦的下颌绷紧了。

那些中央军的丘八看不起他，王艾伦知道，他没有军功，没带过队伍，没打过一场仗，即使他成了联盟议会秘书长，他们一个个表面上恭敬，私下里仍然觉得他是伍尔夫的使唤"丫鬟"。

王艾伦一毕业，就跟在伍尔夫身边当私人秘书，干了将近两百年人工智能的活，在鸡毛蒜皮里鞠躬尽瘁，可是就连陆信那个缺心眼的都知道提携身边的人，给他们铺路、给他们机会，伍尔夫会不懂吗？这么多年，还真拿他当没有自己想法的人工智能了！偏偏自己还不能不仰仗他，因为只要伍尔夫一死，各地中央军无人压制，现在的联盟议会秘书长屁也不算，王艾伦现在能深切地理解，为什么当年伊甸园管委会死也不肯下放军事自治权了。

王艾伦一字一顿地说："我会让他们知道，伍尔夫老了，陆信的石碑就算重建，也只是个石头做的，我会让他们知道这是谁的时代。"

"好啊，艾伦叔叔，我拭目以待，"林静姝说，"好在第一星系边境守卫军里也有我的人，派了几个人替你挑拨离间过了，不用客气。"

监控里正在进行的采访已经进入了尾声，伍尔夫没有露出一点破绽，《沃托日报》的女记者似乎也没有察觉到一点端倪。王艾伦低声对手下人吩咐："盯紧了她，全天候的，有任何异动，立刻灭口。"

第二章　隐忧

劳拉说，愤怒、焦虑、痛苦和愚昧，就是自由意志本身。

（一）

第八星系，启明星。

"我不相信，什么陆信将军旧部——我看陆信将军眼神也不怎么样。"图兰第一个说，"安克鲁还不是前车之鉴吗？怎么那么巧，我们的人刚到，玫瑰之心都没出去，就遭到海盗伏击？第一星系边境守卫军干什么吃的，加强了巡逻还让他们混进来？杜克是蠢还是故意的？还特意派洛德这小白脸来打感情牌，统帅，你自己揉眼看看，这小白脸尖嘴猴腮的，长得有我们总长玉树临风吗？"

林静恒："……"

谁们总长？

陆必行连忙干咳一声："如果是别的海盗穿过边境守卫军混进去，那是不可能的，但是自由军团不好说，鸦片的秘密使用者无处不在，光荣团投降日，小行星在联盟和中央军眼皮底下被绑架的事也不是没发生过……林，这个洛德可信吗？"

"洛德？"林静恒缓缓地皱起眉，字斟句酌地说，"确实做过我的亲卫长。"

陆必行问："亲卫长具体是什么职位？"

目前第八星系是没有这个职位的——林静恒如果机甲出行，卫兵通常只会用白银十卫里的人，其他人还不够被他嫌碍事的。而此时，梳理整个第八星系的军事防务，万事起步，林静恒的私人时间很少，偶有闲暇，也只是宅在家陪着陆必行。第八星系独立政府要员们聚居的地方有严密的统一安保，暂时没有雇私人保镖团的必要。

托马斯快嘴快舌地回答："'亲卫长'啊？那是摆谱用的，联盟中央给每个将军都配了这么一帮不知道干什么的人，什么亲卫团、秘书团，有的人身后还跟着一打副官……我们离开以后，那位接管白银要塞的李上将，据说光是副官就十八位。"

"可不是嘛，拖家带口的，"图兰嗤笑一声，舔了一下嘴角，"宰起来目标格外大。"

一群人集体打了个寒噤，只有白银十的拜耳卫队长露出了羡慕嫉妒恨的眼神，至今耿耿于怀于图兰抢了他的"生意"。

"洛德名义上是亲卫长，实际上负责的工作只是白银要塞的公共邮箱，偶尔对外发个声明，或者回沃托跑个腿什么的，这些少爷兵背景都很复杂，一不小心就踩雷，统帅不爱用他们。"泊松说，"我和托马斯奉命跟随伍尔夫撤到天使城要塞，在第一星系逗留的时间最长，据我所知，洛德亲卫长在统帅离开白银要塞后，就主动请辞调离了，回到沃托，在首都星守军里当了个基层军官，后来就随军一起撤到了天使城。"

"那就奇怪了，"林静恒说，"我不爱用他们，阿瑞斯·李没有说不爱用他们，洛德是乌兰学院的荣誉毕业生，乌兰学院现任校长的儿子，李那个马屁精难道还会给少爷小鞋穿？"

林静恒假死离开联盟后，白银十卫脱离联盟，白银要塞地震，代理白银要塞的阿瑞斯·李上将难以服众，联盟中央但凡有脑子，一定会从白银要塞的本地驻军中提拔人，磨炼一阵子后再把李上将换掉，以原亲卫长洛德的出身和资历，无疑会是个热门人选，留在白银要塞前途不可限量。

就这么辞职，回沃托当一个名不见经传的保安队长，怎么看都不像是正常人的选择。

"一开始我和泊松听说这个消息，都觉得很可惜，当时我还说，亲卫长搞个人崇拜搞得走火入魔了，可能打算回沃托注册个'拜林将军神教'，"托马斯颇为意味深长地说，"但是谁知道五年后福祸难料，白银要塞意外遇袭，整个第一星系沦陷，唯独沃托守军是第一批跟随护送政要去天使城要塞的——这种运气……总不会我们家统帅保佑的吧？"

众所周知，拜别的教，没准真能拜出个神明显灵。

拜林将军，多半只能拜个血溅三尺。

那么洛德亲卫长，究竟是个奇迹呢，还是背后有什么人？

"告诉星际远征队，在那边构架一个临时的通信平台，"林静恒说，"我来跟他们说。"

临时通信平台很简单，只需要一个能沟通两边的中转装置就行，薄荷熟练地指挥着几艘星舰上的人工智能完成了通信平台，信号做不到实时传输，因此林静恒没急着开口。

他的形象出现在通信屏上的一瞬，洛德仿佛屏住了呼吸，目光分外复杂了起来，良久，他喉咙微微抖动，哑声说："将军……好久不见，我能再给您倒一杯不加冰的朗姆酒就好了。"

林静恒的眉梢一动，同时，杨氏兄弟也对视了一眼。

陆必行注意到他们几个这仿佛对暗号的表情，莫名其妙地问："怎么？"

托马斯·杨低声对陆必行解释："将军不喝不加冰的朗姆酒，总长你知道的吧？"

陆必行："……"

这个真不知道。

林静恒在他面前，简直是"成年人标准行为准则"的典范，干净整洁有条理，烟酒虽不禁，但非常节制，作息极其自律，并且从不挑食——以前不喝啤酒，这次回来以后，他连啤酒也不挑了。

原来他也不是一出生就是这个样子的……陆必行不由得恍了一下神，隐约想起来，很久以前，他曾经信口给自己和林静恒编造人生目标，其中有一件，是想和他一起去一次沃托——林静恒长大的地方。

这半年来，日子过得平静而默契，林静恒渐渐不再试图提醒他们过去是怎么相处的，每天都在磨合适应新的关系。但是不知为什么，那些恍如隔世的事，没有因为被忽视而消失，最近反而像春风拂过的野草，又悄悄长出了新芽，时不时地撩他一下。

"是以前在白银要塞的时候不喝，"泊松作为白银第三卫的情商担当，立刻在旁边补救了一句，"是这样的，统帅有什么事不想让洛德知道的时候，就会支使他出去找冰块，时间长了，他就成了'不加冰不喝'，并不是口味问题——这不是重点，重点是，洛德故意说错话，是想暗示点什么？"

拜耳一耸肩："看来洛德这么多年也是没什么长进，就会说这种低级的暗语，跟身陷邪教组织的未成年人一样。"

"身陷邪教组织"的前任亲卫长一字一顿地对林静恒说："伍尔夫老元帅身体还很硬朗，每天都要出门晨练，前两天在媒体上露面的时候，还表示十分惦记您。"

如果每一句都是反话，他的意思是，伍尔夫不行了，几乎不露面，被限制了自由。

林静恒不动声色地问："多谢挂念，老元帅一把年纪了，身边也没个亲人，谁照顾他呢？"

洛德说："当然是王艾伦秘书长。"

王艾伦已经出任联盟议会的秘书长，限制了伍尔夫的自由。

林静恒略微一垂眼："老帅都三百二十多了吧，还没退休？"

"小事几乎是不管了，主要签一些重要命令，"洛德话里有话地说，"现在联盟内局势才刚刚稳定，各地中央军也刚各就各位，大家没有他不行。"

意思是，各地中央军全靠伍尔夫这位最高统帅压制，如果他们知道伍尔夫已经名存实亡，那联盟恐怕是要乱。洛德现在是杜克的手下，如果他说的都是真的，这些话不能让同僚和上司知道，因此只能用这种隐晦的方式传达。

虫洞将双方的对话拖得很长，一方说完，另一方要等很久才有回复，洛德的手心冒出了一点冷汗。

很多年前，当家里以"白银要塞会出乱子"为由，由时任乌兰学院校长的母亲出面，通过关系把洛德强行调回沃托守军的时候，洛德觉得他们都面目可憎，不可理喻。他不明白，为什么自己就不能像白银十卫一样，转身就走，用行动去为他们的将军讨一个说法，不明白自己为什么不能坚持追查真相，要像个懦夫一样临阵脱逃，甚至不能像同伴一样，在林将军离开后，依然坚守他们的阵地和荣耀。洛德有时候觉得他们都不把自己当人看，几十岁了，连吃喝拉撒都不能自主，好像他只要学会"坐下"和"握手"这两样技能，就能像狗一样很好地度过一生了。然而他又无法反抗，因为心知肚明，自己离开了家族，他这个乌兰学院的荣誉毕业生什么也不是……就连他曾经有幸站在林将军身边本身也是家族赋予的。

沃托有很多像他一样的人，他们看上去都很完美，受过最好的教育，待人谦逊有礼、风度翩翩，心里装着无边星际与亿万公民，每天都在自己心里振臂好几百呼，然后低眉顺目地喝完牛奶，规规矩矩地执勤上班，心里沉郁不堪。

这种分裂的痛苦纠缠了洛德很多年，直到白银要塞真的遇袭，沃托沦陷，伍尔夫元帅亲自指挥撤退，洛德因为是关系户，很快被调到了最安全的地方——给伍尔夫元帅当近卫，渐渐和这位联盟统帅熟悉了起来，偶尔听老元帅讲几句联盟过往和未来，心里就能掀起一次十级海啸。去年，海盗光荣团投降，联盟重组沃托守军，洛德这么多年混下来，虽然依旧是没什么建树，但毕竟跟着联盟中央到天使城要塞走了一圈，算是镀了一层"金"，军衔也跟着水涨船高，升为上校，调到第一星系边境守军杜克旗下，作为联盟军和中央军联姻的第一批"嫁妆"。

临上任，按照人情礼节，洛德在母亲的陪同下，到元帅府探望伍尔夫，对老元帅这么多年的照顾和提携表示感谢。伍尔夫当时正因为一场重感冒在家疗养，热情地接待了他们，并让洛德扶着他出去透口气，在后山散步的时候，伍尔夫元帅不知怎么回事，突然没头没尾地对洛德说："跟我同一个时代的人，现在都没了，我也不知道自己还能陪着联盟走多远，我们这一代蹚出来的路，将来还有人能把它继续下去吗？"

他说完，发了会儿呆，紧紧地攥住了洛德的手，对他说："我希望联盟从伊甸园的噩梦里醒过来，希望以后联盟军和各星系中央军能互相制衡，形成一个平衡，以后哪怕他们……那些星系都要独立，也不要紧，我希望倒退的历史能止步于我们这一代人，你们——作为'幸存者'，能摸索出一条新的路……如果有一天，我自己背离了这个想法，那一定不是出于我的本意，孩子，我需要你做一件事。"

洛德奇怪地问："有什么是我能为您效劳的？"

"去第八星系，找林静恒。"

洛德听了一呆，他离开白银要塞，已经有二十多年了，比他在白银要塞打杂的时间长出了一倍多。要知道，即使战乱年代，军官的生活也并不都是波澜壮阔的，绝大部分人其实都是随波逐流而已，一些人很惨，活得颠沛流离，死得毫无价值，成了纯种的炮灰，还有一些人，跟对了部队，总是扮演"赶到现场时敌人已经溃散"的角色，安静地熬一些资历，浑浑噩噩地过着平淡乏味的"充数生活"。

前线、阴谋、林静恒、惊心动魄的战斗与死亡……都离洛德很远了，以至他听见昔日深切崇拜过的长官那些"死去活来"的传说，竟然只觉得唏嘘，毫无代入感，当年想要不顾一切地追随那个人的心，现在也消磨干净了，他眼里最重要的，只剩下该怎么跟原属于中央军的新同僚相处这一件事。

听了伍尔夫元帅这个没头没尾的要求，洛德还以为自己耳朵出了毛病，忙问："您说什么？找谁？"

"你记住我说的话。"伍尔夫元帅抓着他的手指狠狠地收紧，仿佛要把这句话烙在洛德心里，"如果真有那么一天，不管听见什么，你谁也不要相信，想办法去联系林静恒。"

"联……联系林将军？可是我怎么联系？"洛德一头雾水地问，"我……我到时候该和他说什么？"

"你不用知道，到时候自然会有机会，我想那天也不会远。"伍尔夫元帅压低声音，缓缓地说，"见了他，你就和他说……记不记得当年在乌兰学院，我给他的那个优？"

"将军，"玫瑰之心里，洛德对着半天没反应的通信平台，小心翼翼地说，"伍尔夫元帅有一次私下里和我们聊起，说当年在乌兰学院，他给过您一个'优'，您还记得吗？"

这句话走过了漫长的时空，随着杂音传到第八星系银河城的时候，就像一道旱天的雷。

听得林静恒心里"咯噔"一下。

洛德看着林静恒那张失真而毫无表情的脸，恍然想起，这是他年少轻狂时曾经无比仰慕的人，突然，他发现，自己曾经离这个时代的风口浪尖那么近过，近到差一点就被卷进去。然而阴错阳差二十多年，他已经被命运的洪流推出了数万光年，当年那个痛苦又不甘心的青年渐渐变成了一个庸常的老兵。

洛德说完了伍尔夫要他说的话，大大地松了口气，一方面是完成了使命，另一方面，他突然有点庆幸那个"差一点"。

好险，他想，差一点成了牺牲英雄名册上的人。他当年在白银要塞一起做过梦的同僚们，如今几乎都已经殉了自由宣言。与之相比，当一个平庸的上校也没什么不好的。

仗着林静恒前任亲卫队队长的身份，洛德占用他一点时间寒暄几句

"废话"，但聊得太多就要引人怀疑了。洛德拿不准自己传达的意思到底对不对，毕竟，以他的级别，出来赴任以后就很难再联系到伍尔夫元帅了，也拿不准林静恒听懂了没有、会不会相信他。

但周围都是耳朵，洛德只好将手心的汗抹在裤子上，公事公办地代表自己现任长官杜克，传达了对第八星系的问候，那是措辞很讲究的一篇外交辞令，但是字里行间充满了小情绪，翻译成口头语，大概意思是：

杜克我问候老上司在第八星系的石像，问候老上司传说中的儿子和白眼狼养子，问候第八星系里跟着陆将军一起战斗过的弟兄们，伍尔夫老年痴呆，现在非要在玫瑰之心附近增兵，还强行解释说不针对第八星系，老子作为被"增"的兵，认为他和他的哈巴狗都不是玩意儿。请你们放心，第八星系有陆将军的面子在，我承诺绝不在你们动手之前使用武力，欢迎在边境设通信平台，大家以后常联系，我们可以一起分享陆将军的峥嵘往事，听那个老也不死的林某人恶损联盟，希望世界和平。

"林，你觉得这个人可信吗？"短暂的通信断开后，陆必行问，"给了你一个'优'是什么意思？"

林静恒心事重重地摇了摇头："他是伍尔夫的人。"

"统帅是怕二十多年过去，人心生变吗？"四卫队队长阿纳·金说，"我倒是觉得，他这话传得生硬又紧张，如果是装的，演技未免太高明。"

林静恒又摇了摇头。

"统帅，您担心的不是人心生变，是怕洛德上校自己也不知道自己是被谁利用的。"李弗兰察言观色，"以伍尔夫的控制欲，放几颗钉子监控白银要塞是合理的。他了解您，不会在您身边放心计太深、锋芒太露的讨您忌讳。这种家世清白、涉世未深甚至有点理想主义的人，才是'对症下药'。"

陆必行听见"涉世未深甚至有点理想主义"几个字，眼神突然一黯。

然而这一回，林静恒没注意到，只是摆摆手："走一步看一步吧，至少我们还有天然虫洞区这个天堑。"

远征队这次实验任务应该说是有惊无险，圆满返航，不但完成了天然虫洞测试，还在第一星系边境守卫军的帮助下，构建了一个双向的通信平台，能直接联系到银河城指挥中心。

杜克作为中央军之首，虽有伍尔夫压制着不想造反，但也是个上蹿下跳的刺儿头，明目张胆地在联盟中央态度暧昧的情况下，和第八星系搞起了"私人外交"，并且大方地分享了第一星系的公共网络，虽然信号很不稳定，但好歹能让第八星系看到《沃托日报》的每日头条。

紧接着，《沃托日报》里一篇关于伍尔夫元帅的专访刊登出来，两个版面针对三百零六号令的讨论，视频里的伍尔夫精神矍铄、口齿清晰，无论如何，算是暂时按住了沸沸扬扬的舆论。

不管是第八星系还是联盟，都进入了一段短暂的平静期，好像连自由军团也低调了起来。

平静的气氛中，水汽浓郁，乌云起航，一股变天的味道滚滚而来。

（二）

哈登博士每隔一个月，要采集一次陆必行身上的各项数据。老博士十分谨慎，即使作为女娲计划的创始人，陆必行的情况对他来说也太特殊了——距离陆必行上一次取出芯片，已经过了好几年，特制的生物芯片已经完美地和人体融合在了一起，他的新陈代谢、线粒体的融合与分裂……整个人体的运行方式都改变了，谁也说不清取出来会出什么事，或者就算现在好好的，几十年后还会不会有后遗症？

哈登博士收回特制的握力器，看了一眼上面的数字："你对身体力量的控制很精准。"

"一开始也没轻没重的，"陆必行动手帮他收拾仪器，"慢慢习惯就好了。"

"你为了安全,牺牲了芯片的交互性,这很聪明,这样一来,你就不会受干扰器和别的芯片影响。陆总长,你最多能承受多大的压力,检测过吗?"

"没有,因为是秘密实验,太极端的情况没敢试过,一不小心把自己玩死就搞大了。"陆必行坦白说,"不过……如果只是被激光枪打穿动脉的话,我能控制身体在至少三分钟内不流血,如果身边有医疗舱待命,这个时间足够用了。另外就是,我最长一次二十三天没有睡眠,虽然也很疲倦,但只是忍耐范围内的疲倦,精神没有崩溃,还能集中注意力,之后也没有明显的后遗症。"

"异于常人的精力,这也是你虽然销毁了实验资料,却到底没把身上的芯片取出来的原因吗?"

陆必行一摊手:"力量不够,精力来凑。那段时间压力太大,没办法。"

"最好不要这样,陆总长,你太特殊,各项数值都没有参照,我只能跟你本人做比较,你最近因为生活规律,这次体检的各项指标明显优于历史数据,如果这才是趋近正常水平,说明你之前长期处于非健康状态,没有人知道这样下去会怎么样。"哈登博士说,"稍后我会按照林将军的要求,把这次的体检报告发到他个人终端,您没意见吧?"

"呃……"陆必行卡了一下壳,声气微弱了几分,"跟他说提高和改善的部分就好,别说以前不正常行吗?"

哈登博士一笑,又说:"有人跟我说过,第八星系有小一半的人都是空脑症,这些人做梦都想治愈自己,再大的风险也能承受,陆总长,这些日子通过和您的交流,我认为您九年的研究成果可以说是有实验基础的,为什么不继续下去?要知道一旦成功,你的第八星系将变成超人星系,公民里任何一个未经训练的普通人,精神力和战斗力都能媲美联盟正规军,到时候以你的力量,可以横扫联盟。"

"空脑症不是人吗?"陆必行说,"伊甸园都没了,你们怎么还歧视空脑症，世界上又不是只有开机甲一种工作，再说空脑症也不是完全开不了，只不过是学得慢点而已。这都是谁跟您说的谬论？"

哈登博士："……"

陆必行一看他这个一言难尽的表情，立刻明白了，这位是个被林将军诈骗恐吓过，并留下了深刻心理阴影的孤寡老人，忍不住笑了一会儿。半带同情、半带赔罪地给老哈登倒了一杯茶，又说："您知道我第一次仔细翻看湛卢数据库时的感觉吗？"

哈登："嗯？"

"非常震撼，"陆必行说，"我在湛卢那儿翻到了很多我以为不存在的技术，有一小部分内容，我也曾经想到过，并且自鸣得意过，更多的则超出了我的知识范畴，还有一些我甚至至今都理解不了，我当时就想，原来这个世界上比我聪明的人有这么多，多到难以想象，但这些都是夭折的项目，虽然记载下来了，但前面都附有很长的禁令和叫停通知。"

"正常，我在'白塔'的时候，参与过六十多个项目，90%以上都没有通过风险审核，剩下的都是些不痛不痒的东西，"哈登博士叹了口气，低低地说，"那些魔豆会在一夜之间长到天上，云端食人的巨人会倾盆而下①。每一步微小的尝试都可能万劫不复。"

"您说得对，直到我自己坐在这个位置上，才知道联盟已经在我出生之前几百年……不，甚至在联盟诞生前的旧星历年代，掌握权力的人们就意识到了这个问题，"陆必行说，"大航海时代之后，人类文明一直在倒退，并不是因为人类退化了，而是我们不得不戴上镣铐。"

"就算这么小心，联盟还是踩到了雷，连最安全的娱乐服务业都到处是危机，"哈登说，"谁能想到'伊甸园'会变成那样一个怪物？"

两人彼此沉默了一会儿，陆必行说："我小时候想做空脑症专用机甲，自以为想出了办法，结果发现原来我的理论早就有人验证否定过

---

① 参考《杰克与魔豆》。

了。当你发现你所有自以为伟大的构想，以前都有人想到过，所有自以为开创时代的理论，以前都有人证伪过，这个世界乱到今天这个地步，是因为那些比你聪明的人全都失败了，就会觉得心里很慌。"

因为女娲计划流亡数百年的哈登博士再理解不过了，被他说得起了一身鸡皮疙瘩。

"真的很慌啊，博士，我小时候，什么都不懂的时候，有一千种对未来世界发展的构想，后来又不知天高地厚地建学校，天天上课跟学生们空谈。但是等我有权力实现自己的一切设想时，我发现我什么都不敢说了，"陆必行低声说，"这么多年，我对第八星系工程部的引导，全都是基于'形势所迫'——做不出这个东西，实现不了这种技术，我们会死，那我们才会在再三严格论证后动手做。相比起来，能改变社会结构，甚至物种特性的生物芯片太危险了——再说，芯片的危险性其实连自由军团的那位林小姐都知道吧，林当时在毫无保护的情况下，飘在宇宙射线里至少半小时以上，伤成那样，她不是也没想过对他使用芯片吗？"

哈登博士没意识到自己被套话了，毫无戒心地一点头："确实，我们都认为他的大脑受到了不可逆转的伤害，几乎没有恢复的可能，有人提出过用生物芯片试一试，但静姝坚持不肯。"

（三）

湛卢是和林静恒一起回来的。

林静恒既然回到了第八星系，"修复联盟第一机甲"自然就在一些马屁精的积极推动下提上了日程，如何在保持湛卢原有功能的基础上降低成本，成了一场工程部技术高手们的狂欢。今天的湛卢是第四号实验品，依然是以前那个亚麻色短发的军人形象，跟在林静恒身后，"四号"除了精神网还不太稳定，无论是外形还是行为举止，都已经基本与先前别无二致了。

他俩提前了一点回家，因为按照沃托历计算，这天是陆信的忌日，林静恒早退了几个小时，绕路中央广场，去石像下面坐了十分钟。

银河城作为第八星系核心，见惯了往来政要，不觉得稀奇，而林静恒又是出了名的不好说话，所以远远看见，也并没有人来打扰他。周遭的街道上，人车分流，匆匆忙忙，像往常一样平淡无奇，林静恒意识到，没有人知道这一天有什么意义。

一来，是第八星系的官方没有宣传过陆信之死；二来，"沃托历"和"独立历"两种历法差太多，第八星系和联盟断绝来往后，沃托历就被彻底废除，十几年来，这里的居民已经没人算得清联盟时间了。或许早年跟过陆信的一些自由联盟军老人还记得，不过这些人现在都是第八星系的中坚力量，散落在各大行星担任要务，分身乏术，也不太可能特意跑来银河城祭奠。

林静恒始终难以习惯独立历法，刚回来的时候，时间要靠个人终端提醒，年月日更是常常混乱，别人要是提到独立×年×月×日的时候，他还能迅速在心里换算一下，最怕听见"去年""×年前"之类的字眼，一听就找不着北……要是有人跑来问他"贵庚"，统帅可能得给他一枪。

在本地居民里推行新历法并没有什么阻力，因为那些生活在自然星球上的人，早就习惯有两套计时方法——官方一套，按照本地星球自转公转周期一套。前者只是个标尺，类似通用语，日常生活还是要按照后者来，像是日常说的方言。

只有常年在太空上的人，才会习惯官方历法。林静恒的个人终端里一直放着两套日历，直到今时今日，他第一反应也永远是沃托时间。

一个人怎么使用日历，就跟喜欢先往哪只脚上穿鞋一样，实在是件琐事，可是这件琐事背后隐含的东西，却又比两套日历系统复杂得多。

偷偷用沃托历的事，林静恒从来没告诉过陆必行，怕他多想。

第八星系与联盟之间相隔天堑，林静恒总以为双方在未来一段时间内，都会长期处于一种平衡的僵持状态——各过各的。可他没想到事情会变化得这么快，快到了他还没来得及让陆必行完全习惯他，还没来得及灭掉那个人午夜梦回时的魔兽。

联盟的三百零六号令，他们跟第一星系建立的联系，微妙的边境关系……突然，他以前拖延着没去考虑的问题就全都砸到了眼前。

第八星系和联盟，将来到底会是一种什么关系？他和白银十卫该用什么态度去面对联盟？那八亿从联盟来的难民怎么想？第八星系本土居民又是什么态度？假如有一天，双方出现利益冲突，该由谁来妥协？联盟与第八星系，会不会终有一天兵戎相见？到时候，他们这些偷偷用着沃托历的人，又该如何自处呢？

林静恒点了根烟，发了会儿呆，等他回过神来往嘴里塞的时候，烟头已经烧完了。

由于总长本人的沉默和放任，广场对面的商场立体屏幕上还在放着关于陆信的杜撰电影，剧情让知情人看了啼笑皆非。林静恒抬起头望向陆信高大的石像，忽然觉得陆信在这里，就像第八太阳，人人歌颂、光环多得看不清，但是很少有人能接近他。

而更让他不安的是，陆必行竟然一次也没有提起过陆信，甚至会在他提及那个人的时候，不着痕迹地把话题岔开。出于某种原因，陆必行似乎不想承认陆信这个父亲，他对陆信和联盟的态度是如出一辙的冷漠，那天在玫瑰之心提起，单纯只是为了脱身。

林静恒把烟头扔进张着嘴的清洁机器人里，转身回家，莫名其妙觉出了一点孤独，沉默了一路。

"先生，"快到家门口的时候，湛卢告诉他，"哈登博士来了。"

哈登博士定期上门，很有规律，林静恒知道，就头也不回地"嗯"了一声。

湛卢又说："陆校长和哈登博士在会客厅里谈话，但是现在会客厅把我屏蔽了。"

青天白日，在会客厅屏蔽湛卢？那陆总长岂不是要亲手给客人端茶倒水？在家里接待的都是私人朋友，没人会聊军政机密，屏蔽湛卢干什么？

林静恒正要推门的手一顿，觉出点不对来，低声吩咐湛卢："别说我回来了。"

随后，只见第八星系统帅先生绕着他自己家的房子转了半圈，挑了背光的一侧，敏捷地扒住窗棂往上一撑，如履平地一般，三下五除二从外面爬到了二楼露台。

他居然还是个闯空门的熟练工！

湛卢赞叹道："相当优雅，先生。"

林静恒："少废话，过来给我开门。"

人形的湛卢伸手按在墙上，与墙面融为一体，很快消失了，接着，露台里面的门锁"咔嗒"一声自动弹开，林静恒悄无声息地走了进去，正在晒太阳的爆米花猝不及防与他正面遭遇，吓得恨不能长出一千条腿，蹭着地板就要跑，被从地板里冒出来的机械手一把捉住七寸，固定在了原地。

为了节约空间，楼梯转的角度比较大，上面刚好有个地方能挡住人。而那个拐角正下方刚好就是会客厅。

屏蔽人工智能很简单，有权限，只要主人一句话，湛卢就百分之百不会偷听。但如果是有人在这儿，隔着一排楼梯和一扇门，只需要一个非常简单的音量放大器，就能听见里面的人在说什么，个人终端都可以实现。

林静恒坐下的时候，正好听见哈登博士那句："……有人提出过用生物芯片试一试，静姝坚持不肯。"

林静恒："……"

只要陆必行自己想知道，哈登博士确实也保守不了什么秘密，但他实在没想到，"哈登牌自动答录机"配合得这么痛快。

陆必行套话之前，虽然早有心理准备，听了"不可逆转的伤害"那一句，脑子里还是"嗡"的一声。

哈登博士见他目光发直，还以为他是不知道该怎么评价林静姝，接着说:"但是她的想法,恐怕和陆总长的还不太一样。她并不是因为芯片危险才不肯用在静恒身上的,她是不知道给他用哪个级别的芯片,不知道怎么面对他,她更希望让静恒一直以植物人的状态躺下去。静姝那时候啊……应该是承认自己不了解这个双胞胎哥哥了,所以她害怕了。双胞胎之间的感情本来就更复杂一些,又是从小相依为命长大的,我觉得她有时候把静恒当成自己的一部分人格,他可以死,可以是一个没有意识的标本,但是不能否定她和过去。"

陆必行耳畔轰鸣作响,老哈登博士这一番话好像是在很远的地方响起的,他一个字也没听进去。好半晌,他才艰难地找回了自己的声音,为了不让哈登博士看出端倪,干巴巴地顺着他的话音问:"给我……咳……讲一讲自由军团的林静姝女士吧,湛卢里所有关于林的资料,都是他被领养之后的事。"

"是啊,"哈登博士叹了口气,"听说你们捕获过劳拉·格登给反乌会的留言,大概也知道他们夫妻俩的关系。小……林蔚一直不知道该怎么面对他这两个孩子——我不知道你能不能理解,沃托的政治联姻,很多夫妻是常年分居的,孩子采集细胞体外培养,就跟树上结的一样……其实一般培育中心会要求父母在培育过程中定期去看孩子,通过一些活动和体验建立亲子关系,这是硬性规定,不按时签到的父母可能会被剥夺抚养权。可那两位,一个是将军,一个是白塔之主,培育中心谁也得罪不起,更不敢跟他们提规矩。于是这两人就一个派亲兵去,一个派研究员去,硬是不碰面。"

陆必行的心好像被人用镊子夹住,捏起了一点皮,捏起来还不算,又狠狠地一拧——

"幸亏,那一阵子沃托的培育中心流行做龙凤胎,两个孩子一起出生长大,还能彼此相依为命,要是只有一个,还不知道要长成什么样。"哈登博士叹了口气,"劳拉是我最好的学生,但我还是觉得,他们俩这样不对。"

楼梯上,变色龙一步一挪地爬了下来,靠近了林静恒。

林静恒给了它一个冷冷的眼神，示意它走开，那蠢东西却看不懂人脸色，两只短粗的前爪搭上了统帅的腿，很快变成了和他裤子一样的颜色。林静恒揪着它的脖子，拎起来扒拉到一边，变色龙委委屈屈地往楼梯上一趴，又变成了木头色。

"……这就是林蔚。"哈登博士瞪着一双不太好用的眼睛，好不容易从个人终端里翻出了一张照片，陆必行低头看过去，照片上的林蔚很年轻，跟说一不二的林统帅不一样，林蔚中将的气质看起来很温柔，他神态平和，眉目中宛如有静气，乍一看，林静恒长得不太像他，唯有罕见的笑容颇有神似之处，"劳拉事发后，管委会和军委秘密达成协议，隐瞒了当时作为白塔负责人的劳拉·格登背叛联盟的事，条件是林蔚将军亲自出兵，清剿他们的余孽……他……林蔚，在这件事之后，一直很消沉，后来有一次执行任务时心不在焉，意外从精神网上强行脱落，受了重伤，之后一直拒绝伊甸园，还滥用药物和致幻剂，这才……唉，算是英年早逝吧？"

陆必行轻声问："不是说政治联姻没有感情吗？"

"我不知道，政治联姻是管委会提的，但想要劳拉，据说是林蔚主动开口的。劳拉……劳拉受我的影响太深，有些问题上很偏激，大概觉得嫁给他也是对管委会迫不得已的妥协之一吧，我想连劳拉本人都不知道林蔚对她感情那么深。现在想想，林蔚的死其实改变了很多事。"

冰冷又疏远的庇护也是庇护，失去父亲的双胞胎被强行分开，一个握住了没有方向的利器，一个拉起了魔鬼的手。而林蔚的养父——行将退休的伍尔夫元帅，也失去了一生的寄托，自此彻底与管委会决裂，陆信则因为"禁果"被卷了进来，教训在前，却犹不肯明哲保身，致使联盟自毁长城……他们一个接一个地被命运穿在一起，终于酿成了一场海啸，轰然淹没了八大星系。

会客厅里无声了片刻，陆必行说："所以……她把你们关在一颗小行星上，类似太空监狱……博士，您的意思是，她一开始想杀了林吗？"

哈登博士张了张嘴，这会儿总算想起林静恒让他保密的事了，临时生硬地改口："具体情况林将军不让我说，这……反正他也回来了，你去问他吧。"

陆必行一笑，耐心地转移了话题："好，那就不说这个——我看过那些古代的书，远古的地球人很有意思，生活在一个小行星上的人，光靠长相和语言就能分出不同的民族和群体，很容易就能识别出谁是同胞、谁是敌人，保护同胞、对抗敌人就是'大义'，就像是刻在基因里一样明确……看着就让人羡慕。博士，您活了三百多岁，是联盟的先驱，年少时追随的是林格尔统帅、菲林先生他们那样能开创一个时代的人杰，能不能给我一点建议，我该把第八星系带到什么地方？玫瑰之心虫洞实验那天，最高峰时，同时在线人数7.6亿，我又该把这7.6亿人带到什么地方？"

如今的联盟，建立在虚伪谎言的废墟上，自由军团建立在尸骨满地的坟冢上。

那么第八星系呢？又建立在什么上呢？一个遥远的石像，和一个更加遥远的自由宣言吗？

哈登博士默然不语。

"不要跟我说统一联盟，我没这个情怀，也没这个本事，一个小小的第八星系都让我管成这样……再说，联盟统一的下场我们都看见了，就算我真的走了狗屎运，将来又怎么样才能不重蹈覆辙？"陆必行说，"还有我们通过玫瑰之心和第一星系边境守军建立的联系，不瞒您说，这十几天，我天天都想让人偷偷破坏掉这个通信平台，我甚至想找个什么办法，能像炸毁跃迁点一样破坏掉天然虫洞区。"

哈登博士叹了口气。

陆必行低声叮嘱："……这些话还请您保密，别跟静恒说。"

已经听见的林静恒轻轻地捏紧了垂在身侧的拳头。

林静恒将手指搭在了自己的个人终端上，他一生自以为无所畏惧，那一刻，心里想的竟然不是踹开门闯进去，而是闭目塞听地关上窃听器，消去湛卢的记录，从窗口跳出去，再假装自己什么都没听见。

  会客厅里，陆必行用很轻的声音继续说："我不想让他觉得，是他让我没有安全感才会这样……他迁就我太多，压力也一直很大，人又闷得很，有多大的心事也不会往下卸。"

  哈登博士："……"

  他老人家想起林静恒在小行星上的所作所为，就肝胆齐颤，感觉自己跟陆必行认识的可能不是同一个林静恒。陆必行一看博士那准备上访的小表情，就知道这位苦主老先生怕是被林静恒坑出了心理阴影，跑到他这里来喊冤告状，只好略带赔礼道歉意味地朝他一笑，同时也觉出了一点不是滋味——人人心里，都认为林静恒浑蛋到不可一世，有一口气在，他就能搅和出一个天翻地覆来，哪怕被炸开的生态舱碎片在半空中捅个对穿，也转个身就满血复活，就好像他不会疼、不会怕、不是个肉体凡胎一样。

  "我总是想逃避，哈登博士，"陆必行说，"我以前就喜欢扮演那种和稀泥的角色，把决策的权力交给别人，幻想靠一张嘴提提建议，就让大家皆大欢喜，永远不想去做那种可能会伤害一些人的抉择，永远想当个好人……后来我发现，这不是人文主义精神，只不过是我在转嫁压力而已——封闭第八星系的事我只是说说，就以我们现在的技术水平，连稳定通信信号都做不到，怎么可能毁掉天然虫洞区？"

  哈登博士感叹了一声："是啊，而且你毕竟是陆信将军的……"

  "我是第八星系的儿子，我也只有一个抚养人，他在墓园里，"陆必行平平板板地打断老哈登，接着，仿佛是察觉到了自己语气的生硬，陆必行又朝他微笑了一下，"我个人很仰慕陆信将军和他的自由宣言，但是您也知道，我只是身体的一部分保留了他的一点基因，血缘都谈不上深厚，精神上就更没有传承了，这事啊，咱们打感情牌糊弄糊弄外人就好了。"

  林静恒难以置信地看向会客厅的方向，目光仿佛要穿透厚厚的楼梯间和隔音门。他想过很多，甚至暗暗担心，陆必行会不会因为他长久的隐瞒而埋怨他，或是觉得他当初的接近另有所图。可是没有，陆必行一直维持了他在注射舒缓剂六号之后的状态——对这件事情冷静又抽离。

原来他的不在意，并不是因为格局大、想得开吗？

陆必行很礼貌地对哈登博士说："很抱歉拿这些困惑来打扰您。"

"不，"哈登博士摇摇头，"如果静姝也愿意像你一样，跟我坐下来好好说说话，而不是逼着我给她实验数据，大概……"

"林小姐的想法不一定没有道理，"陆必行说，"如果世界变成她设想的样子，至少不会再重蹈伊甸园的覆辙。"

"陆总长，"哈登博士突然正色起来，苦瓜一样的老脸因为这种异样的凝重，镀了一层说不出的神采，"其实不管你多么殚精竭虑，不管你怎么挖空心思，想给未来找一条新的出路，不管未来联盟与第八星系会是怎样一种新的关系、新的制度，它们都终将会重蹈联盟的覆辙，再一次覆灭。这是命中注定的——这是我活了三百多岁，做了无数错事、走了无数弯路，唯一能告诉你的经验。"

陆必行一愣。

"当年伊甸园管委会一手遮天，我、劳拉、伍尔夫、林静姝……甚至是静恒，都或多或少地推了联盟一把，表面上看，是我们这些人的争斗让联盟四分五裂，"哈登博士说，"但其实战前最后一次人口普查显示，在联盟范围内，空脑症儿近十年的出生率在以每年0.4%的幅度快速上升，同时，伊甸园环境下，情绪药物消耗量也在逐年上升，这意味着，照这样发展，一代人之内，联盟必定会有大乱，我们充其量只是加快了这个进程而已。我不知道陆总长有没有听说过，古地球时代，有一个很经典的恐怖猜想。有人问，'我们的未来，是会死于奥威尔，还是死于赫胥黎？'"

"嗯，听说过一点，公元纪年，第20世纪，"陆必行说，"星际文明萌芽，史学家认为，那是'地球时代'倒计时的开始。"

"对，这两位伟大的预言家，一个描述了高压暴政、用永不停息的憎恨和专制驱动的社会，另一个描述了娱乐至死、自愿被洗脑、被设定的玩偶社会；一个讲了永恒但不会有结果的战争环境，另一个讲了战争消失、人类大同、所有人都浸泡在迷幻药里的时代。"哈登博士用一种沙哑又舒缓的声音说，"不过四个大纪元过去了，现实是，我们经常在这两种预言中摇摆——比如联盟推翻的那个旧星历时代，比如已经变得十分危险的伊甸园……"

陆必行问："还有自由军团？"

"自由军团……自由军团更敢想一些，林静姝的野心带着毁灭意味，她企图把两个看起来南辕北辙的陷阱合二为一，生物芯片借着伊甸园破碎后的东风崛起，引诱那些痛苦又脆弱的人自愿掉进陷阱、接受改造，利用技术来干涉社会结构，这是赫胥黎的做法——之后又用恐怖、无从抵抗的高压和层级分明的专制来管理她的帝国，这是奥威尔的世界。"哈登博士苦笑一声，"她高效快速敛财，手起刀落就杀出了一条血路。"

陆必行想了想："某种程度上来说，她也非常了不起。我们从当代的角度看，觉得她手段残忍，灭绝人性，但如果她真的成功了呢？若干年后，所有人从历史书上读到那个混乱的联盟，都会十分鄙视，因为在他们那里，每个人都按部就班、各司其职，都有固定的升职路径，每个人都不会迷茫，都很快乐，他们没有战争，也没有压迫——芯片的等级压制让他们从内心服从，感觉不到被压迫，也感觉不到反抗的需要……"

"这个世界上将不再有'幸存者'，"哈登接话说，"因为他们将不再有灾祸。她不成功，就是个杀人贩毒的星际海盗，成功了，她就是未来的圣人。"

陆必行半开玩笑似的看了他一眼："说得我都快心动认同了，我说哈登博士，您不会是自由军团派来的奸细吧？"

哈登博士没有理会，兀自正色说："但我不认同，从地球时代到现在的新星历时代，横跨四个纪元的人类文明，数十万年，但这两个预言中长久的'稳定'并没有实现过。除了伟大而短暂的大航海时代，我们总是在平静一段时间后,就面临尖锐的社会矛盾,继而走向动乱或是战争,一场爆破后疮痍满目地活下来,幸存者们重建,再走向新的一轮循环——周而复始。"

陆必行不笑了,良久,他字斟句酌地说:"您是在说,这是自由的代价?您还相信自由宣言吗?"

"这是追求自由的代价,"哈登博士纠正说,"因为从古至今,不管是精英阶层还是大众阶层,都从未实现过所谓'自由'。总长,你知道吗,甚至有人说过,'人民不需要自由',因为'自由'度越高,责任就越沉重,沉重到你背不起的地步,就会心甘情愿地画地为牢。连总长你都承认,你总是想把选择权交给别人,变成一个'迫不得已服从命令'的人,何况我们这些庸常的普通人。"

陆必行深有同感,并觉得更丧了。

"付出这么大的代价,原来大家都只是喊口号,谁也不知道自由到底是什么,自由宣言更像个玩笑。"哈登博士说,"那为什么我们不从奥威尔和赫胥黎的两条路里随便选一条,一直且永恒地走下去呢?"

陆必行的神色略微闪了闪,垂下头,看进了哈登博士那双混浊的老眼里。

"有人说,奥威尔和赫胥黎描述的世界是相反的,其实他们都在描绘同一种东西,"哈登博士说,"不,我说的不是所谓'讽刺政治专制'——他们点出了是整个社会的'幽闭恐惧症'。"

"我们就像传说中一种无脚的鸟①,永远不能停,停下来就会失活,然后灭亡。我们必须扩张,必须不断开辟新的世界。幽闭的概念,也随着活动范围的扩大而越来越宽泛,我记得我和静恒在小行星上讨论过这个问题,在古代,几十亿人挤在一个小行星上,也没有人觉得自己

---

① "世界上有一种鸟是没有脚的,它可以一直地飞呀飞,飞得累了便在风中睡觉,这种鸟一辈子只可以下地一次,那一次就是它死的时候。"——《阿飞正传》

被关起来了，因为在一个条件好的自然星球上，自然资源完全可以自给自足。可是现在，总长想断绝第八星系和联盟的来往，你的用词仍是'封闭'。"

劳拉说，愤怒、焦虑、痛苦和愚昧，就是自由意志本身。

"自由宣言，冠冕堂皇，假大空又没有逻辑，但它之所以能树立在那儿，是因为顺应了人之天性，总长，天性也不一定是有逻辑的，否则繁衍交配之余，为什么你们这些年轻人还迷恋没用又会带来痛苦的爱情？"哈登博士让机器人把仪器抬好，做出要告辞的样子，"除非有一天这种天性消失了，但是那一天的人类，也许和现在的我们就不是一个物种吧，陆总长，既然你最终亲手放弃了人类进化的路，就该随时做好心理准备。"

陆必行帮他拿起外套。

"做好准备，"陆必行低声说，"是啊，话说回来，天然虫洞的通道还是我们自己打通的，真是自作孽。不过我还是得代表远征队感谢您，据说搭建跨虫洞通信，远征队从您那里受益匪浅。哈登博士，您作为人机交互专家，对通信技术居然也颇有心得，看来是被囚禁在太空监狱里熟能生巧了。"

哈登博士毫无戒心地苦笑了一声："可不是，手里只有原始人的工具，和最精良的太空监狱斗争，十几年啊，别说我了，就连那位上学时候就整天旷课的暴力狂，都成了半个专家呢。"

陆必行若无其事地说："他说他都记不清失败过多少次了。"

哈登博士自然而然地以为林静恒说过这段，顺口接道："我可记得，两千多次发送失败，换个不那么铁石心肠的，大概早疯了。"

林静恒："……"

一位横跨多个领域的睿智老专家，是怎样身陷保健品诈骗陷阱的……现场。

简直没眼看。

陆必行从他嘴里套出了只言片语，扶着哈登轮椅背的手却簌簌地颤抖了起来。

两千……多次。

那么他是每次得到失败的信息，就爬到屋顶，一个人看星星吗？

那不是暗无天日吗？

可自己再也不是那个拖着他跑到集市上，拿着个橘子讨他一笑的小青年了，再不能毫不犹豫地承诺"不管你去哪儿，我跟你走"。

"博士，"陆必行鬼使神差地脱口说，"如果有一个人，你们本来很好、很亲密，可是有一天，你发现自己再也不能给对方带来快乐，而是一直在勉强他、拖着他的脚步，是不是就该……"

他话没说完，会客厅的门就被人粗暴地搡开了，"咣"一下撞在墙上，门轴和墙面同时发出一声惨叫。

第三章 爆发

"我活着就剩这一点意义，不喜欢就能不要吗？"

（一）

哈登博士年纪大了，神经衰弱，被这动静吓得差点从轮椅上摔下来。

机械手湛卢连忙顺着天花板滑过来："门轴损坏，墙面发生凹陷，请开启家居检修功能——先生，我需要提醒您，这是很不文明的暴力行为……"

林静恒："走开。"

湛卢闭了嘴，从天花板上滑了下来，落地变成亚麻色短发的男人，快速上前接过哈登博士的轮椅："我送您回家。"

方才还站在人类高度上指点历史和未来的哈登博士屁都不敢放，果断夹起尾巴，跟着湛卢闪避了。

林静恒僵硬地站在原地，目光着了火似的钉在陆必行身上，一动不动。

再怎么说，有外人在，也得给总长留点面子，于是他一直等到大门响了一声，知道哈登博士走了，才一把拎起陆必行的领子，把他按在了墙上："过来，聊聊。"

陆必行还没回过神来，慌里慌张地说："你……你什么时候回来的，湛卢怎么没……"

林静恒打断他，从牙缝里挤出一句话："你刚才跟那老头说什么，再给我说一遍。"

陆必行——方才同样站在人类高度上瞭望远方，还没来得及走下高台的总长先生，万万没有这个胆子，并恨不能穿回一分钟前，把自己那句鬼迷心窍似的话塞回嗓子眼里，腿都有点软。

林静恒步步紧逼："'是不是就该'什么？"

陆必行的嘴张了张："我……"

他这副慌慌张张的德行，像是一捧热油浇到了林静恒着火的心口上，炸得岩浆四射，四肢都沸腾了，林静恒感觉自己这辈子就没发过这么大的火，想起陆必行身上吉凶难辨的芯片、湛卢告状中莫须有的医疗记录，他的手指关节捏得咯咯作响……简直恨不能把此人搓圆了扔地上，抽成一只陀螺。

当然，守财奴气疯了也不舍得砸玉瓶，林静恒心里核爆了三次，胸椎都被烧化了，也没舍得动陆必行一根头发，他僵持片刻，狠狠地在墙面上砸了一拳，转身就走，打算找个地方消火，被陆必行拦腰一把拽住。

"你说过你没有受伤，你说过你只是被自由军团捞回去关了几年，大脑伤害是怎么回事？什么叫'林静姝想要你一直当个植物人'？"陆必行的声音压在嗓子里，扯住林静恒的衬衫下摆，林静恒狠狠地一挣，没挣开——那牲口有生物芯片作弊，陆必行不由分说地将手指探进他的衣服里，按在他小腹的伤疤上，"还有这个，这又是怎么回事？"

"滚！"林静恒盛怒之下，回手别了他一肘子，"松手！"

可是这一肘子好像戳在了墙上，一声闷响，陆必行连哼都没哼一声。他脑子里一根血管快要跳炸了，什么都来不及思考，只是本能地把林静恒抓得更紧,他把脸深深地埋在林静恒肩头,嗅到了从布料里透出来的体温。

微弱的温度涌进他的鼻腔,像一根刺一样,捅进了他的眉心。

林静恒一时掰不开他的手,又被他坚硬的腕骨勒得喘不过气来,口不择言地冷笑了一声:"这个?越狱的时候炸的,炸得真不是地方,再往上一点,你和林静姝就都能放心地……"

陆必行脸色蓦地一沉,声音变了调:"你胡说什么!"

林静恒:"我不知道我回来干什么!"

陆必行:"在玫瑰之心是我没问过你,是我擅自闯进他们中间把你带回来,是我故意忽略你当年毫不犹豫地让白银十卫先解联盟的燃眉之急,差点把自己困死在第八星系之外!是我不想把你还给联盟,我自作主张,我强人所难,行吗!"

林静恒一低头,技巧性地把陆必行的手臂一卡一折,那手指迫不得已地一松,又本能地去钩他的外衣,抓了个空——林静恒直接把自己的外衣扒下来,甩在了他脸上,金属衣扣与总长的鼻梁亲密碰撞。

芯片人的身体是感觉不到这点疼的,他只是觉得那衣扣冰凉冰凉的,像染着一层……当年北京β星上才有的霜。

林静恒的衬衫衣摆被他揪出了一半,下摆皱得活像哈登的脸,扣子绷掉了好几颗。他怒不可遏地站在几步之外,衣衫不整、形容狼狈。他沉默了好一会儿,胸口从剧烈起伏到克制的深呼吸,却怎么都好像喘不上这口气,于是微微仰起头,颈侧的筋骨绷紧了,突兀地从皮肤下露出嶙峋的痕迹。林静恒被他气得要升天。

陆必行握住他那件外衣,一咬舌尖,勉强自己冷静下来,率先结束争吵低了头:"林,我……对不起,我不是那个意思。"

林静恒居高临下地看着他,声音压在喉咙里:"那你是哪个意思?"

陆必行的嘴唇抿成一线,撑在膝盖上的双手扣在一起,十指不断地彼此折磨。

以前，陆必行的骨骼外包着一层薄薄的皮肉，倒也不是"婴儿肥"那种没长大的少年相，只是恰到好处地给他的骨头镀了一层柔光，因为眉目舒展，嘴角总是往上翘，显得格外温柔多情。但也许是芯片加速了他的新陈代谢，也许单纯是累瘦了，那一层薄薄的皮肉如今只剩下皮，紧裹着骨头，棱角变得分明，连五官都因为轮廓加深而锋利了起来，不笑的时候，竟有点不怒自威的意思。

林静恒后退了一步，靠在会客厅一侧的墙上，闭了闭眼。

近来，陆必行在他面前其实已经放松多了，甚至升起了一点宝贵的好奇心，主动对哈登博士施以坑蒙拐骗。那天远征队成功穿过玫瑰之心时，地面支持部门全员沸腾，陆必行混在人群里，远远地冲他比了个淘气的拇指……那一刻，他甚至还以为，自己已经渐渐修复了那条通往过去的路。

不料没来得及欣慰，那条影影绰绰的小路就被来自联盟的声音砸断了。

危机四伏的联盟，想要独善其身的第八星系。

陆必行想，如果林只是个普通人多好，想要留住他，会变得多么顺理成章。可他代表的是白银十卫，和海盗自由军团斗了十多年、只剩一堆破铜烂铁也依然能左右战局的白银十卫。他的去留掺杂了很多别的东西，私人的感情，在其中能排到哪儿呢？而这私人感情里，又有多少是看在陆信将军——他那不愿意承认的生父面子上呢？

仔细算来，其实他们之间的问题一开始就存在，从臭大姐基地就开始了。那时候林静恒因为自己也要修复重三，所以在"百日定律"的前提下，勉强宽限给陆必行三个月，三个月转眼到期，基地依然是烂泥糊不上墙，林即将召唤域外久候的白银九，抛弃基地里的千万人渣。彼时，尚且年少轻狂的陆老师进退维谷，踟蹰在除夕的夜色里，不知道该站在哪一边。

幸运的是，凯莱亲王阿瑞斯·冯正好因为源异人的死，发现了基地，横插一杠，让他们避开了正面冲突和两难的选择。

第二次是变种彩虹病毒暴发时，如果当时他们没有霍普帮忙，最终也没能拿到变种彩虹病毒的抗体，林静恒一定会在最后一刻下令，让图兰带着白银九离开即将变成死地的第八星系……而再一次的幸运，让死神在这一切无可挽回之前止了步。

第三次是林静恒身份暴露，第八星系四面楚歌时，陆必行提出炸毁跃迁点，封闭第八星系。陆必行觉得自己早该看出来，即使那时候林名义上是"第八星系自卫军司令"，实际还是白银要塞的林上将，其实并不同意私自炸毁跃迁点。他不想叛出联盟，甚至在收到白银十卫信息后，也是第一时间命令他们捍卫自由宣言，而非自己……林静恒当时没有明确反对封闭第八星系，恐怕也只是因为他手上只有一伙虾兵蟹将，而那些人都在逼迫他。

可即使这样，他也仍然险些为联盟而死。

往事历历在目，陆必行想，如果自己当时再敏感一点、想得多一点，是不是就能看见那条影影绰绰的命运之线，看见他们两人之间深刻到根系的裂痕？命运待他不薄，给了他这个爱和稀泥的人两次逃避的机会，可是再一再二不再三，他没把它们当示警，甚至沾沾自喜于自己总能"两全"的歪才。于是命运抽了他一个大耳光，把不能回避的矛盾赤裸裸地堆在了他鼻子底下。

两个人彼此沉默良久，方才的高温渐渐降下去，像是流火掠过，灰烬将熄。会客厅门上的电子时钟一秒一秒地踱着步，那一寸的光阴长得近乎惨烈。

陆必行终于开了口，声音沙哑地说："不吵了好不好？听我说句话。"

林静恒不置可否地看着他。

"哈登博士说，你被困在太空监狱里，两千多次试图冲破封锁的信号。"陆必行说，从哈登博士嘴里套出来的那点情报，已经够他猜个七七八八了，"我计算过，从湛卢精神网消散，到被自由军团捕捞，中间至少有半个小时的时间，人在爆炸后的宇宙射线下无法存活那么久，所以我猜,你应该是用某种方法……给毁掉的生态舱加了一层保护罩,并且在这个过程中受了严重的大脑创伤,哈登他们都觉得伤害是不可逆转的……所以到底是有多重?你昏迷了多久?"

"两年,"林静恒语气没什么起伏地回答,随即,他又刻意挑明什么似的,说,"没有你想的那么长,我说的是沃托时间。"

"沃托时间"四个字刺耳,陆必行的手指绞得更紧了。猜测归猜测,永远也不如那个人亲口说出来的真相灼人,陆必行声音发涩:"两年……救你的人没有采取任何有帮助的措施,哈登说,她想让你保持现状。"

"那倒没有,她采取措施了,"林静恒说,"她想把我变成一具标本。"

陆必行的手指关节"嘎"一声脆响。

林静恒仰头靠在墙上,盯着天花板看了一会儿,天花板的纹路简洁而雅致,没有多余的情绪和表达,是个标准的总长会客间——陆必行现在也是个很合格、很标准的总长。

"我以前觉得,只要有一口气在,有个人我就非见不可,有个地方我非回不可,有个承诺也非践行不可,所以不敢死,我得从缝里扒出一线生机,把意识粘在残余的精神网上也不敢消散,借着小行星公转到近日点时那一点恒星风暴的扰动也要醒过来。我还得装失忆、装傻、装温柔,就为了从海盗手里骗来一点喘息的余地……装的时候,甚至不敢仔细想,这个'海盗'是我亲妹妹。"

林静恒说到这里,突兀地闭了嘴,隐约觉得后文伤人,不该说。可是那些话就像呕吐时已经涌进嗓子里的酸水,林静恒差点把牙咬碎,才憋回了下文,还没来得及自己消化掉,陆必行就忽然接话说:"你'以前觉得',那现在呢?现在觉得,这一切都没有什么意义——你刚才是想这么说,对吧,我看得出来。"

他太擅长察言观色了,一眼扫过去,就把林静恒憋回去的话强行拖出来,摊开在两人面前。

"我不值这个。"陆必行静静地继续说,"我也不知道我应该怎么做,才能不让你这十四年里吃的苦落空,你能不能告诉我?静恒,我……我真的背不动这么……这么沉重的期望。你过去喜欢的那个人,已经不存在了,我真的是很想把他还给你,可是只能狗尾续貂。"

林静恒一扭头想说什么,陆必行却再次打断他。

陆必行声气缓和,就像是早年耐心地给他那些熊学生讲道理一样,他说:"你能不能不要撒谎说,不管我变成什么样你都喜欢?"

"咱们都坦白一点吧,静恒。我认识你……唉,这么往前一倒,独立年和沃托年我也算不清了——就算是有二十多年了吧?在北京β星上,后来又一起患难……再后来,我爸……我爸走了,你也走了,剩我一个人守着这片荒漠,无所适从的时候,我就把湛卢那里关于你的一切记载反复拿出来看,来来回回,于是单方面地陪着你从十几岁的孩子成长到联盟上将,陪了……也就百十来遍吧。所以我挺了解你的,比你想象的还要了解。静恒,说实话,我现在是不是偶尔会让你想起联盟的元帅,还有自由军团的那位?那你想得没错,我以前也觉得他俩都是疯子,现在却越来越能理解他们了。"

陆必行抬起头,眼睛里有某种惊心动魄的东西,像是黑暗深处,一场无声的风暴:"你不喜欢一个总是处心积虑、总是让你紧张疲惫,将来有可能会和他们一样逼迫你的人,是不是?"

让人窒息的沉默再次蔓延。

片刻后,林静恒如他所愿地坦白了。

他说:"是。"

这一个字终于撕裂了粉饰的太平。

林静恒说:"我不喜欢每天猜你在想什么,也不喜欢时刻掂量着什么话该说,什么话不该说,我讨厌走钢丝似的私人关系,也没耐心做类似修复重三机甲的琐碎活,我觉得很累。"

断头台的铡刀落下,瞬间让人尸首分离。陆必行想朝他挤出一个释然的微笑,然而失败了。他的喉咙来来回回地滚动了几次,发不出一点声音，胸口一片冰凉。林静恒拉开会客厅的门，走了出去，守在门口的家用检修机器人进来，敲敲打打地动手检查起被他破坏的门轴和墙面，制造了一点小噪声。

陆必行闭上眼，黑暗中，那人走远的脚步声清清楚楚，他想不顾一切地扑上去，像抓一根救命稻草一样地把他抓回来，可是一点力气也没有，就像冰冷的河水浸没过他的头顶，灌进了四肢，不停地把他往下拽，他只能眼睁睁地看着自己淹死。

"可是我能怎么办？"

陆必行狠狠地一激灵，倏地睁开眼。

林静恒竟没有离开家，而是上了楼。他站在曲折的楼梯上，突然回头朝他吼了一句："我活着就剩这一点意义，不喜欢就能不要吗？"

陆必行呆住了，他不知道自己什么时候站起来的，回过神来的时候，只听见楼上一声门响，林静恒甩上了书房的门，还不等陆必行在楼梯下徘徊出个结果，林静恒又自己冷着脸从书房出来了——他想起陆必行作为第八星系行政长官，经常需要在书房召集线上会议，搞不好什么时候要用，于是在欲言又止的陆必行目光注视下，他直接上了阁楼，把门锁上了。

客厅里的大鱼缸波光粼粼，一条斑斓的热带鱼吐了个泡泡，一场冷战开始了。

（二）

来自北京 β 星反导实验基地的邮件，向来是被标注为"重要内容"的，陆必行盯着这封"重要内容"的第一段看了五分钟，字都认识，连在一起死活看不懂，他心浮气躁地把书房的温度调低了五摄氏度，很想把反导基地的负责人拎过来怒斥一顿，让他好好反省一下给上级打报告的正确姿势。

"湛卢，"陆必行说，"阁楼很久没人去过了，室内环境怎么样？

各项参数给我报一下。"

机械手就吊死鬼一样地从屋顶上垂下来，回答他："陆校长，所有房间，包括地下室都是统一管理的，有任何异常，我这里会显示报修。"

陆必行端茶杯的手顿了顿，默默地把方才调低的温度又调回去了。

"……他吃东西了吗？"

这本来是他们的默契——林静恒只有需要去外星的时候，才会为了方便换营养膏或者营养针，在启明星上，他都是正常用餐，不是馋，而是要陪家人一起吃饭。一起用餐有时像一种仪式，哪怕彼此一句话也不说，只是默默把最后一截香肠一分为二，一人拿走一半，这天也仿佛是一起度过的。

机械手湛卢消失在房顶上，一分钟后，又重新出现，汇报说："我送过去的晚餐剩了一半，先生说不吃了，让我把剩下的收走。"

陆必行仓促地一点头，发了会儿呆，随后如梦方醒似的回头问湛卢："对了，他睡哪儿？"

不等湛卢回答，陆必行就又说："把我的枕头拿到书房来，我不出去……你让他放心下楼，回房间睡。"

湛卢应声虫似的去了，片刻后，机械手顶着一个枕头，神出鬼没地从书房门口绕回来汇报："先生说'别烦我，滚出去'。"

陆必行接住自己的枕头，叹了口气："那你去阁楼帮他收拾一下，送床被子上去……还有他明天要穿的衣服。"

湛卢这枚恢复中的机甲核，但凡还有一点作为凶器的尊严，就该朝啰嗦的主人竖中指了。

好在湛卢没有尊严。

他任劳任怨地落地化成人形，收拾了衣服和寝具，跑上阁楼送温暖。

过了一会儿，湛卢回来了，陆必行问他："怎么样？"

湛卢用没什么起伏的声音说："先生先是无视了我，随后又在阁楼上屏蔽了我，抱歉，陆校长，我被禁止上楼了，你要不要试试黑进家用系统？"

陆必行："……"

"哦，"就在这时，湛卢突然说，"我现在可以上去了。"

陆必行倏地抬头，眼睛里起了一丝细微的光亮。湛卢说："指挥部值班室传来重要军情，'3S'级，汇报优先级压过了家用屏蔽机制。"

陆必行眼睛里那点亮光就像是狂风骤雨下的两颗小火星，顿时又暗淡了。

湛卢："同步抄送总长。"

陆必行失魂落魄地一低头："哦，说吧。"

"玫瑰之心外围，联盟第二批增兵已经全部就位，根据初步信息，是超过三百架超时空重甲的大型军团，牵着一个巨大的人造空间站，中等要塞体量，要塞正准备投放。杜克将军发来消息，称该要塞并未经过第一星系守卫中央军同意，他去理论过，联盟中央拿《边境防御法》来堵他的嘴，他感到非常抱歉，并向我方解释，目前边境军事布置并非出于中央军本意。"

半死不活的陆必行眼神一沉，飘在头顶的灵魂强行归位，沉声问："我们要求与联盟对话的通信请求已经发送了六天，至今没有回应？"

"是的。"

陆必行缓缓地说："而我们并不能判断，究竟是联盟中央拒绝谈话，还是第一星系所谓的'边境守军'拦截了消息。"

陆必行从最高行政长官的角度看，认为联盟中央拒绝和第八星系对话——特别是私下对话，不太合常理。毕竟从体量上来说，第八星系与庞大的联盟没什么可比性，而联盟当前最紧迫的问题也不是他们。

那么三百零六号令就真的很耐人寻味了。

目前他们听到的消息，大多是杜克的一面之词，杜克和第八星系的交往很积极，虽然他看起来热情开朗，对陆信充满感情，但……安克鲁还在陆信石像前红过眼圈呢。

"去吧，"陆必行沉吟片刻，对湛卢说，"顺便告诉他，明早我会召集紧急会议，到时候请统帅准时出席。"

湛卢正要穿墙而过，陆必行又叫住他："哎，等等……"

"……他睡前要喝杯水，别给他倒凉的。"

（三）

第一星系。

一艘星际游船从沃托来，落在第一星系边缘的补给站里，游船停下来补给，乘客们鱼贯而出，走向补给站的餐厅。

女人在餐厅里左顾右盼片刻，最后选择了一个小包间，包间里已经有人了，她弯下腰，同对方交谈了两句，像是要拼桌，随后坐了进去，顺手拉上了座位旁边的小挡板。

"这是伍尔夫元帅的采访视频，"女人四下张望了一眼，将两个人的个人终端对在一起，一秒后传输完毕，"第一手资料，我采访的时候偷拍的，未经剪辑。"

她对面的男人问："你确定是本人吗？确定他神志清醒吗？确定整个过程中没有人受到威胁吗？"

"至少我拜访元帅府的时候，没看出他有什么异状。"

这女人正是那位采访伍尔夫的女记者。《沃托日报》一直是联盟中央的忠实喉舌，战前，联盟中央里管委会说了算，他们就替管委会站台，现在，联盟中央里有武装的是老大，他们又变成了军方的宣传兵。

作为《沃托日报》的台柱之一，女记者顺理成章地拿到了伍尔夫的独家采访权，针对争议很大的三百零六号令做了一份精彩的问卷。采访视频里，伍尔夫元帅口齿清晰，面色如常，一公布，就平息了"伍尔夫已经变成傀儡"的谣言。

于是人们的注意力被自然而然地引向了三百零六号令本身。

"三百零六号令明显针对第八星系，军委这道命令现在带来了很多猜测。有人说，第八星系独立给各星系中央军开了个很不好的头，如果联盟中央默许他们存在，以后这个也要独立，那个也要独立，恐怕会不好收场。也有人说，第八星系的跃迁点通路已经中断十几年，第八星系的问题现在不是燃眉之急，'三百零六'表面是针对玫瑰之心，其实是联盟剑指中央军，这是联盟中央和在战争中壮大的中央军又一次博弈，伍尔夫元帅想回收军权，以儆效尤。"

"都是没什么依据的瞎猜，"男人说，"虽说是'鸟尽弓藏'，可是现在鸟尽了吗？自由军团虎视眈眈，毒品犯罪层出不穷，伍尔夫怎么会现在把好不容易凝聚的中央军往外扔？这不合常理。"

女记者迟疑了一下："还有个谣言，他们说伍尔夫是逼不得已，因为第八星系已经完全征服了天然虫洞，第八星系这些年在域外建立了庞大的军事帝国，正在野心昭昭地磨刀向联盟。"

男人一皱眉。

"但是这个说法刚一冒头，就立刻被舆论口诛笔伐。"

"嗯，为什么？"

"白银十卫，你忘了吗？"女记者叹了口气，压低了声音，"组织当初被人算计误导，主力几乎都折在了林静恒手里，要不是哈瑞斯先知，差点就此……那些反复无常的民众因为这个，把林静恒捧得很高……天知道，他们之前还觉得他是阴谋颠覆联盟的罪魁祸首呢。还有，联盟最乱的那些年，自由军团用武力强行推行'鸦片'芯片，据说联盟顾不到的地方都是白银十卫在救场，白银十卫虽然不听联盟号令，却是抵抗'鸦片'的中坚力量。第八星系宣布独立那天，白银十卫高调出现，直接跟着林静恒回了第八星系，他们那个不知道哪儿来的总长又狡猾地把陆信竖在家门口，是个天然的情怀护盾。第八星系是不是真的对联盟虎视眈眈，我不知道，但是不少受过恩惠又容易被煽动的蠢货不信。"

男人追问："还有什么？"

"还有个重要消息，他们说，女娲计划很可能已经在第八星系取得了成功，他们已经弄出了一支真正的超级武装，"女记者说，"那个第八星系的总长是谁的儿子,我们不知道,但他对彩虹病毒免疫。"

"消息来自哪里?"

"军委一位高层身边的人是我朋友,无意中听到的,"女记者说,"他们在议论这件事,消息来源不明,你回去告诉哈瑞斯先知,让他有个心理准备,先知自然会判断。"

两人匆忙交换完信息,餐桌上跳出提示信息,显示已经准备好的星际游船编号,请旅客们登船。

"我走了,"男人深深地看了同伴一眼,"为了生命和自然。"

"生命和自然。"

男人快步离开餐厅,没注意到一个貌不惊人的矮个子从相邻的包间站起来,悄悄地跟上了他。

沃托。

王艾伦给自己倒了一杯红酒,朝虚无缥缈的地方一举杯:"那个女的已经把信息捎给哈瑞斯了。陆必行对彩虹病毒免疫的事,我们还是从哈瑞斯那里抠来的消息,他肯定一听就懂。哈瑞斯那个人就怕打仗,又向来偏向第八星系,一定会想方设法和第八星系取得联系,到时候稍微配合他一下就好。只有一点,你确定第八星系知道以后,真会斩断和联盟的联系,彻底封闭虫洞区吗?万一他们觉得自己受到了威胁,想先下手为强怎么办?"

林静姝的虚影浮在他的手腕旁边,巴掌大的一个立体人像,乍一看,简直就像一个精美的陶瓷人偶。

"不会的,白银十卫做不出把炮口转向联盟的事,你又不是第一天认识林静恒那个不合时宜的傻瓜。"她淡淡地说,"再者,有安克鲁'珠玉'在前,他们还敢信任中央军吗?一边是联盟中央的敌意,一边是中央军的'虚与委蛇',而区区十几年,也不够改变一代人的意识形态,第八星系还有大批联盟移民呢,不会想对联盟动兵,他们总长但凡长了脑子,就知道该怎么避免搅进联盟这摊烂事里。"

"借你吉言，"王艾伦说，"最好他们这些没用的技术能发达一些，能彻底炸塌了虫洞区。没有第八星系这个变数捣乱，相信我们的未来会顺利很多。干杯。"

（四）

银河城，林将军和工程师001的家。

陆必行蜷在书房角落的小榻上，睡不着。星光铺了一层，斜斜地打进屋里，时钟已经指向了后半夜。这一晚度日如年，他就像个毒瘾犯了没药可解的人，大概是只能挨到第二天晨会才能喘口气了。

陆必行躺下又起来，来回折腾了四五次，确定自己是失眠了，于是忍不住打开了个人终端，翻开了一个相册。一个跟真人一样大的立体虚影浮了起来，立体投影里的林静恒侧着身，半张脸埋在枕头里，手掌放松地垂在一边，被子只搭在腰间——是某天陆必行半夜睡不着偷拍的。

陆必行披着林静恒砸他用的外衣，看着这个偷拍的投影，嘴角往上一提，很快又笑不出了，他闭上眼睛，叹了口气，心想："明天晨会该和他说什么？"

联盟、第八星系、三百零六号增兵令、立场成谜的中央军⋯⋯

个人终端里的相册根据默认设定，翻完最后一张就从头开始。

陆必行没管，任它自动播放，看见小小的男孩低着头进屋，五官依稀是现在的模子，只是气质更阴郁、更封闭一些，好像受了委屈的小动物，没精打采地推开房门，接着一声轻响，男孩吓了一跳，在门口往后退了一步，紧接着，屋里飘出了一个一人多高的仿真机甲，外观像个大鸭蛋，"鸭蛋"上还被人画了卡通五官，碧绿的仿真精神网铺开，流光溢彩地洒了男孩一身，有个男人的声音响起来："惊喜！生日快乐！"

陆必行看着视频里男孩忽然亮起来的脸，忽然想起来，林静恒的官方生日是11月11日，他也一直信以为真，以前用沃托历的时候，每到这一天，他都要软磨硬泡让对方吃一口不喜欢的奶油蛋糕，直到看到了湛卢里的这段视频记录，才知道公开信息有误，林的生日其实应该是1号。

可是那个人一次都没说过。

随后一张，是男孩长大了一点，抽条出了少年的模样，跷着二郎腿坐在沙发上翻看一本书，好像漫不经心地对镜头外的人说："对了，乌兰学院让我下月初去报到……你干什么？你们大人都这么不冷静吗……没有啊，看见招生简章顺手填了张表，又不是什么重要的事，还得广而告之吗？后来不是就忘了吗……让我去我就去呗，随便混个军衔，反正还发工资……"

后面是穿着乌兰学院制服的少年，一脸不耐烦："不要你送，丢不丢人？"

再后来，少年把和奖学金一起发下来的奖章夹在指尖，往上一弹，"叮"一声轻响，它翻上了天，少年林静恒露出一点不怀好意的笑容，伸手在嘴前一抹，做了个把嘴拉上拉链的动作。

陆必行下意识地跟着他微笑起来。

随后，一直伴随着少年成长的影像记录突然中断了一段时间，再接下来的，日期记录就是两三年后了，少年人脱胎换骨似的疯长，高了半头，单薄的肩膀宽阔起来，学生制服换成了正式的军装，出现在乌兰学院的毕业典礼上，作为荣誉毕业生直接授衔，他脸上看不出喜怒，在抬手敬礼的时候，灰色的眼睛轻轻一眯，透出了一点金属般森冷的意味。

他腥风血雨，步步高升，毁誉参半地高调入主白银要塞……

陆必行不知道自己什么时候睡着的，也许是睡前看多了这些影像，半睡半醒间，他乱梦一团一团地做，一会儿是林静恒少年时明亮的笑容，一会儿是他成年后凝着霜的眼睛，一会儿跟着他在孤独的星际里巡逻，一会儿又跟着他回到乌兰学院那个毕业典礼上，陆必行在身后拼命地追着他，喊他的名字，气都快跑断了，才搭住那年轻军官的肩膀。

梦里的林静恒转过头来，紧紧地捏着他的手腕，那神色那么似曾相识，对他说："我只有你了。"

陆必行的腿从小榻上掉了下来,直接戳到了地板,他惊醒过来,一直抓在手里的外衣也滚落在地。个人终端上的时钟显示,此时距离天亮还有不到半小时,银河城的天空已经露出了鱼肚白。

陆必行在小榻上呆坐了两秒,突然梦游似的翻了起来,拖着一条被自己压麻的腿,连滚带爬地跑上了阁楼。

落锁的阁楼拒绝了他,但是普通的家用小门锁很容易破开,随便来一个信息学院的学生都能在五分钟之内黑进去撬开,可大名鼎鼎的"工程师001"却好像忘了带脑子,想也不想地用蛮力踹开了阁楼的门。

电子管家有气无力:"陆校长,这也是暴力行……"

林静恒正叼着根烟坐在阁楼窗台上,隔着一屋子旧物,愕然地回过头来。

小门"刺啦"一声,电子锁短路报废,门板摇摇欲坠地倒了下去,下一刻,统帅被人从窗台上拽了下来。

(五)

林静恒本来不至于被他一把拉下去,但不知为什么,陆必行闯进来的时候,他好像很慌忙地藏什么东西,并因此失去平衡,直接砸在了陆必行身上。

陆必行生生受了这一下,因为拖着条被压麻的腿,一个趔趄差点跪下,目光越过他的肩头,看清了林静恒方才慌慌张张藏起来的东西——一枚很大的水晶球。

陆必行一呆,只觉得那水晶球面熟,一时却想不起来它是从何而来。好半晌,冬眠的记忆才缓缓地复苏,他回忆起来,原来那还是第八星系这草台班子政府刚刚组建时的事。那时候,爱德华总长还在,他们一起巡游第八星系,老总长负责殚精竭虑、愁眉不展,他负责拎包探路、公费旅游。

因为天塌下来有个高的顶着,他满心盲目的乐观,高高兴兴地带着四个学生跟在总长后面捡石头，从各地采集了每一颗行星上特有的元素，雕成他想象中第八星系的万家灯火，又用水晶滴胶做成了一片星空，满心欢喜地摇晃着大尾巴，想拿去讨好那个格外不容易被讨好的人……后来他把它和林静恒的旧物，一起锁进了阁楼这方小小的禁地里，水晶球里那些亮晶晶的石头，很多已经失去了旧日光彩，连"星光"都显得暗淡起来。

那个会看着水晶球感慨"什么时候第八星系真能像你这模型一样就好了"的老总长没了，将殚精竭虑、愁眉不展的担子压给了他。

恍如隔世。

林静恒下巴磕在陆必行肩膀上，差点咬破了舌头，一把推开他，怒道："干什么，做梦的时候被疯狗咬了吗？"

"对不起……"陆必行从鼻子里轻轻地哼了一声。

林静恒听见这仨字就莫名其妙火气旺盛，眼神冷了下来，一肚子尖酸刻薄的话已经到了嘴边，就听陆必行呓语似的接着说："我预约的会议时间还有不到三个小时，本来想等到时候就能见你、跟你说话，可是……对不起，我能坚持到现在，实在已经是极限了，一分钟也等不下去。"

林静恒一宿没睡，身心俱疲，凌晨时分，又正是大脑缺氧的时候，被他堵了一嘴，忽然忘了词。

陆必行的腿这会儿从没什么知觉的"全麻"，变成了那种针扎似的麻法，他"咝"了一声，表情有点扭曲，抓着林静恒的胳膊肘，单腿往前蹦了一步。

林静恒："……"

趁着林静恒没想好要不要把他甩出去，陆必行张开双臂，把怀抱敞开到无法再敞，又往前蹭了一点，然后搂住了林静恒的肩，将自己不着力地挂在了他身上，一口沉甸甸的气呼出来，他整个人差点塌下去。

陆必行茫然地想："我刚才在无事忙些什么鬼东西？为什么早不上来？"

"陆校长，恕我直言，您的症状显示出了一定的成瘾性，您确定没有摄入什么非法药物吗？"门口响起湛卢的声音，家用维修机器人"吭哧吭哧"地爬上楼，正围着阵亡的门板"哔哔"地团团转。

"我不知道，"陆必行喃喃地说，"统帅是合法的吗？"

林静恒气还没消，皮下的火跳到了皮上，把他耳根都烧热了。

"放屁。"他说，然后又转头喷湛卢："我解除屏蔽了吗，谁让你上来的？"

湛卢作为一个永远分不清主人什么时候在说人话、什么时候在胡言乱语的人工智能，连机械手都弯成了问号，莫名其妙地说："先生，是您让我早晨上来，帮您梳理玫瑰之心外的布兵变动的。"

"……"林静恒才想起还有这么一出，不过鉴于他不讲理惯了，这会儿也并不因自己反复无常而脸红，"出去。"

湛卢只好指挥起小机器人，把门板扛走了。

"开放性"的小阁楼被穿堂而过的风打了个对穿，也彻底吹灭了林静恒心里乱麻一般的怒火，他略微往后一靠，靠在了一台以前用过的重力训练仪上，仪器没开，他已经先一步觉出了头重脚轻。

林静恒沉默了一会儿，想找个地方冷静地坐下来。但环顾一圈，他发现除了窗台，阁楼这块"风水宝地"里根本没地方坐。

"你就不能收拾一下吗？"他有点疲惫地说，"什么都往里塞，这都成杂物间了。"

陆必行的嘴唇动了动。

林静恒看了他一眼："想说什么你就说。"

"这不是杂物间，"陆必行的腿麻劲过去了，站直后，低低地说，"这是我的……我的……"

林静恒忽然发现，陆必行的肩膀和手掌呈现出一种十分紧绷的状态，那种枕戈待旦式的、时刻计算着什么的紧绷感，让他一时觉得十分熟悉，就像照镜子一样。两个人相对无言片刻，林静恒很艰难地试着放松了肩头，这并不容易，当紧绷成为常态的时候，放松就是一个相对的非自然状态，是要消耗注意力的。

"……这是我的心。"陆必行踟蹰良久，终于说完了自己这半句话，"你不在的时候，我就把它锁上，假装看不见。看不见你，我就可以不再做一个软弱的人。"

林静恒低声问："是谁说你软弱的？"

"如果当年的我能像现在一样，有左右局势的能力，"陆必行没回答，"图兰不会擅自放倒我，对不对？"

林静恒目光一闪，因为这件事，陆必行和图兰这么多年一直心结未消，于是说："图兰放倒你，是我默许的。"

"我知道，因为我当时，并不能……并不能帮你做什么，我不可能开着一架小机甲，为你凭空变出一支军队，拦住反乌会的炮火，我也没有什么锦囊妙计，我甚至……在那种情况下，我连周六带来的那个豁口都来不及堵上……我只是想出去找你，只是为了自己心安。如果我是图兰，我也会这么做，她没错。"

林静恒打断他："都过去的事，就不用再提了。"

"好，那说现在吧。如果我现在能再强大一点，能随心所欲地左右联盟的局势，让四方忌惮，我就可以对你说，不管你……还有白银十卫是怎么想的、怎么决定的，我都能支持你们。"陆必行看着他，有可能是因为终于把话说了出来，也有可能是当一个人看另一个人的时候，很容易下意识地模仿对方的动作，不知不觉中，陆必行也学着他，轻轻地松开了始终半握着的拳，"可是我不能。"

林静恒本想脱口说："谁用你操那么多心，我自己不会做决定吗？"

可是话到嘴边，他又咽回去了。因为陆必行不再是那个只会天马行空地提建议，再被会议室里的"长辈"们一人一脚踢回去的小青年了。

十几年前，即使是当年的爱德华总长，能撑起第八星系这个草台班子一样的政府，也是倚仗了林静恒和他的白银九，林静恒当年在第八星系，就和在白银要塞时一样说一不二。然而，这一任的第八星系政府不同，同样被赶鸭子上架的图兰和白银九没有他当年的绝对控制力，这些在失落中迷茫的人只能自我磨合，经过漫长的破茧，成就了一个新的领袖。

一个不依靠任何人，威望空前的领袖。

林静恒沉默了一会儿："那没关系。"

"可是我就算这样无能，居然还是妄图占有你，我是不是太贪婪了？"陆必行说，"我想要你，也想要把白银十卫留在第八星系，我还想要刚从内战中缓过一口气来的第八星系能平稳地过几年好日子，不让好不容易争出的一片天地，再被我们不再相信的联盟掣肘。如果因此会和联盟冲突，静恒，你会为难吗？"

这一次，林静恒没有敷衍他，沉默了一会儿，他坦白说："会。"

乌兰学院是他灵魂的基石，正如第八星系是陆必行的。这是多少次磨难、多少憎恨都难以磨灭的，不管他说多少遍自己已经不再是白银要塞的林上将。

"我每天睡不着的时候，都在想，这个世界给我的最大的恩赐，就是把你还给我。"陆必行说，他说得很慢，每一个字，都好像是从心口上削下来的，"我想不出怎么拜谢这种恩赐，也想不出自己怎么做才配得上，我有时候做噩梦，梦见他们说我不够好，要把你重新带走……可我想不出怎么才能让你不为难，怎么才能让你高兴一点。"

"'他们说'——'他们'是谁？"林静恒语气颇为平静地反问，不等陆必行回答，他伸手做了个打断的手势，"你给我听好了，不是这个王八蛋世界把我'还给你'，是我自己回来找你的。我活了这么多年，所谓'命运'就没给过我什么好脸色，是我自己拆开太空监狱，从地底下挣出来，爬也要爬回来见你，记住了吗？哪儿来的'恩赐'，你想什么呢！我都没委屈，你替谁委屈，哪儿学来的一口要饭的腔调？"

陆必行愣愣地看着他，竟然还用这眨眼的工夫走了个神。

林静恒气急败坏的样子让他觉得又熟悉又陌生。熟悉的是，他头天晚上才在立体相册里看到过各种各样的臭脸。林静恒对待敌人，态度千变万化，会依照他扮演的角色随时调整；对待外人，则是那种典型的"沃托式"高冷，唯恐别人不知道他难以亲近；对普通熟人态度最"好"，因为惯常喜怒不形于色，所以显得话不多，而且情绪稳定；对待自己人，他就比较暴露恶劣本性了。陆必行数过，湛卢的立体相册里，有两百八十九段关于林静恒的小视频，大多是采访或者巡逻日记，其中，五十六段视频中，他和拍摄者有交流，看得出关系很亲密，十二岁以上的视频中，无一例外，全是不耐烦地臭着脸。

然而陌生的是，这大半年来，林静恒几乎没朝他发过脾气，没说过重话，连口头禅似的日常挖苦都很克制，粗口更是几乎绝迹——好像林静姝的太空监狱是个文明礼仪培训班，把刺儿头关进去，磨出了一位文明标兵。如果把林静恒团成一团，再使劲拧一拧，大概能勉强拧出一盎司的耐心，一滴不剩，全给了他。

"第八星系怎么样，白银十卫是去是留，这是今早的会议内容，我不想用私人时间和你提前讨论，"林静恒说，"我就想问，你心里有什么过不去的坎、有什么难受的事，宁可跟哈登那个老糊涂说，也不肯跟我说，是吗？"

陆必行伸手插进自己的发丝里，把头发往后一拢，手指穿过冰凉的头发丝，他方才跳得快要脱离胸口的心脏终于渐渐安静下来，反问："那你又为什么在自己家里偷听呢？"

林静恒不太习惯自己发脾气的时候有人顶嘴，一时被噎得无言以对。

陆必行又说："威胁电子管家，爬窗户，还用了窃听器……你当年单枪匹马去刺杀源异人的时候，有这么兴师动众吗？"

林静恒被这句绵里藏针的质问一戳，却意外没有发火，他沉默了一会儿，问："那现在我们可以跳过哈登和窃听器了吗？"

陆必行靠在身后不知名的仪器上，一时不知从何说起，仰头望向天花板，发现天花板上的时钟底色已经随着光线开始变化了，是要天亮的意思,他盯着那不断变化的电子钟底盘,几句话突然脱口而出:"那年我提出封闭第八星系,一是为了安全,还有就是我的妄想,如果第八星系封上了,你就再也走不了了。你们这些人呢,或是迫于形势,或是惯着我,反正虽然各有犹疑,但嘴上都没反对……然后第八星系真的封闭了,你们却一个一个地离开了我,很久以后我才反应过来,其实当时你们都是不愿意这样做的,对不对?"

林静恒:"其实从这些年的发展来看,当年封闭第八星系是个很明智的选择……"

陆必行打断他:"不是说'跳过窃听器和哈登博士'吗,你怎么又来了?"

"……但是感情上,'叛出联盟'并不容易。"林静恒很艰难地翻箱倒柜,在灵魂最深处找到了一句实话,"爱德华总长是联盟任命的,一生都对沃托抱有幻想。还有你父亲……伤心事太多,老波斯猫后来嘴上开始愤世嫉俗,但你要知道,他年轻的时候,是第八星系里第一批鼓足勇气,主动选择联盟的人。"

"你呢?"

"我十八岁毕业于乌兰学院,"林静恒顿了顿,说,"我守了联盟小三十年。"

陆必行缓缓地说:"所以我这些年,半夜回想起那些事,有时候会忍不住想,强扭的瓜不甜啊,我想把你强留在第八星系,你却差点为联盟而死,我爸当时守在那个秘密航道入口,甚至没来得及和我说句话,爱德华刚过中年,就死于波普崩溃,一辈子没来得及再去看联盟一眼。这是不是都是因为我一意孤行,才……"

林静恒不客气地打断他:"对啊,陆总长神通广大,是宇宙核心,闹不好域外黑洞也是你放屁炸的。"

"……"陆必行无言以对,半晌,只能好脾气地对他笑了一下,"这半年天天逼着自己跟我好言好语,可把你憋坏了吧?"

林静恒冷着脸,双臂抱在胸前,表示自己已经忍无可忍,要"原形毕露"了。

"道理我明白,静恒。但是有一天,当你发现自己心心念念想促成的事情,都按照你的设想实现,结果却是个巨大的讽刺的时候,你就会怀疑自己——是不是我错了,是不是我要得太多,是不是冥冥中有什么在惩罚我……这种感觉你不懂吗?"

林静恒暗暗叹了口气,他太懂了。当年他假死脱身,自以为一切都在掌握中,正觉得时机已经成熟的时候,域外海盗以他想象不到的规格来势汹汹地淹没了八大星系,占领沃托的海盗们冲进碑林里撒野,把神圣的英雄冢踩成一团烂泥。他一生中最无力的时候,就是在那废弃的补给站里,接到佩妮的视频电话,亲眼看着她被高空落下的导弹吞噬。林静恒曾经不止一次想过,这难道不是为了惩罚他的傲慢和不可一世吗?在太空监狱的日日夜夜,林静恒除了想跑、想第八星系和陆必行,就是想林静姝。想不起什么有用的东西,因为长大后,他们兄妹俩就没正经见过几面,以至直到现在,想起妹妹,他满脑子还都是个没长大的小孩,怎么会走到这一步呢?是不是如果他当年强势一些,不去为她做那些所谓"万全"的打算,执意不让她嫁到管委会,这些就不会发生了呢?

如果当年被管委会领走的是他,不是静姝就好了,那些枷锁和痛苦本该由他来担,而易地而处,把妹妹换到他的位置上,她大概也不会像他一样搞砸一切。这难道不是为了惩罚他的自以为是吗?或者说,这难道不是他没有信守保护妹妹的承诺,把她一个人丢在黑暗里,无忧无虑地享受陆信庇护下的少年时光的代价吗?

"能不能跟我说说……"陆必行踟蹰了一下,似乎不知道该做何称呼,然而随即,仿佛是作为林静恒难得坦率的回报,他选择了实话实说,"陆信将军的事。我这么称呼,你听了会不舒服吗?"

林静恒听到了他和哈登博士的对话,已经不舒服过一遍了,这会儿提起来,倒是也能冷静应对:"……还好,我想陆信也不会太介意,毕竟他也不认识你。"

陆必行:"湛卢里,关于他的大部分资料都被你删了,这也是你和我爸商量好的吧,你们俩什么时候决定瞒着我的?"

"当我发现,陆信旧部里有很多安克鲁和叶里夫这样的货色时。"

"你们想让我远离那些旧恩怨,不引人注目,也不要沾上这些复杂的人和事。"陆必行此时谈起这些的时候,并不激动,也没有知情权被侵犯的感觉,反倒十分理解,这十多年,他苦辣酸甜尝遍,于是理解了太多的人——林静恒的刚愎自用,独眼鹰的一身反骨,爱德华总长的不切实际,图兰的目中无人,周六的背叛,甚至是伍尔夫的卑鄙和林静姝的疯狂。

"陆信是一个……"林静恒一时挑不出一个能形容陆信的词。

对少年时期的他来说,陆信不单是一个强大的保护者,他更像一个世界,给了惶惶不可终日的少年一个安身立命的角落。

好一会儿,林静恒才用一种克制又客观的语气说:"乌兰学院开学典礼的宣誓词里说'我将为联盟的每一位合法公民,无论男女老少,生命财产安全战斗终身,直至死亡',每个人都说过,但不是每个人都恪守,他是我认识的唯一不管发生了什么,不管受过多大的冤屈和伤害,都恪守到死的人。"

陆信的老师没有做到,那位曾经令人尊敬的老人踩着亿万亡魂上了另一条歧路,陆信的后人也没有做到,林静恒至今浑浑噩噩地夹在联盟和第八星系之间,不知何去何从,他的追随者,除了早早殉道的,剩下的都沉浮于权力和争斗中,并在几十年后面目全非。

"湛卢跟我说,那天晚上你曾经带着他去陆将军家里,差点在不完整的空间场里把自己大卸八块,然后被他们关进了医疗舱里,秘密送回了乌兰学院,锁了几天,一切尘埃落定了才放出来。"陆必行忽然问,"你当时是一直醒着吗?"

"医疗舱里有麻醉剂,我醒过来的时候,已经在乌兰学院里了……怎么?"

"麻醉剂啊,"陆必行吐出口气,忽然伸手搭在了林静恒的后背上，顺着他的脊梁骨，寻找当年雨夜里的少年摔断的伤口，"这里还疼，对不对？不当使用麻醉剂的后遗症可能伴随终身。我知道，我也是。"

林静恒一愣，随即回过神来，被他手指按住的地方像是被刀尖穿过，尖锐的疼痛山呼海啸般地袭来，这让他的后背几乎弯了下去。

十六岁的林静恒，十四年前的陆必行。

在凯莱星上拼命磨合着陌生的身体，发誓要征服自己、征服太空的陆必行；在太空监狱里无数次突破屏障失败，每天夜里魔障一般盯着第八太阳的林静恒。

他们俩像是追随着彼此的脚步走了一整圈，重逢时面面相觑，看见对方身上沾着的风尘痕迹竟似曾相识。

"你能把那个单向的追踪器取消吗？"陆必行轻轻地说，"我每天因为这玩意儿，要跟自己斗争无数次，浪费的时间零零碎碎加起来至少有一个小时，太自我消耗了，工作效率都低到不能看了。我不能……因为私欲，变成一个面目可憎的人。"

我向往的是你，独一无二的守护神，不是想要把你束缚在手里的自己。

林静恒听见他压抑着哽咽的呼吸，眼角扫过窗台上的水晶球，忽然脱口说："白银十卫在第八星系很好，脱离联盟后，就一直四处颠沛流离，二十多年才找到这么一个落脚的地方。我听说托马斯·杨和你那个老也长不高的学生快拜把子了。白银十卫忠于自由宣言，在我们看来，自由宣言的枝干已经枯死了，唯有第八星系藏了一颗种子，不管你动摇过多少次，这颗种子还是在你手里萌芽长大了。白银十卫之所以毫无异议地被编入第八星系守卫军，不是因为被迫服从我的命令，而是被第八星系……被你吸引来的，明白吗？"

陆必行呆住。

林静恒握住他戴着个人终端的手腕："你真的从来没有用这个定位过我吗？"

"……没有。"

"那么如果有一天，联盟与第八星系背道而驰，你会为了达成什么目的，像伍尔夫……我的老师一样，大手笔地把两个星系当作废子，付之一炬吗？"

陆必行的嘴唇轻轻地颤动了一下。

"你不会的。"林静恒叹了口气，"总长，我们是相信你的人品，才决定留在第八星系的。如果真有迫不得已的一天，我们也相信你会阻止无谓的伤亡。选择站在你这边，因为你也许能带着所有人走向一个更好的结局。"

林静恒有生以来，杀伐决断，凡事自己一手安排，从不与人商量。哪怕是感情，也是单方面地宠，单方面地爱。

这是他第一次收回居高临下的面孔，走下高台，对另一个人说"我们相信你"。

这仿佛是来自狼王最高礼遇的低头致意。

陆必行一时间忘了呼吸，心脏跳得快要过载了，几乎有些语无伦次地说："你相信我吗？"

"不然呢？单凭我宠着你吗？那我早就直接把你绑走了，天天放在眼皮底下看着，省得出门兴风作浪给我找事。"林静恒这几句话说得着实掏心挖肺，心肺陈列了一地，羞耻程度对他来说，已经远远超过了当众裸奔，于是起了一点微妙的恼羞成怒，"还有，我没说不生气了，给我滚出去。"

陆必行不知道该哭还是该笑，沉重的信任和沉重的责任轰然落下，当当正正地砸在他肩头，却并不让他喘不上来气，反而像是一副坚硬的盔甲，撑起他伤痕累累的身体，给了他一种无与伦比的保护。

他好像一个即将跪倒在地的骑士，又有了提起剑的勇气。

第四章 夜幕将至

"命运只会给他选中的人一次机会,这机会可能只有一分钟——"

（一）

沃托星上有十大美景,得天独厚的自然环境加上穷奢极欲的人工雕琢,每一处都美得让人窒息。其中最著名的一处,就是传说中的"永无岛"。

"永无岛"与沃托中央大陆只隔一道浅浅的海峡,名字来自古地球时代著名的《彼得·潘》里描绘的神奇之地,是个构建在天然岛屿上的度假胜地,岛上用现代科技搭建了一个虚幻如童话的世界,最初的设计本来是个儿童乐园,后来发现它对儿童的吸引力有限,反倒是精英的成年人渴望短暂忘却沃托的浮华,喜欢来这里返璞归真。

经过几次翻修,现在的永无岛成了一座人造仙境,是世界上最奢华的度假地之一。奢华到什么程度呢?举个例子,林静恒上将作为土生土长的沃托人,直到他离开第一星系,都没去过一次。战前,永无岛上每人每天的平均消费高达八万第一星际币——比上将的月薪还多,而且至少要提前一年预约。

高空悬磁浮轨道上，一辆观光车缓缓地开过，四下是肉眼绝难辨识的云层特效，特殊的可变形材料制作的小仙子绕着观光车飞来飞去，里面是智能程度很高的AI，能和观光车里的人良好互动。观光车里伸出一只手，洁白纤细。一只"小仙子"立刻落在那掌心，给了手的主人一个甜美的飞吻。

　　"永无岛以前是管委会名下资产，想知道管委会为什么有那么重的权力欲望，为什么那么贪婪，看看这里就知道了，"观光车里的人说，"'十大名剑'的机甲核用的可变形材料，六百万一克，他们就拿来做这种愚蠢的小玩意儿。"

　　小仙子听了这话，立刻做出受伤的表情，耷拉着翅膀垂下头。观光车里的人冷漠地把伤心的小仙子往外一扔："碍眼，滚吧。"

　　观光车里的人正是林静姝。

　　大概连王艾伦都想不到，这位神出鬼没的自由军团首领，已经堂而皇之地在沃托住下了。她旁边的护卫们好似消耗品，早已经换了一茬面孔，比起当年在天使城要塞的那位，新的护卫长站得很直，眼神更清澈，脸上没有一点多余的表情，神色中也没有了小心翼翼的揣测，在林静姝身边，满脸尽是狂热和忠诚，立刻接话说："这是旧世界腐败，主人，正是因为他们的社会秩序和监管不完备，才会产生权力寻租和腐败，他们已经被打败了。"

　　林静姝嗤笑一声："没有了伊甸园，还有伍尔夫，伍尔夫老糊涂了，还有王艾伦之流，你没看见现在局势未稳，王艾伦就已经野心勃勃地想收走各地军事自治权，恢复当年管委会治下的高度中央集权吗？天下乌鸦一般黑。"

　　护卫沉声说："伟大的新世界会把这一切消灭在襁褓里。"

　　"但愿。"这时，观光车临近小岛中心，开始逼近地面，能看见永无岛正中间的联盟旗帜——降了半旗，林静姝懒得再和狂热的手下说话，狂热过头，总会显得有点蠢……虽然这种蠢完全是她一手打造的，她淡淡地问："今天什么日子，为什么降旗？"

护卫回答:"昨天是5月3日,陆信将军殉职纪念日,沃托全境降半旗三天。"

林静姝的眼神古怪起来:"联盟把陆信之死定性为'殉职'?"

联盟中央丝毫不吝于将被打倒的管委会"废物利用",钉在耻辱柱上,用来承受所有人的愤怒,自然而然地把海盗入侵的锅扣在了管委会头上,由其分别饰演了"一手遮天的奸佞权贵"与"叛徒内奸"两个角色……尽管这两个角色在逻辑上不大能统一,但沃托精英云集,自有一帮能把死人说活的笔杆子,把故事里的绝代大反派编得天衣无缝。而陆信之死,由于已经完全证实是伊甸园管委会的阴谋,被宣传成了一场英雄的悲歌。

林静姝打开个人终端,看见铺天盖地的报道和实况转播,联盟还举行了一场声势浩大的祭奠活动。

"陆信将军作为联盟的基石,身殉自由宣言,灵魂依然在无怨无悔地保护着他的人民,追随过他的将军们成了散落各地的火种,为英勇不屈的联盟照亮了回到沃托的路……"

林静姝一个没忍住,笑出了声:"哎,你觉不觉得,这些人就像没有眼睛的羊,一边跑一边得意扬扬地'咩咩'叫,别人把它们往东赶,它们就闷头往东跑,把它们往西赶,它们就真情实感地转向西边——好像当年叫嚣着要处决陆信的人不是他们一样。"

护卫打开个人终端给她看:"主人您看,沃托的祭奠活动当时有一万人在现场,这是人口分布情况,所有被点亮的都是我们的人。"

那是一张联盟议会广场的缩略图,每个小圆点代表一个在现场的人,黑点是普通人,光点是芯片人,芯片人居然骗过了活动的安检,成功混了进去,放眼一看,图上大片的光点闪烁不休,至少有四成的光点被点亮了。

林静姝"嗯"了一声:"看来新型屏蔽器效果还不错?"

"是,我们在第一星系埋的'种子'取得了很大的成功,据统计,现在已经有36%的人口接受了芯片注射,完全具备了一夜之间夺取政权的条件；王艾伦按照我们的指示，下了第二批增兵令，武装规模超过了战争时前线兵力的90%，已形成单方面的对峙，联盟境内舆论空前紧绷，我们在第一星系边境守卫军里的人传信回来说，昨天，第八星系的人已经就此发来质询，杜克匆忙回应称都是误会，并于今早动身回沃托找军委理论——主人，我们离新世界只有一步之遥，就等您的命令了。"

"很好，"林静姝挥手把缩略图关上，"杜克对陆信将军忠心耿耿，也该送他去见见陆信了。"

观光车缓缓落地，小仙子们"呼啦"一下散开，落地变形成各种神话传说里的形象，其中一只变成了独角兽，温驯地半跪在地上，准备给车里的客人当代步工具。

林静姝看见它，忽然愣住了。

独角兽不稀奇，很多小孩的玩偶筐里都有，林静姝小的时候也有一只，会飞，四十公斤以下的小孩子可以骑着它飞到屋顶，它洁白无瑕，眼睛是一种稀有的彩色宝石做的，非常昂贵——林蔚对孩子并不吝啬……他也不在乎，财产丢给智能管家打理，育儿费用看也不看就直接签字——那只独角兽是她最心爱的东西。

她和静恒要被分开领养的事，他们其实都知道了，只是没想到来得那么快。林静姝从秋千上看见那一大群的军官，吓得从摇摆的秋千上掉了下来，爬起来没顾上擦破的皮，就飞奔回家里找静恒。林静恒被保姆领出来，与气喘吁吁的女孩远远对视了一眼。她像是在大考之前全无准备的小学生，急得快要哭出来了，还想着能做一点什么，于是突然转身跑上楼，去拿她的独角兽，她没有细想这有什么意义，也没有考虑过林静恒喜不喜欢这玩意儿，只是本能地想让最亲近的人把她最心爱的东西带走，就像带走她的心一样。

可是独角兽太沉了，她拿不动，只能让它自己飞下楼，但儿童玩具为了安全，不可能飞得太快，不管她怎么催促，独角兽都像个愚蠢的氢气球一样慢条斯理地往下飘……等她终于赶到时，林静恒已经走了。

她想，那怎么可以呢，最重要的东西还没带走呢，于是哭着追了出去。可是车已经开了，在半空中的车道上，稍一加速，就变成了一道残影，杳无踪迹了。

林静姝看着眼前的独角兽，脸色倏地冷下来："这是什么东西？"

护卫连忙解释说："这是岛内通用的坐骑，如果您不喜欢，还有别的形象可供选择，比如龙和……"

"这种蠢东西一小时能跑十公里吗？我看起来已经闲成这样了？"林静姝冷冷地打断他，"滚，给我找辆机甲车来！"

护卫不敢忤逆，被拒绝的独角兽无措地站起来，小心翼翼地退开，无垢的眼睛和她当年那只一模一样，是罪该万死的纯洁软弱。

"盯紧了玫瑰之心和第八星系。"林静姝扭过头不看它，面无表情地说，"一旦第八星系有反应，我们立刻动手。"

你既然走了，就不要再回来碍我的事。

静恒，既然我们终于走到了分道扬镳的这一步，有生之年，你不要见我，我也不要见你，好不好？

（二）

洛德作为联盟中央派驻第一星系边境守卫军的代表，扮演着杜克和联盟中央的夹心——两头受气，这次被点名随行，陪着火冒三丈的杜克将军回军委，质问伍尔夫元帅是不是吃错了药。

刚到第一星系边境守卫军的时候，洛德的日子还不错，他家境好，脾气温和，慷慨大方喜欢买单，是个很受同僚欢迎的冤大头，每天都有人找他蹭饭，然而近些日子，肯主动接近他的人越来越少了，人们对他恢复了客气疏离。这让洛德不安起来，他这么大一个人，倒也不是怕被孤立，可是这种"孤立"传递出的信号十分危险，这代表中央军和联盟之间分歧越来越大了。

杜克心气不顺，刚刚找了个理由发作了一通，罚洛德去秘书处抄写军规，洛德懒得和他计较，心事重重地往秘书处走，就在这时，机甲突然晃动了一下。

洛德踉跄半步，莫名其妙地抬起头，紧接着，剧烈的警报声响了！

"高能反应，高能反应——"

"注意，机身已被追踪导弹锁定！"

"反导系统打开，防护罩能量级加到最高，粒子炮口预热，所有武装人员准备——"

洛德一激灵，用个人终端连上执勤的驾驶舱："我是上校洛德，什么情况？"

"洛德上校，我方舰队遭遇敌袭……""刺啦……""内部通信……"

"刺啦……"

舰队的通信内网被强势干扰，竟就这么中断了。

这种枪炮未至，干扰先行的打法莫名熟悉，洛德愣了两秒，随后瞳孔骤缩，转身就跑，这是反乌会的风格！

"将军，偷袭者是反乌会的机甲战队，大约三架重甲和三十架护卫小机甲，武装规模比我方有优势，对方拒绝通话！"

当年被林静恒大伤元气，这些年几乎销声匿迹的反乌会为什么会突然出现？

杜克这一趟回联盟中央找伍尔夫兴师问罪，完全是临时决定的，反乌会怎么会得到消息，并在途中伏击他们的？而既然是质询，杜克事先估计过自己态度可能不会太好，为了避免被人误认为逼宫叛乱，他的机甲队完全是充样子的，根本没带多少武装！

"将军小心！"

伏击他们的反乌会招呼都不打，上来就是重炮轰炸，侧翼几架小机甲来不及反应就被扫掉了一个尖，爆炸余波未曾散，借着余波掩映，对方紧接着推出了一排粒子炮，与重甲上的防护罩短兵相接，机甲剧烈地震颤起来，杜克猝不及防，后腰重重地撞在桌子上："他奶奶的！"

这么多年来，杜克南征北战，并不是靠嘴，此时老将军被激怒，在内部通信尚未恢复的情况下，指挥舰已经一马当先地冲了出去，护卫舰立刻跟上，机甲队机动性极高，匕首一样地朝伏击他们的反乌会舰队捅了下去，同时开了火。训练有素的正规军一开火，方才来势汹汹的反乌会立刻就略显狼狈了，从中间撕开了一条口子。

同一时间，杜克这边的通信内网修复了，杜克的声音传到所有人耳朵里："粒子炮兜住他们，别让他们跑了！胆大包天了海盗，居然敢在第一星系挑衅，你们在地底下好好藏着，我还不知道去哪儿把你们挖出……"

他话没说完，指挥舰的精神网突然不稳了一下，正在遭人入侵。

重甲的精神网被攻击常见，但没那么容易被夺走，因为一架重甲上，备用驾驶员是一整个团队，就算有林静恒那样逆天的精神力，也只能做到猝不及防地袭击一下，造成局部混乱后立刻撤退，否则反而容易被对方伤到。

可是这一次，不稳的精神网没有像往常一样立刻把入侵者弹出去，紧接着，机甲本身出声警告："驾驶员注意人机匹配度，驾驶员注意……"

"狗娘养的废物点心，"杜克骂了一声，"权限给我……"

他话没说完，一个卫兵突然快步上前："将军，精神网是从内部被入侵的！"

杜克悚然一惊："你说什么？"

那卫兵飞快地说："指挥舰上有叛徒，将军小心。"

杜克盯着卫兵的脸，多年来戎马倥偬生涯带来的第六感朝他发出了警报，他想也不想，一把掏出腰间的激光枪往后退去："站住！"

"卫兵"充耳不闻，嘴角露出一个森冷的微笑，杜克的亲卫们一拥而上，那"卫兵"面不改色，几乎看不清他的动作，几个亲卫已经躺下了，杜克一枪打中了他的胸口，那"卫兵"却只是晃了一下，看也不看胸口的血洞，径直朝他走过来。

这不是普通人！

那么外面伏击他们的海盗呢？真的是反乌会吗？此地已接近第一星系重地首都星沃托，军事要塞密集，他们是怎么混进来的？

联盟中央背后发号施令的人，到底是伍尔夫还是……

电光石火间，杜克仿佛看见一个巨大的阴谋当头朝他压了下来。

紧接着，某种冰凉的感觉锁定了他的后颈，杜克眼睁睁地看见自己面前喷了一地的血，一伸手，才发现是自己的颈动脉破了，他跟跄着往前走了两步，难以置信地回过头去，只见身后另一个偷袭的刺客顶着一张他亲卫长的脸，诡异地向他一笑，随即，那张脸在杜克眼里缓缓变化，成了一张陌生的面孔。

是"鸦……片……"

但他明白得太晚了。

中央军的通信频道陡然乱了套，下一刻，指挥舰的精神网控制权易主，所有导弹炮口一同举起，潮水似的轰向周围的随从机甲，方才锋锐得不可一世的中央军从内部陷了进去！

洛德作为上校，按照规定，如果发生战斗时，他没有当值，那么他应该到重甲的机甲收发站随时待命，准备开着小机甲出去应战，才刚刚连上小机甲的精神网，正准备向驾驶舱报备，就听见那边传来了精神网入侵的警报，紧接着杜克将军遇刺，临死时，杜克发出了最后一条命令——向第八星系求援。

洛德满手都是汗，此时，指挥舰里所有没有驾驶员的小机甲同时动了起来，由重甲统一控制，要求所有人卸下武装，立刻投降。

洛德一咬牙，不顾一切地把小机甲开了出去，在机甲收发站待命的中央军紧跟着他，小机甲在狭小的收发站里激烈地交火，满耳都是警报声，洛德几乎看不清路。他从军入伍几十年，先是在白银要塞里收发邮件，又茫然地跟着伍尔夫元帅东奔西跑到处充数，一辈子发射导弹的机会加起来没有十次，还都是跟着上峰的命令开火。

作为一个上校，这竟是他有生以来第一次直面战斗。

洛德大吼一声，下达发射指令，一枚导弹打穿了机甲收发站的门，然而紧接着，敌人的一枚导弹也追到了他身后，洛德根本来不及反应，整个人的神经元随着精神网一起剧烈收缩，只听一声轰鸣，他眼前一黑，差点掉下精神网，再回过神来，却发现自己已经离开了重甲——某位不知名的同僚为他挡了一下，并给他加了一道防护罩，自己却被导弹炸毁了，爆炸的余波将洛德推了出去，刚好闪过了指挥舰的第一波炮火。

洛德一脸冰冷，不知是眼泪还是冷汗，来不及回头看，就地紧急跃迁。

到第八星系，找林将军……

（三）

"陆校长，先生，"湛卢的声音听起来有些严肃，"银河城指挥中心发来急电——图兰将军昨夜就玫瑰之心再次增兵一事向杜克将军发去质询，对方给了一份非常匆忙的回复，承诺将亲赴沃托，就此事向军委质询，但就在十分钟以前，第一星系边境守卫军单方面地切断了已经建成的双向通信，白银九现在已经在天然虫洞区外集结完毕。"

林静恒迅速捡起头天晚上湛卢放在门口的衣服换上，湛卢一句话说完，他已经整理好了自己，一直扣到了风纪扣："待命，不用紧张。"

陆必行的目光追着他："你判断杜克将军没有恶意吗？"

"至少他现在还没有恶意的理由，"林静恒说，"天然虫洞区易守难攻，图兰带三十架小机甲守在那儿不动，只要火力供得上，就算整个第一星系守卫军的兵力全拥过来，也拿不下白银九的阵地。"

陆必行："杜克将军作为第一星系边境守军，应该猜得到虫洞这一边是先锋军白银九，他也应该不是第一天认识图兰，就算这半年里联盟的空间技术突飞猛进，可以实现无损耗穿越天然虫洞，也没有送上门来给白银九打的道理，真要图谋不轨，按理说，应该是尽可能引诱我们出去，不会故意制造紧张气氛……也就是说，很有可能是那边出事了？会不会和三百零六号令有关？"

"有可能，第一次增兵是正当防卫，可以理解，但第二次增兵，就有点被迫害妄想症了，如果我是杜克，作为第一星系边境守卫军司令，大概心里也不会太痛快……再说联盟中央和各星系中央军之间再起矛盾是迟早的事。"

陆必行若有所思地问："怎么？"

"权力欲哪儿有止境？战时，各地中央军趁机占地，各自为政，就像第七星系的安克鲁一样，实际上已经形成了一方军阀，后来为形势所迫，被伍尔夫整合在一起一致对外，但局势一旦平息，他们就会发现自己听起来官大了，实际再次从一方霸主降级成了联盟的下属机构。各地中央军早年和联盟是有积怨的，本来就不是铁板一块，现在手上有实际军权，不用挑拨都会有异心，何况……"林静恒顿了顿，有些艰难地吐出了后文，"何况还有自由军团的林……林静姝在里面搅和，也许矛盾提前被引爆了。"

"或者也还有另一种可能，"陆必行神色凝重下来，"也可能是杜克……或者有人利用杜克，故意营造出一种那边出事的假象，随即向我们紧急求援，目的还是引诱我们的人出去，趁这时候找机会放一匹'特洛伊木马'进来，这都不好说，联盟的局势太复杂了——当年第八星系被迫封闭时，他们用的不就是这个套路吗？我们实在是被蛇咬得有点怕了。"

276年，伍尔夫就是以安克鲁为引，以第七星系数亿平民为饵，一箭双雕，险些毁了第八星系，而现在，历史却好像正在转向一个相似的弧度。

这教训太惨痛了，没有人敢忘。

林静恒转头吩咐湛卢："通知李弗兰，我要听白银一的军情简报。"

（四）

反乌会秘密基地。

霍普——哈瑞斯先知，听完了手下关于第八星系种种传言的汇报，把他带回来的采访视频来来回回看了很多次，最终定格在伍尔夫元帅微笑着对女记者说"夜皇后"的那一段。来回看视频比面对真人更容易观察微表情，哈瑞斯总觉得，那视频上的伍尔夫微笑起来的样子和他平时判若两人。

"先知，伍尔夫应该是怀疑第八星系有了一支超出常人的武装力量，而且眼下各地中央军都因为第八星系的独立而人心浮动，看起来很想效仿，我想伍尔夫是打算在他们坐大之前先一步毁掉第八星系。"

哈瑞斯皱着眉，依然盯着伍尔夫那张释然的脸。

手下觑着他的神色问："先知，您不是说不惜一切代价也要阻止再次发生全面战争吗？那我们现在要怎么办？"

哈瑞斯若有所思地看了他一眼，依然是觉得不对。他曾把伍尔夫视为白塔精神的延续，曾因伍尔夫而东山再起，又被伍尔夫利用得体无完肤，而今受困于伍尔夫，一动不能动，像不由自主的棋子一样被那双枯瘦的手紧紧地压在棋盘上，对那位老人感情极其复杂，却也有一点理解他——不知为什么，哈瑞斯总觉得，伍尔夫并不那么执着于联盟统一的大权在握，他已经三百二十多岁了，还能握住权力多少年？生前身后孤家寡人，这天大的权柄又要由谁继承？

哈瑞斯上一次见伍尔夫，还是刚刚惊闻林静恒率白银十卫高调出现之后不久的事，伍尔夫秘密找他去的，但从头到尾没说什么正事，他只是听见伍尔夫仿佛有感而发地对他说："你们——你和静恒心里一定都觉得，这个联盟是建立在阴谋和谎言上的，虽然你们都不想破坏现有的和平，但都对这种和平不屑一顾……但你们错了。整个世界就是建立在阴谋和谎言上的，但世界并不丑恶，因为总会有人成为谎言的祭品，中和掉民众的愤怒，然后把已经建成的世界延续下去，这是必然规律……送你一个小礼物，回去看。"

对了，伍尔夫送给他的，是一包黑郁金香夜皇后的种子。

那包种子有什么深意？

"先知！"这时，一个人连滚带爬地冲进来，打断了哈瑞斯的思绪，"第一星系边境守卫军杜克在返回沃托途中遇刺身亡，他们说是我们干的！"

哈瑞斯狠狠地一激灵："什么？！"

（五）

"什么？！"王艾伦整个人如遭雷击，"你再说一次，谁遇刺？"

"可靠消息，杜克将军今早在返回沃托的途中，意外遭遇海盗反乌会的伏击，遇刺身亡！"

王艾伦冷汗都下来了，杜克是中央军之首，在那些不听话的老军阀中间一呼百应，他死在第一星系，这事还说得清吗？王艾伦想"挟天子以令诸侯"，操纵伍尔夫摆布中央军，可也要"诸侯"都愿意服从"天子"才行。他脑子里"嗡"一声，情急之下，差点忘了除了他和伍尔夫本人，其他人并不知道反乌会背后的人是谁，"反乌会刺杀杜克"，没有人会想到伍尔夫头上。

就在这时，他的个人终端收到密电，王艾伦挥开手下，独自走进密室，立刻接通："刚才杜克……"

"杜克是我杀的。"林静姝不紧不慢地打断他，"不用紧张。"

王艾伦全身的骨头都在往外冒凉气，从牙缝里挤出一句话："你疯了吗？"

"杜克今早没经任何手续，私自离开边境，带了一支含重甲的机甲战队，我没记错的话，沃托重地，任何带有跃迁阀的武装不经特批不准靠近，就连当年白银要塞的林静恒上将都只能乘坐星舰，一道一道过关,"林静姝一垂眼皮,"杜克难道比他还狂妄,还不懂规矩吗?他就是故意的,我不在半路截住他,现在他已经到沃托逼宫了,你打算怎么收场?以德服人吗,亲爱的秘书长阁下?"

王艾伦天生橄榄色的脸比平时白了一层:"各地中央军听到会怎么……"

林静姝轻轻笑了一声:"要是杜克真的带机甲战队直逼沃托,各地中央军听了又会怎么想?在这件事上,先下手为强,而且秘书长阁下的尊臀怎么就自动和星际海盗坐到一条板凳上了?杜克将军是被反乌会刺杀的,和您有什么关系?您只要负责义愤填膺就好了啊。"

王艾伦做贼心虚,这会儿才回过神来,缓了口气,但他眉头依然没打开,目光冷冷地射向林静姝:"你说得倒轻松,杜克遇刺的地点距离联盟军驻地不到一个航行日,就算人真是'反乌会杀的',联盟中央脱得开干系?你是不是故意的?!是你告诉我,眼下只要伍尔夫还活着,自由军团威胁还在,联盟和中央军就不至于立刻翻脸,为什么杜克会突然有这一出?"

"冲动是魔鬼吧,也许杜克对陆信将军的感情格外深?我又没有扛着炮筒打过仗,怎么会理解那些丘八的个人崇拜?"林静姝面不改色地说,"伏击地点选择在那里,是因为再往前,就要进入第一星系边境守卫军的巡逻半径,秘书长,你还真以为我手下那些虾兵蟹将是正规军的对手啊?要是那样,我早就武装拿下沃托了,用得着在这里受您的无理指责和怀疑吗?"

王艾伦听了这话,面色稍缓。

在他看来,自由军团确实上不了台面,这么多年,反乌会和光荣团两大海盗组织,已经经历了轰轰烈烈的一起一衰,唯有自由军团这些人还在暗促促地搞地下阴谋,一副夹缝里用旁门左道求生的小家子气。林静姝再能搞事,说到底,充其量也就是个恐怖分子头头而已,搞得了恐怖袭击,但想在风起云涌的联盟政坛上掺一脚,她还差得远,得靠他才行。

林静姝冷冷地说:"既然你不相信我,那我也没必要上赶着给您安排后续事宜了,再见。"

"等等,静姝!"王艾伦的神色一瞬间柔和下来,"你怎么这么大人了,还一副小脾气呢?你这么说话,我还以为是当年林将军家里那个坐着独角兽乱飞的小丫头呢。"

林静姝的手指扣紧了手心,脸上却应景地做出"略微一松"的神色。

"消息来得太突然,你也和我提前打声招呼嘛,我就是有点慌了才口不择言的。"王艾伦变脸如翻书,好话顺口就来,跟林静姝"掏心挖肺"了十分钟,总算看见那张冰雕似的小脸上露出了一点人气,他就十分沧桑地叹了口气,"人都是这样,对外人戴着面具,戴久了难受,对自己人才会格外疏忽。"

林静姝好像被他这句"自己人"打动了,略一沉吟:"其实现在杜克死了,打好了是一手好牌——别忘了当年伍尔夫是怎么把中央军凝聚起来的。联盟中央应该立刻发声谴责,做足姿态……"

王艾伦:"光是姿态恐怕不够。"

"姿态当然不够,"林静姝蛾眉一翘,"联盟想要和各地中央军同仇敌忾,至少也要遭到同等的打击和损失,才有可信度,对不对?"

王艾伦一愣之后,骤然反应过来了她的言外之意,狠狠地一哆嗦:"你是说……"

林静姝伸出一根手指,竖在嘴边:"要跳出局面看问题啊艾伦叔叔,随时舍弃价值开始减少的旧筹码,用新的套路转型才是立于不败之地的根基。"

王艾伦呆呆地站在那儿,冷汗一层一层地往外冒,整个人像是站在悬崖边上。他在权力和野心的驱使下,鬼使神差地走上了这条歧路,却还没做好彻底背弃昔日主人的心理准备,两百年给伍尔夫鞍前马后,在他骨子里钉进了一点奴性,尽管他对此深恶痛绝,那点奴性却仍然时不常地出来作个祟。

"我想想，你让我……"

"杜克尸骨都凉了，"林静姝冷静地说，"艾伦叔叔，没时间了，命运只会给他选中的人一次机会，这机会可能只有一分钟——滑铁卢是怎么葬送在格鲁希手里的？"

王艾伦："那……那第八星系呢？"

"我的内应刚刚单方面切断了第八星系和边境守卫军的通信，做出一副这边出了大事的样子，你猜，被安克鲁坑过一次的第八星系那边现在两眼一抹黑，会对这边有什么样的猜测？这时，万一要是杜克派人向第八星系求援，第八星系的将军们会不会觉得联盟同一个套路用两次，有点侮辱智商？"林静姝微笑起来，"最好反乌会的那位'反战先知'被天降大祸吓破胆，他要是能在仓皇之下，再想办法朝第八星系传递点消息，那看起来就更可信了。"

"放心吧，艾伦叔叔，第八星系会乖乖闭门不出的。"

第五章 黑郁金香

花园里的夜皇后盛开得过了头，在薄薄的灯光下，艳色浓稠，好似有血。

（一）

独立13年5月26日，第八星系标准时，上午10：00。

新星历291年5月4日，沃托标准时，傍晚18：25。

图兰带了三十架第八星系自己生产的超时空重甲，抵达第八星系的天然虫洞区，整装待发。

对最精锐的先锋军而言，"三十"是一个神奇的数字，再小火力不足，再高，就要牺牲一定的机动性了，三十架机甲在图兰手里，既可以像幽灵，也可以像尖刀。她听着玫瑰之心对面传来的通信忙音，预热好的炮口悬着，像个宝剑横陈在膝盖上的绝代剑客，表情非常沉静——沉静得几乎不像一只天牛了。

"图兰将军，远征队实验员向您报到。"

"嗯，来。"图兰一点头，看着穿着研究员白大褂的薄荷朝她走过来。

"将军，我奉命送来设备支援，十六架装有放大器的实验用的星舰已经备齐,"薄荷一抬手,个人终端里自动弹出详细又繁复的设备解剖图,从天花板一直铺到地面,"长话短说,天然虫洞区里,有无数虫洞通道,每一条都很不稳定,容易塌陷,之前我们做的工作,就是阻止这种塌陷,以便机甲和星舰能安全通过,现在这十六架星舰上的干扰波则会起到相反的作用,造成天然虫洞区的能量紊乱,它们一旦启动,就能在一定时间内封锁虫洞区。"

图兰问:"封锁后的'网眼'有多大,可能钻进多大的虫子?"

薄荷:"虫洞能量紊乱时,对面即使飞进一架甲虫大的机甲,也会引起虫洞塌陷,被卷入时空乱流。"

"好,明白,待命,等指挥中心指示。"

薄荷舒了口气,一切准备已经就绪,静候指挥中心的会议结果。

薄荷忽然说:"不知道指挥中心会给出一个什么结果……将军,你也是沃托人吗?"

"嗯?怎么会?"图兰笑了,"我看起来像个富家女吗?"

薄荷眨了眨眼,图兰的双手非常粗糙,是常年的严苛训练造成的,漫长的军旅生涯,让军人气质掩盖了一切。

"我出生于第五星系,"图兰说,"那会儿体外婴儿培育管理法案还没出台,私立的婴儿培育中心刚兴起,管理混乱,有个私立育婴中心刚开张,搞活动,找了一帮新婚夫妻参加,一等奖是免费采集双方细胞,帮他们培育个娃——我就是那个玩游戏送的'一等奖',还没来得及'出生',父母就分手了,把我丢给了育婴中心。那个育婴中心后来还因为非法操作被取缔了,我们又被政府福利机构领走。后来因为精神力比较突出,稀里糊涂地被白银十卫挑走做了后备军,算来……我差不多是最后一批后备军,后来白银十卫就不再用后备军的方式招新了,据说是陆信将军的建议,他想让白银十卫慢慢融入联盟,不再培育自己的后备军,以后就像普通队伍一样,从各大军校部队里挑人……可惜了,没来得及实现。"

薄荷问:"那你想家吗,将军?如果有一天我们和联盟针锋相对,你怎么办？"

图兰十分简短地避重就轻："我哪儿有什么家？再说统帅回来了，我当然无条件服从命令。"

薄荷问："那你还……信仰自由宣言吗？"

"信啊，"图兰没怎么犹豫地回答，然而她顿了顿，又说，"但是不瞒你说，小丫头，能服从命令、万事不用做主、不担责任的感觉真是好。"

薄荷："……"

图兰自己带头违反了机甲上禁明火的规矩，低头点了根烟："叶公好龙，但……说不定也还是会为龙而战，人哪，啧——来，给我接银河城指挥中心，我吸点美男子补一补精神。"

银河城指挥中心——

"通话请求我们一直发，一直石沉大海。"李弗兰面沉似水地说，"我们有理由认为，联盟对第八星系独立的事情是很有意见的……是的陆总长，就在通信断开前不久，我们第一卫的情报部门设法进入了联盟内网，在前不久的《沃托日报》上，找到了关于第八星系发声的报道，题目是：坚决抵制非法独立，联盟中央拒绝与之进行'外交'通话。"

阿纳·金一耸肩："这至少证明杜克没有拦截我们发往联盟中央的信息。"

托马斯·杨怕陆必行不了解《沃托日报》，连忙在旁边解释说："《沃托日报》是联盟中央的哈巴狗，联盟中央指谁，它冲谁叫，出了名地不要脸，以前销量一下降，他们就把统帅拖出来骂一顿，我家统帅就是他们的衣食父母、市场保证。"

泊松见亲哥满嘴跑机甲，怕他又激怒统帅，于是在桌子底下踹了托马斯一脚："他的重点是，《沃托日报》的态度就代表联盟中央的态度。"

说完，泊松小心地瞄了林静恒一眼，然而出乎他意料，林静恒虽然看起来有点莫名其妙的疲惫感，但是脸色还好，而且十分平和，没有要发脾气的意思："继续。"

"我们也收集到了一些非官方讨论内容，民间很多说法向来不是空穴来风，从中提炼出了一些信息，"李弗兰说，"第一，联盟担心中央军不服从领导，这显而易见；第二，各星系也担心联盟回到战前那样，收回军事自治权，自己再次成为次等公民；第三，有谣言，说陆总长的彩虹病毒实验成功了，有一支超级武装，时刻准备入侵联盟——我认为这个谣言体现了联盟对'域外海盗'的恐惧，恰恰也说明了军方不能给民众足够的信心。"

林静恒一皱眉，飞快地和陆必行交换了一个眼神。

李弗兰不知道，这所谓"谣言"并非全部捏造，彩虹病毒实验成功的案例就在这个会议室里，只不过他放弃了更进一步而已。可是陆必行的实验都是秘密进行的，第八星系又封闭了这么多年，为什么会出现这样的谣言？

陆必行笑了，在桌子底下碰了碰林静恒的鞋尖："这话没问题啊，李将军，不是谣言，我确实有一支睥睨无双的超级武装，在座诸位不都是吗？"

图兰在远程通信端幽幽地说："总长给一群男人灌迷魂汤，道德沦丧的'拍花子'现场，统帅，都谁脸红了，我给你记着呢。"

李弗兰干咳一声，瞪了图兰一眼，继续正儿八经地说："仅从三百零六号令的内容，以及联盟第二次增兵的量级和位置判断，联盟对我方确实是有敌意的，这很奇怪。"

第一卫队队长说着，站起来打开了自己的个人终端，庞大的数据流水似的铺在会议桌上："这是第一卫队收集的关于中央军和联盟的全部数据，包括编制、战斗力、装备、数量级——我们综合整理后，认为按照这个趋势发展下去，联盟军和各地中央军的军事实力会在两到三年内保持相对平衡的状态，之后就看各大星系与中央的博弈与是否会发生技术爆炸了。"

"当时在玫瑰之心,因为中央军回护,联盟为形势所迫,放任我们离开,并且没有对第八星系独立发表意见,按你的推论,才半年,联盟和中央军之间的博弈形势一边倒的可能性不大。那么有两种可能性,要么,三百零六号令另有深意,联盟不是针对第八星系,而是用这种态度掩盖什么;要么是中央军和联盟在第八星系问题上达成了一致,都认为我们是威胁,我的感情牌失效了。"陆必行说到这里一摊手,意味深长地转向林静恒,"看来没有白纸黑字的契约,纯感情牌不牢靠啊,统帅,你什么时候也和我签一个?"

"任命状不是签了?"林静恒莫名其妙地看了他一眼,不怎么在意地沿着他的话音说,"我更倾向于前者——联盟和中央军达成一致难不难我不知道,但是真到关键时候,破坏掉他们的同盟很简单,毕竟湛卢那里有'禁果'名单。在玫瑰之心我什么话都没说是为了什么,伍尔夫应该心知肚明才对。"

他说完,就发现整个会议桌,连同远在虫洞边上的图兰全都鸦雀无声,一伙人全都盯着他看,林静恒不耐烦地一挑眉:"有什么问题?"

白银十卫的将军们鹌鹑一样集体低下了头,纷纷表示绝对没有,统帅说什么都对。统帅明察秋毫,一点都不迟钝,一点也没听出总长这仿佛求婚的话是在调戏他。

陆必行无奈地笑。

林静恒:"所以三百零六号令还可能有另一重作用——恐吓我们封闭天然虫洞区的通道。"

"确实,"陆必行收了玩笑的意思,手指在桌面上轻轻地点着,"在局势复杂,信息来源单一的情况下,对我们来说,当前最优的方案就是封闭虫洞通道,远征队应该把干扰舰送到图兰那儿了吧?"

图兰:"收到。"

"换位思考一下,我的信息外界知道得不多,所以这更像是几方神秘势力针对静恒的对赌,"陆必行说,"赌的是,有当年七、八星系边界的前车之鉴,你九死一生回来,还会不会重蹈覆辙。"

就在这时,图兰那边突然响了一声,会议室所有人的目光集中在通信屏幕上。

"虫洞对面有异常能量波动,"图兰沉声说,"应该是有什么试图穿过,还夹杂了一些通信信息——薄荷!"

"了解,立刻解码。"

(二)

洛德能感觉到,自己的人机匹配度已经下降到了一个非常危险的临界值。他在同僚的掩护下,从杜克的重甲上逃了出来,一路被"反乌会"的海盗追击,此时,导弹已经打空,一边的高能粒子炮炸膛,幸好脱离得快,饶是这样,机身也已经破损得不成样子,机甲内无法维系重力和气压,洛德穿上了宇航服,将自己绑起来固定住,把最后一针舒缓剂扎进了身体。

痉挛的肌肉让他痛苦地蜷缩起来——再坚持一会儿,洛德想,马上就要到玫瑰之心了。

他通过精神网,咬着牙观望了一眼身后的追兵,舒缓剂强行提高了他的精神力,洛德绷紧了神经,进行了第五次紧急跃迁,难以忍受的撕裂感传来,机甲内的警报声响成了一团,洛德眼前一黑。

紧急跃迁成功!

他回到了玫瑰之心附近,这里有第一星系边境守卫军重兵把守,海盗们不敢追过来!

洛德如释重负,这时,一道远程信号扫过来,是边境守卫军,要查验他的身份。洛德狼狈地喘了口气:"我是驻第一星系边境守卫军代表,上校洛德,奉命陪同杜克将军回沃托,途中遭到反乌会海盗袭击,杜克将军遇刺,快,我要和第八星系通话……"

他话没说完,就被冰冷的炮口锁定了。

洛德愣住了:"我是……"

"杜克将军下令切断与第八星系通信,我军出了叛徒。"对方冷冷地说,"不想死的话,卸下武装,原地等待捕捞,别耍花样。"

洛德脑子里一片空白,清清楚楚地听着自己粗重的喘息声,下一刻,边境守卫军的几架机甲合围过来。天真的上校平静地生活了几十年,再一次被推上了时代的风口,真真切切地感觉到了下面触目惊心的暗潮。

"去第八星系,找林静恒。"

"向第八星系求援——"

乱世风浪里,没有人能永远独善其身。英雄不行,蝼蚁更不行。

洛德突然用仅剩的能量将机甲加速开到了最大,破铜烂铁似的小机甲猛地弹了出去,而与此同时,对方也毫不留情地朝他开了炮。洛德的防护罩早已经灰飞烟灭,只要被炮火擦到一点,他立刻就会变成一团焦土,他不敢回头看,全凭本能左躲右闪,然而机甲怎么会快过粒子炮呢?

精神网上可以看见叠加的粒子炮避无可避地向他扑过来。

洛德闭上了眼睛。

就在这时,几架机甲突然冒出来,临时防护罩加在了洛德的小机甲上,堪堪与撞过来的粒子炮相抵,巨大的能量冲击将洛德的小机甲弹向了有巨大引力的玫瑰之心。

"他有同伙!"

"这个型号的机甲是反乌会,果然是叛徒!"

洛德在精神网里猝然回头,发现救下他的几架小机甲上面赫然有反乌会的标志,这又是怎么回事?洛德觉得大脑已经快要爆炸,然而随着虫洞区的逼近,他已经无暇细想。第一星系边境守卫军使用了信号屏蔽器,洛德一咬牙,直接用自己的机身撞了上去——

一道带着血的信息穿透通信封锁,抵达了第八星系:"杜克将军遇刺身亡,伍尔夫元帅被他们控制了,求援第八星系!林将军,救救我们!"

图兰倏地站起来:"什么?杜克死了!"

洛德的机甲着起了火,在剧烈的爆炸中他睁不开眼,紧接着,机甲尾部被随之而至的导弹击中,机舱中少量的气体让苟延残喘的小机甲烟花一样地炸开,像是一生只燃烧一秒的火柴。

那一年,初出茅庐的少年敲响了联盟上将的门,脚跟微碰,紧张地敬了个标准的礼:"林上将!"

那男人闻声回过头来,大半张脸藏在阴影里,只露出一个冷淡的侧颜和灰色的眼睛,对他略一颔首。

洛德听见自己的心狂跳了起来。

"乌兰学院260届荣誉毕业生,安德鲁·布兰登·洛德向您报到。希望能追随您的脚步,为联盟战斗终身,自由宣言万岁!"

希望能追随您的脚步……

"轰"——

(三)

"稍等,图兰将军,另一段通信。"薄荷沉声说,"解码即将完成……"

"这里是第一星系边境守卫军,问候第八星系总长及统帅,杜克将军命令我们在危急情况下断开与第八星系的联络,杜克将军目前失联,是否遇刺目前不得而知,我军内部混入了海盗奸细,方才强行突破我军围堵,向第八星系同胞传递了不实消息,请勿轻信。重复一遍,请勿轻信——"

后者有理有据,并附送了一段军用记录仪的视频片段。

图兰蓦地转向通信端:"统帅!"

第八星系标准时,午后13:34。

沃托时间,深夜21:59。

第八星系的虫洞区里,十六艘干扰星舰同时放出干扰。

犹疑的第八星系封闭了虫洞通道。

同一时间,第八星系封闭虫洞通道的消息飞到了联盟议会秘书处和"永无岛"。

林静姝长吁了一口气:"动手吧,我赢了。"

(四)

第八星系和第一星系的边境守卫军一直比较友好,双方都十分客气,在封闭虫洞之前,第八星系发出了三次警告,随后才开始放出特殊的干扰波。

出于安全考虑,第一星系边境守卫军全线撤出玫瑰之心。

于是,空无一人的玫瑰之心禁区中,巨大的星际信号塔机身瑟瑟发抖,随即开始朝玫瑰之心的方向弯曲变形,突然从中间断成两截,无数细碎的零件水珠似的甩出来,一股脑地被吸入禁区之中。

不知是谁落下了一个机甲备用能源,小范围不断爆炸,又因为气体的流失而很快沉寂,与太空中的碎尸撞在一起,彼此粘连着,进入太空坟场。

所有没带走的人造临时装置都在崩塌,场面极其壮观。

倘若有人能目睹这一切,大概又不免会觉得恐怖,因为柔弱的碳基生命在这种令人窒息的力量下如同蝼蚁,而偏偏,这种力量背后竟又有人工的影子。整个崩塌的过程持续了三个小时,原本已经有了人迹的玫瑰之心再次成了荒芜一片的禁地。

可能是技术不过关,第八星系这一次封闭虫洞的动静非常大,一阵一阵混乱的高能粒子流潮水一样,第一星系边境守卫军撤到了六个航行日以外,仍在受紊乱的能量波动影响,连附近的跃迁点都有了故障,为了安全考虑,他们只好彻底撤离玫瑰之心区域。

因此,没有人看见,在第八星系封锁虫洞的这一波大动静之后,大约十个标准沃托日后,玫瑰之心的"旋涡"短暂地安静了片刻,随即,黑压压的机甲从里面涌出来，是一整支超时空重机甲战队，集结在玫瑰之心里。这些机甲模拟虫洞干扰，发出了足以以假乱真的高能粒子流，被特殊的仪器扩大后，又散落到第一星系的每一个地方，给玫瑰之心镀了一层危险的黑边，仿佛第八星系仍是时刻"封闭"的。

重甲战队藏在玫瑰之心里待命，接着，一支伪装成民用星舰的队伍从一架重甲里滑出来，轻车熟路地从另一个方向绕过玫瑰之心，悄无声息地混入了一个偏远的民用补给站里，排队等待进入第一星系。

"照这个速度，大概还要排两个小时，第一星系的效率真让人赞叹，一直这样吗？"

男人一边说，一边从星舰顶层快步走下来。他穿了一件异常合身的衬衣，剪裁很有意思，衣摆宽一分就看不清腰线，窄一分则又会把人勒得有些局促，乍一看是冷冷的白衬衣，在暗淡的吧台灯光下，却又闪着一点特别的光，色泽几乎有些暧昧。他的虹膜用特殊的技术手段处理成了深绿色，原本微卷的头发漂成了更浅的亚麻色，拉成笔直的背头，服帖地定了型，越发突出了近几年因为消瘦而有了棱角的五官，原本温润又稳重的气质荡然无存。

如果不是朝夕相处的熟人，简直要认不出，这位就是第八星系那好像永远可靠的陆总长。

星舰底层有个吧台，林静恒从吧台后面推给他一杯酒，扫了他这身打扮一眼："平时第一星系边检也确实会严一些，但这也有点过分了。"

边检当然都是人工智能查验，这些机器人工作人员数据库联网，效率奇高，按理说，一分钟足以扫描完一整艘商船，实在不该耽搁这么久。

"很可能是机械查验后面加了一道人工程序。"林静恒说，"旧星历时代滥用人工智能，造成了很多祸端，所以新星历纪年伊始，联盟就一直很注意人工智能安全，人工智能学科政审很严，动辄被调查叫停，研发风险很高，所以投资也少，而攻击、操纵和管理人工智能反倒成了热门学科，这么不平衡地发展了三百年，普通的工作型人工智能很容易被黑客攻击，所以如果有突发安全事件，来不及整体升级机器人们的安全性，就会加一道人关……气氛这么紧张，看来杜克应该是真的出事了。"

陆必行一听见"人工"，先皱了眉："人工查验？那我们会不会有什么问题？"

"不用担心，总长。"黑暗的角落里突然冒出一个声音，要不是陆必行因为芯片耳力超常，早听见了有人在那儿，大概得被他吓一跳——开口说话的是白银第十卫的拜耳，"老李摆得平，他就是干这个的。"

"伊甸园破碎之后，李弗兰就带着白银一四处游荡，趁乱建了很多假身份，以备不时之需，"林静恒淡淡地说，"我们现在坐的星舰、你扮演的人，都有完整的来龙去脉，要是能让一个边检随便查出来，李弗兰也不用混了。"

陆必行点点头，然后他突然双手撑在吧台上，凑到林静恒耳边。

林静恒以为总长有什么重要指示，正要洗耳恭听，就听陆必行小声在他耳边说："你要看，就大大方方地看，一眼一眼地瞟来瞟去，已经构成骚扰了你知道吗，先生？"

假身份是从白银一的数据库里自动匹配的，基本原则就是"最小的改动，最反差的气质"，此时，陆必行真正的眼神藏在绿色的假虹膜后面，影影绰绰的，真真假假混在一起，凑出了某种让人心惊肉跳的矛盾感和神秘感，简直有毒。

林静恒捏着陆必行的下巴，把他往外一推："一边骚去，别打扰我。"

他说着，打开了个人终端，快速翻阅过十天之内的《沃托日报》："都是无聊的鸡毛蒜皮，《沃托日报》惯于哗众取宠，向来是没有矛盾就搬弄是非，上一次这么安静，应该还是伊甸园丑闻曝光，伍尔夫用武力拿下管委会的时候，也就是他们嗅到了危机，但还不知道怎么站队。"

"杜克将军在回首都星的途中遇刺，中央军要向联盟讨个说法，气氛紧张很正常，"陆必行站直了，正色起来说，"表面上看，联盟中央没有理由在自己的地盘上杀杜克，而现在的局势也没有稳定到可以安心卸磨杀驴的地步，所以很明显，是居心不良的海盗从中挑拨离间，大家都会这么想。"

林静恒一抬眼："所以？"

"所以如果我是联盟中央，我感觉局势不稳，海盗蠢蠢欲动，而联盟和各星系中央军之间已经开始有裂痕，怎么办呢？权力和利益的问题，'以德服人'肯定是行不通的，那我只好推出一个共同的敌人，让局势变得动荡又紧张，靠这种张力重新把涣散的人聚集在一起，"陆必行端起酒杯，拿在手里略微晃了一圈，他整个人裹在一身先锋得有些尖锐的装扮里，样子是个十足的花花公子，但一开口说话，又成了陆总长，"这样一来，'海盗刺杀杜克'就成了一个很好的题材，突显了海盗的猖獗，激起各星系中央军的悲愤，转移矛盾——连海盗都觉得联盟和中央军需要挑拨，大家不是该更好地团结吗？"

拜耳露出头来："总长，你的意思是说，这场刺杀背后可能还是联盟中央主导的。"

"如果这口行刺的黑锅落在自由军团头上，那就有很大可能是联盟中央的手笔。"陆必行沉声说，"但让我觉得奇怪的是，当时传到第八星系的消息里称，刺杀杜克的是反乌会——反乌会背地里是被伍尔夫拿捏的，我们都知道，据李将军说，反乌会元气大伤之后，一直很沉寂，这时候突然让他们跳出来背黑锅，不显得很突兀吗？伍尔夫不怕一个操作不好，引火烧身吗？"

林静恒："所以你认为，伍尔夫被人控制这个说法，很可能是真的。"

拜耳插嘴："可是总长，这话听起来真的很不现实啊，伍尔夫已经老成了精，他能被谁控制？"

"哈登博士多次和我谈起过这个人，"陆必行说，"据说，伍尔夫当年断然拒绝进入'禁果'名单，并且十分反感哈登对联盟的背叛，但也是同一个人，在很多年以后，为了掩盖自己在'禁果'名单上的事实，居然不惜牺牲两个星系——你觉得呢？这么大的反差，听起来不像是被什么控制了吗？不论是被自己的执念控制，还是被外力控制，其实都一样，他心里有弱点。一个人，不管看起来有多强大，手段有多厉害，都弥补不了心里那个弱点，被人轻轻一戳，就有可能死无葬身之地。"

林静恒心里微微一动，抬头看向陆必行。

陆必行很释然地冲他笑了一下："不过瘦死的骆驼比马大，伍尔夫不太可能任人摆弄，他很有可能备了一手，我们两次收到'伍尔夫被控制'的消息可能就是他埋下的伏笔。"

拜耳听得一个头变成两个大，脑髓都快爆浆了，感觉还是当一个天真无邪的星际小杀手单纯快乐。因为满头雾水，所以他没敢贸然接话，只是很忧愁地看了林静恒一眼，有生以来第一次担心他们家心眼如蜂窝的统帅会不会被人卖了。

陆必行拿了一盒小点心递给忧愁的拜耳："所以我们才要亲自来看一看啊。"

时间倒退回两个真假难辨的消息传到银河城指挥中心时——

一个是紧急求援，一个是严重警告，截然相反，会议室炸开了锅，白银十卫的将军们则集体看向林静恒，林静恒沉默着没有表态。

陆必行一抬手压下杂音："看来对赌的双方是逼我们立刻做出选择了。"

"总长，保守的选择就是安全的选择。"第八星系财政部的人说，又转向林静恒，"统帅，类似的事情已经发生过一次，我们差点失去您，为了不重蹈覆辙，多谨慎也不为过，对不对？"

林静恒还没来得及开口，陆必行就替他回答："保守的选择不一定是安全的选择，因为我们都无法判断，现在是不是某个敌人希望我们龟缩回第八星系。"

财政部大臣说："我们封闭第八星系，能有什么损害呢？我相信有统帅和白银十卫在，天然虫洞区纵然被人从外部打通，也能守住安全无虞。"

"那如果我们都不在了呢？"陆必行再次在林静恒开口前插进来，"何况就算守住了虫洞区，我们也不是生活在真空里，就算没有跃迁网，从联盟到启明星，百年就能抵达，考虑到太空机甲技术的爆炸速度，时间也可能缩到你难以想象的短，五十年……甚至可能是二十年、十年。"

财政大臣一时语塞。

"我们同时做最坏的设想，"陆必行说，"不封闭第八星系，最坏的后果很可能是元年的事重演一次，但现在比元年好的地方，是我们终于有了自己的成型武装和正规军队，不像当年那么捉襟见肘。封闭第八星系，最坏的后果就很难说了……也许会有一支我们都不希望看见的力量掌控联盟，把外面变成一个我们都不希望看见的世界，我举个具体例子——就像自由军团那样。"

财政大臣再次看向林静恒，林静恒感觉到陆必行不想让他说话，干脆一言不发。

"地球时代一个经典的恐怖科幻梗，就是人类和'虫族'的战争，这里面映射了地球原始人对虫的恐惧，虫子这个意向，之所以恐怖，长得恶心是一方面，另一方面就是它那种'没有个体'的社会结构。假如有一个类似虫族的人形社会，每一个个体的战斗力都爆表，而他们在有智能的情况下，还能完全服从自己的社会等级，舍生忘死地服从一切命令，你觉得我们对上他们会是什么下场？你们别看统帅了，真到了那时候，十个统帅也不够用。"

陆必行在桌子底下扣住了林静恒的手，把他蜷在一起的手指一根一根地掰开。

"你就不要发表违心的看法了。"陆必行看了他一眼，心想，"如果我也在联盟参加他们的赌博活动，我一定跟注你会出手。"

陆总长一锤定音："我们不能放弃选择历史的机会。"

因此才有了第八星系暗中出兵玫瑰之心，白银六的主力军压阵，由星际远征队提供技术支持，用特殊的装置伪造了封锁虫洞的能量流。

白银九依然作为第八星系的最后一道防线，驻守在天然虫洞区那边。

白银一作为特勤组，提供伪装，随身携带最擅长潜行偷袭的白银十的一部分精英，悄然潜入第一星系。

陆必行有生以来——不算上次在玫瑰之心晃的那一圈，还是第一次接触第八星系以外的人类社会，一双眼不够他使，跑下来吃了点东西，和林静恒说了几句话，又回到了星舰顶层，观察第一星系的补给站和非武装星舰，不断地朝前后左右的舰队发送通信信息，在排队的两个小时里聊了个天昏地暗，把别人上下三代都套了出来，并且通过一个奢侈品商人吐的苦水，估出了第一星系战后的经济情况。

林静恒不方便跟出去，因为白银一那破系统给他匹配的是个病秧子，需要坐轮椅，尽量减少活动——本来没这么偷懒的，但陆必行坚决不同意他用肌肉溶解剂，没有药物加持，长时间让他模仿病人的行为举止容易露馅，为了"虚弱"得真实一点，李弗兰只好提议让他不要动。

拜耳走过来，跟吧台上垂下来的机械手湛卢握了握手，问林静恒："统帅，您有二十多年没回过第一星系了吧，故地重游，感觉怎么样？"

林静恒叹了口气："就记得住第一星系的星际航道图和当年的布防了……我有一点不祥的预感。"

林静恒的吉祥话约等于诅咒，而不祥的预感则多半会成真。

（五）

沃托，半山区，元帅府，后门的守卫换班，机器警卫员眼睛里的光闪烁片刻，忽地灭了。

花园里的夜皇后盛开得过了头，在薄薄的灯光下，艳色浓稠，好似有血。悬挂的机器园丁们正在自动调节土壤湿度，检测到含水量不足，柔和的灌溉喷枪随即跟上，若有若无的钢琴曲环绕四周响起，这花园的一角静谧美好得不可思议。

忽然，灌溉枪卡在了半空，钢琴曲也不知什么时候停了。

一道黑影闪过，它约莫有一个巴掌大，圆盘形状，薄得像个刀片，速度非常快，肉眼几乎捕捉不到，"圆盘"从花丛中穿过，轻易将一朵夜皇后斩了首，骇人的香气爆了出来，那花汁竟然真的像血。

伍尔夫元帅府中的安保系统，简直就像玄幻小说里描写的"结界"，从领空再到地下，只要有未经授权的物体入侵，控制中心会在十分之一秒内做出反应——除了巡逻卫兵，这里总共有三层安保，第一层是外围的激光枪和微型炮筒，可以远程瞄准攻击，第二层是能快速反应的机器警卫员，第三层是类似湛卢机甲核的可变形材料，这种材料与安保系统相连，能在一瞬间抵达元帅府上的任意一个地方，从地板或者花丛中穿过来，直接将入侵者清除。

三道安保系统，让这座府邸像白银要塞一样固若金汤，暗杀几乎是不可能的。

可是此时，那不明飞行物直接碾过老元帅最宝贝的花田，安保却像坏死了一样。一声轻响，穿过花田的"圆盘"贴在了一扇打开的玻璃窗上，对着花田的房间，正是伍尔夫元帅的卧室。

伍尔夫年纪大了耳背，在熟睡中，好像丝毫没有察觉。

"圆盘"贴在玻璃上之后，也跟着变透明，飞快地与窗户融为一体，上面飞快地闪烁起一行一行的小字——

"扫描基因……"

"确认。"

"扫描体征，是否与其病例记录吻合。"

"完毕，目标体征与病例记录吻合度98%，高度吻合，确认目标。"

"目标血液中'夜皇后'浓度为56mg/100ml……"

紧接着,又有十来个"圆盘"分别从四面八方飞过来,融入窗户、门,乃至竟还能穿墙而过,看不见的红外射线从圆盘中间发出,统一指向床上的人——如果这时候有谁透过红外探测器看一眼,就能看见伍尔夫身上结了一张繁复的大网,他像个无法挣脱的猎物一样被困在中间。

然后卧室的门自动打开了,一个陌生男子缓缓地走了进来,径直来到伍尔夫床边。

伍尔夫终于被那脚步声惊动,醒了过来,他的瞳孔好似对不准焦似的,混浊的眼神显得十分茫然,躯壳里的灵魂似乎已经被什么吸走了,只剩下一具行尸走肉。

"伍尔夫元帅,"不速之客很有礼貌地冲他点了点头,"深夜拜访,打扰了,本来,要您的命并不困难,只要这些可爱的微型飞碟杀手就可以完成,但是我的主人认为这样太遗憾,她觉得您不该死于一个无名小卒之手,还想与您通话。"

伍尔夫的目光略微清明了一点,但面对深夜潜入的陌生人,他并未呼救,也没有其他惊慌失措的表现,不知是真镇定还是人已经傻了。

那男人清了清嗓子,再开口,却变成了轻柔的女声:"伍尔夫爷爷,我是静姝。"

伍尔夫的眼角轻轻地抽动了一下。

这位深夜潜入他卧室的不速之客,是一个五代"鸦片"携带者,在自由军团中,几乎是食物链的顶层。由他亲自来执行机器人都能干的暗杀任务,刺杀者给了伍尔夫极高的礼遇。但顶层也是个芯片人,身体的任何一个部件,都可以随时被他们的主人征用。林静姝此时就是利用这具身体和伍尔夫通话。

"父亲曾经在书房里挂过一张照片,是我祖父、您还有哈登博士的合影,后来那张照片不见了,我想应该是被您拿走了。但照片毕竟是死物,怎么比得上活生生在身边的人呢?"林静姝的声音从人高马大的男人嘴里传出来,显得分外诡异,"所以我这半年多,用'夜皇后',把他们重新送回了您身边,您喜欢我的礼物吗?"

伍尔夫的目光动了动，缓缓地看向床角和窗外，那些四面八方围着他转的"圆盘"上清楚地扫描出了他的脑电波。

此时，伍尔夫眼睛里的世界，幻觉和真实是重叠在一起的，他看见林格尔靠在床角，分享了他一半的毯子，个人终端里打开的书忘了关，还浮在膝盖上，那人睡颜沉静，窗外，哈登抱着膝盖坐在花园前，仰头望向澄澈的夜空——他们都还是年轻时的样子，他也是。

那时他们在天使城要塞，革命者能有什么好日子？他们要随时防备着敌人无孔不入的人工智能，枕戈待旦，披着血与火，想给世界争出一个未来。伍尔夫记不清他们有多少次几乎全军覆没，看着大批的前辈死去，自己仓皇逃窜，记不清有多少次觉得自己恐怕要死在那里……

可是现在想来，他一生中最快乐的日子，居然就是在那朝不保夕的年代。

那时朋友是真朋友，感情是真感情，他眼里看得见日出，心里挂着寄托。

"看来您是喜欢的，我放心了。"林静姝愉快地说，"那么再会了，祝您睡个好觉，放心把未来交给我吧。"

她说完就不再吭声，这位携带"五代"芯片的不速之客就恢复了正常的肢体语言，有条不紊地给自己戴上手套，将一根针戳进了伍尔夫的脖子："不会感觉到痛苦，您还有什么话要说吗？"

伍尔夫确实没有痛苦，新型致幻剂"夜皇后"麻痹了他的皮肤，针头进入的痛感可以忽略不计，他像个中毒已深的老疯子，一动不动地躺在行刑台上，眼角舒展地弯了起来，没有说话，只是吹起了一支断断续续的小调——

那小调太古老了，恐怕还是旧星历时代不知道哪个穷乡僻壤的民歌，没有人听得出来他在吹什么。

风将夜皇后的花香卷入室内，包裹住伍尔夫。

……口哨声停了。

休伯特·伍尔夫元帅，死于一个夜皇后花开的深夜。

死于背叛与阴谋。

没有遗言,似乎在昭示着,他肉体已灭,却尚未离场——

(六)

林静恒他们的星舰刚刚通过补给站的边检,他正在往酒里加冰,就在这时,星舰突然剧烈地震颤了一下,高能粒子流撞上了星舰的防护罩,滑开的杯子被湛卢的机械手抓住,冰块掉到了地上,他心里一突:"怎么?"

"戒严了。"李弗兰和陆必行从上面下来。

李弗兰飞快地说:"突然收到的通知,后面的星舰已经不让进了,已经进来的被要求立刻降落在补给站。大家做好准备,我们马上对接轨道。"

"好歹没被挡在外面,"拜耳说,"第一星系的补给站环境很好的,多住几天也无所谓……"

他想得是挺美。

拜耳话还没说完,原本快要对接到轨道上的星舰突然猛地加速,往上冲去,加速明显超过了非武装星舰的极限,仿重力系统短暂地失灵,陆必行一把拽住滑出去的轮椅。

林静恒一抬手抓住湛卢的机械手,临时忘了自己是个"病弱的残疾人":"驾驶员权限给我。"

驾驶员是白银一的老兵,二话不说让出了星舰的驾驶权,两人交接眨眼间完成,林静恒居然没有开惯了战斗机甲的那种忽上忽下的毛病,十分平稳地将星舰调整到补给站的轨道上,游刃有余地让过了一发高能粒子炮。

"怎么还有人对非武装星舰开炮?"

"漏过来的,"林静恒说,"补给站外面有一支武装,看番号应该属于……"

"第三星系中央军。"李弗兰接话说,白银一已经十分高效地收集到了消息,"第三星系中央军司令当年是统帅亲手下放的,非法集结,脱离值守,逼至第一星系,方才那一波高能粒子炮应该是示威。"

"胡闹。"林静恒皱起眉,朝着周围其他惊弓之鸟似的民用星舰发了信号,示意他们跟上自己,顺着补给站的轨道缓缓落下。

整个边境补给站气氛紧绷得仿佛一触即发,一排军用机甲在旁边蓄势待发,严阵以待的卫兵们在旁边整队,星舰收发站里应有的服务机器人全变成了安保机器人,连无障碍通道都没打开,陡峭的电梯足有几百米,一眼望不见头。

林静恒冷冷地扫了李弗兰一眼:"你让我坐轮椅。"

李弗兰不敢争辩是统帅手黑自己抽的,只好低了头。

林静恒不耐烦地一抬手:"湛卢,去联系补给站通信中心,让他们……"

他话没说完,脚下突然一空,在拜耳和李弗兰快要升天的震惊中,陆必行直接把他从轮椅里抱了出来。

林静恒一口气差点噎在喉咙里。

"我们千里迢迢来第一星系,是为了'治病',不是来炸沃托的,"陆必行带着坏笑小声在他耳边说,"'病人'先生,前方有检查,控制一下你的表情和想勒死我的手好吗?"

林静恒:"……"

"放松,闭眼,靠在我肩上,"陆必行得寸进尺,"唉,手赶紧缩回去,青筋都跳出来了,卧床十几年的虚弱病人哪儿来这么大脾气——哈登博士不是说你是个职业骗子吗,业务素质呢?"

拜耳用胳膊肘捅了李弗兰一下:"李兄,我会不会接到暗杀总长的命令?"

李弗兰装聋作哑,感觉白银一的未来前途黯淡,非礼勿视地跟了上去,一本正经的面孔堪比湛卢。

补给站的卫兵扫过几个人个人终端上的证件,目光在林静恒身上停了一下,林静恒的头发被他们接出来一段,凌乱地挡住了大半张脸,只露出一个苍白的下巴和毫无血色的嘴唇,好像没有知觉似的一动不动。

第一星系向来讲究人文关怀,卫兵十分有礼貌:"从第四星系来的?那可是远路,病人受得了吗?"

"第四星系的专家会诊过,没办法,只好推荐我们来沃托碰碰运气——这是推荐信。"李弗兰朝他苦笑了一下,因为该苦笑发自内心,所以显得非常真诚,看得卫兵都同情了起来。

"一般这种情况,我们都会优先安排通行,星系内也会有特殊通道,让您尽快到沃托就医,"卫兵有些为难地说,"但我们刚刚接到命令,通往沃托的民用航道需要暂时封闭。"

李弗兰和拜耳对视了一眼。

就在这时,补给站中央的立体屏幕上正在播放的音乐剧突然暂停,一条紧急新闻插播进来,所有茫然地被扣在补给站的人一同抬起头。

"……沃托消息,今天凌晨,沃托标准时一点十五分,位于半山区的伍尔夫元帅府突然停电,三套备用能源同时故障,安保系统停摆,疑似人为破坏,目前……"主持人的声音中断了一下,足足十秒钟没吭声,随后调门陡然高了上去,"什么?你确定吗?!"

沃托的中央大陆大部分区域此时都是夜里,警报声、人声、乱飞的机器人声织就了无比嘈杂的背景音。

陆必行的手紧了紧。

"……诸位,我们方才得到军委发言人准确消息,伍尔夫元帅今天凌晨在家遇刺身亡……"

林静恒耳畔"嗡"一声。

三大海盗军团入侵联盟时,半退休的伍尔夫元帅站出来力挽狂澜,周旋了二十多年,重新夺回沃托,在民众心里,他几乎已经成了联盟的守护神。

守护神怎么会死?

紧接着,被联盟中央按下了数日的"杜克将军遇刺"的消息一同放了出来，聚拢在第一星系边缘，准备为杜克之死向联盟讨个说法的中央军蒙了。

王艾伦连夜召开新闻发布会，整个人面色憔悴，勉强站在镜头前，话不成音。

消息像爆炸一样传播出去，新闻发布会现场人山人海，安检仪安静如鸡，没有人注意到，在这些同样焦虑和茫然的面孔下，有超过五成的人已经植入了"鸦片"芯片，正同步收听着来自上级的命令。

第六章　故地重游

"这房子里的每一个人,都曾经像等待节日一样期盼你的出生。"

（一）

早在旧星历时代,第一星系就是世界的经济政治中心,累世的繁华,历次战争都幸运地以和平交接告终,近代以来,这里遭受过的最大洗劫,就是海盗光荣军团炸毁了几个军事要塞,并砸烂了联盟议会大厅后面的碑林。与之相比,第八星系内战结束不到十年,反复在废墟里重建,连总长都还住在打印的公寓里。星系核心的银河城指挥中心还是在反乌会基地上扩建的,跟第一星系比起来,已经不光是寒酸了——简直是个大号的难民营。

"难民营营长"乡巴佬陆必行先生,在第一星系边陲的民用补给站里就长了一回见识,虽然给扣在补给站里,但因为他们一行人中有个"重病人",补给站虽然不能放行,但本着人道主义精神,还是给他们安排了最好的套间和医疗急救设备。

此时,"重病人"正一言不发地听沃托官方关于伍尔夫遇刺的发言,"贴身照顾病号"的那位则占了病床,在超级人工智能湛卢的协助下，好奇心旺盛地把急救设备给大卸八块了。李弗兰和拜耳一边一个坐着，神色都很严肃。

"联盟中央撤到天使城要塞的时候，我和托马斯参与过伍尔夫临时府邸的安保系统构架，"泊松·杨此时正在玫瑰之心里待命，通过远程信号和林静恒通话，"临时府邸的安保等级已经非常高，相当于一个缩小的军事要塞，沃托的元帅府只有更严。我看这个发言人的话也就能骗骗外行，'安保系统遭到人为破坏，凶手从靠山一侧潜入'，他倒是破坏一个试试看。"

李弗兰问："统帅，伍尔夫有没有可能假死？"

林静恒——终于能站起来走两步了，已经在屋里溜达了十来圈——他双手背在身后，问："假死的理由是什么？"

"您想，杜克遇刺，联盟把消息压了十多天，伍尔夫深夜遇刺，第二天就开发布会，两个消息这时候一起放出来，联盟中央和各地中央军之间，本来被杜克之死激化的矛盾突然就成了次要矛盾，莫须有的海盗又成了同仇敌忾的目标。"

"缓和了，然后呢？伍尔夫一大把年纪，再玩一把'死而复活'，他把联盟中央的公信力往哪儿放？"林静恒神色淡淡地说，"他跟我不一样，我当年是声名狼藉，干出什么事都不可能再狼藉了，伍尔夫在联盟的地位太崇高了，神坛上去容易下来难，他干不出这种闹着玩一样的事。"

拜耳："他也可以不用'死而复活'啊。"

"他要是不活，联盟和中央的矛盾是没了，联系和控制力也没了，伍尔夫一死，现在的联盟中央军委，谁压得住那些在各星系打了大半辈子仗的中央军？"

"也许不只是缓和矛盾那么简单，"李弗兰反应很快，立刻接话说，"也许杜克也是伍尔夫授意暗杀的，他先借杜克之死，把中央军引来，再假死放个烟幕弹，趁各星系中央军统帅们放松警惕的时候，来个出其不意的瓮中捉鳖，直接武装控制，强行收回各星系的军事自治权。"

"计划说得通,但我不太同意。"正在拆卸急救舱的陆必行头也不抬地插话说,"还是那个理由,如果杜克是伍尔夫杀的,他为什么要用反乌会的名头,而不是自由军团的?另外,这时候狙击中央军也并不明智,海盗还在,敌人还在,就算伍尔夫有本事杀光中央军的所有统帅,这么做也只会让留守的各地中央军乱起来,而不是把中央军收入囊中。这不是给海盗制造机会吗?好的政治家最基本的素质就是瞄准主要矛盾,次要矛盾和稀泥,留待以后解决,伍尔夫不可能这么糊涂。"

"泊松刚才说,元帅府的安保像军事要塞一样严密,外界入侵可能性非常低。其实当年白银要塞也是一样……当年不可能被攻破的防御系统从内部崩塌,现在不可能被入侵的安保系统从内部关闭,当年伍尔夫引狼入室,现在轮到他自己了——你们不觉得这桩刺杀完全就是在影射吗?"林静恒不知从哪儿摸出一根烟,"据我这么多年的了解,伍尔夫可没有这种勇于自嘲的幽默精神。"

李弗兰、拜耳和陆必行异口同声说:"别点。"

拜耳小心翼翼地指了一下门口的十字标志:"这是病房规格,老大,空气质量监测很严的。"

"你抽到的是'喘气都是负担的病人',统帅,把身份牌牌面再复习一下好吗?病得真诚一点,不要那么敷衍。"难民营营长陆某人生活乐趣匮乏,大有要指望这事娱乐一辈子的意思,"再说那是我兜里的,赶紧还给我,光天化日的,怎么还在人家身上乱摸呢?"

林静恒:"……"

混账。

李弗兰感觉到了扑面而来的杀气,连忙端庄严肃地拍马屁道:"统帅说得对——那么……元帅府的内鬼,伍尔夫被控制的传言,被栽赃的反乌会,两次刺杀把中央军聚集在一起——我们现在是不是有整件事的轮廓了?"

拜耳立刻机灵地接话:"自由军团勾结了伍尔夫身边的人!"

林静恒转身："工程师001，你这个临时客串的技术支持还行不行了？"

话音刚落，陆必行的个人终端里就飞出了几十条身份信息——补给站中有卫兵，隶属联盟军，在这补给站里，通信、网络、交通工具、使用的各种设备等等……都是军用和民用分开的，只有昂贵的急救舱是共用的。急救医疗舱为了保证隐私，会定期自动清除以前病人的基本信息，但存在过的东西，终归会有痕迹，陆必行循着这些痕迹，把被删掉的信息修复了。指纹、虹膜、基因、编号等全套信息一应俱全，稍微做点手脚，就能复制出一份能以假乱真的身份证件。

"好久没干过这种偷鸡摸狗的事了，有点手生，"陆必行说，"认领新的身份信息，大家先各自回去休息，补给站三个小时后昼夜替换，我们午夜出发。"

众人各自散了，泊松也切断了通信。陆必行把他方才拆出来的破烂囫囵兜起，往床底下一塞，拍了拍床头："病人该休息了，我来照顾你。"

林静恒冷笑一声，把陆必行整个人薅起来扔到床里，别着他一只手扣在背后，压在蓬松的枕头里："你打算拿什么照顾我，嗯？"

陆必行叹了口气："统帅啊，你这个人，真的满脑子儿童不宜，别人跟你正经表白的时候，你总也反应不过来，别人随口一句无心的话，你总能往龌龊的方向联想。改天有空我要匿名写一本书，题目叫'如何对付生活中的闷骚'。"

林静恒莫名其妙地问："你哪句是正经表白？"

"我说我来照顾你，"陆必行翻过身来，浓郁的绿色眼睛盯着他，甜言蜜语张嘴就来，一点磕绊也不打，"意思是我想每天喊你起床，帮你准备好衣服，拖着你到处散步，把顺口的食物喂到你嘴边，观察你是不是冷了、热了、不舒服了，一天到晚围着你转，替你包办所有的琐事。"

林静恒："……你连自己的被子都不叠，说这话都不觉得害臊吗？"

陆必行:"……"

林静恒笑了起来,伸手揉乱了他定过型的头发。

陆必行却总觉得他那笑容里也带着忧色:"担心你妹妹吗?"

林静恒沉默了两秒,放开他躺在旁边:"没有,兵来将挡。"

陆必行:"喂,不是说好了我们之间要'跳过窃听器和哈登博士'吗?"

这一次,林静恒仰面往病床上一靠,床铺柔软得像是要把人陷进来,亲昵地纠缠着他的四肢,让人提不起力气,感觉连精神也一起沉了下去。空间站还是白天,依然有光,林静恒不堪其扰似的抬起胳膊,挡住眼睛。

"那天第一道传回第八星系的消息……就是后来被边境守卫军否认的那一条,"林静恒轻轻地说,"他说了一句'伍尔夫元帅被他们控制了'。"

陆必行耐心地"嗯"了一声。

"我不确定,"林静恒低声说,"他的声音有点像洛德,但应该不会是他,巧合吧。"

"你那个……前任亲卫长?"

"当年洛德的母亲是乌兰学院指挥作战系的主任,是我的老师之一,后来升任乌兰学院的校长,父亲是白塔医药健康部的负责人,在军委和管委会之间左右逢源,"林静恒轻轻地说,"算得上家世显赫,但家教不错,在白银要塞的时候从来不张扬,别人问起,也只说父亲从医母亲从教,跟上下级关系都处理得很好……他以为我不知道,其实他来报到前,他母亲就特意联系过我,委婉地对我说,她这个儿子性格温和,不免优柔寡断,希望白银要塞的从军生涯能磨炼他,将来能回军委秘书处做一名文职军官。"

在白银要塞收发几年邮件,即使一场仗也没打过,顶着林静恒亲卫长的名头,也能镀上一层荣耀的军功,将来前途无量。

"这样的父母,也会希望子女能过平安稳妥的一生,可是我做了什么呢?"林静恒声音很低,好像随时会断,"……我当年太专注于跟那些人斗来斗去,我甚至觉得,把她放在管委会那边是对她的保护。是我把她推到这一步的。"

陆必行静静地听着,没有打断,也没有安慰他说"这不是你的错"。

因为"是谁的错"这个破问题一点也不重要,亲人也好,爱人也好,彼此折磨的时候,罪责和后果总是要由最亲近的人来承担,不管是谁的错。如果可以,林静恒甚至想重来一次,回到童年,从那高高的轨道上跳下来,拉住那女孩的手,摔断腿也不怕。他们可以谁也不要,一起相依为命地长大,在她长大以后,把每个追求她的浑小子都叫出来揍一顿。那么也许他会失去陆信,失去他这一生最无忧无虑的少年时期,但也许陆信就不会死,身边这个人也不会流落到第八星系,受那么多苦,承担那么多的责任。那样的陆必行大概会长成一个像洛德一样温和又没有棱角的小少爷,在毕业那天,被陆信走后门送到他手下,让他一边嫌弃,一边给安排一个好差事……

陆必行坐在他身边,体温渐渐透过衣服,传到林静恒身上,像是在方寸之内,给他撑开了一个能小憩片刻的角落,任凭他在这里软弱又伤心地胡思乱想一通。

然后在几个小时后,他重新穿上盔甲,迎头走向不得不面对的风霜与命运。

(二)

白银一和白银十配合默契,一行人用补给站卫兵的假身份,很快取得了补给站的平面图。

"先混进巡逻队。"陆必行说,"我还没拆过第一星系的军用机甲呢。"

他们在边境补给站搞小动作的时候,王艾伦在媒体面前轮番作秀了一整天，哭得手都在颤抖，眼皮往下垂了三层，他屏退手下人，快步走进洗手间，往自己脸上泼了一捧凉水，在镜子前站了两秒，继而神经质一样地笑了起来。

他的个人终端里传来女人的声音："秘书长，如释重负了吧，那么我们进行下一步？"

王艾伦狠狠地一咬牙："下一步。"

"那就到了您要装可怜的环节了，"林静姝说，"越惨越好，要让那些中央军统领相信，伍尔夫一死，您在联盟中央就失去了话语权，成了个被人打压的可怜虫。他们不是都看不起您吗？会相信的。"

三天后，联盟中央军委饱含悲愤，承诺"不惜一切代价调查真相，一定要让凶手付出代价"，紧接着宣布，联盟即将为伍尔夫元帅举行公开葬礼，第一星系边境的中央军统帅们都收到了通知。

葬礼将在一周之后举行，犹疑不定的中央军统帅们一开始并没有给出明确答复。但很快，联盟中央开始动荡，先是以"调查伍尔夫元帅死因"的名义，连同王艾伦在内，一干与伍尔夫生前有密切关系的人员全部被停职，军委先前没有签发完成的命令全部被扣留。随即，《沃托日报》隐约嗅到了一点风声，遮遮掩掩地发表了一篇讨论历代"军国主义"的文章，结尾不阴不阳地说："战争已经结束，一切亟待重建，反观现在的联盟，军费支出占的财政比例是否过高？军方是否会在未来很长一段时间仍然控制议会？"

伍尔夫一死，各路妖魔鬼怪好像都出来亮相了，以王艾伦为首的军方代表在议会中顿时没有了根，政局动荡得让外星系来的中央军统领们看得云里雾里。

几天后，"按捺不住"的王艾伦偷偷乘坐一架非法的私人机甲，去第一星系边缘会见中央军的统领们，像是要寻找新的"靠山"。而与此同时，一架小机甲摒弃了星际航道图，轻车熟路地从危险的行星引力区穿过，绕开第一星系的关卡，靠近了沃托。

"首都星。"陆必行在精神网里远远窥见，感慨了一声，"终于见到庐山真面目了。"

正在被整个联盟仇视的反乌会大先知哈瑞斯,也就是霍普,悄无声息地坐着一艘不起眼的民用商船,往天使城要塞的方向行进。

"永无岛"上,林静姝靠在一架秋千上,翻着个人终端里古老的童话《彼得·潘》,正好看到忧郁的海盗头子威胁小女孩温迪来当他妈的那段,笑得惊飞了一只小仙子。

(三)

5月25日是联盟的"平安节",最早是为了纪念碑林落成的日子,慢慢变成人们追悼亡人的日子,有五天的公休假,是上半年最重要的节假日。人们习惯在平安节前一天把亲朋好友聚在一起,分享一顿大餐。

新星历290年是辉煌的一年,海盗光荣团撤出第一星系,正式投降,联盟之星沃托拂去尘埃,依旧犹如宇宙中心般光芒万丈。林静恒与白银十卫在玫瑰之心附近露面,惊鸿一瞥,快得像一颗猝不及防间划过天际的流星,成就了很多版本的传奇。这一年充满了希望和奇迹,疮痍满目的人类世界从噩梦中复苏,渐渐透出了一点活气和希望。

然而,好景不长,到了291年,一切又急转直下——海盗自由军团崭露头角,以摧枯拉朽之势,取代一切旧的破坏分子,成了新的世界之癌。联盟中央的命令一道比一道荒谬,野心勃勃的中央军各怀鬼胎。两起让人难以置信的政治暗杀好似两颗鱼雷,将第一星系平静的水面彻底粉碎。

汹涌的暗潮与最高统帅之死,让这个平安节罩着一层不祥的阴云。

"信号能不能再稳定一点?"陆必行问,"这样容易漏掉关键信息。"

"总长,在太空飘着,您就别要求高清效果了,"一个白银第十卫的卫兵一直给他打下手,通过这段日子的朝夕相处已经和他混熟了,说话也随便了起来,"沃托附近的跃迁点监控非常严,我们非法蹭远程信号,还得小心别被人发现追踪到,有这效果就不错了。"

再小的机甲也不是苍蝇,不是通过合法途径,根本无法靠近大气层,他们当然不可能大大咧咧地降落沃托,只能先远远地缀着静观其变。

"小心点,"林静恒说,"伍尔夫的公开葬礼定在明天,玫瑰之心的柳元中方才给我传消息,说中央军的统帅们早已经动身出发,今天差不多该到了。"

被停职的王艾伦卖惨成功,丧家之犬似的暗地联系上了中央军统帅们,这几天大概已经靠演技和三寸不烂之舌骗取了一些信任,聚集在第一星系外的各地中央军统帅显然都打算来参加这个跨时代的公开葬礼。

李弗兰皱眉说:"他们就这么相信王艾伦?太没有警惕心了吧。"

"不一定是相信王艾伦,根据柳元中的消息,他们是昨天晚上起程的,昨天才动身,想赶上葬礼,一天就得直达沃托,只可能是开着机甲穿跃迁点,没看出来吗?中央军已经到了公然无视第一星系武装安全法令的地步了,既然来了,大概就是来者不善,不可能不带武装。"林静恒解开腕扣,从小冰箱里拿出一盒新的营养膏,给众人分了当晚餐,"中央军和王艾伦大概也是一拍即合,一个想把他们引进来,一个携带武装,有恃无恐,想在联盟中央的争权夺势中分一杯羹。"

陆必行忙说:"这架机甲的物资仓库里有之前的人偷偷藏起来的牛排,我看见了。"

林静恒一撩眼皮:"中型以下机甲上禁烟禁火禁喷雾,工程师,你把安全须知忘在胃里了?"

什么都知道的湛卢插嘴说:"这场景真是让人怀念,您上一次说完这话,给陆校长隔了一个单独的训练室放加湿器。"

林静恒:"……"

这小子的禁言期限怎么又过了。

陆必行惆怅地摇摇头:"看见没有,把我哄到手之前,叫我名字声音低八度,让我在机甲里开加湿器,我说什么他都说好,现在呢,吃饱喝足了,不新鲜了,嘴脸就变成这样,你们老大就是这种男人啊!"

一帮白银第十卫的卫兵跟着他起哄。

陆必行:"平安节前夜不是要聚会吃大餐吗?为什么我们要吃'鼻涕'?"

林静恒又好气又好笑:"沃托历的平安节跟你有什么关系?"

陆必行理所当然地说:"跟你有关系啊。"

旁边的李弗兰和拜耳拾乐拾到一半,骤然听见这句话,同时一惊,飞快地互相交换了一个眼神——白银十卫的卫队长们,虽然看起来都是一帮不靠谱的老兵痞,但毕竟也是在联盟中央的权力中心沉浮过的,当然明白这两套历法背后隐含的对立和反叛。

在第八星系,因为还不习惯独立历法而暗自对照沃托历的,不只林静恒一个人,可是谁也没料到总长就这么大大咧咧地说出来了。李弗兰摸不准陆必行是什么意思,圆滑地试图带开话题,假装没听懂,一本正经地顾左右而言他:"白银要塞没有节假日的概念,别人过节放假,上面对安保的要求更高,逢年过节反而是我们最紧张的时候,对吧,统帅?"

陆必行人精似的冲他笑了一下:"哎,别紧张,我没别的意思。"

拜耳眼珠转了转:"我们……私下里,有时候确实会参考沃托历,要不然容易把日子过糊涂——总长,你介意吗?"

"当然介意啊!"陆必行坦然说。

拜耳心里一突。

就见陆必行神色又一缓:"可是八个亿的新移民都在用,连静恒都背着我查沃托历,弄得我有一阵子时常做噩梦,梦见你们说这鬼地方不好,不待了,转头坐着日历飞走了——我还能有什么办法,只好每年多找点名目多立公休节假日,让文化部门多搞一点纪念活动,给各大商家打折促销大战创造环境,从习俗开始慢慢颠覆沃托历……你们每月发工资的日子也记不清吗?"

拜耳下意识地跟着他放松了一点。

陆必行眼角一弯:"独立历不习惯吧,不好用吧?是不是觉得连自己年纪都算不准?"

三项全中,拜耳不便承认得太痛快,只好低头蹭了蹭自己的鼻子。陆必行双手摊开:"可是那又怎么样,第八星系这么好,行政长官这么帅,诸位还不是得捏着鼻子忍了?"

李弗兰和拜耳一起笑了起来。

林静恒看着他,却莫名其妙想起当年北京β星的星海学院,那个一边泼鸡汤一边坑学生的骗子校长,忽然若有所感——

他早年离开纸醉金迷的沃托,到了冰冷的白银要塞,继而掉进玫瑰之心,漂流到遥远的第八星系,而今,好像是顺着相反的路径故地重游。

而陆必行,从星空礼堂的穹顶下,走到银河城指挥中心,而今,又好像回到了同一片星空下……只是这片星空更辽阔,天生地长,不用花钱买。

人与事,兜兜转转,几经波折,几回脱胎换骨……似乎又回到了一切开始的地方。

陆必行:"统帅,工程师认为做一个临时的防火隔热层是小事情,所以我们能不能烤牛排?"

林静恒嘴角浮起一点不明显的笑意:"不可以。"

陆必行和李弗兰、拜耳三人异口同声:"为什么?"

"因为牛排库存有限,"林静恒若无其事地翻阅着星际航道图,"今天吃完,29号就没有了。"

李弗兰和拜耳面面相觑,没想出29号是什么特殊的日子,陆必行却愣住了。

"四十九岁了。"林静恒的目光温和地掠过陆必行撸得平平整整的背头,逡巡过他的脸颊,像是一个轻轻的抚摸。

就在这时,机甲里的能量警报响了起来。

湛卢:"能量警报。"

机甲上能量警报的数字越跳越高，李弗兰霍地站了起来："应该是重甲战队，注意闪避隐藏。"

片刻后，一支由上百架超时空重甲组成的大型舰队浩浩荡荡地开了过来，荷枪实弹地逼近沃托，机甲上是各星系中央军的标志。

拜耳喃喃地说："这是吊丧还是造反，他们怎么进来的？"

"不奇怪，伍尔夫刚死，王艾伦被停职，联盟中央人心惶惶，联盟军大概也不知道该听谁的，"李弗兰说，"很可能是王艾伦以伍尔夫的名义放进来的……我还以为伍尔夫遇刺，中央军和联盟能再次勠力同心，联手对敌。"

"联手当然要联手，"林静恒说，"但上一次联手是伍尔夫主导，这一次没人压得住局面了，各星系的中央军很可能想趁机争取更多的自主权和话语权。"

说话间，沃托的星球防御系统已经做出了反应，首都星上，反导和防御系统开到最大，沃托守卫军迅速集结升空，与中央军两军对峙。

林静恒："能不能想办法进入他们的通信频道？"

"我试试，"已经不做工程师十几年的陆必行嘀咕了一句，"中央军的加密方式很特别啊，以前都没见过……"

林静恒皱了皱眉："应该带几个白银三的技术兵过来。"

他话音没落，机甲上的通信频道里"刺啦"一声，一阵杂音后，悄然黑进了中央军的通信频道。陆必行像被小花伞激怒的公孔雀，超水平发挥了，他用"开屏"的挑衅眼神看了林静恒一眼，若无其事地一插兜："好了。"

杂音中传来沃托守卫军的警告："……非法武装再靠近，将会被视作入侵，我们会使用武力……"

中央军方面回复："我们是应联盟中央的邀请来参加元帅葬礼的。"

沃托守卫军："非经特殊批准，第一星系内不得行驶武装星舰，你们已经构成了非法入侵！"

"谁说我们没有特批？"中央军方面现场耍流氓，"王秘书长亲自送来的,老元帅生前手签的特批,老元帅尸骨未寒,联盟一些人就开始坐不住了吗?让路!"

紧接着,中央军前排的重甲突然打出了一排高能粒子炮,沃托守卫军完全没想到对方竟然这么野蛮,直接跳过外交沟通和嘴炮环节,动手不动口了!守卫军机甲首当其冲,机甲防护罩在累加的高温下熔了一排,队形登时乱了,呼啸的高能粒子流飞掠而过,撞向沃托的行星磁场,整个行星的地面网络都动荡了一下。

拜耳吹了声口哨。

"将军,"他脱口叫错了称呼,"当年管委会逼你回沃托接受调查的时候,这场景我想象了无数次啊,我们当年为什么要卸下武装,为什么不能直接从白银要塞打过来,就连白银要塞那些没用的少爷兵都愿意跟着你,横扫第一星系几天的事。"

所有人——管委会、伍尔夫、林静姝……一个个高贵优雅,一个个无所不用其极,只有林静恒这个外精内傻的,一个人死死地卡在底线上不肯掉下去。他跟他们就像是在同一个棋盘上用两套规矩下棋的人,别人张牙舞爪、上天入地,就他把自己五花大绑,束手束脚。

陆必行叹了口气:"我的将军,你能活到终局,全靠命好,把运气都用光了,怪不得随便抽个角色都只能抽到个半死不活的。"

"少废话,"林静恒当机立断,"精神网给我,我们趁乱混进去。"

中央军骤然发难,而周围军事要塞里驻扎的联盟军也找不着北,不知道是听王艾伦等军委旧部的,还是听沃托政府的,一时进退维谷,弄得沃托本地守军远近无援,一照面就溃不成军,但是双方没有人敢动用导弹——这样的规模,这样的距离,星级导弹一旦开火,沃托就是一枚在暴风雨的悬崖上瑟瑟发抖的危卵。争权夺势归争权夺势,没有人想毁了沃托。

中央军的配合天衣无缝,开火之后就不再留情面,连续三波不同角度的高能粒子炮精确地撞进了沃托守军中,沃托守卫军只好全线后退,退得不及时的一架机甲防护罩完全熔化，被击中的武器库当空自爆，将自己的队伍炸出了一个坑。碎片和散乱的机甲到处乱飞，在行星引力和高能粒子流的来回拉扯下，像致命的海浪一样在太空中游走。

湛卢虽然不太稳定，但足够广阔的精神网悄然铺开，于是一架没头苍蝇一样乱跑的沃托守卫军小机甲上的驾驶员突然倒下，备用驾驶员连忙试图上线夺回精神网，却被机甲内突然失重的环境甩了出去，一头撞在了机舱壁上晕了过去。机甲神不知鬼不觉地易了主，巧妙地躲过了一波高能粒子流，鬼上身似的从混乱的战场里钻了出去。

中央军又放出了一波粒子炮，紊乱的电磁场这一次彻底摧毁了沃托守卫军的通信。谁也没注意到，在粒子流边缘，两架小机甲在擦身而过的瞬间对接到了一起！

白银十卫的卫兵动作非常快，两架机甲对接后，五秒钟之内就转移到了新的机甲上。

"统帅小心！"

一架被击落的沃托守军机甲高速撞了过来，断后没来得及登上新机甲的林静恒被陆必行一把攥住手臂，直接拖了过来，与此同时，林静恒果断把自己完全交给陆必行，通过精神网，断开了两个机甲对接的地方，一人操控两架机甲，迅速调整位置。

陆必行猛地把他往自己身上一带，两个人宇航服的面罩撞在一起，几乎同时，小机甲舱门落下，气压立刻归位，被他们抛弃的小机甲在林静恒远程操控下陡然加速，撞向了着火的残骸，炸了个稀碎。

拜耳内心十分忧伤："……永别了，牛排。"

李弗兰已经三下五除二地把机甲上原本的驾驶员收拾了，一人一针强力麻醉剂，完事后五花大绑扣在了棺材一样的医疗舱里，小机甲到了林静恒手里，一改方才在高能粒子流夹缝里左支右绌的笨拙，游鱼似的混进了混乱的两军阵前，连机身外面的特殊涂料都没蹭掉一点。紧接着，沃托守卫军的通信内网勉强恢复，里面传来命令："顶不住了，撤！"

林静恒操控机甲混在沃托守卫军的残兵败将中间，慢条斯理地换上了守卫军的军装："这是守卫军新负责人？没见过，从哪儿升上来的？看这临场指挥水平，以前别是军装厂的车间主任吧？"

中央军用高能粒子炮就把沃托守卫军揍得抱头鼠窜，重重地在联盟中央脸上扇了一个大巴掌，就这么堂而皇之地包围了沃托——半数的重甲占领了沃托周边所有的星际航道，剩下半数直接降落在了沃托的守卫军机甲收发站。重甲舱门打开，浩浩荡荡的近地机甲车开了出来，以不可抵挡之势直接开进了联盟中央区。

此时，大街上半个人都没有，沃托守卫军的陆军在中央区外围架设了电磁栅栏，然而在近地轨道已经被夺走的情况下，电磁栅栏完全是个摆设，被密密麻麻的机甲车逼着一寸一寸地往后退。

整个第一星系的局势一触即发——

（四）

第二星系，首都星指挥部，刚刚天亮，卫兵们昼夜交班，指挥部里熬夜等着听消息的军官们开始集体点咖啡，突然，指挥部的能源系统被关闭了，一个巡视的卫兵睁大了眼睛，来不及反应，旁边一个老老实实的安保机器人猛地转过头来，激光枪穿透了他的眉心。

第三星系，睡梦中的首都里，无数机甲车突然涌入市中心，刀枪不入的芯片人暴徒们鱼贯而出。

第四星系、第五星系……

隐藏在人群中的芯片人们撕开狰狞的伪装，朝着无知无觉的人们亮出獠牙，星际跃迁点很快被控制住，远程信号无法发出！

而各星系的中央军统帅还以为自己攻占了沃托。

（五）

尖锐的警报声响了起来，四面八方的安保机器人闻风而动，这是出事后的伍尔夫元帅府后山入口。

"不行，"试图突破安保系统失败的陆必行感慨道，"相比起来，银河城的安保是渣，撤吧。"

林静恒一把按住他："别动。"

拜耳的个人终端上迅速发出一道红光，紧接着，看不见的能量场将几个人裹了起来："这是红外扫描，总长，你看——"

拜耳说完，个人终端上又弹起一个立体屏幕，扫过周遭，只见铺天盖地、密密麻麻的红外线笼罩了整座山，因为太密集，让人一时看不清有多少个发射器，如果他们方才听见警报声贸然撤退，此时估计已经被拍下来了。

陆必行很快反应过来："热辐射屏蔽器？"

"对，"拜耳说，"但是这玩意儿骗得过红外线，骗不过智能安保系统，热辐射屏蔽器会造成周围空间热传导和能量流动不自然，现在的智能系统辨别热辐射屏蔽器很灵敏，幸亏今天沃托的天气好，没有风，不然我们就算趴在树丛里静止不动也未必躲得过。"

李弗兰悄声说："然后怎么办？"

"这一波扫描会持续一分钟左右，确保中间没人通过，"拜耳很有经验地悄声说，"随后，这条路上所有的电子眼都会被激活，绝不会有死角。我们不能再往前走了，只能撤退。"

李弗兰不死心地问："如果进来的不是人，是机械呢？机器人、机甲车之类？"

拜耳："靠近元帅府一公里之内都会被查出来。"

"那芯片呢？"陆必行问，"'鸦片'芯片可以干扰人脑和有交互功能的人工智能。"

"不行，"拜耳沉声说，"联盟中央把自由军团定位为恐怖组织不是一天两天了，当年小蜂鸟要塞的叶里夫不是在自己家里被暗杀了吗？那事之后，主流安保系统就抛弃了'单一核心智能'结构，现在多核的人工智能是专门针对'鸦片'芯片的。"

林静恒:"也就是说,要突破元帅府的安保,必须且只能是有人破坏了内部安保系统。"

拜耳谨慎地回答:"至少对我来说是这样,不过也许对方比我更高明……好了,我们现在可以撤了。"

一行人全是身手十分敏捷的,暗杀专家拜耳一声令下,飞快地从最短路径上撤出了元帅府,险象环生地登上了后山。

拜耳不知道陆必行的身体异于常人,在山顶平复了一下心率,叹为观止地看了脸不红气不喘的陆必行一眼:"总长,您是人不可貌相啊。"

陆必行很没正形地说:"我家风水好,统帅养的蛇都比别的蛇威武。"

拜耳:"……"

他想起爆米花那副尊容,实在没看出来此蛇威武在什么地方。

林静恒在他后脑勺上拍了一下:"通知柳元中,备战。"

陆必行正色起来,沉声说:"你担心明天的葬礼?现在沃托上空已经被中央军的精锐包围了,太空方面会出什么意外吗?"

"我担心的不是太空,是地面,'鸦片'芯片虽然能大幅度提高精神力,不过这么多次交手下来,我认为他们对上近些年来身经百战的正规军并没有多大优势,他们膨胀得太快,人员素质参差不齐,也没有出类拔萃的指挥官,离理想中层级分明、令行禁止的'虫族式社会'还有距离,"林静恒说,"但是芯片人在地面单体作战能力优势太大,普通人,哪怕是受过军事训练的人也没什么还手余地。现在各星系中央军统帅都被王艾伦骗到了沃托,他们明显还是太空军思维方式,以为占住了领空就能高枕无忧。"

李弗兰脸色一沉:"王艾伦疯了吗,为什么这样引狼入室?"

"因为他不知道这是狼。"林静恒说,"对王艾伦来说,这是一场里应外合——什么叫'里应外合',就像特洛伊木马,没有城里的木马,城外根本攻不进铜墙铁壁。拜耳方才说,沃托的安保系统针对'鸦片'芯片做过调整,所以要刺杀伍尔夫一定需要一个有分量的内应……"

说到这里,林静恒脸色突然一变。

拜耳莫名其妙地摸了摸头:"怎么了统帅?"

"王艾伦也是这么想的,"林静恒摇摇头,"假如你是王艾伦,我们一起密谋,联手拿下中央军,当中一个关键步骤是需要刺杀伍尔夫,我需要你来给我开门,你会怎么想?"

拜耳愣了一下:"我会认为……您需要我开闸门,才能把暗河的水送进来,我才是关键人物。"

"但你不是,一个人陷入一桩阴谋里,参与度越深,越是觉得自己能掌控全局。"林静恒轻轻地说,"你打算在葬礼上做手脚,安排几个芯片人绕开安检,出其不意地袭击中央军统帅,然后立刻下令沃托周围的联盟军在太空围剿中央军,再由自由军团出兵从背后伏击,是不是这个逻辑?"

拜耳:"是。"

林静恒:"那是因为你通过一系列的所谓'合作',对一个前提深信不疑——就是没有你,芯片人不能绕开安检。"

拜耳轻轻地打了个哆嗦。

从刺杀伍尔夫开始,就是一个连环陷阱。

林静恒不再开口,亲生的兄妹,从某种程度上来说,他和林静姝其实是世界上最像的人,只要有"如果是我"的这个代入,他其实很容易跟上她的思路。

可是太晚了。

他年轻的时候太过孤高、太过傲慢,看待一切的人与事都是居高临下的,不管是对陆必行还是对林静姝,都一厢情愿地给他们设置一个需要保护的形象,一厢情愿地爱,就好像他们没有自己的灵魂一样。他从未见过劳拉·格登,一直觉得自己除了脾气不好以外,更像阴沉冷漠的林蔚。可是原来劳拉·格登那种从白塔上居高临下的傲慢,已经随着她的基因刻在了他的骨子里。

陆必行若有所觉,追上去拉住他:"没关系,我们还有哈登博士的'秘密武器'不是吗?明天可以兵来将挡。"

林静恒勉强"嗯"了一声。

"好不容易来沃托一趟,我还想看一个地方。"陆必行说,"为什么不带我看看你家?"

林静恒低声说:"我在沃托没有家……好吧,名义上有一块地,是以前林家拆出来的地方,我和……我妹妹成年之后一人一半,但修好以后我们俩都没回去过,而且真的挺远的,我父亲喜静,不爱应酬,不肯在中央区里住,从这么高的山上都看不见,现在过去,明天万一出事,赶回来不方便。"

陆必行盯着他的眼睛:"我说的不是那里。"

林静恒一愣。

山顶上能眺望到议会大楼,那里已经里三层外三层地被虎视眈眈的中央军包围了。

中央区里灯火通明,只有一处熄了灯。

陆信将军宅邸旧址。

(六)

第二星系。

第二理工大学的校长办公室里,挂着一排相框,其中最显眼的一张照片上有两个青年男子,是双胞胎,其中一个歪戴着帽子,趴在他的兄弟肩上,另一个正满脸不耐烦地往旁边躲,听见了来自镜头后面的声音,两人一起诧异地回过头来,留下了一个如出一辙的错愕表情——那是白银第三卫的杨氏兄弟。

此时已经是下班时间,校长从案头站起来,揉了揉酸涩的眼睛,走到相框墙前,对正在擦拭窗户的小机器人说:"相框也落了不少灰尘啦,快来擦擦。"

第二理工大学原本在第二星系的一个人造空间站里，空间站在很多年前就被海盗毁了，那时校长还只是个普通的教师，带着一帮学生，一路逃到了一处星际中转站，满心绝望和恐惧，却在那儿偶遇了白银第三卫。校长至今都忘不了，那个显得有些吊儿郎当的托马斯·杨卫队长把他们召集起来，严肃地宣布："白银第三卫奉上峰命令，修改既定行程，为诸位承诺最大限度的保护，除非我们最后一架机甲坠毁，最后一个人阵亡，否则绝不会放弃我们的阵地和人民。"

"自由宣言万岁。"

白银第三卫践行了他们的诺言。

后来，林将军以沉重的代价，在七、八星系边缘摧毁了反乌会的半壁江山，联盟与各星系中央军的血被点燃了，联手加入战局，局势终于扭转。战事平息后，第二理工大学就重新在第二星系的首都星上选了址，此时，第一批新生正在准备他们入校以来的第一次期末考试，学生宿舍里亮着灯，都在临时抱佛脚。

伊甸园崩溃后，大量的人口并非死于战火，而是自杀；但同时，活下来的人们从幻觉一样的"美好生活"里，被扔进了冰天雪地里，却也并未坐地等死，他们煎熬着、忍耐着，在运输困难而医药匮乏的战乱中，渐渐习惯了没有情绪药的日子，甚至主动走进战后的疮痍满目里，满怀期望地俯下身，用双手重建家园。

人类作为一个物种，脆弱得可悲可鄙，又坚强得可敬可畏。

"自由宣言万岁。"校长微笑了起来，伸手摸了摸白银三的相框，"朋友们，希望你们一切都好。"

他笑容还没有消失，个人终端里就收到了信息。由于学校里学生还不多，校长暂时还没有一个帮忙处理日常事务的秘书，亲自接了起来："第二理工大学校长办公室，请问有什么需要帮忙？"

"是我，校长，不要插话，听我说！"

校长一愣，这才注意到，和他通话的人是他的一个老朋友——当年他们避难的中转站上的卫兵，打跑了海盗之后，受白银三委托，送他们回到第二星系首都星，现在已经升任第二星系首都星守卫军上校。

"上校？"

"他们又来了！"上校的声音紧绷到了极点，尾音有些撕裂，"我根本不知道他们是从哪儿出来的，好像一夜之间……人太多了，我们挡不住！"

这话语焉不详，但曾经从海盗枪口下逃出生天的校长瞬间就懂了："海盗？芯片人？"

个人终端那一头响起了可怕的惨叫声和枪声，紧接着是极具压迫力的脚步声，校长的汗毛都奓了起来："怎么会？上校，你还好吗？"

"快走，带着你的学生离开地面，晚了就来不及了！快……"
一声闷响传来，通话陡然中断，校长的冷汗穿透了后背。

校长转身就跑，刚离开办公室，就看见学校里的几位校工向他走过来，校长站住了，直觉告诉他事情不对。

紧接着，身后响起脚步声，教工办公楼里，一群战战兢兢的教师惊恐地高举双手走出来，身后跟着他们拿着激光枪的同事。

朝他走来的校工对他一笑："校长，这里有一份来自政府的紧急通知，请您过目。"

他说着，个人终端上弹出了一个影像。

一个面无表情的男人坐在第二星系政府大厅里，面对镜头，冷冷地宣布："你好，这里是第二星系中央政府，我是一名'二代'，作为政府临时发言人，现在向所有公民发布通知——从现在开始，所有通信暂时中断，所有街道戒严，所有单位和组织停工，请诸位安心待在家里，目前正住在学校、宾馆等公共场所的也请安静地待在你们现在所在的地方，听从负责人安排，等待人口普查。如果公民不听指挥，执意违反戒严令，我们将无法保证你的生命安全。"

"校长！"一个年轻教师尖叫了一声。

已经快要到退休年纪的校长面沉似水地上前，把他手下一干年轻人全部揽到身后，目光扫过那些持枪人的脸——都认识，都是熟人。

现在这些手里拿枪的芯片人，都曾经是早晨在食堂拿着早餐盘问早安的同事，他们平时就跟普通人一样，有一些人甚至思维更敏捷、性格更好相处。校长的目光落到为首的一位身上，那是他的教学骨干，刚刚升任基础医疗学院的院长，校长本打算拿他当未来的接班候选人培养。

"赵院长，"校长看着他这一厢情愿的"左膀右臂"，心沉了下去，"第二理工大学是怎么从海盗的炮火中活下来的，你不知道吗？为什么要背叛我们？"

"校长，"持枪的芯片人赵院长平静地回答，"这不是背叛，这是选择。我选择作为人类进化历程上的先驱，我们追随伟大的主人，探索出了一片光明的未来，再回过头来邀请我们的同胞加入新的世界。"

校长没料到还有这么不要脸的说法，气得脑浆都沸腾了，但他很快逼着自己冷静下来，心里飞快地琢磨起应该怎么办，同时质问道："你们所谓的'新世界'，就是要给每个人强制植入生物芯片？要我看，花这么大精力植入芯片都没必要，你们大可以把所有人都人道毁灭，然后从胚胎里制造新人类。"

"校长，"赵院长诚恳地对他说，"您对我们的误解很深，我们筚路蓝缕，终极目标是让所有的同胞过上更幸福的生活。有些理念您或许不能接受，这没关系，就像是远古时代的先民们一开始也不接受'地球不是宇宙中心'一样。"

校长是经历过战争的人，一看这阵仗，心里就明白，第二星系政府没准已经被掀翻了摊子，那么报警肯定没用，军队不知道是什么情况，结合方才那通上校的电话，说不定也一起崴了泥。如果芯片人占领了太空，一定会封锁第二星系的远程跃迁点，屏蔽远程信号，不让他们向外星系求救……而他身后是一整个学校手无寸铁的学生，其中很大一部分甚至是未成年人。

怎么办？

一个年轻的教师听了自由军团这番说辞，一时忘了自己正被激光枪顶着，愤然道："胡说！"

这年轻的文明人脸都憋红了,愣是没憋出一句脏话,连破口大骂都显得十分讲道理:"你们这些邪教、野蛮人、破坏自由宣言的犯罪分子,你们不会成功的!我们就算死,也不会戴上狗圈,像你们一样跪在地上苟活!"

赵院长也很客气,回道:"芯片能让你的身体进化,思维更敏捷,除此之外,它并不会干涉你的生活、你的选择,甚至不会像伊甸园一样干涉你的思想和情绪,从本质上说,它与自由宣言不冲突。芯片更像一个身份证,用'狗圈'来形容,未免有些刺耳。"

"我呸!"那气急败坏的年轻教师说,"你们把人分为几等,下等级芯片要无条件服从上等级芯片,这是身份证?这是思想监狱!"

赵院长微微一笑,把激光枪放了下来:"难道你所谓的'自由'就是绝对自由吗?天哪,你也是一个受过高等教育的人,不会说出这么没水平的话吧——没有芯片,你平时就不用服从上级指示吗?就算你没有上级,难道你不需要无条件遵守法律吗?"

他不等愤怒的年轻教师反驳,就自顾自地接着说:"在新世界,高等级芯片持有人给你的命令就相当于法律,因为他发出的命令也并非出于他的私欲,而是通过不同等级的芯片层层传递下来的社会规范。通过生物芯片而不是刑罚控制人们的行为,以后再不会有知法犯法的人、阳奉阴违的人,也再不会有腐败的执法人员。"

"你这是谬论!"

"我不是,是你的思想太局限,朋友,在你狭隘的定义里,'法律'只有写下来的条条款款,保证它行之有效的方式只有处罚违法犯罪行为!"赵院长又转向校长,"我们都知道,人类之所以打败其他物种,走到食物链的顶端,就是因为我们会社会协作,而社会协作起源于我们大脑里虚幻的意识形态,可以说,意识形态就是人类社会得以运行的内核。大到人生信仰、政治体制、宗教系统,小到地域风俗习惯,甚至迷恋某个体育或娱乐偶像……这些自由而生的意识形态,就像是蓬勃的野草,生机勃勃,但也不受控制,因为每个人的大脑都是孤立的,随时会发展出各种各样的意识形态，不同的意识形态可能互不相容，甚至完全无法互相理解，我们会不断地彼此冲突内耗，最后会演化成彼此仇恨，世界会再一次陷入动荡和崩溃。这就是我们与生俱来的缺陷，是我们不能走向更高等文明的绊脚石，我们是残次的物种。"

所有人都被他这番长篇大论镇住了，也不知是被他说服了，还是觉得他疯了，反正听众一个个睁大了眼，一排大眼灯似的照耀着慷慨激昂的赵院长。

"生物芯片的最终目标，就是给这把双刃剑一样的自由意识形态加上剑鞘，那将会是一个更美好、更宽容的社会，如果能停止人们彼此之间的内耗，科技爆炸速度会比现在快一倍，恳请您跳出自己固执的思维框架，仔细想想，"赵院长平静地劝说，"另外，为确保学校的安全，请您尽快出面维持学生秩序，安抚大家平稳地过渡到新社会。"

校长脑子里灵光一闪，故作迟疑片刻，他说："你有点说服我了，但是……我不能保证自己能安抚恐慌的学生，如果你愿意把这番话好好梳理一下，用浅显易懂的语言给孩子们讲一遍，或许会有一点帮助。"

赵院长以为他妥协了，欣然应允："当然，校长，我们全力支持您的工作。"

赵院长这个芯片人，作为一位教学骨干，当然是十分好为人师的，即兴演讲张嘴就来，很快，在和上级打过招呼之后，一伙芯片人支起了广播平台——不单单是第二理工大学，而且面向整个第二星系，传教一样，掰开揉碎地讲述了自由军团芯片帝国的理念和前景。

校长——因为识时务、跪得快，也得到了不错的待遇，指着他的枪收起来了，芯片人们还把办公室还给了他，让他把个人终端连上网一起听，给他端来了压惊的消夜。校长耳朵里听着自由军团的宣传词，个人终端悄然检查了第二星系网络——果不其然，远程通信端口关闭，第二星系和外界断了联系，但……

校长端起茶杯，掩盖住自己的动作，迅速输入一串密钥。

当年白银十卫在七大星系里和海盗们打游击的时候，在各星系留下了一些"秘密",是简易的远程通信端口——原理和跃迁点一样,但没有跃迁点的能储,宏观的人和物是不可能穿过去的,但通信信号可以。

这是当年白银第三卫做的,为的就是防止这些无孔不入的海盗控制某个区域后接管跃迁点,导致求救信号都发不出来。

这么多年过去了,战时的设备还能用吗?

校长不知道。

即使还能用,白银十卫也已经通过天然虫洞区,去第八星系了,他们猴年马月能收到呢?

校长也不知道。

但他别无办法,只能这样试一试。

校长编辑好了求救信息,深吸一口气。一旦发出,对人机交互反应非常灵敏的芯片人立刻就会察觉,但他们事先不知道黏在内网上的秘密端口和通信路径,信息一经发出,以电磁波的传播速度,人是拦不住的。

"校长,"不知什么时候,赵院长的公开洗脑演讲结束了,"我说完了,请您也讲两句吧。"

校长抬起头,此时,虽然他面前只有冷冰冰的宣讲平台,看不见听众,可他能感觉到,他惴惴不安的学生们正支着耳朵等他的声音。

"是的,是我,同学们。"校长字斟句酌地开了口,"我在诸位之前,已经事先听过了赵院长的理论,他说的很多东西,都是非常新奇的视角,我以前没有想过,所以请他把想法分享给大家——"

芯片人们见他这么配合,都很欣慰,赵院长得意地微笑起来。

"环境和经历让每个人都不一样,古人讲'他人即地狱',没有类似的经历,你很难理解另一个人,所以观念的冲突无处不在,人们在现实中吵架,在网络上争执,在政治活动中互相攻讦,甚至发动流血冲突和战争,而即使这些争斗无止无休,也永远只能让声音高的一方暂时获胜,无法分出一个对错。"

赵院长适时地替他帮腔:"就连普世价值观也会被不停地推倒重

建,对与错都是有时限性的……"

"但我想说的是,持有不同看法、抱有不同三观,这非常正常,也并不可怕,"校长沉声打断了赵院长,他的个人终端上显示,秘密端口已连接,只差一个发送,校长绷紧了嘴角,"可怕的是,你为某种所谓'信仰'奋斗终生,但一生到死也不明白,自己为什么会相信这个,为什么会有这样的观点。"

赵院长脸色倏地一变。

求救信息发送……

发送成功!

这一道电磁波一经发出,自由军团收到了警报,下一刻,荷枪实弹的芯片人闯进了校长办公室,大门被暴力破开,墙上白银三双胞胎的相框"啪"一下落了地。校长一动不动地坐在办公桌后面:"同学们,自由有三等——第三等、最低级的自由,是你有选择的权利,选择你喜欢什么、不喜欢什么,选择你自己的生活方式;第二等的自由,是思想的自由,思想可以洞穿时间空间;而第一等的自由,是你可以随时和自己在一起,忠于自己,哪怕短暂地被某种思潮绑架,也能在某一天清醒过来,和自己聊一聊来龙去脉……"

这段话根本没发出去,芯片人反应过来被耍了之后,立刻切断了他和外界的一切联系,逮捕了他。老校长无力反抗,像个病猫一样被人拖了出来,他盯着那些芯片人的眼睛:"……你有权知道自己为什么愤怒、焦虑、仇恨、嫉妒,你有权……"

他的声音戛然而止,一只手捏住他的脖子,干脆利落地把一枚"鸦片"芯片注入了他的后颈。身体立刻对生物芯片做出了反应,老校长整个人痉挛着蜷缩成一团,喉咙里发出"呃呃"的声音,五分钟以后,他一动不动了。

一个芯片人上前,把他翻了过来,发现他的瞳孔已经开始扩散,注入的生物芯片失活。

"死了?"

芯片注入人体，人体作为宿主，很快会被芯片控制，在这个过程中，宿主有1%的可能性会死亡，这些人都坚定地拒绝过生物芯片，过于强烈的意志会影响身体，用最后的机会玉石俱焚。

"怎么办？信息现在无法追回了，"一个芯片人对赵院长低声说，"是未知渠道，他死了，我们一时很难追踪到接收端的位置。"

"不用紧张，"赵院长恶狠狠地说，"我方才已经向上面汇报过了，据可靠分析，接收终端很可能就是当年的白银十卫，白银十卫现在在第八星系，被虫洞隔离了，一百年之内收不到。"

"一百年之内收不到"的求救信息，以接近光速抵达了秘密的远程端口，继而被折向更远的方向，突出重围，将在大约十个小时后抵达第一星系玫瑰之心里……泊松·杨的个人终端。

（七）

沃托。

中央区只是在原有基础上修复，和当年林静恒离开时，格局并没有变化，陆必行跟着他们轻车熟路地绕过对峙的联盟议会大楼。

"陆信将军去世以后，这地方就被封存了，归了军委。"李弗兰解释说，"一般来说会拆除重建，分配给其他人，但是伍尔夫没让动……之前一直是封锁撂荒，后来陆信将军平反，联盟重新夺回沃托，应该是把这里重新修缮过了——您看。"

正门有几个安保机器人巡逻，门口竖了一个陆信的石像，由于刚刚悼念过他的忌日，石像下有不少鲜花。

李弗兰："石像旁边那儿应该是个入门登记处，看来这地方现在应该算是个纪念馆，向公众开放，供人纪念的。"

好在纪念馆的安保并不很严，工程师001这回总算没掉链子，顺利地定住了几个安保机器人，让湛卢成功地控制了院里的大小监控。

"可以了，走……静恒？"

林静恒回过神来,"嗯"了一声,有些狼狈地收回目光。

陆必行有多大年纪,他就有多少年没回到过这里了。

这个年代,只要想修复,就能修复得分毫不差,陆信的家与林静恒记忆里那个如出一辙,连园林中狗啃一样的树枝都一模一样,他走进去,一时几乎产生了某种错觉——好像他还在乌兰学院,忙得团团转,假期里不情不愿地匆忙回来住几天。

陆必行扶住他的胳膊肘:"怎么了?"

"阿姨……你妈妈,每次都会到这里来接我,"林静恒轻声说,"不管我回来的时候已经几点了。"

陆必行一愣,顺着他的目光看去,门厅里有个小房间,里面有简单的桌椅,桌上摆着茶具,地上铺着柔软的地毯。

"有一次很晚了,我提前打过招呼,叫她不用等,没想到回来的时候,那里还是亮着灯,她睡衣外面披着外套,一边等我,一边在那张桌子上写教案。"

拜耳很应景地叫湛卢打开了小门厅里的灯。

自从陆必行得知关于自己"母亲"的一切,都是独眼鹰胡编乱造的之后,他对"母亲"的印象就变得混乱又模糊了,即使从湛卢那儿看见了真正的陆夫人长什么样,他也很难把她和自己联系在一起。可是林静恒就像一把通往未知过去的钥匙,突然,透过他的只言片语,那个陌生的、活在图片里的女人,在陆必行心里有了实体。

"她是个很温柔的人吗?"

"……很温柔,但个性很强,话都在上课的时候说了,平时就显得很沉默,是星际通信理论的专家,"林静恒说,"你看过她的论文吗?"

陆必行摇摇头——独眼鹰那个文盲,大概根本没弄清过陆夫人到底是研究什么的,每次只会支支吾吾地说"就那些太空设备什么的吧",成功地把陆必行误导到了机甲设计师的大坑里。他以前没有了解过这个领域,知道她以后,又因为抗拒别扭,刻意屏蔽了她的信息,显得一无所知，对着那空无一人的小门厅，陆必行突然觉出了一点过意不去。

"你应该看看，特别是反驳一些同行谬误的文章，用词很犀利。"林静恒轻轻地说，"她很少发脾气，但就是时刻给人一种'因为你大脑发育不良，所以关爱智障，不想和你一般见识'的感觉。"

陆必行："……"

他想象不出有人用这种态度对待林静恒，那被关爱的"智障"似乎就只有……话说回来，好像劳拉·格登博士的留言里也用"大猩猩"称呼过陆信将军，还有湛卢里的"麻辣兔头歌"。李弗兰心细如发，拉了拜耳一把，白银十卫的卫兵们很懂事地四下散开巡视，把空间留给了他们两个人。

"这里是会客厅，后面有客房，"林静恒带着陆必行走进去，"院里那些植被造型是陆信自由发挥的，他不喜欢让自己家的院子千篇一律。"

联盟把这里修缮得太完整了，完整到让它看起来，就像一个凝固在时光里的标本，轻易就唤醒了沉睡的幽灵，用那种素未谋面，但似曾相识的目光注视着他。陆信是一个什么样的人？明明是陆必行好奇林静恒从小长大的地方，自己提出要来看看的，可是临到此时，他又忽然近乡情怯，问不出这句卡在喉咙里的话。

房子里是不对游客开放的，门口有玻璃门，只能从外面窥视一眼，暂时接管了整个宅邸的湛卢替他们把玻璃门打开了。

陈设一如当年，一尘不染。

高背的沙发上，主人仿佛还坐在上面，听见脚步声站起来张望。汹涌的记忆推开了尘封数十年的大门，几乎淹没了林静恒，时空流转，让他觉出了一阵难以忍受的头晕目眩。陆必行听见林静恒长长地呼出一口气。林静恒在门口突然转了身，仿佛是想掉头就走，然而终于还是没走，只是背对着玻璃门，静静地站了一会儿。

陆必行不催促，沉默地陪他站着，目光落在院门口成排的树木上，他一开始觉得那些树冠像狗啃过，没看懂这种先锋艺术表达了什么，从这个角度看过去,才发现那一排狗啃过一样的树枝原来是字母的造型:"什么……之家?陆和……"

"穆勒,'穆勒'的首字母。"林静恒轻轻地说,"她姓'穆勒'……你妈妈。"

陆必行微微一震。

树冠上的"陆和穆勒之家"。

木牌上的"林将军和工程师001的家"。

陆必行神色复杂地看着那排有碍观瞻的树,不敢想象林静恒第一次看见他家那个木牌的时候,心里是什么感受。林静恒仿佛看出了他心里在想什么,故作轻松地接话说:"我很高兴你没有继承他的审美。"

陆必行听见自己的心跳声,在沃托如水的夜色里,一下一下回荡在空空的宅邸中。银河城中央广场上那个石像好像活了过来,透过近百光年,远远地看了他一眼。

"我不到十岁的时候被他接走,"林静恒说,"第一次来这里,跟陆信也不熟,心里很茫然,也很抗拒,被他拉着走,一直低着头,走到这里,发现地板上有一个小鬼脸……啊,还在。"

正门口的过道铺着雪白的石砖,显得简洁严肃,陆必行顺着林静恒的目光看去,只见其中一块石砖上真的有一个卡通鬼脸,砖也是特制的,跟整个建筑的风格完全不搭。

"我吓了一跳,抬头看他,他就冲我做了个一样的鬼脸。"林静恒伸手缓缓地抚过门厅的栏杆,"走吧,我们进去。"

房子里面,对陆必行来说,就有几分熟悉了。因为林静恒少年时有好几段视频都是在这房子里拍的,那些画面深深地刻在了他脑子里,很容易就能对上号。陆必行手指抚过客厅一角的钢琴,摸到了一层细细的灰:"这是谁的?他们谁喜欢乐器?"

"谁也不喜欢,买来就没人弹过。"林静恒说,"那是给我的。"

陆必行差点让钢琴盖夹了手。

"联盟的儿童十岁之前就会完成初等教育,之后可以有几年的时间体验各种专业，然后在十到二十岁中间确定自己未来的方向，陆信把我领走的时候，我正好刚结束初等教育，他就异想天开地给我设计过很多种未来，古典音乐不算什么，还有更离谱的。"

陆必行看着古朴厚重的钢琴，想象了一下林静恒不从军，而是穿着礼服在穹顶下演奏古典乐的情景："我以为他会把你往乌兰学院培养。"

"没有，"林静恒沉默了一会儿，"就送过我一个玩具一样的仿真机甲，他没有推荐过乌兰学院，是我背着他自己报名的。"

陆必行垂下眼，看着那架与整个家颇为格格不入的钢琴，突然好像通过这东西，感觉到了什么——收复第八星系的陆信、亿万人追随过的陆信、为了自己的承诺执意和管委会唱对台戏的陆信、手握"禁果"系统却至死没有把自己的名字加上去的陆信……从伍尔夫手里接走那个敏感的小男孩时，从未想过让他承担什么。

陆必行想，陆信大概是个天生的守护者，在风口浪尖上，想把一切都一肩挑了，把家也建在联盟的中央区，像热爱自己的家一样热爱联盟，不像自己，被动地被责任压在身上，几经周折，才找到和世界相处的正确姿势。

"那是陆信的座位，"林静恒的声音让他回过神来，陆必行一抬头，见林静恒指着一个单人沙发说，"有客人的时候他就人模狗样地坐在那儿，客人走了，他就把脚翘起来，搭在旁边的桌子上，脚还要乱晃，坐没坐相的。"

"陆信有时候会把我带在身边，因为穆勒阿姨学术交流活动很多，经常出差，怕家里没人照顾我……其实没必要，那时候我不小了，基本能自理，再说有电子管家，又有伊甸园，我自己在家也没什么，不一定需要人照顾。"

"怎么可能让你一个人在这儿？"陆必行心想，"把全世界的感情掰开揉碎了喂给你，都怕你不张嘴。"

和后来常驻白银要塞的林静恒不同，陆信就跟回家有瘾一样，只要有机会，哪怕时间只够他回家睡一觉，也要颠颠地跑回来。整个世界都是他的舞台，但歇在别处都是凑合打盹，只有回到这里才有真正的安眠。陆必行从湛卢里的视频记录看到，林静恒当年应该是住在楼上，十岁生日的时候，陆信兴冲冲地跑上楼送他礼物，当时，那个录像的人就是从这里一路跑上去的。

陆必行在楼梯间脚步一顿，忽然问："陆……他和我差不多高吗？"

林静恒没明白他在问什么，诧异地一挑眉："应该是吧……怎么？"

"没什么。"陆必行声音低低地说，此时站在这里，他发现自己的视角与那录像镜头竟然完美重叠，熟悉得让陆必行觉得好像自己是在故地重游。倒数第二级台阶比别的台阶矮一段，陆必行下意识地和那个扛着仿真机甲的男人一样，一步迈了两级。

跳上去的一瞬间，就好像有一个看不见的灵魂与他擦肩而过。

楼梯间的墙壁上有很多相框，一般人家会挂装饰画，这里却挂满了各种照片，家人、朋友……屋主人的感情丰沛得装不下一样。陆必行的脚步一顿，在拐角处看见了一个熟悉的人——长着一双鸳鸯眼的独眼鹰。他忍不住凑近了，透过时光仔细看这个逝去的老男人。年轻时的独眼鹰一点也不像后来那个老军火贩子，似乎要壮实一点，穿着也不怎么讲究，披着一件不合身的破衬衫，敞着大半的扣子，头发像是几百年没梳过，干枯毛躁，还到处乱岔，一点气质也没有，伸出的拳头和陆信抵在一起，咧嘴露出一口大白牙，冲着镜头笑得有点缺心眼。

但他的眼睛像是发着光。

"你为什么对我那么好？"陆必行的目光与那双鸳鸯眼对上，心想。

"陆信当年从天而降，给整个第八星系点燃了一团篝火，"林静恒顺着他的目光看了一眼，"当年，独眼鹰和爱德华总长他们对他的感情是别人很难体会的。"

"他让他们觉得,联盟没有抛弃第八星系吗?"

"在第八星系民众眼里,陆信就是联盟,就是自由宣言,"林静恒说,"是自由宣言把他们拉出了彩虹病毒的深渊,打败了凯莱亲王的暴政,陆信第一次让他们觉得自己还能有另一种活法,还是个人。"

陆必行心里狠狠地一拧,脸上却没表露出来,只是用局外人的态度一耸肩,感慨说:"那联盟自毁长城啊。"

"联盟一再让第八星系失望,三十年以后,陆信曾经点燃的那一团篝火化成了灰烬,"林静恒顿了顿,忽然转过头来,"而第二次点着了那团火的人,是你。"

陆必行一震,倏地回头,对上了林静恒的目光。林静恒的目光似乎与平时不同,在这特殊的地方,与整个房子产生了奇特的共鸣。和照片里的陆信、独眼鹰一同看向自己——这个曾经想铲掉自由宣言的逆子。

陆必行脸上刻意的轻松与冷漠再也维持不下去,喉咙好像被什么哽住了,一时说不出话来。

"他应该会为你骄傲,"林静恒说,"哪怕你不认他……如果不是老波斯猫走得太仓促,其实应该是他把陆信介绍给你。要真是那样,大概你接受起来也会比较容易。"

"你们二位觉得自己无所不能,天塌下来也能一边一个替我扛住,所以什么都不告诉我,"陆必行不敢看他,只好屈指在照片上的独眼鹰脑门上弹了一下,眼眶热了起来,"怎么,结果牛皮吹漏了吧?"

林静恒:"……是我们错了。"

陆必行冲他竖起一根手指,打断他的话:"晚了。"

林静恒嘴角轻轻地动了一下,有些无措。陆必行让过他,转身往楼上走去,走了几步,又忽然从高处回头,故作凶狠地说:"道歉有什么用,补偿呢?你还记得当年你动身去第七星系,走之前,自己答应过我什么吗?"

林静恒一愣。

"你说你多久不回家,就要任我摆布多久。我让你怎么样你就得怎么样,"陆必行毫无避讳地大声说,"这么长时间了,我不说你不提,怎么,统帅,你想赖账吗?"

相框中,大大小小的陆信一起或赞叹或揶揄地围观他俩,目光有如实质。

林静恒耳根都让"这伙陆信"看热了:"那是你自己一厢情愿说的,我什么时候答应了?!"

陆必行不理他,"噔噔噔"地跑了上去。

沃托的长夜已经快要走到尽头,一点鱼肚白从远方升起,和高高的阁楼打了招呼。那阁楼画风有些突兀,刷着一层糖果色的漆,陆必行好奇地探头看了一眼,推开阁楼的门,里面还是空荡荡的,没放家具,但是有很多小门和木质的管道,能看出是个儿童乐园的雏形。

"这是他亲自设计的,我记得……"林静恒依着记忆,顺着墙一路敲过去,在最里面找到了一扇隐藏在墙里的小门,他伸手推开,里面居然有个通道,"这儿有个滑梯,可以从阁楼一直滑到一楼。"

陆必行心里一动,一个答案似乎呼之欲出:"这是……"

"这是给当时没出生的你准备的。"林静恒轻声说,"这是他最得意的设计,做完自己高兴得来回滑了好几次。这房子里的每一个人,都曾经像等待节日一样期盼你的出生。你要不要试一试?"

(八)

滑梯四周都是软的,即使拐弯速度太快,撞到也不会疼,和人接触的部分光滑得恰到好处,可以随时语音调节坡度和光滑度,陆必行忽然闻到了一股橘子的清香:"湛卢,怎么回事?"

"滑梯里的喷雾会自动选择您最喜欢的气味,"湛卢的声音响起来,"但它不认识您,方才读取失败,是我重新加载了资料。"

滑梯既然是给儿童设计的,速度和坡度都很"温柔",对曾经常住太空机甲里、早已经习惯失重环境的陆必行来说,当然是又不刺激又无聊,他放松四肢,仰头望着滑梯的通道顶端——那里设计了许多细碎的星星,碎钻似的发出照明的微光——把自己放得很空,沉静地阅读着这未曾宣之于口的宠爱。陆必行很快就要滑到底,他的速度自动慢下来,通道里隆起了柔软的障碍,像是很多只保护他的手,刚好让他在接近出口的地方停了下来,然后还不等他爬起来,那里出现了一个立体投影。

陆信好像是从地下长出来的,咧着嘴冲他笑:"你有点超速了,宝贝。"

立体投影是真人等身大的,视觉效果能以假乱真,突然冒出来,把陆必行吓了一跳。他猛地缩回腿,难以置信地站起来,发现传说中的陆信将军果然和自己差不多高,一举一动,就像他们已经认识了几十年那样熟稔。陆必行伸出手,投影中的陆信也跟着他伸出手,碰在一起,陆必行激灵一下,惊愕地抬起头,以为自己碰到了实体。

"那是微电流制造的触觉错觉。"湛卢说,"考虑到您年幼时或许会控制不住速度,摔下来容易受到惊吓,他制作了一个虚拟人像,这样,即使他不在家,您也可以第一时间握住自己父亲的手。"

陆必行和虚拟人像面面相觑了一会儿:"他……不动了吗?"

湛卢说:"这只是一段事先录好的投影,就像开机画面一样,并不是人工智能。不过预设的动作还有一个,您可以试试握住他的手。"

"哎,算了算了,太肉麻了。"陆必行尴尬地摆摆手,独自往外走去。

投影里陆信的目光就一直追随着他,深色的眼睛里含着笑意。因为实在太逼真,那目送有如实质,还带着一点欣慰的伤心。

陆必行越走越慢,终于还是挪不动步了,他叹了口气,回头与陆信对视片刻,投降了似的又转回来,试着抓住了那只虚拟的手,逼真的触觉效果掠过他的皮肤,让他恍然中有种错觉,好像牵着他的,真的就是陆信本人。

"这个人是我父亲。"他想。

那人肩膀宽阔,背影挺拔,后脑勺有几撮翘起来的乱毛,拉着他往出口走去，对他说出设定的台词："老爸在，有什么可怕的。"

滑梯尽头的活动门板打开，外面的光一下照了进来，手里的触觉与眼前的投影都消失了，陆必行有些茫然地站在那儿，手心还残留着方才的温度，下意识地回头张望……

什么都没有了。

坐电梯下来的林静恒已经等了他一会儿了，此时晨曦破门而入，笼罩在他肩头，隔着几步远，林静恒也在静静地看着他。

时空交错，百感交集。

陆必行的三寸不烂之舌好像出了故障，愣愣地和他对视片刻，一个字也说不出来，只是不着边际地想："我果然是出生前就认识你的。"

然而就在这时，李弗兰突然快步走进来，撞碎了这颠倒的时空，把他们拉回现实："总长，统帅！"

林静恒回过神来："怎么？"

"泊松传信，"李弗兰飞快地说，"自由军团突然在各大星系发动了攻击，隐藏在普通人里的芯片人达到了一个非常可怕的数字，他们这一次没有通过太空军，直接在各大行星挟持了政府和重要机构。"

两句话的工夫，同样收到消息的拜耳等人也集合过来。

陆必行和林静恒异口同声："消息渠道是什么？"

"来自白银三当年在各大星系放下的秘密通信端口，"李弗兰说，"就目前得到的消息，第二星系首都星已经凶多吉少。"

拜耳一时没反应过来："他们选择在第二星系动手，为什么？有什么战略目的吗？"

"不，"陆必行沉声说，"也可能是第二星系离得最近，其他星系的信息还没来得及传到。"

林静恒："秘密端口比远程端口的速度慢得多，从第二星系过来，至少要十个小时，选择秘密端口只有一种情况，就是星系内的远程通信通道都被屏蔽了。正在沃托的第二星系中央军恐怕都没收到消息。"

李弗兰瞳孔倏地一缩，拜耳结结实实地打了个寒噤，众人同时想到了一个可怕的场景——

人们身边的同事、朋友突然露出狰狞的嘴脸，芯片像病毒一样无孔不入地泼洒向整个七大星系，芯片人们力大无穷、刀枪不入，他们能利用芯片入侵人机交互进程，所有的电子设备全都成了安全隐患，接着，他们会占领自然行星、人造空间站，甚至军事要塞……以及所有有人的地方，而现在的芯片注射异常便捷，一旦被俘的民众接受了鸦片的改造，就会发自内心地跪在自由军团脚下。

那岂不是一夜之间，整个联盟就会变成芯片帝国？还有什么能拦住他们？

第七章　沃托陷落

你带我回家，让我通过你，触碰到了素未谋面的父亲的手。
那么我是不是也能代替这位刚刚认识的父亲，说一句你是我——我们的骄傲？

（一）

永无岛，彻夜未眠的林静姝站在一个巨大的星际图前，除了第一星系和第八星系，所有的人类聚居地，都在以一种可怕的速度被黑色吞噬笼罩。

有些剧变是潜移默化，在所有人都没有意识到的时候悄悄开始、悄悄进行的。

而有些剧变是一夜翻天——

"葬礼的贵宾要入场了是吗？"林静姝说，"联系王艾伦，告诉他，我们准备好了。"

沃托的风俗是，葬礼一般在早晨举行，宾客们凌晨就开始早早准备，天一亮就入场，像是伍尔夫这种级别的葬礼，准备时间则要更长。被围困了一宿的联盟议会大楼里，天不亮就走出了几个战战兢兢的小机器人，朝宾客们分发礼服和白花，本来还试图登记宾客名单，被中央军的兵痞们用激光枪赶走了。

面色憔悴如丧家之犬的王艾伦收到林静姝的信号，眼睛里狂热的光彩一闪，随即若无其事地站起来，走到一众中央军统帅面前，低声下气地说："各位，我们似乎应该准备进场了。"

第二星系的中央军统帅名叫"郑迪"，是个消瘦的中年男人，瘦得脸有点曝腮，因此显得格外不苟言笑，郑迪抬眼看了王艾伦一眼，实在是怎么看也看不上——秘书是个好职位，年轻的时候有机会跟在大人物身边历练几年，既攒人脉又长见识，将来无论从军从政，这段经历都是很好的铺垫。

可要是给人当大半辈子私人秘书不挪窝，一天到晚吃喝拉撒端茶倒水，在郑司令看来，就很有点佞幸的劲了。他觉得王艾伦油头粉面，越是卑躬屈膝地来求他们，就越是让人看不起，于是爱搭不理地"哼"了一声，把灰头土脸的秘书长当空气一样略过了，回头朗声说："给老元帅送行！"

他一声令下，身后的机甲车集体亮出了微型炮，朝天打了一发空弹。

巨大的轰鸣声吓得沃托群鸟惊起，联盟议会大楼都在震颤。王艾伦的耳畔嗡嗡作响，咬着牙维持住了脸上的微笑，尝出了血腥味："郑司令先请。"

郑迪刚一抬腿，就在这时，他的亲卫长快步穿过人群，走到他身边耳语了几句。

第二星系中央军统帅面露惊异："你说什么？谁联系我？"

亲卫长目光一扫旁边的王艾伦，郑迪眉头一皱，转身把王艾伦晾在原地，回到自己的机甲车上。

"静……林……"郑迪在机甲车的通信端看见林静恒的一瞬间，惊讶得嘴皮子打了个磕绊，纠结之下，一时都不知道该仗着旧识直呼其名，还是客客气气地叫"将军""统帅"，干脆略过了称呼，直接问，"你不是在第八星系吗？第八星系不是封闭了吗？"

好在林静恒也讨厌没完没了的寒暄，单刀直入："老郑，第二星系的远程通信是否已经被屏蔽？"

郑迪先是一愣，随即蓦地扭头。

旁边的卫兵莫名其妙地说："没有啊……还有信号，第二星系的网络时间也很准。"

林静恒："第二星系首都星现在应该是上午了，你收到头条新闻推送了吗？"

卫兵："……"

这么紧张的逼宫时刻，还有心情看老家的新闻推送？

然而话说到这里，郑迪已经反应过来了："蠢货，谁屏蔽你的通信会被你察觉出没信号？给我联系第二星系中央指挥部！"

卫兵撒腿就跑。

"来不及了，"林静恒面沉似水，飞快地说，"老郑，听我说，第二星系首都星很可能已经被自由军团的芯片人占领了，同样的芯片人沃托不知道有多少，你们掉进别人的圈套里了，还不赶快撤！"

与此同时，被晾在原地的王艾伦仔细回忆着方才那亲卫长的神色，觉出了一点不对劲。

一分钟后，林静姝就收到了王艾伦信息："疑似败露，提前动手。"

几个五代芯片人屏息凝神地等着她的命令。

林静姝一抬手，"五代们"鱼贯而出——

某种说不出的紧绷气氛在各星系中央军联军里弥漫开，紧接着，原本已经准备好走进联盟议会大厅的统帅与卫兵们竟然纷纷转身，井然有序地打算回机甲车里，就这样像是要一言不发地撤了。

就在这时，异变陡生！

一排激光枪打了过来，正在排队进场准备参加葬礼的人群里尖叫四起，几个宾客模样的人突然扒开礼服，浑身上下竟荷枪实弹，朝正在撤离的中央军开了火。那些刺客就像是科幻片里的"超人"一样，动作快得让人看不清，每个人都有横扫一片的力量，而且竟然刀枪不入，身上爆出几朵子弹贯穿的血花，还能速度不减地往前冲，让场景顿时多了几分恐怖意味。

然而围观群众四散奔逃中，中央军却没慌，训练有素地撑起防护罩，配合得当，且战且退，保护着军官往机甲车方向收缩。

王艾伦早已经躲到了安全地带，眼见此情此景，一后背冷汗，冲着个人终端飞快地说："本打算等他们进入礼堂之后直接封闭前后门瓮中捉鳖，没想到他们竟然提前察觉了，静姝，这样下去不行，你那几个芯片人再厉害也不可能穿过千军万马擒王，真让他们撤回太空我们就完了！"

林静姝很不走心地安慰道："别急啊，艾伦叔叔，增援马上就到。"

王艾伦有点吃惊："你还有增援？"

林静姝轻笑了一声，下一刻，四下机甲车上纷纷响起了高能警报，一批不知道从哪儿冒出来的近地机甲车从外围包抄过来，一时看不清他们有多少人，这些机甲车丝毫也不管大街上的非武装民众，一个粒子炮就轰了过来，炸向中央军的机甲车群。余波扫过联盟议会大楼，建筑在这种大规模杀伤性武器下"瑟瑟发抖"，王艾伦骂了一句，带着自己的卫兵团往大楼里的避难空间撤去，心里隐隐掠过了一层阴影——他不知道林静姝背着他，从哪儿弄来了这么多机甲车。

阴谋家就是这样，合作伙伴没有后手的时候，他觉得对方蠢，不能随机应变。对方如他所愿，留着后手的时候，他又要疑神疑鬼，怀疑对方是不是没跟自己交实底。

"林静姝这个疯子真不能留，"王艾伦不动声色地想，"海盗利用一下就算了，长久合作是与虎谋皮，容易被反噬。"

避难空间里挤满了联盟中央的政要，此时纷纷顾不上争权夺势了，一把拉过王艾伦："秘书长，是海盗吗？"

"恐怕是自由军团。"

"天哪！沃托怎么会有海盗？！"

"沃托守卫军到底干什么吃的，先是让中央军强行降落，现在海盗快冲进议会大楼了，他们都不知道！难道我们要再一次撤往天使城要塞吗？"

"别提中央军，幸亏中央军在——海盗到底有多少人，中央军抵挡得住吗？"

王艾伦伸手一压，轻轻一个动作吸引了众人的注意，那种众星捧月般的权力感顷刻回笼，王艾伦身上沸腾的血将方才一闪而过的阴霾蒸干了，他微微一笑，不慌不忙地说："诸位，少安毋躁，不用担心，我已经在天亮之前通知了沃托周围各军事要塞的联盟军，他们很快就能赶到，到时候无论是中央军还是海盗，全都不是问题，我军向来所向披靡，一定会保证大家的安全。"

他话音刚落，个人终端上就收到了信息。王艾伦低头一看，一切尽在掌握中似的抬起手腕："我军已抵达沃托的大气层。"

傲慢无礼的中央军也好，不自量力的林静姝也好，都注定会成为他的垫脚石——

这时，联盟议会大楼的保安卫队姗姗来迟，卫兵们带着众多安保机器人拥进了王艾伦他们落脚的避难空间，惶惶不安的政要们大大地松了口气。

而永无岛的林静姝慢条斯理地换上外套，准备出发收割她的胜利果实。

"嗒嗒"，她屈指在一个小仙子的额头上轻敲了两下："惊喜到了，艾伦叔叔。"

联盟议会大楼里，王艾伦一整衣领，越众而出，打算顺理成章地接管保安卫队："来得太慢了。"

保安卫队的卫队长用一种异样的眼神看着他："是的，秘书长。"

刹那间，王艾伦敏锐地感觉到了有什么不对，他脚步倏地一顿——那卫队长倏地抬起手里的激光枪，对着他的喉咙毫不犹豫地扣动了扳机，王艾伦被身边的卫兵一下扑开，摔出了两米远，肺都差点给撞出来，避难空间里，体面的先生女士们潮水似的四散奔逃，活像炸了窝的鸡群，安保机器人像被某种力量支配着，整齐划一地端起激光枪朝人群开火，一具被打成了蜂窝的尸体摔在王艾伦面前，眼睛还没闭上。情急之下，王艾伦调动自己作为议会秘书长的权限，发出了最高警报，然而他的个人终端一点反应都没有。

方才那位"保安卫队长"踩着血迹缓缓走到他面前，低头与王艾伦对视——他的膝盖被王艾伦的卫兵用激光枪打穿了，上面有一个明显的破洞，但丝毫没有影响他稳健的脚步。

就好像他走路用不着半月板一样。

"鸦片"……芯片人。

可是怎么会？芯片人怎么能在他不知道的情况下，突破议会大楼的安保？他们到底有多少人？

林静姝……林静姝难道从头到尾都是在利用他？

"保安卫队长"摘下帽子，一张嘴，却是带着几分诡异的女声——林静姝的声音。

"嗒嗒"，她说："惊喜到了，艾伦叔叔。"

王艾伦瞳孔骤缩，但他的大脑再也来不及将整件事的来龙去脉厘清了，激光枪从他的眉心穿到了后脑。

联盟议会大楼，新星历文明的象征，一场史无前例的屠杀开始了。

干扰信号海啸似的涌出，中央军的统帅们发现自己和天上的机甲断了联系，地面连个可视电话也打不出去了！

紧接着，地面又开始一轮新的震动，越来越多的海盗近地机甲车涌过来，还有慌不择路的沃托居民。清晨时分，很多人衣冠不整，有跑到大街上的,有开着私家车没头苍蝇一样乱窜的,纷纷拥到中央区,企图寻求政府的庇护。

中央军再想造反,也都是正规军,不可能毫不犹豫地朝居民开火,沃托守卫军的废物们就跟死了一样毫无动静,中央军只好莫名其妙地担起了沃托的守卫,将被海盗撵得到处跑的居民放进来。

然而,这又是个致命的错误——

因为大批的高能粒子炮乱飞,沃托上空的车行轨道受到严重干扰,已经封闭了。本该分流的人和车在中央区并不宽阔的地面步行街上拥堵成一团,原本整齐有序的中央军为了避让没头苍蝇一样的民众,混乱了起来。就在这时,一辆驶入中央区的车好似突然出了故障,堵在了路中间。步行的避难人群纷纷从它身边经过。沃托人做事依然很体面,不时有自己鞋也找不到的避难者敲窗询问是否需要帮助。

可是那车窗一直没开。

第二星系的郑司令脑子里,都是林静恒那句"你们掉进别人的圈套里了",眼皮狂跳了起来。突然,那辆停下的车旁边传来一声惊叫:"有炸弹!"

第二星系的中央军距离最近,郑司令的汗毛都竖了起来,机甲车远比人的感官敏锐,异常能量反应一爆出来,立刻检测到,那可疑车辆竟然是一辆伪装的近地机甲车。

惊恐的人群猛地向四下散开,郑迪喝令:"防护罩——"

距离爆炸点最近的中央军机甲车直接冲了上去,车头伸出黏附网,与疑似爆炸物相接,紧接着,防护罩全开,机甲车里的士兵立刻准备跳车逃离。但就在这时,他发现自己的机甲车有被入侵的痕迹,放好的防护罩一下动荡起来。

士兵只犹豫了一秒,断然转身回到机甲车里,关闭了机甲车的自动控制系统,直接切换到手动操作,机甲车里的警报声已经快得连成了一片,摇摇欲坠的防护罩再次夺回阵地。可是士兵还没来得及松一口气,一声巨响,伪装车炸了。

防护罩顷刻间分崩离析，撑起防护罩的机甲车断成了数截。

烈火卷过，玉石俱焚。

周围的几个战友红了眼，可是现场没有时间给他们悲愤。

这一声轰鸣过后，已经开进了人群中的好几辆伪装车此起彼伏地炸了起来，平整的地面碎石纷飞，中央军机甲车森严的包围圈被炸开了一条口子，尘沙与血浆混在一起，间或混杂着人的残肢，巍峨的联盟议会大楼竟然坍了一个角。议会大楼里面，从芯片人枪口下幸存的人们狂奔而出，还没见着天光，先被劈头盖脸的爆炸轰了一脸。围着议会大楼一圈，从里面往外冲的是杀人不眨眼的芯片人，撵着一帮身着礼服、手无寸铁的葬礼宾客，跟从外面往里拥的避难者撞在一起，避难者中又不知道混入了多少芯片人。

中央军面前是海盗层出不穷的机甲车包围圈，身后是比千层饼层次还丰富的敌人与民众，困兽似的被卡在那里，并且与悬在太空的主力断了联系。

这还不是最糟的——

整个沃托的信号突然被屏蔽，临时成了一座内外不通的太空监狱，占据沃托领空的中央军主力接不到命令，不敢轻举妄动，也不知道地面是什么情况，正商量找人落地探查的时候，王艾伦事先埋伏的"黄雀"——打算趁中央军和自由军团打起来坐收渔利的联盟军，开到了沃托的大气层外！

中央军收不到沃托的信号，联盟军同样也收不到沃托的信号，还不知道王艾伦已经跟着伍尔夫去了。

既然地面没有指示，当然要按照原计划行事。

第一星系本来就是伍尔夫嫡系——联盟军的大本营，在沃托老家，天时地利得天独厚，知道这会儿中央军的头头们都被牵制在地面，弄不好已经去见陆信了，他们不惧中央军，有恃无恐地率先开了火。联盟军被王艾伦调动出来，是奔着将各星系中央军一网打尽、好收拢军事自治权的目标去的，可谓是倾巢出动，没有留意自家后院落下了火种。天上地下，人们心里的鬼胎就像林静姝手里的木偶，任由她牵着线，指东不打西。

而就在这时，第一星系其他行星，通信先后被悄无声息地控制，病毒一样的芯片终于朝着第一星系张开了血盆大口。

林静姝手里的星际图上，第一星系像是被泼了一碗墨的生宣，浓重的黑色飞快地浸染开，成群的重甲从永无岛下的海底冒出头，她登上了为首的指挥舰。

当年，瘦弱的女孩被迫离开家、离开仅剩的亲人，茫然无助地被管委会带走，从此去留悲喜，甚至身体与灵魂，全不由自主，她死死地含着一口吊命一般的仇恨，艰难地扮演着没心没肺的花瓶……五十多年。

五十多年，她一步一个血印，走到了巅峰。

她从小比同胞兄弟敏感早熟一些，看得懂伍尔夫元帅对自己父亲的感情，曾经期望过伍尔夫会出面，把她从管委会那可怕的地方接走，可是他没有。她小心翼翼地享受哈登博士的陪伴，听他讲母亲劳拉的事，曾经期望过哈登博士会带她走，也曾经幻想过早逝的劳拉爱她，可是他们没有。

于是，她不再敢对任何人抱有期待，将仅剩的一点感情战战兢兢地封存起来，放在哪儿都觉得不保险，只好远远地悬挂在林静恒身上，拿他当万无一失的保险箱……可是他不要，弃如敝屣地把它退了回来。

命运从未垂青过她，是她自己捏住了过去与未来的咽喉，强行掰下了所谓"命运"那高高在上的头颅，让它跪下来，让他们所有人都跪下来，对她俯首称臣。

林静姝在重甲上，看了一眼沃托湛蓝的天，喃喃说："我觉得今天应该下雨。"

沃托是将"宜居"和"享受"做到极致的地方，天气基本可以实现精确控制，此时，行星地面上的芯片人已经控制住了天气管理中心，她一句轻飘飘的话落下，滚滚的浓云顿时从四面八方朝沃托中央区涌去，裹挟着狂风和湿气，电闪雷鸣。

伟大的芯片帝国还有一步之遥，而她已经可以像神明一样，呼风唤雨、一手遮天。

（二）

就在第一颗雨点落地的时候，某种未知的干扰波突然笼罩了联盟议会大楼，在场所有芯片人全部被定住了。

"芯片干扰器"是哈登博士的杰作，在太空监狱的时候就给林静恒做过，可是那时候因为条件限制，他老人家巧妇难为无米之炊，那个干扰器只能很短时间内，让芯片人感觉到一点麻痹，好在当时跟他合作的是林静恒，这一点麻痹够他横扫一片精神网了。

后来到了启明星银河城，科研条件跟上了，干扰器也鸟枪换炮地升了级。升级版本的芯片干扰器释放后，方圆十平方公里内，芯片人会有强烈的麻痹感，级别比较低的芯片人甚至会被当场定住，大约要将近半分钟才能重新适应。

对精锐的中央军来说，半分钟够了！

后排机甲车精确瞄准，锁定了混在民众中露出了形迹的芯片人们，上百支激光枪同时开火，分毫不差地穿过生物芯片植入点，打碎了他们的脖子，联盟议会大楼里的芯片人瞬间被清理一空。与此同时，前排的机甲车用粒子炮轰穿了包围他们的机甲车队，自由军团的机甲车队人仰马翻，远处的芯片人虽然没有受干扰影响，却被前方的大型事故现场暂时堵在了后面，损失惨重的中央军终于喘上了一口气。

"司令！"

郑迪倏地一抬头，认出了来人，震惊道："李……卫队长？"

"是我，"李弗兰飞快地说，"受伤的人太多了，干扰的效果也持续不了多久，挤在这儿不是办法。联盟议会大楼有自己的防御系统，我们方才潜入进去成功打开了它，大楼内部的芯片人也清理干净了，郑帅，劳驾您和诸位友军配合一下，我们以议会大楼为据点，先把伤员和非武装人员送进去。"

李弗兰话音刚落,方才在炮火里摇摇欲坠的联盟议会大楼自行震动起来,警报声压过了雷声,紧接着,整个建筑体往下沉了约莫两米,重甲等级的防护罩升起,建筑四周外墙纷纷变形,亮出了大大小小的炮口。

这是议会大楼在战争时最高等级的防御系统,乍一看,它像是一架盘踞在地面的超级重甲。

郑迪当机立断,朝李弗兰一点头:"整队!"

有他带头,其他各星系中央军纷纷响应,他们动起来井井有条,能源充足的机甲车环绕联盟议会大楼站岗,其他人撤到了铜墙铁壁似的议会大楼里。

"按理说今天不是降雨的日子。"李弗兰嗅着地下往上翻的土腥气,喃喃自语。

"按理说今天也不是开战的日子。"拜耳不知从哪儿冒了出来,舔了一下嘴唇,"哎,老李,陆信将军死后,他四散各地的旧部和白银十卫再也没有这样并肩作战过了。"

李弗兰苦笑:"这是好事吗?"

与其要这种心心相印,还不如大家太太平平地钩心斗角互相恶心呢。

此时,撤到联盟议会大楼里的中央军统帅们白日见鬼一样地围成一圈,聚众围观正在调试议会大楼防御系统的陆必行。

"虽然是初次见面,但我不用自我介绍了吧?"陆必行忙而不乱地抬头冲众人一笑,"稍等一下。"

郑迪呆呆地问:"这是……这是在做什么?"

"把芯片干扰器架设在议会大楼的防御系统上,以此为中心放大干扰器的功率,"林静恒走过来,"生物芯片的适应性很强,干扰器只在刚开始的半分钟之内效果最强,他们很快会适应这种麻痹感,不过有干扰器在，多少能削弱对方的战斗力，最重要的是可以帮我们识别出谁是芯片人。"

第三星系统帅至今没回过神来，找不着北地问了林静恒一串问题："你怎么在这儿？不是说第八星系封闭了吗？你带了多少人？外面什么情况，这到底是怎么回事？"

林静恒："地面上如你所见，就我们这几个人，来去都方便，人多了反而累赘，至于太空——"

白银第三卫、第六卫的主力部队已经到齐了。

联盟军炮火先行，中央军被迫迎战，但好在此地临近沃托，不管是联盟军还是中央军，都对首都星投鼠忌器，唯恐乱飞的导弹落在这个有两亿人口的自然行星上，双方打得都非常克制，因此给了柳元中横插一杠的机会。

柳元中在太空战场上可没有平时那么低调，第八星系自卫军——白银第六卫的主力部队速度极快，像一把大砍刀似的直接劈开了纠缠在一起的联盟军和中央军，正在交战的两军前锋精神网同时遭到入侵，一瞬间就有数十架机甲失控，分海一般地各自撤开。

被各种干扰骚扰了一路的泊松·杨终于摇摇欲坠地撑起了一个通信平台，第一句话就是跟自家统帅如出一辙的冷嘲热讽："你们要不要先回头看一眼自己着火的屁股再内讧？"

"看看沃托是什么情况，外面是什么情况，诸位想象不到吗？"林静恒虽然打算好好说话，但是话到嘴边，还是江山易改本性难移的刻薄，"我看诸位都改行当话剧演员算了，不用预演，上来就能按人家的剧本走，一步都走不错。"

陆必行抚额，连忙阻止了他继续搓火："静恒。"

李弗兰上前打开个人终端，把第二星系理工大学校长的求救信息给中央军统帅们看："这是我们的通信被干扰之前，从秘密端口发到白银三的求救信息。"

郑迪一眼扫过去，脑子里"嗡"一声，差点没站住。

堂堂联盟议会大楼，元帅伍尔夫的葬礼现场，混进那么多芯片人，而安检系统像死了一样一声不吭，那么其他地方呢？是不是混进多少芯片人都不稀奇？

拜耳沉声说："现在自由军团的生物芯片已经经过了数次升级，早就不是联盟早期'禁毒'的那种原始的'鸦片'芯片了。而不管是自愿还是被强制注射了芯片，只要身体接受了芯片的改造，这个人就会变成他们中的一员。我粗略估算了一下，芯片人在人群中占比超过10%，就会陷入大危机，整个社会被他们蚕食鲸吞只不过是时间问题，超过30%，他们就有能力立刻发动政变，在短时间内闪电颠覆政权。如果他们的人数超过50%……"

郑司令哑声问："怎么？"

拜耳那双大得过分的眼睛里森然一片："他们就有能力在一夜之间，把全人类变成芯片帝国的傀儡。"

"您问我们为什么在这里，"陆必行架设好了干扰放大器，直起腰来，"我们可以封闭虫洞，躲过这一劫，平静地生活几十年……"

林静恒突然说："不，我们可以平静一代人，至少两百年，第八星系空脑症人口占了小一半，不利于芯片植入，而且……自由军团的幕后主人是林静姝。"

陆必行吃了一惊，没料到林静恒居然在这个时候，在中央军面前直接捅出了这件事。

中央军的统帅们被炸得集体灵魂出窍，郑迪嘴张了张："哪……哪个林静……"

"别问蠢话。"林静恒一点尊重前辈的意思都没有，冷冷地打断他，"当年被管委会带走养大，嫁给格登家，杀了格登全家篡夺管委会权力，又在管委会东窗事发之后离奇失踪的那位——我亲妹妹林静姝，你要不要再看看她的照片仔细认识一下？"

陆必行的目光和李弗兰对视了一眼，李弗兰有点不安，陆必行却对他使了个眼色，示意他少安毋躁。林静恒的脾气是臭，不是冲，说话难听归难听，但说话从不会不过脑子，选择在这个时候把林静姝的身份挑明，自然有他的道理。最初的震惊过后，陆必行很快明白过来，这是最好的时机——这时候顶着巨大的危机，把最难以接受的事实和悲愤全挑出来，外部矛盾会把这点内部矛盾化解掉，比大家同甘共苦地勠力同心一段时间后，再意外炸出真相，造成的裂痕和伤害会小得多。

林静恒嘴角眉梢带着他惯常的找揍神色："只要我还活着，林静姝不见得为了第八星系这么个不好控制的烫手山芋，吃力不讨好地动第八星系，可惜我不是王八，不能老活着，总要为第八星系的未来想一想。没有人知道这个芯片世界发展到后来，会变成一个什么怪物，我们不希望有一天，封闭的大门打开，在偌大一个宇宙里找不到同类。"

中央军的统帅们鸦雀无声。

"我也不想看见⋯⋯当年陆信最后关头，不惜自爆保下来的诸位，变成联盟最后的人类。"

郑迪倏地抬起头——陆信出逃时，众多旧部曾经热血上头地追随，后来陆信保护了他们，从炮口下保护了他们的性命，死后仍然在保护他们的身份，那份出逃名单一直是个秘密，除了自己跳出来的，其他人苟活至今，甚至身居高位。

"你⋯⋯"第六星系统帅轻轻地说，"你知道⋯⋯"

林静恒漠然地看了他一眼："我在兰斯博士那里见过那份名单。"

郑迪喃喃地说："所以你一直都知道，所以你在接管白银要塞之后，把我们调到各大星系，远离联盟中央⋯⋯静恒，你⋯⋯"

"别废话了，早知道有今天，我就不费那个力气了。"林静恒不耐烦当众叙旧，依然是没好话，他说着，一抬下巴，傲慢地伸出一只手，"被逼到悬崖边上了，诸位，捏着鼻子合作吧。"

那只手还戴着手套，悬在空中，半晌没人应。

陆必行正打算开口打个圆场，却见郑迪蓦地上前，一把扒下了他的手套,直接把林静恒拖进了怀里,使劲捶了一下他的后背:"不是东西!"

(三)

虽然陆必行私下里也喜欢动手动脚,但仅限于私人场合,不会在公共场所破坏统帅的严肃气场。郑司令这不见外的一记铁拳下来,砸得林静恒震惊得忘了反抗,卫兵们一起灵魂出窍。

而那郑迪一拳不解气,还连捶了好几下,几十年的新仇旧恨全在这几拳里了,旁边的李弗兰听见了"砰砰"的闷响,眼角不由得一抽。

郑迪:"这么多年,你倒是吱一声啊,是死了还是哑巴了!"

林静恒肺都差点让他给砸出来,陆必行在旁边眼看他脸色由白转红,又由红转白,看得提心吊胆,怕大敌当前,他们家统帅就地翻脸,一枪崩了郑司令。林静恒拳头一紧,单手推开了郑迪,陆必行已经准备上前拉架了,然而林静恒却沉默了一会儿,并没有特别激烈的反应,只是淡淡地说:"你们有什么用?"

郑迪:"……"

这小子是真浑,不是装浑,刚才那通砸没过瘾。

"没有贬低诸位的意思,但,你们当年有可以自由调动的兵权吗?在联盟中央有话语权吗?你们有家族背景吗?有用得上的靠山吗?"林静恒的目光扫过神色各异的中央军统帅们,难得并没有带什么情绪,仿佛只是陈述一个悲凉的事实,"没有,不管那份名单有没有曝光,你们都是管委会眼里的危险分子,打上了陆信的烙印,就算不死,也会被边缘化。我不一样,我当年还没毕业,履历'清白',而陆信这个法定监护人是军委指定的,本来就不以我的意志为转移。"

伍尔夫元帅是林蔚中将的养父,而他是林蔚的儿子,虽然元帅没有亲自收养他,但从他进入乌兰学院那天开始,就是内定的荣誉毕业生。未来两百年,不管林静恒是出类拔萃,还是资质平庸,联盟中将以上,必定给他预留了一个席位，哪怕是虚职。而对伊甸园管委会来说，一个出身良好、忘恩负义，性情和人品一样恶劣，权力欲望强烈，为了往上爬不惜一切的野心家，是非常理想的看门狗，特别是他还有能力揍得海盗满地爬。

"这只是我跟管委会互相算计而已。至于我把你们下放到各地中央军，也就是为了……啧，都什么时候了，还扯这些陈芝麻烂谷子的事干什么？"林静恒略带讥讽地冷笑了一下，狼狈地避开众人复杂的视线，带着几分疏远说，"少自作多情，什么忍辱负重的戏码都往我头上安，想象力怎么那么……"

林静恒脸色撂了下来，转身要和众人拉开距离，但他这一句能把人心肝都冻住的话突然被打断——陆必行猝不及防地从他背后过来，一把揽过他，林静恒一个转身没转过去，就被他强行推了回去。

陆必行手劲强硬，语气却十分轻柔："那你跑到第八星系到处搜寻我的踪迹，又在北京β星那个穷乡僻壤陪了我五年，后来因为局势不稳，还千方百计地瞒着我、删掉湛卢里的资料，也都是我自作多情吗？"

林静恒："……"

这拆台的小王八蛋！

郑迪叹了口气，用异常复杂的目光看了看陆必行，又看了看站姿十分不自然的林静恒："我记得……那天是我跟着将军从白银要塞返航回沃托，半路上，他接到了乌兰学院校长的电话，才知道你背着他报了第一军校，还被录取了。他那表情啊，到现在都在我眼前，眉眼差点从脸上飞出去，喋喋不休地问了校长好几遍'你确定吗？他才十四岁'。"

像乌兰学院这样首屈一指的学校，每年收到的申请像雪片一样，只有真正确定了自己的方向，并对自己未来有清晰规划与明确认识，才写得出能打动他们的申请材料。

"将军可能没有告诉过你，当时老校长私下里把你递交的那份自述给他看了。乌兰学院嘛，很多人都会在自述中提到，愿意成为一个联盟的'守护者'，但是你写的是，假如像古代神话里那样天降洪水，所有人都奔跑逃命，你愿意做那个逆着人潮而上，第一个被洪水淹没的人。"

陆必行跑来拆台，本意是不想让林静恒错过这次和解的机会，特意过来调节气氛。可是听了这句"第一个被洪水淹没的人"，他心里好像有一根弦，轻轻地动了一下。当年，陆信以一人之力，清剿了盘踞在第八星系的海盗，年少成名，立下不世之功，本来是很有可能成为未来联盟最高统帅的人，只要他稍微表现出能"顾全大局"的意思，好好遵从沃托的游戏规则，"稳重"一些，不要总是因为第八星系那些空脑症而想着掀棋盘……可是他没有，他放弃了白银十卫，又放弃了登上"禁果"的特赦名单。陆信出生在天下大同的联盟里，并不会像上一辈人那样深思各种"主义"，他的职责是守护星空，大概也没有白塔塔尖上那么多忧思。

陆信……也是心甘情愿地做第一个被洪水淹没的人吧。

他曾经带着独眼鹰、于威廉……许多人一起逆流而上，列队在风浪前。

"老校长说，虽然很稚嫩，但你让他想起了将军。"郑迪轻轻地说，"那些年，我以为你大了，忘了自己写过的那些孩子话。现在看来，反而是我们这些老东西郁愤不平，心冷了，总想着把当年被打压的份儿都张狂回来，忘了自己是谁。静恒，联盟走到今天这个死胡同里，人人有罪，你没有。就算将军活着，他也会这么说。"

林静恒下意识地一挣。

陆必行福至心灵，脱口说："我代表第八星系认同……哥。"

你带我回家，让我通过你，触碰到了素未谋面的父亲的手。那么我是不是也能代替这位刚刚认识的父亲，说一句你是我——我们的骄傲？

这一声"哥"，简直比芯片干扰发射器还灵，当场把拧巴的统帅定住了，他成了一个僵硬的稻草人。

林静恒难以置信地回过头去，一句"你叫我什么"卡在喉咙里，肩头又被旁边的第三星系统帅戳了一下:"你从小就是这有话不说的臭德行,好几十年一点长进也没有。"

"孤家寡人有快感吗?"

"你小子把我们当什么,你以为你是什么?"

"谁用你一个人扛了?"

陆必行用芯片作弊,暗地里束缚着他不让他跑。也不知道郑迪从林静恒身上扒下来的是手套还是结界,反正突然,林静恒头顶的"禁止触摸"牌就被众人掀翻在地,这些多年来一直跟他剑拔弩张的老将军们,纷纷跨过他身边那条冷冰冰的"楚河汉界",把那个色厉内荏总是不肯握手言和的男人揪了出来,动手动脚个够。

李弗兰和拜耳对视一眼,眼眶忽然有些发热。

(四)

天使城要塞。

联盟中央曾经以这里作为临时指挥中心,后来重新夺回沃托,这里的人也就都跟着走了。按照伍尔夫元帅的意思,天使城要塞既是联盟成立的奠基之一,又在战争时起到了举足轻重的作用,非常有纪念意义,于是打算把天使城要塞改建成供人参观的纪念馆。眼下的天使城要塞,军事要塞功能已经被其他人造空间站取代,公共纪念馆的一些基础设施正在修建,整个天使城要塞静悄悄的,只有很少的工作人员负责维护环境。

反乌会大先知哈瑞斯轻车熟路地带人乘坐一架伪装成补给星舰的机甲,从天使城要塞的补给专用通道进入——当年反乌会潜入天使城要塞,和伍尔夫暗通款曲就是走这一条路。今天重新走这条路,是因为伍尔夫在采访视频里提的"夜皇后"让哈瑞斯觉得如鲠在喉。

天使城要塞里,伍尔夫的临时元帅府后花园就叫"夜皇后花园",里面种满了黑色郁金香,园子里还有一块无字石碑。

哈瑞斯曾经问过伍尔夫，石碑下埋了什么。

当时，伍尔夫在他手心放了一颗黑郁金香的种子，告诉他："没什么，花种子而已。"

通道对接口依然保留着战时的炮口，人工智能正尽忠职守地挨个检测着入关星舰的权限。哈瑞斯身边所有人都在严阵以待。他知道自己和反乌会被伍尔夫利用后，虽然为了大局考虑，保持了沉默，但对伍尔夫的所作所为非常反感，重新收拾了反乌会残余人马，哈瑞斯就单方面地和伍尔夫断绝了来往。这么多年了，没有人知道这条路还走不走得通，也没有人知道哈瑞斯是不是异想天开会错了意。

也许伍尔夫真的已经老糊涂了，"夜皇后"可能只是胡言乱语而已。

人工智能伸出检测针，扫过伪装星舰，那五秒被无限拉长，哈瑞斯屏住了呼吸，感觉对接口两侧的炮口似乎动了。

紧接着，"嘀"一声，绿光一闪，他们被放过去了！

哈瑞斯重重地松了口气，跟着其他补给舰缓缓进入轨道。

补给站里有一个秘密通道，能直接通向伍尔夫临时元帅府的密室，这条秘密通道上有十道密钥关卡，第一道就被卡住了。

"不行，先知。旧的密钥权限被取消了。"

哈瑞斯走过去："我看看。"

"先知，王艾伦作为伍尔夫的心腹，当年这条密道他也知道。现在咱们不清楚那个秘书长扮演的是什么角色，也许他背叛了伍尔夫呢？"

哈瑞斯皱起眉，心里十分不确定，就在这时，突然有什么东西晃过了他的眼睛。

"先知小心！"

哈瑞斯吓了一跳，随即，"密钥通过"的标志一闪而过，关卡竟然开了。

"是虹膜验证！先知，您是对的！"旁边一个反乌会的跟班眉飞色舞地拍马屁，"伍尔夫特意提到'夜皇后'，果然是有玄机，他特意把通道钥匙设定为您的虹膜，这是一条专为您开的通道！"

哈瑞斯勉强朝他一笑，刚松下去的那口气又提了起来，和伍尔夫打交道，他永远也不知道自己是不是在从一个陷阱走向另一个陷阱。

一路畅通无阻地来到伍尔夫临时元帅府，他们一行潜入了夜皇后花园。可能是这里的花期已经过了，园子里的夜皇后全部凋谢了，只有中间那座石碑分外显眼，哈瑞斯的喉咙轻轻地动了一下："挖开它。"

他身边的几个人应声上前，取出随身的工程机器人，三下五除二地把石碑挖了出来。

"先知，您看！"

石碑底下连着的，竟然是一个保险箱。

"先知，这里面好像是个启动器，正在休眠，需要密码。"

哈瑞斯问："看得出是启动什么的吗？"

手下和他面面相觑，茫然地摇了摇头："不清楚……但是有单独启动器的，怎么也得是个大型人工智能网络吧？"

哈瑞斯试着输入了"夜皇后"，没反应。他皱了皱眉，先后又试了"黑郁金香""林格尔""伍尔夫""哈瑞斯"等等一打可能的字眼，全部没反应。

"先知，天使城要塞毕竟是联盟的地盘，不安全，要不我们带着东西，先离开这儿再说？回去可以组织密码专家破译。"

哈瑞斯点点头，让几个手下抬起那伪装成石碑的保险箱，准备离开。突然，他脚步一顿，蓦地想起了什么："等等！"

没什么，花种子而已……

霍普飞快地在那启动器上输入了"种子"——

"嗡"一声，说不出的感觉从他脚下掠过，有那么一瞬间，霍普几乎怀疑天使城要塞"活"了。

天使城要塞临时元帅府的电子管家顷刻间被某种未知的程序取代，花园里播放音乐的音响设备里传来一声熟悉的叹息。

哈瑞斯悚然一惊，凉意顺着后脊爬了上去。

那幽灵般的声音说:"好久不见,哈瑞斯,你来了啊。"

哈瑞斯的嘴唇动了一下:"伍尔夫……"

(五)

沃托,联盟议会大楼——

"你们没完了吗?"林静恒好一会儿才带着几分狼狈相,艰难地摆出一张冷脸,"说正事!"

拜耳干咳一声,挺身而出,给自家老大撑场面:"统帅,如果不出意外,按我们的计划,柳元中和泊松·杨应该已经抵达沃托了,有他们在,联盟军和大气层外的中央军应该打不起来。"

"谢天谢地,"第四星系帅说,"也就是说,我们虽然被围困在这里,但太空战场还在我们手里,情况还不算太糟?如果联盟军、中央军不内讧,和第八星系的白银十卫联手,我不相信自由军团能翻出什么风浪来。"

"我不太乐观,"郑迪沉声说,"世界上的大多数人毕竟还是生活在地面上的——老弟,如果是我们在地面,海盗占领太空战场,那很危险,因为海盗疯起来,真的敢炸行星,可是反过来就不行,我们的太空军投鼠忌器,绝不敢往地面开火,只能这么僵持。"

真要长期僵持,太空军不可能耗得过地面。

陆必行叹了口气:"说实话,真要是长期僵持,我倒还有点在机甲里建生态系统的经验,怕就怕对方连僵持都不愿意……外面是不是停火了?好像安静了不少,怎么回事?"

哈登博士的干扰器能让他们腾出手来清理战场上的非武装人员,基本已经是极限了,不可能因为陆必行加了个聊胜于无的放大装置,就突然左右地面战场局势。最前排的自由军团机甲车被中央军趁乱掀翻了一排,堵住了后面的路,后面的芯片人试图清理路障冲上来,而中央军则是见人露头就开火,因此外面的炮火声一直没停过。

此时陆必行一提醒，众人才发现外面突然安静，只剩下淅沥沥的雨声，一股说不出的压抑感笼罩了过来。

忽然，湛卢的声音在议会大楼里响起。

"诸位，"湛卢说，"干扰减弱，地面通信正在修复中……修复完毕，有未知通信请求接入联盟议会大楼，请问是否接入？"

众人先是齐刷刷地一愣，随后立刻意识到，这是来自敌人的通信。

"接。"林静恒咬着牙说。

联盟议会大厅正中间，有一块三米来高的立体屏幕，林静恒话音落下，立体屏幕立刻弹出，光芒一闪，一个身着自由军团制服的男人出现在屏幕上——不单制服，他连敬礼的手势都与联盟相反，从对面看过来，就像一个可怕的镜中人。

"各位统帅、各位议员、各位士兵和公民，早上好。我是一名'五代'芯片携带者，代表吾主与诸位见面是我莫大的荣幸，我……"

这个不幸的五代芯片人开场白都没说完，就被林静恒不由分说地打断："你算什么东西，滚！让林静姝自己出来跟我说话。"

说话间，他的目光与陆必行碰了一下，陆必行立刻会意——此时恢复的通信是地面通信，如果林静姝真的被林静恒激出来，那么证明她很有可能就在沃托星，地面通信网络不穿远程跃迁点，理论上是可追踪的！

"五代"——由于芯片缘故，发自灵魂地信仰自己的主人，听了这种不客气的口吻，当然是勃然作色："你怎么敢……"

"让林静姝自己出来跟我说话，"林静恒一字一顿地重复了一遍，"怎么，她敢把我关在太空监狱里十四年，敢说要把我做成一个标本，却不敢出来见我一面吗？"

五代芯片人怒了一半，怒容突然卡在那儿不动了，下一刻，他的脸发生了微妙的变化，五官还是那副五官，神色却与方才大不同，活像是被鬼上了身，只见他嘴角轻轻提起，一开口，吐出的是女人的声音："静恒，你要见我？"

这场景太诡异了,别说是被点了名的林静恒,连旁边的围观者都起了一身鸡皮疙瘩。

准备追踪通信信号的陆必行瞳孔微微一缩——这又是什么操作?

哈登博士告诉过他,自由军团的芯片分等级,等级之间有压制,但由于哈登博士年纪已经太大,身体无法承受生物芯片的冲击和改造,而且总是对林静姝构想中的芯片帝国有意见,所以林静姝不杀他也不放他,把他软禁了起来,后期的芯片研究也自然把他屏蔽在外了。哈登博士最高只参与到了二代芯片研发,对高等级芯片有什么功能,只能按照自己的推想说出个大概。

林静恒又看了他一眼。陆必行目光微沉,不明显地冲他摇摇头——他现在完全不明白这个"鬼上身"的原理,可能无法追踪。

"好久不见。"林静姝的声音清冽柔和,说话的时候会略微压低一点嗓音,显出一点不徐不疾的克制和条理感,然而这种克制面向唯一的亲人时,就显得说不出地疏远冷漠,让人想起那些相对无话的尴尬会面。

林静恒背在身后的手指微微收紧:"是我好久不见你。"

"见到你,我真的很意外,"林静姝说,"第八星系回归联盟百年,从未得到一点公正的待遇,你们不是已经愤而独立了吗?星系封闭这么多年,大家井水不犯河水,继续下去不好吗?联盟马上要有风雨,我已经给了你们足够的警示,希望你们能明智一点,你怎么还是要搅到这潭浑水里来呢?"

林静恒冷笑了一声:"是啊,又让你失望了。"

"第三次了。"林静姝的目光从五代芯片人的眼睛里射出来,像是冰霜下烧着疯狂的火光,"当年你在第八星系孤立无援,这些人——联盟这些只知道争权夺势的废物,还有自己登上了'禁果'名单、依然妄图欺骗民众的阴谋家,他们要把你推出来当祭品。只有我担心你,我给你送武装和物资,后来我提供场地,帮你重新召唤白银十卫,我搅浑了水,让他们无暇再去找你麻烦,可你……"

"我让白银十卫走上对抗自由军团的第一线,十几年,白银十卫折损近半,你的芯片帝国也差点难产。"林静恒语气很平淡,神色有些倦怠,像是已经疲于再去看那些不可回头的路,再同故人论一场是非,他替她说,"嗯,这是第一次,第二次是你千方百计地从反乌会手里救下我,用一整个医疗队维持我的生命体征近两年,我一睁眼,就用失忆骗你,一直骗了你十几年,直到脱困。而脱困后做的第一件事,就是搅黄了你在第一星系边缘的绑架活动。"

寂静无声的联盟议会大楼里,双生的同胞兄妹透过千万重的伪装,彼此对视。

"所以你要我说什么,辜负了你的良苦用心,对不起吗?"林静恒的声音压在喉咙里,"我没有对不起你,我没有对不起一个……血债累累、踩着骨头渣上位的星际海盗,我对不起的是当年追着车跑,在路上摔了一跤的小静妹,你把她弄到哪儿去了?"

那个五代芯片人面无表情地听完,忽然露出了一个诡异的微笑:"她啊,你找不到了。静恒,你来晚了,软弱是一种罪过,每一个哭着等人拯救的人都活该去死,所以她死了。"

双胞胎被管委会人为地切断了联系,身在第一军校的哥哥从小心心念念,想等自己有一天翅膀硬了,能把她从那个鬼地方接走,可是当他咬着牙、吞着血,终于爬到了那个位置,有能力去问她一句"要不要和我一起搬回家住"的时候,还没来得及开口,她却告知他:"我已经答应了格登秘书长的求婚,请柬是给你送到府上还是白银要塞?"

来晚了,就是错过了,没有人管你多努力。

陆必行轻轻地拉住林静恒的手腕,强行掰开他近乎痉挛的手指,叹了口气,陆必行向来不愿意开口插嘴别人的事,因为总觉得易地而处,自己也未必会比别人高明,所以谨言慎行,此时却没忍住出了声:"林小姐,我也认识一个人,是个迟到王,姗姗来迟了十四年,等他回来的时候,别人已经顺流飘走了十万里……可那又能怎么样?十万里、百万里,就是百万光年,我也得回头去找他。如果是最亲爱的人,为什么不能心疼他一下,再给他一次机会?"

这属于太过感性的话,听者要是听进去了,就知道这是掏心挖肺;听不进去,就觉得这全然是低劣的煽情。

林静姝显然没听进去,她虚伪地朝陆必行笑了一下,对他使用了敬称:"我记得您,上次在玫瑰之心见过一面,您是第八星系的陆总长吧?好吧,您说得对,虽然不知道第八星系到底有什么让他乐不思蜀的地方,但既然静恒选择了你们,我也愿意给诸位一次机会——陆总长,你们的太空兵团白银十卫已经抵达沃托大气层外,这会儿正好可以护送你们回家,我现在就可以派一架小机甲给诸位开路,只要您作为总长承诺从此封闭虫洞,第八星系置身事外,在我有生之年,我们绝不打扰第八星系,怎么样?"

林静恒气得笑出了声:"你……"

陆必行知道他每一句气疯了的口不择言将来都是伤己的刀,连忙使劲一掐他的脉门打断他,客客气气地对林静姝说:"林小姐,既然沃托已经被中央军、联盟军和白银十卫团团围住了,我觉得这种情况下,需要护送的怎么也不会是我们吧?"

林静姝"哈"了一声:"陆总长,您的信息太滞后了。"

她说着,目光在几位中央军的统帅身上扫了一圈,一挥手,通信屏幕上那个五代芯片人的形象消失了,取而代之的是几段实景视频。所有人脸色都是一变——那几段视频分别是各星系的首都星!

自由军团的旗帜已经占领了一切公共场所,荷枪实弹的武装机器人密密麻麻地充斥在各个角落,从视频里甚至能看见悬在平流层以下的机甲,炮口对准了天然行星!

"这里未来是我们的领土,我也很心疼,"林静姝无所谓地说,"可是没办法啊,各位统帅,你们军权在握,打仗我又打不过你们,也就这点东西能拿出来威胁你们了——第二星系的郑帅,您的首都星共有人口十六亿,您的女朋友和女儿还在那儿等您回家,哇……这是女儿的照片吗?真是可爱。第三星系的纳古斯司令,您的首都星人口二十一亿,嗯……我喜欢您这种三代同堂的传统大家庭,热闹。还有……"

第三星系纳古斯统帅咬着牙打断她:"你要干什么?"

"我的诉求很简单,要么,诸位卸下武装,带着你们的中央军接受芯片,"林静姝笑了起来,"要么我往诸位的首都星上各投三百枚核导弹。希望诸位尽快做决定,当然了,这么大的事,如果诸位有纠结,我也能理解,所以导弹我会一枚一枚地投,直到大家想通为止。"

"我现在就先炸了沃托——"

"也可以啊,反正沃托上只有两亿人口,听起来是很划算了。"林静姝眼皮都不眨,"纳古斯统帅,我知道您不怕死,不过您死了,中央军群龙无首,第三星系还是会变成芯片帝国的版图。我呢,就更不怕死,我的肉体一文不值,死了,意识会和人工智能融为一体,我的臣民们会永远按部就班地生产新的芯片,制造新的人类,千秋万代。"

就在这时,一个苍老的声音传来:"真的吗?"

这一嗓子冒出来,就连林静恒都起了一身鸡皮疙瘩。这是伍尔夫的声音!

联盟议会大厅里,所有人的目光都看向了灵堂的方向,伍尔夫的遗体原本安静地躺在棺材里,等待告别仪式……

(六)

比他们先一步起鸡皮疙瘩的,还有偷偷潜入天使城要塞的哈瑞斯。按理说,先知毕生扛着"生命与自然"的大旗,懂文明讲科学,一般是不会被怪力乱神吓到的,可是"死亡"毕竟还是一个没有被征服的领域,黑幕之下皆是恐惧,何况他们几位还正在趁月黑风高偷鸡摸狗——哈瑞斯本能地哆嗦了一下。

伍尔夫没死?

不可能,听说过婚礼主角缺席,没听说过葬礼主角请假的,联盟搞那么大一场葬礼,总不能对着空棺材表演告别吧?

那么……这是一段录音?

似乎也不可能。伍尔夫明示暗示、伏笔千里，大老远地把他们勾到天使城要塞挖土，就为给他们一段录音？发个加密邮件能累死他老人家吗？

就在哈瑞斯心里惊疑不定的时候，天使城要塞所有的灯突然一起熄灭——停电了。

人工要塞停电的场景非常可怕，能源中断的瞬间，整个天使城要塞就成了一块被遗弃的太空垃圾，孤零零地飘浮在浩瀚星河中间，紧接着是引力变化，人工维系的引力开始失效。幸好天使城要塞的基础设施建设不错，不到五分钟，故障排除完毕，三号备用能源上线，散碎的灯光重新落下来，哈瑞斯听见所有人都劫后余生似的抽了口气，而方才那个诡异的、像极了伍尔夫的声音也消失了，一切都好似回归平静。

哈瑞斯的冷汗却顺着鬓角淌了下来。他熟悉天使城要塞，知道这里有一个主能源系统，万一出现问题，二号备用能源系统会立刻顶上，无缝衔接，绝对不会让要塞里的人们感觉到刚才断过电，只有连备用能源系统都出现问题时，天使城才会启动检修程序，继而启动第三号备用能源。

也就是说，刚才有什么东西……一瞬间让天使城要塞的两套能源系统过载了！

哈瑞斯蓦地看向那貌不惊人的启动器，心里狠狠一跳，他想：我到底打开了什么？

忽地，他抬起头："沃托！"

"什……"

"回沃托，立刻想办法联系组织！让离沃托最近的兄弟们先走一步！"

（七）

第三星系的统帅纳古斯惊险地缩回自己的下巴，小心翼翼地用胳膊肘戳了郑迪一下："什么情况？你去……你去看看……"

郑迪木着脸假装没听见，心说："你怎么不去？"

白银第十卫卫队长拜耳回过神来，按住腰间的枪，小心翼翼地走过去，一把掀开了棺材上的联盟旗——伍尔夫的尸体冰冷而安详，即使做过美容，脸上依然看出死人那种特有的灰败。

拜耳屏住呼吸，伸手在他颈侧摸了一下，压低声音说："湛卢，能帮我扫描一下他的基因吗？"

湛卢："确定死者身份是伍尔夫元帅，确定无生命体征。"

"他确实已经死了，"那酷似伍尔夫的声音又说，"你好啊，湛卢。"

这一次，众人听出来了，这声音就像联盟议会大楼内部的人工智能一样，是从建筑的四面八方发出来的。

"您好，未知程序先生，"湛卢大概是场中最有底的人了，平静地回答，"根据联盟人工智能管理法，人工智能高度模仿真人相貌、声音及人格的行为是明令禁止的，一经查处，人工智能将被立即销毁，制作者最高可判处终身监禁。"

"判不了的，我的制作者就在诸位眼皮底下躺着，至于销毁我，"那声音不同于湛卢的机械，显得高度人性化，说到这里，似乎还轻轻地笑了一声，"你们倒可以试试。"

郑迪问："怎么回事？"

"他的主体不在这里，"湛卢说，"我想，联盟议会大楼应该只是有一段预留程序，被主体激活——简单说，这里的他像是一个分身，并且有能力越过白由军团对通信网络的干扰，我无法对他进行定位。"

"你们可以继续称呼我为休伯特·伍尔夫，"那声音、语气都足以以假乱真，配合角落里一动不动的尸体，更有视听效果，"我存在于第一星系每一个跃迁点，每一个只有最高统帅才能调用的系统中，我保存了伍尔夫作为人类的所有记忆，复制了他的人格——静姝，你说的'意识和人工智能融为一体'，是像我这样吗？"

林静姝最强的专业素质就是装神弄鬼，没想到居然兜头撞见了真鬼，一时说不出话来。

在场众人里，年纪最大的郑帅也是联盟成立之后才出生的人了，谁也没见过这么让人毛骨悚然的人工智能——因为就连超级智能湛卢说起话来，也是棒槌一样平平板板、没有高低起伏，相处时间长了，仍然能看出来和真人有区别。事实上，当今的人工智能可以处理非常复杂的任务，高度拟人并非什么技术难题，只是联盟高层对旧星历时代的人工智能阴影太重，早早立法禁止了完全拟人的人工智能，以至当代人都有了思维定式——觉得人工智能就是不懂变通、满嘴机械音、身上总有那么几个生硬的特点，能把他们和真人区分开。

人工智能版本的伍尔夫笑了起来，近乎慈祥地说："孩子，死后利用一个超级人工智能保存记忆、复制人格，再让这个超级电脑渗透到社会的方方面面，成为永远的统治者，让自己的意志永远活着……这个构想，如果不是你爷爷和我们这些老东西及时推翻了旧星历时代的机械帝国，早在三百年前就实现了，你还真以为这是你前无古人的独创吗？不能因为你比谁都疯狂，就自封千古第一人啊。"

通信屏幕里，五代芯片人的脸抽动了一下，林静姝冷笑起来："伍尔夫元帅，这么说来，您这一生还真是反复无常的一生啊。您号称忠实于联盟，是联盟守护神，却在暗地里扶植域外反乌会，亲自引狼入室，再自己带头打狼，借机攫取联盟中央的权力。您号称对伊甸园管委会的所作所为深恶痛绝，结果自己就在"禁果"名单上，为了隐瞒这个事实，不惜以两个星系为代价，除掉林静恒这个知情人。您号称联盟奠基人，是推翻旧时代的先锋，却把自己做成人工智能追求永生……哈！"

她每一句话都像是一颗炸雷，炸得一干中央军统帅晕头转向，集体"七窍生烟"地看向林静恒。林静恒一时无言以对——他先前为伍尔夫隐瞒，是怕好不容易平静下来的联盟七大星系再起战火，现在联盟已经快烧得化成灰了，隐瞒不隐瞒，实在也没什么意义了。

林静姝："伍尔夫爷爷，恭喜您荣获最佳出尔反尔奖……"

人工智能的伍尔夫淡淡地打断她："你想拖延时间，趁乱跑吗？抱歉，你目标太大，我已经定位到你了。"

林静姝悚然一惊，下一刻，她所在机甲尖声报警，驾驶员的反应不能说不快，立刻就要在地面紧急跃迁，重甲跃迁造成了海啸，十几米高的浪一下冲上了静谧的永无岛。岸边的小仙子们四散奔逃，姿态优美，就是飞得太慢，昂贵的变形材料机身转瞬就被大浪吞噬了。下一刻，沃托中央大陆边缘，反导系统升起，炮口对准的却不是空中飞来的不速之客，而是林静姝的重甲群！

"主人，紧急跃迁被干扰了！"

跃迁干扰——反乌会的拿手好戏，显然被伍尔夫升级了。

没有跃迁成功的重甲出现在距离出发地不到两公里的海面上，发出了一声沉重的叹息，几乎要喷出火来，虽然躲过了导弹，但机身损伤仍然十分严重，重甲上的林静姝整个人被甩了出去，紧接着被保护气体固定住，耳朵一时被保护性气体封住，隔绝了周围的声音，只听得见自己剧烈的心跳。

联盟议会大楼里的人不知道海上惊魂一幕，只看见那跟他们通话的五代芯片人突然弯下腰，好像正在遭受着极大的痛苦，又恢复了正常的男人声音："主……主人……"

"你以为自己已经拿下了整个沃托吗？"人工智能伍尔夫轻轻地说，"你以为王艾伦能糊弄联盟军听他号令，就是拿走了联盟军委的最高权限吗？孩子啊，军委是我一手建成的，在我手里运转了三百年，比你父亲的年纪都大得多，你是不是也太不自量力了？"

就在众人都目瞪口呆的时候，林静恒已经明白了伍尔夫要干什么，一把抓住了陆必行的手："联系太空军！"

纳古斯一脸找不着北："地对空的通信不是被……"

他话没说完，就被陆必行打断："林静姝也不傻，她刚才把屏蔽放开了，统帅，你来下令！"

纳古斯无言以对，默默地捡起"傻子"的头衔顶上。

林静恒:"立刻降落沃托,杨!"

泊松·杨的声音不太清楚地响了起来:"是,统帅。"

"打开所有芯片干扰器,分发给友军,用来筛选芯片人,降落避难点,能带走多少人就带走多少人,快!"林静恒飞快地说,"李弗兰,去把来中央区避难的民众集中起来……"

"明白,地面中央军给你们开路!"郑迪与林静恒目光一碰,立刻明白了他的意思,转身一拳揍在纳古斯后背上,"跟上,你还不明白吗?伍尔夫人死了,但他把自己放在人工智能里,现在无处不在了!谁都不知道这个人工智能的权限有多高!他去死,就是为了把自由军团的'蚁后'引出来,还能顺便把我们几个不安分的老家伙一网打尽!他会直接炸了沃托!"

刚才还在叫嚣要"炸沃托跟林静姝同归于尽"的纳古斯愣住了,声音都变了调子:"炸……炸沃托?沃托上两亿人呢,光荣团都没舍得炸!"

林静恒深深地看了他一眼——当年七、八两个星系,又何止是两亿人。

伍尔夫布局如下棋,重势轻子,只要大局控制住,他弃子永远比敌人还要狠心。

纳古斯:"老疯子!"

"可不是嘛,"陆必行苦笑了一声,"说死就死这点,我就很服。林,我们有时间集中民众吗?"

"有有有,"拜耳说,"总长放心,您不了解沃托的民情。"

沃托星上有十六个紧急避难点——联盟议会大楼所在的中央区就是其中一个,所以海盗入侵的时候,才会有大批民众往这边拥。而当发生紧急情况的时候,所有人都会按照自己所在区域,就近往避难点逃,这样一来,救援的机甲战队可以直接等在避难点,快速把人都接走。不论外人怎么以嘲弄的语气,说沃托是权贵和蛀虫们的聚居区,但作为联盟首都星,第一星系的沃托人向来是精英中的精英,尤其在灾难来临的时候，他们虽然也会惊慌，也会吓得崩溃哭喊，却依然能体现出居民素质，就算到了穷途末路，居民的秩序性也极强，偶有拥堵，但很快能自发解决。陆必行再仔细一看，跟在李弗兰身后的难民竟然是按照年龄排序的，先是孩子，随后是老人，成年人都一身狼狈地殿后，尽管一脸焦躁和恐惧，却依然没有人往前抢。他们自己不乱，反而让李弗兰能以最快的速度把人们分头塞进机甲车。

陆必行不由得一愣，恍惚间想起来，他年幼的时候，听说过的沃托就是这样的，因此才总是想出来看一看外面的世界——真正的文明世界……他是从什么时候开始充满偏见，一度执意要把联盟当传染病隔离的呢？

"总长！"拜耳大叫了一声，"快走！"

陆必行还没回过神来，已经被林静恒一把拖进了一辆机甲车里，最外圈的中央军先朝包围他们的海盗开了火，也许是林静姝自顾不暇，也许是想放他们一马，利用他们给伍尔夫添乱，海盗们明显疲软，包围圈很快被中央军先锋撕开了一条口子。

"刚才在走神想什么？"林静恒问。

"在想全民基础教育的重要性，"陆必行说到这里，忽然意识到了什么，惊奇地看了林静恒一眼，"对了，你不也是土生土长的沃托人吗？你是怎么'清水出泥猴'，一点也不文明，融入流氓堆里打架骂街毫无障碍的？"

林静恒这朵"沃托奇葩"无话好说，机甲车像旋风一样，裹着高能粒子炮卷了出去。

"先生，"这时，湛卢忽然说，"我需要告知您一个不好的消息。"

沃托的雨不知什么时候停了，乌云往四下散开，但阳光没有透进来——

林静恒："我现在不是很想听。"

机甲车上盖透明了起来，陆必行抬头看见了天。

一开始，他只是觉得黑压压的，好一会儿，被芯片加持过的惊人目力才让他看出一点端倪："那是什么……机甲群吗？"

湛卢说："是我的兄弟。"

陆必行："……"

刚刚近距离接触了一个"附身"在人工智能上的幽灵，众人几乎都对这些电脑有了阴影，湛卢这没眼力见的玩意儿，居然还在这儿火上浇油！

眼看周围人脸色都不太好，陆必行只好干巴巴地试图缓和气氛："你兄弟不是我吗？"

可惜，笑话太尴尬，没人笑得出来。

林静恒沉声说："领头的是联盟'十大名剑'，也就是跟湛卢同一批设计的超级重甲，早年分属于几位杰出的老将军，后来老将军们死的死、退的退，十大名剑又比普通重甲的精神力阈值高，一般人无法驾驭，所以除了落到陆信手上的湛卢，剩下九架超级重甲都成了自由日阅兵时拿来展览的摆设。"

陆必行望着那些不可思议的机身，喃喃说："我见设计图的时候已经很震撼了，没想到实物居然……"

"十大名剑"中的另外九架，领着众多不明来路的机甲战舰从天而降，就像遮云蔽日的神魔。而当年"十大名剑之首"的湛卢，现在的主业却是在第八星系搞家政服务。

陆必行真心实意地说："湛卢，真是委屈你了。可是……这么多年了，它们既然没有在战争中损毁，怎么没见联盟拿出来用过？"

李弗兰的声音有些干涩："不……总长，如果白银一的消息没有错，我记得当年海盗入侵的时候，第一星系的几个重要军工实验基地被海盗占领了，大批机甲没来得及带走，其中就包括'十大名剑'。由于海盗的个体作战素质堪忧，超级重甲落在他们手里，根本连启动阈值也达不到，就一直保存在那儿。后来的官方消息是，在联盟军和海盗小范围的冲突中，几个军工实验基地先后被损毁了……"

林静恒打断他:"官方消息?那损毁的东西怎么还在?是谁在开?"

"抱歉先生,由于硬件限制,我的精神网现在不太稳定。"湛卢说,"但是如果我现在没有出错,对方的精神网似乎并没有人机对接口。"

没有人机对接口的,可能是自由军团一开始弄出来的那种半成品的"芯片傻子",也可能是……

人工智能。

当年,林静恒离开白银要塞,阿瑞斯·李仓促继任,军方和伊甸园管委会矛盾空前,白银要塞全体官兵怨愤很大,特别是白银十卫离开后,剩下的少爷们根本不把李上将当回事,为了充门面,那位自作聪明的马屁精曾经调来过一批人工智能兵。这些人工智能士兵还在战局中扮演了重要角色——他们被海盗轻而易举地入侵,为联盟四分五裂做出了卓越贡献。

因此,"人工智能部队只能充数,不能独当一面",这一直是所有人的共识,连林静姝都认同那种近乎机械的芯片士兵在战场上不好使,为此,她后来舍弃了百分之百的人机匹配度,给她的芯片人留下了神志。

但……如果控制那些机甲的,是刚才那个和他们说话的伍尔夫呢?如果是一个强大到无法入侵、拟人度极高、控制了整个联盟最高军事权限的人工智能呢?

藏起来的超级重甲,让人震惊的人工智能。伍尔夫到底是从什么时候开始布这个局的?

林静恒的瞳孔一缩:"通知各避难点,十分钟之内给我全体就位,撤离沃托!"

联盟议会大楼外围,白银十卫一支卫队的机甲已经落下,疲软的海盗被短暂地扫开,机甲车鱼贯而入,可是事态不等人,就在所有机甲车没来得及转移到太空机甲上之前,诡异的能量波动警告骤然响起。

"导弹!"

"防护罩!所有防护罩开启——"

"快点,快走!要来不及了!"

"全体准备升空!"

陆必行瞳孔一缩,看见遥远的地平线方向,一道刺眼的光袭来,像是那年北京β星上提前到来的春光,紧接着是沸腾的核爆云和横扫过来的高能粒子流,看不见的杀手和一圈机甲撑起的防护罩短兵相接,轰然相撞。

谁也没想到,伍尔夫竟然不是说说而已,他真的敢炸沃托!

重甲伸出巨大的捕捞网,将没来得及登上机甲的机甲车卷起,这时已经顾不上这样会不会造成机甲车里的人受伤了——受伤总比死了强——快速凝固的保护性气体喷了出来,陆必行一把抓住安全锁扣,视野被颠倒过来。在他周围,导弹开始接二连三地落下,避难点里的机甲轰鸣,正要在脱离轨道的情况下强行启动,巨大的能量冲击得周围道路、建筑都像泥巴城堡一样崩裂。

那些秀丽的园林、如画的山水,累世积累的艺术与建筑瑰宝,明珠一样的沃托……就这样一点一点地被战火吞噬。

陆必行忽然想起了什么,睁大了眼睛,望向那黑着灯的陆信将军府,他下意识地扒在窗户上,就在这时,重甲蓦地拔地而起,被捕捞网黏着的机甲车像一条累累赘赘的尾巴,被高高地甩了起来,同时,捕捞网开始将他们往里拉,机甲车里的人就像搅拌机里的果酱一样,陆必行的额头往一侧车身撞去。陆必行没躲,反正他肉体结实得很,随便撞一下也撞不坏,然而预想中的疼痛没有来,他的额头撞在了林静恒的掌心。他一愣,下一刻,林静恒伸手将他往怀里一带,垫在他额前的手落下来,盖住了他的眼睛。

因此陆必行没有看见,幽静的"陆与穆勒的家"被导弹落下的余波掀了起来,那些被故人精心修剪的大树无声无息地倒下,承载着无数记忆与秘密的房屋从中间裂开……像露出内脏的尸体一样，露出了那个隐藏在墙壁里的滑梯。

陆必行张了张嘴："可他还在……"

陆信留下的那种自动电子录像，一般在感应到滑梯被触碰的时候，就会触发。

那么……落下的碎石也会让他现身吗？他会以假乱真地站在硝烟里，无知无觉地对着断开的滑梯微笑，说出他那些哄小孩的台词吗？

爆炸的能量干扰，会让他的身影变得模糊不清吗？

机甲车里轰鸣的警报声吞噬了陆必行的声音，连近在咫尺的人都听不清他在说什么，他们的机甲车被卷进了重甲中，紧接着，舱门封闭，劫后余生的人们耳畔仍在嗡嗡作响，有那么几秒的时间，陆必行安静地蜷在林静恒冰冷的掌心，心口像是被什么攥着，喘不上气来。

林静恒无声地叹了口气，眉宇间冷意未散，笨拙地侧头在他额头上贴了一下。

陆必行回过神来，抓下他的手："嘿，我没有……"

他话音没落，机甲车就凶猛地震颤了一下，紧接着，湛卢说："跃迁封锁——先生，方才的紧急跃迁失败了。"

通信频道里传来郑迪粗重的喘息声："那老疯子是铁了心地要让地面两亿人给我们陪葬吗？"

拜耳："统帅，大气层外被'十大名剑'的机械战队封堵……"

"哈，"林静恒脸上那点稀有的温柔像水汽一样瞬间蒸发，嗤笑了一声，他也不管外面是什么情况，甚至没有做任何安全措施，直接推开机甲车变形的车门登上重甲，"湛卢，接入这架机甲的精神网，权限给我——他说封堵就封堵，他算老几？"

湛卢不紧不慢地提示："先生，我的精神网还不稳定。"

"足够了。"林静恒说。

在排除了一切阴谋之后，三百年前为联盟奠基的传奇，以这样一种形式，直面了本应让他骄傲的后人。乌兰学院的第一任校长和荣誉毕业生,各自持剑而立,这仿佛是一场异常惨烈的毕业典礼。那神秘的、让人恐惧的人工智能盘踞在整个第一星系,在无边黑暗的宇宙中,好像发出了一声轻轻的叹息。

地面突围的机甲战队像一支利剑一样冲上天空,从十几个避难点同时出发,一排导弹卷了出去,试图炸出一条豁口,巨大的烟尘在沃托的空中凝结成致命的云,天上拦路的机甲战队猛地收缩,随即被数发高能粒子炮撞开,林静恒的重甲分毫不差地从那缝隙里钻了过去,重甲的炮口像灵活的齿轮,同一时间击落了三架敌方机甲。

"我怎么觉得自己好久没有亲自动手开过火了?"不知是哪个中央军的统帅喃喃地说。

郑迪大笑:"你的炮口生锈了吗?"

"诸位,注意,"陆必行平稳的声音在通信频道里响起,"对方没有人机对接口,我们可有,当心你们的精神网——"

他话音没落,就在白银十卫、中央军、联盟军狼狈联手,眼看要把空中封锁线撕裂的时候,一波精神网攻击突然来袭击。

整饬的队伍立刻露出了一点惊慌。

十大名剑中的一架超级重甲不知从哪儿冒出来,缓缓地逼近林静恒他们,机身上闪烁着繁复的花纹,一个信号自动接通了他们的通信:"你好,湛卢。"

"你好,龙渊。"湛卢回答,"没想到有一天我们会在战场上相见,我记得你的主人曾是一位德高望重的老将军,如果他还在,一定非常难过。"

"是啊,"名叫"龙渊"的机甲核说,"好在我现在没有主人,我已经被秘密改造了,机甲核就是驾驶员,我可以自由地操纵我的机身,我的精神网所及之处,所有没有驾驶员的机甲都能听我调配。倒是你的情况看起来有点落魄。"

"是的,我的精神网因故受损,并未完全修复,机甲核的材料也仍是实验品,机甲机身是捡来的。"湛卢非常诚实地回答,"但我的主人经评估认为，即使这样，他也能自由殴打诸位。"

陆必行："……你们联盟顶级的人工智能都这么诚实吗？"

林静恒不是很想回答这个问题。

龙渊说："哦，那既然这样，我就不客气了。"

下一刻，超级重甲让人窒息的精神网席卷了过来，重重地冲击了有空隙的人机对接口，林静恒的大脑好像被针扎了一下，湛卢那不稳定的精神网也跟着摇摇欲坠。当年白银要塞的林上将，精神力接近人类极限，从来都是他在战场上扫别人，头一次被人扫，滋味真是难以描述。

他尚且这样，其他人简直不用说。

同一时间，绝大多数的机甲驾驶员被第一波精神网攻击扫落下去，备用驾驶员狼狈地顶上，好在都是正规军，备用驾驶员切换熟练，驾驶舱里熟练地互相传递着舒缓剂，僵持地死守这片看不见的阵地。

"林将军，"龙渊说，"你们很强，但人类是不可能强于机械的，我们没有人机对接口，我们已经立于不败之地。"

林静恒的回答是一记导弹。

沃托已经成了一个多方混战的战场，谁也没注意，一支不起眼的太空星舰队伍逡巡到了沃托外围，他们进入了重甲的精神网范围。

很多机甲留意到了，稍微一扫就知道，这是一支伪装成民用星舰的机甲队，然而即便是机甲，也都是蚂蚁一样的小机甲，指不定是从哪个小星球上逃出来的，在这样激烈的战况之下，只有充当炮灰的资质，大可以忽略不计。可是紧接着，这支不起眼的小机甲队伍突然分开，围着沃托附近最近的跃迁点绕成了一圈。

下一刻，所有人类的机甲上都收到了一条信息："紧急跃迁通道开启，祝各位好运——为了生命与自然。"

整个通信频道炸开了锅。

"反乌会？"

"什么玩意儿！"

联盟统帅伍尔夫，使用反乌会的手段，封锁了地面太空军的紧急跃迁途径，而真正的星际海盗反乌会跑来给他们开后门！

这一天发生的事，大概能撰写一部魔幻小说。

"撤！"林静恒当机立断，一声令下之后，湛卢的精神网在龙渊的压迫下彻底崩溃，然而林静恒仿佛是早有准备，几乎同时，安全脱离了湛卢的精神网，无缝接上了这一架重甲本身自带的精神网，龙渊仿佛一记重拳落空，随即，重甲启动了紧急跃迁，原地消失。无数导弹落在沃托上，留在星球上的芯片人、各种奇珍异兽，全部灰飞烟灭，载着上亿居民的联军在最后一刻，顺着反乌会打开的后门紧急跃迁，从地狱里脱困而出，昔日的敌人和战友在跃迁点附近面面相觑，还没从劫后余生中回过神来。

就在这时，跃迁点附近又有剧烈的能量波动，带有自由军团标志的重甲群伤痕累累地冒了头。

"统帅！"

林静恒想也不想："拦下来！"

方才从同一个火坑里跳出来的双方立刻短兵相接，自由军团见势不好，立刻打算脱逃，芯片人们仗着自己精神力高，率先发动了一次精神网攻击。

还没从被人工智能扫下精神网的阴影里回过神来的联军一滞——

唯有林静恒的炮口锁定了对方的指挥舰。

重甲相当灵敏，被锁定的刹那，林静姝就收到了警报，此时，这架重甲的防护罩已经在地面消耗殆尽，她倏地抬起头，透过军用记录仪看过去，目光仿佛要洞穿星河、洞穿机甲，看进她哥哥的眼睛里，一时间，竟然说不出是期待还是伤心……

她想，你会亲手杀我吗？

导弹蓦地滑出了炮口，林静姝像是自虐一样，眼睛一眨不眨地盯着军用记录仪——她不是死到临头甘心闭眼的人。

尖锐的警报声响起，机甲巨震，她飞了出去，被保护性气体在半空中接住。

"机身受损,警报,能源系统损坏。"

"损坏机身正在自动脱离,第一备用能源启动。"

导弹打偏了,只剐到了一个备用能源。

当年白银要塞不可一世的林上将,也会手抖打偏导弹吗?

这一幕何其熟悉。

"走。"林静姝喃喃地说,"紧急跃迁。"

卷六 玫瑰之心 完

图书在版编目（CIP）数据

残次品.完结篇：全2册/Priest著.—南京：
江苏凤凰文艺出版社，2019.2
ISBN 978-7-5594-2933-9

Ⅰ.①残…　Ⅱ.①P…　Ⅲ.①长篇小说—中国—当代
Ⅳ.①I247.5

中国版本图书馆CIP数据核字（2018）第219574号

©中南博集天卷文化传媒有限公司。本书版权受法律保护。未经权利人许可，任何人不得以任何方式使用本书包括正文、插图、封面、版式等任何部分内容，违者将受到法律制裁。

上架建议：畅销·小说

书　　　名	残次品.完结篇：全2册
著　　　者	Priest
责 任 编 辑	孙建兵　孙楚楚
监　　　制	毛闽峰　李　娜
特 约 策 划	张园园
特 约 编 辑	王苏苏
营 销 编 辑	杨　帆　周怡文
封 面 设 计	好谢翔工作室
版 式 设 计	潘雪琴
书 名 题 字	仓　鼠
图 片 来 源	视觉中国
人 物 插 图	璎　珞
出 版 发 行	江苏凤凰文艺出版社
出版社地址	南京市中央路165号，邮编：210009
出版社网址	http://www.jswenyi.com
印　　　刷	北京中科印刷有限公司
开　　　本	640×915毫米　1/16
印　　　张	39.5
字　　　数	613千字
版　　　次	2019年2月第1版　2020年5月第4次印刷
标 准 书 号	ISBN 978-7-5594-2933-9
定　　　价	85.00元（全2册）

（江苏凤凰文艺版图书凡印刷、装订错误可随时向承印厂调换）

大事记

THE DEFECTIVE

Priest 作品

大事记

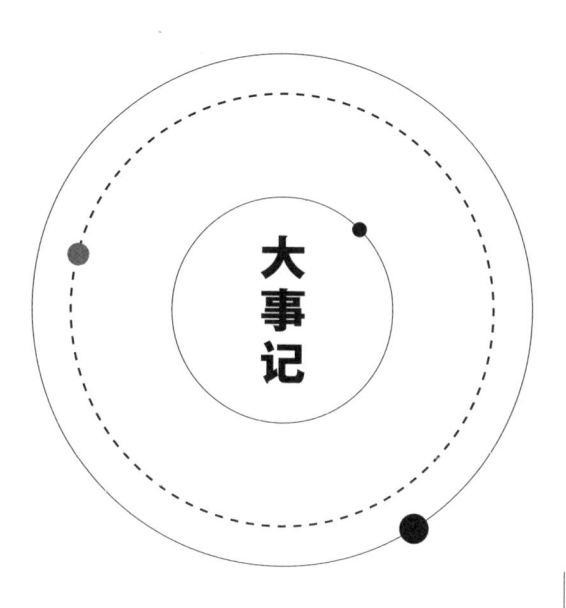

THE DEFECTIVE

Priest 作品

旧星历纪元

28 年：

3月9日 轰轰烈烈的基因革命拉开了帷幕,直到六十年后,人类基因实验被全面禁止。基因革命虽然带来了社会动荡,但也给后世留下了无数珍贵遗产,其中一项,就是人类的青年期被拉长到了两百年。

1578 年：

1月1日 《太空环境管理条例》生效,史称"八十八条",以公共安全的名义限制公民太空空间活动,预示着太空独裁时代降临,那时,人们并未意识到这一点。

1580 年：
3 月 31 日　一部描写人与人工智能相恋的电影火遍全世界，跟风者甚众，沃托科学院趁机宣布在人工智能领域取得了重大突破，具备实现"无权限框架人工智能"的技术水平。

2699 年：
7 月 19 日　因不满特权阶级的压迫，安德森星系（今第六星系）爆发武装冲突，痛失星空百年的人们试图挣脱引力囚笼，被政府血腥镇压，史称"安德森暴乱"。

8 月 31 日　实权贵族瓦格纳家族借安德森暴乱，谋夺安德森星系政权，自立为王。就此拉开了星际军阀割据征战的序幕。此后八百年，是人类历史上最黑暗的时代，群星蒙尘、诸神陨落，机械恐怖主义大行其道，文明大幅度倒退，大航海时代的璀璨成果几乎被消耗殆尽。

3100 年：
赫尔斯家族崛起。

3140 年：
3 月 26 日　拉蒙星系（今第三星系），第一条地下航道通航，由七大走私商联手搭建，这七位星际走私商组成的"手足商会"就是后来联盟的雏形。

3288 年：
6 月 10 日　"手足商会"势力遍布七大星系，更名为"星空联盟"，由地下转入地上。

12 月 1 日　星空联盟发动第一场武装起义，夺取了拉蒙星系边缘六颗小行星，封锁星系要道，逼迫占据拉蒙星系的拉蒙家族交出政权。

3330 年：
1 月 1 日　星空联盟政府宣布成立。社会学家简妮特·加西亚、吴乔伊、约翰逊·金等人共同起草自由宣言。

3387 年：
10 月 9 日　赫尔斯家族联合安德森、墨菲、洪等军阀与拉蒙余孽，围剿星空联盟。

3393 年：

11 月 17 日　由于叛徒出卖，星空联盟总部遭到拉蒙余孽的狂轰滥炸，精锐尽折，星空联盟覆灭，仅有一架小机甲载着自由宣言和联盟最后的希望逃离，这架小机甲后来被命名为"希望号"。

3399 年：

8 月 15 日　在劳工们的帮助下，希望号有惊无险地混进第一星系，降落在天使城要塞，联盟的种子在此扎根。

3438 年：

2 月 18 日　伟大的先驱者费尔南·泰勒以天使城要塞为依托，重整星空联盟，并将其更名为"人类联盟"。

12 月 29 日　联盟的开创者林格尔元帅诞生。

3473 年：

10 月 29 日　毁誉参半的休伯特·伍尔夫出生在天使城要塞的一号卫星城里，出生后半小时，卫星城遇袭，其父牺牲在卫星城保卫战中，母亲与伍尔夫本人被赶来救援的林格尔将军接回天使城要塞，次年，其母病逝，休伯特·伍尔夫与一干战争孤儿在林格尔的关照下长大。

3488 年：

9 月 11 日　费尔南·泰勒先生遇刺，天使城遇袭，林格尔临危受命，自由宣言一呼百应。

3498 年：

11 月 17 日　联盟军包围沃托，直逼王庭。赫尔斯亲王饮弹自尽，超级人工智能"赫尔斯亲王"觉醒，战况急转直下。

3499 年（新星历元年）

4 月 2 日　林格尔元帅殉道，超级人工智能连同赫尔斯亲王最后的继承者灰飞烟灭，历史翻开了新的一页。

新星历纪元

元年：
5月1日　联盟政府成立，以沃托星为首都，人类相信自己即将走向一个辉煌的未来。这一天也被定为"自由日"。
12月16日　伊甸园项目落成，在沃托试运营。

21年：
8月21日　联盟医疗卫生部批准人工智能医疗舱系统接入伊甸园的提案。同日，沃托医学院宣布若干临床医疗专业将停止招生，这意味着，除少数偏远地区，人工智能医疗舱已经全面取代人类医生。

26年：

6月18日 "珍妮弗"事件爆发：被女明星珍妮弗·霍克拒绝的纨绔子弟怀恨在心，贿赂伊甸园管委会的工作人员，盗取她的医疗记录后恶意爆出。怀疑自己隐私权遭到侵犯的民众群情激愤，声援珍妮弗的游行示威活动持续了近半个月。

6月20日 针对"珍妮弗"事件，联盟中央紧急成立专案组。

7月4日 调查组向公众公布调查结果，涉及三位管委会高管，其中包括八董事之一约翰逊·乔的女婿朴尹英。

约翰逊·乔引咎辞职，从此管委会由七位董事共治。

11月29日 沃托最高检察院对"珍妮弗"事件涉案人员提起公诉，立法会开始为《伊甸园法》草案征集公众意见。

27年：
4月1日　《伊甸园法》经过七次修订，正式定稿，经立法会投票后通过。

68年：
1月16日　星际海盗凯莱亲王弗兰德·冯占据第八星系，开始了近七十年的恐怖高压统治。

100年：
7月15日　一代将星陆信诞生。

128年：
8月　由于凯莱亲王挥霍无度，第八星系闹起饥荒，死者近千万，海盗政府成立的赈灾小组私自用瑞茵堡实验室的尸体做营养膏，导致彩虹病毒泄漏，开启了第八星系的噩梦。

129年：
2月3日　联盟军突袭七、八星系边界的莱昂要塞，准备以此为跳板，攻打凯莱亲王，史称"莱昂要塞之战"。
2月5日　双方胶着四十八小时，凯莱亲王用自动驾驶的机甲载着手无寸铁的平民做先锋，联盟军只好试图掠夺对方机甲权限，结果捕到了一群携带各种致命病毒的"人体生化炸弹"，伤亡惨重，被迫撤离，莱昂要塞之战以失败告终。此战的失败，推动了联盟军"综合抗体"的研制，为收复第八星系打下了基础。

134年：
1月3日　沃托医学院研究所宣布彩虹病毒疫苗和特效药研发成功。

136年：
陆信将军击败凯莱亲王，凯莱亲王弗兰德·冯被叛军杀害，幼子阿瑞斯·冯逃到域外。

137年：
1月9日　联盟宣布收复第八星系，陆信破格升至上将，成为联盟有史以来最年轻的

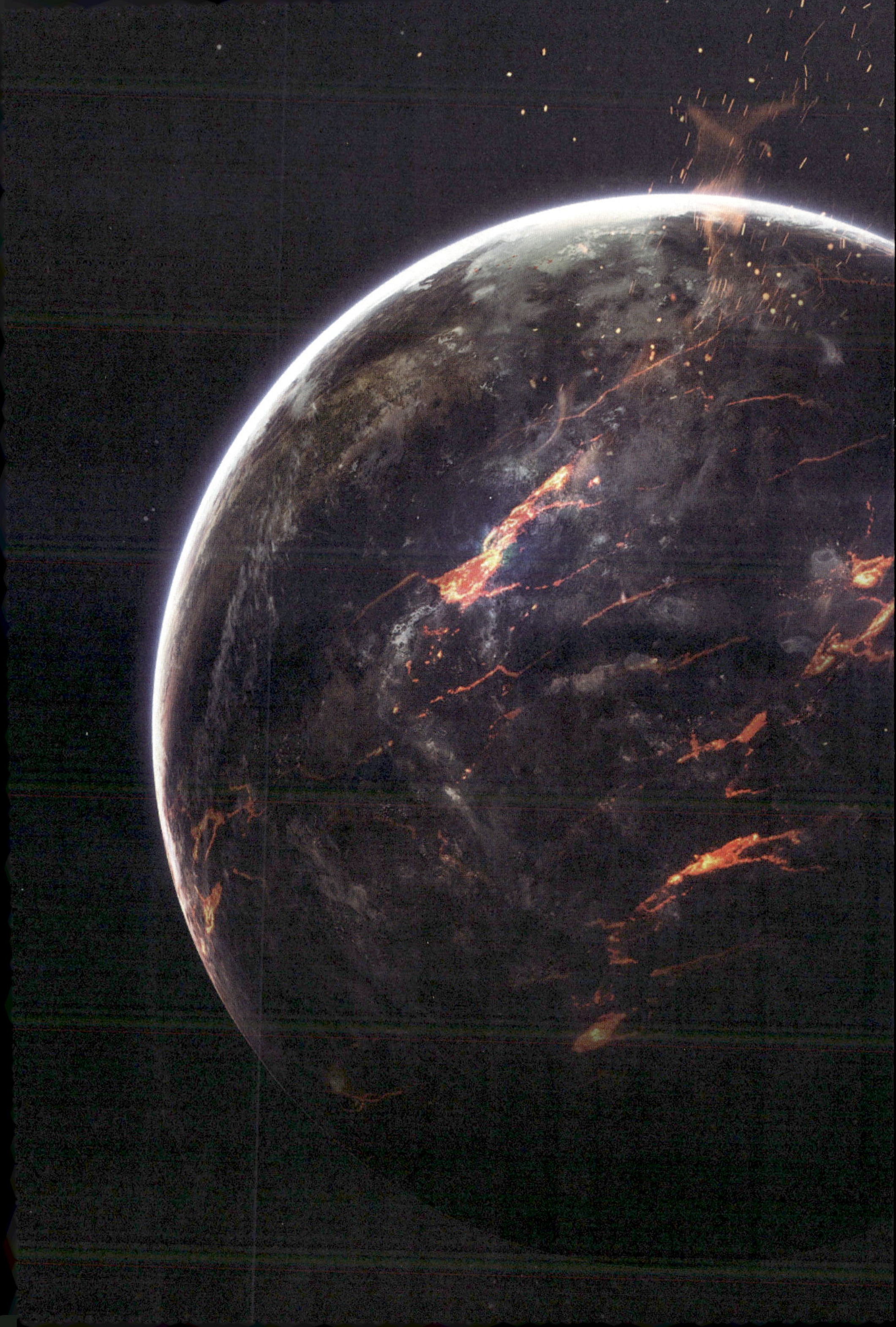

上将,被认为是最有可能接掌军委元帅一职的人,一时声势显赫。

186年:
4月7日　"白塔"负责人斯蒂文·哈登博士因"反人类罪"被捕。
6月29日　劳拉·格登博士入主白塔。

190年:
12月25日　休伯特·伍尔夫元帅将陆信将军从白银要塞召回,代表中央军委向联盟做年度汇报,此后,陆信逐渐接过军委日常工作,伍尔夫退居二线。

226年:
11月1日　劳拉·格登博士叛逃,连夜将双胞胎从培育中心接走。林静恒和林静姝兄妹被迫"出生"。林蔚中将亲自执行追捕任务,白塔叛逆走投无路,自爆身亡。

236年:
8月12日　林蔚中将过世,双胞胎分别被军委与伊甸园管委会带走,自此分道扬镳,一别几十年,直至刀兵相见。

242年:
5月3日　风光无限的军神陆信跌落神坛,叛逃至玫瑰之心,机毁人亡。
5月29日　出逃的陆信夫人穆勒教授在第八星系被追捕人员击落,后被神秘势力捞起,第八星系第二任最高行政长官陆必行诞生在母亲的尸体上。

258年:
5月1日　联盟自由日大游行被域外海盗凯莱亲王袭击,损失惨重,史称"自由日袭击"。

260年:
5月1日　林静恒成为联盟第十六位上将,入主白银要塞。

270年：

3月6日　星际联盟政府发出紧急传唤，要求白银要塞林静恒上将即刻回首都星沃托，针对其公然抗命、非法走私军需、多次发表反人类言论等指控接受质询，林静恒抗命。

3月24日　白银要塞被联盟军全线封锁，双方对峙长达48小时。

3月27日　林静恒妥协，卸下武装，乘非武装星舰静渊号返回沃托。

4月1日　静渊号在玫瑰之心外围遭遇海盗偷袭，舰毁人亡，引发了著名的"白银祸乱"，世界由此开始走向动荡与危机。

275年：

6月29日　白银要塞遭到突然袭击，要塞防护网和能源供给莫名其妙中断，负责人阿瑞斯·李指挥失利，白银要塞全军覆没。星际海盗长驱直入第一星系，联盟军仓促应战。联盟百年太平盛世如镜花水月，风吹即碎。

6月30日　联盟政要决定放弃沃托，转移到"天使城"要塞，这是联盟历史上最耻辱的一天。

7月3日　凯莱亲王阿瑞斯·冯趁火打劫，携星际海盗冲进第八星系，将第八星系最繁华的三颗行星：凯莱星、北京β星和海伦星夷为平地，数亿人瞬间死去。

9月29日　流落到第八星系的林静恒与陆必行抵达第八星系抗争的起点——一个无名的地下城。

10月22日　凯莱亲王炸毁小行星白鹭，在第八星系大规模搜索漏网的地下航道。

12月31日　第八星系自卫队基地暴露在阿瑞斯·冯的探测下，羽翼未丰的自卫队背水一战。

276年（独立元年）：

1月1日　白银第九卫空降第八星系，在十分钟之内剿灭了凯莱亲王卫队，阿瑞斯·冯阵亡。

1月12日　林静恒扫除星系内海盗余孽，接管阿瑞斯·冯设在启明星上的基地，并将基地编号为SPMF1——沿用了昔日白银要塞的编号。

同日，林静恒遇见了化名"霍普"的反乌会大先知亚历山大·哈瑞斯。

1月14日　林静恒与陆必行在银河城意外遭遇感染了彩虹病毒的政府工作人员，循着此人踪迹找到了现任第八星系行政长官一行，检测出一行人感染的彩虹病毒系新型变

种，银河城戒严，死神的镰刀高悬在第八星系之上。

1月15日　启明星银河城里，一个名叫安吉拉的六岁女孩在从未靠近过重点防疫区域、从未离开过自己家的情况下，确认感染了变种的彩虹病毒。疫情即将失控。

1月16日　第八星系自由联盟军旧部在独眼鹰的号召下，纷纷出手援助启明星。沉睡百年的第八星系露出苏醒的痕迹。

1月17日　陆必行、林静恒和哈瑞斯先知联手取得了变种彩虹病毒的抗体，一场死亡风暴消弭在启明星的晚风中。

4月30日　第八星系统一通信网构架完成，爱德华·亨特总长宣布第八星系新政府重组，宣誓就职，并颁布了新宪法，将启明星定为首都星。

5月15日　第八星系政府追认一百四十年前的第八星系自由联盟军为合法军队，并承认自由联盟军是现役第八星系自卫队的前身。

陆信将军曾被沃托斩去的石像落成在启明星的中央广场，守护着他生前战斗过的地方。

9月28日　林静恒仍活着的消息走漏，第八星系被推到了风口浪尖，反乌会重兵压境。

10月13日　在第七星系中央军安克鲁的默许下，反乌会从第五、第六星系持续调集增援，第八星系自卫军寡不敌众，连退十八个航行日。

10月31日　小蜂鸟要塞司令叶里夫遇刺身亡，引发了一场难以想象的政治风暴。

11月14日　针对叶里夫之死的调查中，意外得到了陆信将军当年被伊甸园管委会陷害的证据，陆信旧部——此时抵抗星际海盗的主力、各星系中央军愤而哗变。

11月16日　阿拉斯加要塞遭到不明武装袭击，非军事区被炸毁，大量随军家属及非军事服务人员罹难，阿拉斯加要塞司令认为是附近中央军所为，联盟军与中央军之间矛盾激化。

12月20日　联盟宣布给陆信将军平反，正式取缔伊甸园管委会。

（独立日）同日，七、八星系间航道贯通剪彩仪式上，反乌会大军忽然集结，突袭第七星系，第七星系中央军总司令安克鲁战死，第八星系统帅林静恒掩护八亿难民逃往第八星系，断后途中被海盗伏击，失踪。白银第九卫伊丽莎白·卡拉·图兰下令自爆跃迁网，第八星系被迫封闭，开启了自己的独立纪元。反乌会遭到重创，自此一蹶不振。这一天是第八星系的"独立日"，因此这场战争也叫"独立日战争"。

蒙冤三十年的陆信将军昭雪时，他的养子生死不明，亲生子一夜间失去了所有依仗，自绝于联盟。

新历276年，是涂满了烈火与鲜血的一年。

278年：

3月23日（独立2年2月3日） 人工智能湛卢修复完成，湛卢汇报了林静恒遇袭一事，第八星系的人们知道，林将军不会再回来了。

5月29日（独立2年4月11日） 爱德华·亨特总长因病退休，委任陆必行为独立星系第二任行政总长，热爱生命的年轻学者被迫放弃梦想，走上了一条孤家寡人的腥风血雨之路。

这一天，按照沃托历，正好是他三十六岁生日，与他亲生父亲升任联盟上将时同岁。

8月27日（独立2年7月10日） 失联近两年的林静恒苏醒在第六星系的小小太空监狱里，被自由军团囚困。

10月11日（独立2年8月24日） 独立星系第一任总长爱德华·亨特先生病逝于启明星，享年二百四十二岁。

280年：

5月25日（独立3年14月7日） 第八星系长达三个独立年的内战爆发。

284年：

8月11日（独立7年8月29日） 第八星系星际远征队发现天然虫洞区。

290年：

8月15日（独立12年11月7日） 盘踞第一星系十五年之久的海盗光荣团在联盟军与中央军联手步步紧逼下难以为继，执意不肯投降的大总统被手下刺杀，帝国的春秋大梦惊醒。

8月17日（独立12年11月9日） 光荣团宣布投降。

9月1日（独立12年11月23日） 联盟中央重新接管沃托，举行受降仪式。同日"塞尔维亚"绑架事件爆发。

9月17日（独立12年12月9日） 陆必行带兵悄然穿越天然虫洞区，在玫瑰之心深处伺机出手，联盟与自由军团在玫瑰之心边缘短兵相接时，遭到自由军团伏击，危急时分，林静恒与白银十卫从天而降。

291年：

4月3日（独立13年4月25日） 伍尔夫元帅签署"第三百零六号"令。

5月4日（独立13年5月26日） 第一星系边境守卫军杜克在返回沃托途中遇刺。

5月15日（独立13年6月6日） 凌晨，休伯特·伍尔夫元帅遇刺于自己府上。

5月25日（独立13年6月16日） 趁联盟中央为伍尔夫元帅举行公开葬礼时，自由军团向文明世界亮出了锋利的爪牙，联盟明珠沃托陷落。林静姝翻云覆雨，整个世界正在被黑暗吞噬。

反乌会先知哈瑞斯失手打开"潘多拉魔盒"，启动了超级人工智能"休伯特·伍尔夫"。

人工智能军团炸毁沃托，封锁第一星系，林静姝仓皇出逃，人类联军撤往玫瑰之心。

6月3日（独立13年6月25日） 自由军团试图从玫瑰之心突围，前往第八星系，失败，林静姝所在指挥舰被击落。

重组后的白银第四卫首次在世人面前亮相，这是人类历史上第一支由空脑症组成的太空军部队。

6月4日（独立13年6月26日） 人工智能军团抛来橄榄枝，与联军停战，狼狈的人类联军护送沃托难民回第八星系补充物资、暂做休整。

7月13日（独立13年8月4日） 第一批人类联军从第八星系出发，准备穿越天然虫洞区，奔赴远征。

7月22日（独立13年8月13日） 超级人工智能伍尔夫在第八星系曝光了女娲计划与陆必行的"芯片人"身份，民众哗然。

7月30日（独立13年8月21日） 人工智能军团突破玫瑰之心的联军防线，穿过天然虫洞区，进攻第八星系。早有准备的林静恒携白银十卫主力部队恭候于天然虫洞区入口。

同一天，暗度陈仓的陆必行登陆第一星系。

8月6日（独立13年8月28日） 处在一、二星系交界处的超级人工智能"休伯特·伍尔夫"主机，被休眠跃迁点启动的能量摧毁。

第八星系反导系统首次亮相，除湛卢及轩辕以外的十大名剑机身俱毁，机甲轩辕投降。

11月9日（独立13年12月1日） 陆必行就其擅自调用彩虹病毒，对自己进行人体改造一事，在第八星系接受全民公审。

独立纪元

独立14年：

11月25日 联盟正式承认第八星系独立，双方缔结外交关系。

13月30日 陆必行辞职，第八星系大选，不料陆必行再次当选为新一任总长，任期五年。

15 年：

4月3日　第六星系中央军宣布星系独立。三个月后，已经失去了对各星系绝对控制力的联盟中央被迫承认第六星系合法独立。

6月27日　第四星系宣布独立。

6月30日　第五星系宣布独立。

7月16日　第三星系宣布独立。

9月28日　第二星系宣布独立。

14月25日　第七星系申请成立联盟自治星系。

17 年：

5月1日　各星系代表齐聚玫瑰之心，签署了新的人类联盟条约。

19 年：

14月1日　陆必行正式卸任，把第八星系平稳地过渡给了新一任政府。

以上种种，均为与本故事相关的历史事件，
纸页之外，星海波澜壮阔，
人类历史仍在时空中滚滚向前。

自由宣言万岁。

此内种种，均为与本故事相关的历史事件，

纸页之外，星海波澜壮阔，人类历史仍在时空中滚滚向前。

自由宣言万岁。

上架建议：畅销·小说
ISBN 978-7-5594-2933-9

非卖品

定价：85.00元（全2册）